Knaur

Von Caroline Upcher sind außerdem erschienen:

Das Gästebuch
Der falsche Mr. Wonderful

Über die Autorin:

Caroline Upcher hat beim Film, für Verlage und als Journalistin gearbeitet. Erfolgreich wurde sie besonders als Ghost-Writerin von Naomi Campbells Autobiographie *Swan.* Der Bestseller *Der falsche Mr. Wonderful* war der erste Roman, den sie unter ihrem eigenen Namen schrieb, gefolgt von *Das Gästebuch* (beide bei Knaur erschienen). Sie lebt heute in London und auf Long Island bei New York.

Caroline Upcher

Fremde Schwestern

Roman

Aus dem Englischen von
Dinka Mrkowatschki

Knaur

Die englische Originalausgabe erschien 1998 unter dem Titel
Grace & Favour bei Orion Books Ltd., London

Besuchen Sie uns im Internet:
www.droemer-weltbild.de

Deutsche Erstausgabe März 2001

Umschlaggestaltung: Zero Werbeagentur, München
Umschlagabbildung: Mauritius, Mittenwald
Satz: MPM, Wasserburg
Druck und Bindung: Clausen & Bosse, Leck
Printed in Germany
ISBN 3-426-60905-3

2 4 5 3 1

Für Jessica und Frisky, für meine Cousine Annie Shaw, die mir wie eine Schwester nahe steht, und meine Halbschwester Victoria Westren, die ohne Zweifel klarere Erinnerungen an meinen Vater hat als an ihren eigenen.
Und in Erinnerung an Donald Cammell und Shannon Fox.

Danksagung

Folgenden Leuten möchte ich für ihre Hilfe während der Zeit, in der ich dieses Buch schrieb, danken:
Eileen Kling (die unter dem Pseudonym Eileen Campbell den wunderbaren Roman *The Company of Strangers* schrieb) und ihrem Mann Robert von der Firma Highland Locksmith & Security Systems of Inverness; Max Nichols, Bill Stoecker, Francis Shaw; Stephen, Audrey, Lucy, Benjamin und Reuben Morgan sowie Les Thomas von der Upper Pitts Farm.

FAVOUR

Ich habe eine Schwester, der ich noch nie begegnet bin.

Bis heute.

Nein, das entspricht nicht ganz der Wahrheit. Ich bin ihr zwar heute nicht wirklich begegnet, aber ich habe sie das erste Mal gesehen.

Wir haben unser Haus in Wales jetzt fast ein Jahr. Nein, das ist auch nicht ganz richtig. Ich meine, wir fahren jetzt fast ein Jahr dorthin, aber wir haben es nicht wirklich. Nicht für uns allein. Es existiert da so ein Timesharing mit drei anderen Familien.

Das Haus an sich ist nichts Besonderes. Keines von diesen Bilderbuchlandhäusern. Kein Reetdach oder Eichenbalken. Ich glaub nicht mal, dass es sonderlich alt ist. Um ehrlich zu sein, ich weiß, dass es das nicht ist. Vielleicht hundert Jahre. Das ist doch nicht alt, oder?

Ich hab Gus schon seit unserer Heirat damit in den Ohren gelegen, dass ich ein Haus auf dem Land möchte. Anfangs war es aus finanziellen Gründen nur ein Traum. Wir hatten keinen Penny, und als die Kinder kamen, hatten wir noch weniger. Aber eins der Dinge, die ich an Gus so liebe, ist, dass er immer verstanden hat, dass ich meine Träume brauche. Ich habe keine besonderen Talente und keine Fantasie,

zumindest nicht, was das Alltägliche angeht, aber im Kopf schwirre ich mit Vorliebe überall herum und träume. Mal bin ich die erfolgreiche Managerin mit einem Eckbüro und dann wieder eine verwöhnte Lady, die in ihrer sonnendurchfluteten Villa in Südfrankreich wohnt.
Ich war noch nie in Südfrankreich. Vielleicht würde ich es gar nicht mögen. Einmal war ich in Port de Pollença auf Mallorca. Gus schickte mich und die Kinder in einen, wie er es nannte, Eimer-und-Schaufel-Urlaub der besonderen Art. So nannte er es, bevor wir dorthin fuhren. Als wir da waren, stellten wir fest, dass es keine großen Unterschiede gab. Die Kinder waren glücklich wie die Schneekönige, sobald sie herausgefunden hatten, dass sie hier genauso wie zu Hause jeden Tag Hühnchen und Fritten haben konnten. Und es regnete fast die ganze Woche – was jedoch nicht verwunderlich war, denn wir waren außerhalb der Saison, im April da, weil Gus sich nicht mehr leisten konnte.
An einem Tag aber hatte die Sonne geschienen. Ich ließ die Kinder am Strand von Port de Pollença bei einer anderen Mutter, mit deren Nachwuchs sie Freundschaft geschlossen hatten, und fuhr dem Wagen ganz langsam um die beängstigendsten Bergkurven, die mir je begegnet waren, zu einem Ort namens Formentor. Ich war starr vor Angst, während der Wagen den Berg hochkroch und andere Fahrzeuge mich immer näher an die Straßenkante drängten, wo ich Blicke auf den haarsträubenden Abgrund zum

Meer hinunter erhaschte. So starb Grace Kelly, schoss es mir bei jeder Kurve durch den Kopf. Es war das erste Mal, dass ich ein Auto gemietet hatte. Woher weiß ich, dass die Bremsen gewartet sind?, fragte ich mich. Aber gleichzeitig erlebte ich eine seltsames Kribbeln, das mich anspornte, weiterzufahren.

Doch es war die ganze Angst wert, wie sich herausstellte, als ich über den Berg kam und die andere Seite zur Bucht von Formentor hinunterfuhr. Ich setzte mich in den weißen Sand und ließ ihn wie Zucker durch meine Finger rieseln. Im Rücken hatte ich die Pinien, und vor mir erstreckten sich das blaue Meer und der Himmel, und plötzlich fühlte ich mich unglaublich ruhig. Zu beiden Seiten der Bucht ragten die konischen Felsen, zwischen denen ich auf gewundenen Straßen gerade in Todesangst entlanggefahren war, in den Himmel. Aber jetzt waren sie Objekte von Schönheit – dramatisch, erregend.

Ich wünschte, Gus wäre bei mir gewesen, aber in jenen Tagen konnte er sich keinen Urlaub nehmen. Selbst jetzt braucht er noch eine Ausrede im Zusammenhang mit Arbeit, wenn man ihn dazu bringen will wegzufahren. Gus hat eine Firma für Sicherheitssysteme. Als ich ihn kennen lernte, arbeitete er für eine Schlosserfirma, und ein paar Jahre nach unserer Heirat gründete er sein eigenes Geschäft. Im ersten Jahr aßen wir nur Bohnen auf Toast. Gus gab Annoncen mit Vierundzwanzig-Stunden-Service auf in der Hoffnung, genug Arbeit außerhalb der Geschäftszeiten zu kriegen. Wenn mich nachts nicht das Baby weckte, das gestillt werden wollte, dann war es Gus, der aus dem Bett sprang, um jemandem zu helfen, der sich ausgesperrt hatte.

Anfangs war unser Geschäft klein, und wenn das auch verrückt klingt, ich glaube, das war die Zeit, in der ich es am liebsten mochte. Ich war so aufgeregt für Gus. Sobald die Kinder im Kindergarten waren, verbrachte ich den Tag damit, Kostenvoranschläge und Rechnungen zu tippen und zu versuchen die Bücher auf dem Laufenden zu halten. Ich machte einen Kurs in Buchführung, um bei den Steuerberaterkosten zu sparen. Ich weiß nicht, wie viel wir sparten, ich war einfach hoffnungslos unbegabt. Wir waren erschöpft, aber anfangs war mir das egal. Gus' gutmütige und lockere Art gefiel den Leuten, und er erwarb sich rasch einen guten Ruf. Durch Mund-zu-Mund-Propaganda, seine Fähigkeit und den Notdienst hatten wir so viel zu tun, dass ich glaubte, wir wären erfolgreich. Ich genoss es sogar, im Laden zu arbeiten. Wir hatten eine kleine Ausstellungsfläche, hauptsächlich mit Produkten von Yale & Chubbs bestückt, und auf einer Seite einen Bereich zum Schlüsselschneiden. Ich lernte bald den Umgang mit unseren Kunden und konnte sogar Gus an der Werkbank helfen, wenn er einen Nachschlüssel oder eine größere Anzahl von Schlössern mit gleichem Schlüssel anzufertigen hatte. Gus hatte im Hinterzimmer einen Schreibtisch neben meinem, aber der Papierkram, den er erledigen musste, war meist unter einem Haufen laufender Reparaturen begraben.

Nach etwa drei Jahren nahmen wir Mick mit ins

Geschäft rein. Inzwischen brauchten wir jemanden, der im Laden arbeitete, und Gus konzentrierte sich darauf unsere Produktpalette zu erweitern. Er war darauf erpicht, eingetragener Händler für eine Reihe von registrierten Schlössern zu werden, was uns ermöglichen würde, selber Hauptschlüssel zu machen. Der Kunde *musste* zu uns kommen, wenn er mehr Schlüssel haben oder die Schließanlage erweitern wollte. Alle großen Firmen propagierten ihre eigenen registrierten Systeme, aber etliche bestanden darauf, dass wir mehr Ware auf Lager hatten, als wir uns eigentlich leisten konnten, wenn wir eingetragene Händler werden wollten.

Allmählich setzte bei mir die Ernüchterung ein. Wir hatten überhaupt kein Geld und auch keine Zeit mehr füreinander. Gus war in der Falle. Er erstarrte vor Angst bei dem Gedanken, die Unkosten noch weiter zu steigern, aber ihm war auch klar, dass er expandieren, neuere und teurere Technologie anbieten musste. Und ihm war ebenfalls klar geworden, dass das Schlosserhandwerk allein uns nie die Zukunft, die wir uns vorstellten, bieten könnte. Wir wollten Ned und Mary ja gar nicht auf Privatschulen schicken oder uns irgendwelchen Luxus leisten, aber wir wollten doch die Möglichkeit haben, mal zusammen Urlaub zu machen. Irgendwann im Lauf der Jahre hatte Gus Charlie Mackay kennen gelernt. Charlie war ein erfahrener Alarmanlagenbauer, der uns immer wieder zu verstehen gab, wie unglücklich er in seiner Firma sei. Also stellte ihn Gus ein, und plötzlich waren wir im Alarmanlagengeschäft, was noch mehr teure Anzeigen bedeutete, noch ein Fahrzeug und Zahlungen an Charlie. Und Gus musste immer noch für die Ausgesperrten da sein. Charlie hatte wie jeder Ingenieur für Alarmanlagen überhaupt keine Ahnung vom Schlosserhandwerk. Wir hatten einen Anrufbeantworter im Laden, durch den der Kunde unsere Privatnummer außerhalb der Geschäftszeit erfahren konnte, und Gus erledigte dann die Anrufe selbst oder setzte sich mit Mick in Verbindung. Aber das hieß auch, dass wir erreichbar sein mussten oder den Auftrag verlieren würden. Manchmal stellte ich das Telefon ab und schleppte Gus zum Italiener um die Ecke, doch es war die Sache nicht wert. Er war nur den ganzen Abend nervös, genoss sein Essen nicht und wachte mitten in der Nacht mit Verdauungsstörungen auf.

Nun, so ist das mit Gus – oberflächlich tut er ganz locker, doch tief im Innersten ist er ein großer Sorgenmacher. Aber so schlimm ist es eigentlich nicht. Es ist wahrscheinlich ein bisschen so wie mit einem Arzt verheiratet zu sein, der sich Sorgen um seine Patienten macht – und er wird so oft gerufen wie ein Arzt. Außerdem ist da noch das Problem mit den alten Schlüsseln, die Gus im Lauf der Jahre im Haus in Shepherd's Bush deponiert hat. Mir kommt es vor, als würde ich meine gesamte Zeit damit verbringen, sie aus der Waschmaschine zu ziehen, gerade noch rechtzeitig vor einem mechanischen Gau. Bleibt zu erwähnen, dass wir natürlich, sobald wir im Alarmanlagengeschäft waren, die neueste Version im Haus installiert kriegen mussten.

Und scheinbar sorgt die Tatsache, dass ich mit Mr. Angus Hardy Security selbst verheiratet bin, dafür, dass ich immer den Code vergesse.
Also ließ ich mich von ihm eine Woche in Urlaub schicken, denn mir war klar geworden, dass ihm der Gedanke, dass ich mich ein wenig ausruhte, eine kleine Last von der Seele nahm.
Ich war ganz fasziniert von meiner Aussicht – meiner Aussicht, ich hatte bereits Besitzansprüche entwickelt, und genau da kam mir der Gedanke, dass ich's vielleicht doch eines Tages schaffen könnte, einen Bruchteil meiner Träume zu verwirklichen. Eines Tages würde ich eine Aussicht haben. Es musste keine Sonne und kein Meer, aber es musste eine Abwechslung von Shepherd's Bush sein.
Und so kam es, dass wir das Haus in Wales mieteten.
Es passierte an einem tristen Wochenende im November. Ein Kunde hatte Gus gebeten, den Einbau eines Alarmsystems in einem Haus, das er auf dem Land gekauft hatte, zu überwachen. Er hatte Charlie überredet den Auftrag auszuführen, und jetzt schlug er vor, dass ich ihn begleitete.
Zunächst wehrte ich mich ziemlich heftig dagegen, an diesem Wochenende wegzufahren.
»Warum kann das nicht im Sommer gemacht werden? Wirklich, Gus, Wales im November. Es wird nass sein. Es wird kalt sein. Wir werden fünf Stunden dorthin brauchen. Ich muss die Kinder irgendwo unterbringen, denn sie wollen mit Sicherheit nicht mitkommen. Gib mir drei gute Gründe, warum wir fahren sollen.«

Gus überraschte mich, indem er sie sofort parat hatte. Das hieß, dass er es wirklich ernst meinte.
»Erstens, sie haben mich darum gebeten, und ich möchte sie nicht im Stich lassen. Es sind die Robinsons. Kurz nachdem wir aufmachten, wurden sie, wie du dich sicher erinnerst, von diesem Cowboy reingelegt, und ich hab's für sie hingebogen. Das haben sie mir nie vergessen. Und wenn du dir Sorgen wegen der Kosten machst, vergiss es. Sie zahlen extra mehr, damit ich mich persönlich darum kümmere, und ich nehm es an, also können wir in einem anständigen Hotel übernachten. Zweitens kann ich mein Mountainbike aufs Auto schnallen und ihm ein paar richtige Berge zeigen. Na ja, Hügel zumindest. Und drittens, du weißt, was man sagt: Eine Abwechslung ist genauso gut wie eine Pause, und du brauchst eine Pause.«
»Ich könnte mich wunderbar ausruhen, indem ich mich Sonntagnachmittag ins Bett lege und mir einen alten Film in der Glotze ansehe. Das sind nur noch zwei gute Gründe für dich zu fahren, Gus. Ich verstehe nicht ganz, was ich da soll.«
»Richtig.« Die Sache mit Gus ist die, dass er immer so einsichtig ist, aber nicht auf die passive Art. Er versteht deinen Standpunkt genauso gut wie seinen, und wenn er der Meinung ist, dass das, was du sagst, vernünftig ist, macht er einen Kompromiss. Aber er sorgt stets dafür, dass auch für ihn etwas dabei rausspringt. Auf die Art, meint er, wären alle glücklich. Und meist hat er Recht.
»Also, was ist da für mich drin?«, fragte ich.

»Na ja, so wie sich das anhört, nicht sonderlich viel. Aber ich hätte dich gern dabei. Weißt du was? Du liegst mir doch immer in den Ohren, dass wir uns nach einem Haus auf dem Land umsehen sollen. Ich setz mich mit ein paar Maklern in Verbindung, und wir werden den Samstagnachmittag damit verbringen, uns ein paar Häuser anzuschauen.«

Aber ich bin kein vollkommener Idiot. Ich weiß, dass er mir nur meine Träumereien lassen wollte. Wir hatten nicht das Geld, um ein zweites Haus zu kaufen. Doch das wussten ja die Makler nicht. So zu tun, als hätten wir es, war der erste Zug im Spiel, und wenn Gus bereit war, mitzuspielen, würde ich ihn nicht daran hindern.

Ich hatte fast in allem Recht. Es regnete. Nicht der leichte, vertraute Nieselregen, der eigentlich kaum schadet, sondern ein ständiger schwerer Wasserfall, der einen bis auf die Haut durchnässt, sobald man einen Schritt vor die Tür macht. Wir schoben Gus' Mountainbike sofort nach unserer Ankunft in die Garage, und da blieb es das ganze Wochenende. Und was Gus und Charlie betraf, sah ich die beiden kaum. Samstagabend kamen sie nass und dreckig zurück, nachdem sie auf dem Speicher und unter den Bodenbrettern hatten herumkriechen müssen, um die erforderlichen Kabel zu verlegen. Ich hatte den ganzen Nachmittag ferngesehen und auf ihre Rückkehr gewartet. Genauso gut hätte ich in London bleiben können. Als der Sonntag nicht anders verlief, war Gus klar, dass er etwas tun musste, um mich zu besänftigen.

Ich verstand ohnehin nicht so ganz, wieso diese Robinsons überhaupt eine Alarmanlage brauchten. Sie lebten in einem abgeschiedenen Herrenhaus am Ende eines unbefestigten Weges, wo die einzigen Missetäter wohl Schafe auf Raubzug waren. Aber Gus ist raffiniert. Er wusste, was er tat, als er sich bereit erklärte, den Auftrag der Robinsons anzunehmen. Sie gehörten zu den Menschen, die nie einen Gefallen vergaßen, und wie sich herausstellte, waren sie in die Nähe einer Gemeinde gezogen, die dringend anständige Sicherheitssysteme brauchte. In letzter Zeit hatte es einige Einbrüche gegeben, und die hiesigen Zuständigen für Verbrechensbekämpfung waren auf den Barrikaden, ganz zu schweigen von den Versicherungsgesellschaften, die oft darauf bestanden, dass Sicherheitsschlösser eingebaut wurden, bevor sie Verträge verlängerten oder neue ausstellten.

Charlie verschwand Sonntagnacht in Richtung London, und zu meinem Erstaunen sagte Gus: »Wir werden uns morgen die Häuser ansehen. Charlie und Mick können sich einen Tag lang ums Geschäft kümmern.« Außerdem könnte er, wenn er noch ein bisschen Zeit hier verbrachte, vielleicht schnell zuschlagen und den Markt für Grundstücks-Security an sich reißen.

Also fuhren wir in den Ort und marschierten in ein Maklerbüro. Ich sah mir die kitschigen Fotos in Postkartengröße an, unter die die jeweiligen Daten für die Häuser getippt waren. Es waren Stadthäuser, wahrscheinlich gleich um die Ecke.

»Um ehrlich zu sein, dachten wir an etwas, das ein

wenig abgeschieden liegt. Eine Zuflucht. Ein paar Morgen Land.«
Gus hatte mir den Rücken zugedreht, aber ich sah, wie er den Kopf schüttelte. Ein paar Morgen Land! Und ein paar hunderttausend Pfund, die wir nicht hatten. Mit einem Mal wurde mir klar, wie zwecklos das alles war. Es regnete immer noch. Was sollte es für einen Sinn haben, in der Landschaft herumzutraben und sich Besitze anzusehen, die wir nicht kaufen würden? Wie lange könnten wir den Schein wahren?
Während ich mir die Bücher mit zum Verkauf stehenden Häusern ansah, hatte ich plötzlich ein ganz komisches Gefühl. Wir waren in einem Ort namens Knighton. Soweit ich wusste, war ich noch nie in Knighton gewesen, aber warum war mir der Name dann so vertraut? Ich ging quer durch den Raum zu der Karte an der Wand.
»Ist das das Gebiet um Knighton?«, fragte ich den Makler, einen stämmigen Mann mit rotem Gesicht und der unschönen Angewohnheit, seine Knöchel knacken zu lassen. Ich merkte, dass er ungeduldig darauf wartete, mit etwas weiterzumachen. Entweder das, oder er hatte uns bereits als die mittellosen Betrüger erkannt, die wir in Wirklichkeit waren, und wollte uns loswerden.
»Ja, das alles hier, Knighton, Stowe, das ganze Farmland.«
Das Wort Farm brachte es ins Rollen.
»Mein Großvater war Farmer«, sagte ich zu ihm.
»Soso.« Ich merkte, dass er allmählich verzweifelte.

Wer war diese idiotische Frau, die seine Zeit mit Gewäsch über ihre Großeltern vergeudete?
»Ja, er hatte eine Farm in Shropshire.«
»Also hier in der Gegend?« Hätte er es aus einem Telefonbuch vorgelesen, es hätte nicht weniger interessiert klingen können.
»Nein, ich sagte Shropshire.«
»Wir sind an der Grenze zu Shropshire«, warf Gus ein.
»Ich weiß, dass es in der Nähe eines Orts namens Knighton war. Mir war nicht klar, dass Knighton in Wales liegt.«
Gus und der Makler tauschten Blicke. Das könnte ewig so weitergehen.
»Wie war der Name Ihres Großvaters?«, fragte der Makler.
»Richard Cammell.«
»Upper Stone Farm, auf der anderen Seite des Tals, gegenüber von Stowe.«
»Upper Stone Farm, Knighton«, wiederholte ich. Ich hatte die Adresse als Kind viele Male geschrieben gesehen. Mein Vater hortete alles. Er hasste es, irgendetwas wegzuwerfen. Ich hatte immer wieder Kisten voller Teller, Wäsche und Kleider mit dem Etikett »Upper Stone Farm, Knighton« gefunden.
»Der alte Mann hat seinem Sohn alles vermacht, als er starb ...«
»Lucas Cammell, mein Vater«, bestätigte ich.
Dem Makler missfiel die Unterbrechung, denn er war mit dem, was er sagen wollte, noch nicht zu Ende.

Wenn wir schon keines seiner hässlichen Häuser kauften, dann konnten wir uns zumindest anhören, was er sonst noch anzubieten hatte.
»... und der Sohn hat schon bald danach verkauft. Der war nicht wie sein Vater Farmer. Les Bevan hat die Farm gekauft und bewirtschaftet sie seitdem.«
»Was ist mit dem Haus passiert?«, fragte ich. Das Haus, in dem meine Eltern gelebt hatten, bevor ich geboren wurde.
»Das wollte ich Ihnen gerade erzählen.« Jetzt hatte ich ihn wirklich verärgert. »Sie stellten sich doch etwas Abgeschiedenes vor. Nun, wenn Sie auch an Mieten gedacht hätten, Les vermietet das Farmhaus. Meistens leben Leute von hier darin, aber es gibt keinen Grund, warum er nicht auch jemanden aus London nehmen sollte, besonders nachdem er dieses Jahr die Miete zu erhöhen beabsichtigt.«
»Nein, nein«, wehrte Gus ab, »das ist nichts für uns. Und wir wollen Ihre Zeit auch nicht noch länger in Anspruch nehmen. Ich will ganz offen sein, wir sind nur ...«
»Gus, ich möchte es sehen«, hörte ich mich sagen.
»Es ist ziemlich runtergekommen. Ich muss gestehen, ich war schon einige Zeit nicht mehr dort, und bin mir nicht sicher ...« Selbst der Makler war bereit, eine Hundertachtzig-Grad-Wende zu machen.
»Es ist die Farm meines Großvaters. Der Ort, an dem meine Eltern mal gelebt haben. Es ist das Heim meiner Familie. Ich möchte es unbedingt sehen.«
Ich war mir bewusst, dass ich ein bisschen durchge-

dreht klang, ein Kind, das verwöhnt werden muss, damit es keinen Wutanfall kriegt.

»Du willst das Haus doch nicht wirklich sehen, das weißt du doch. Nicht wirklich.« Ich hörte die Angst in Gus' Stimme. Mach keine Szene, flehte er stumm. Blamier mich nicht. Typisch Gus. Er hasste es, wenn ich emotional wurde. Er unterstützte mich zwar, verabscheute es aber. Das war einer der Gründe, warum ich ihn liebte. Meine warmherzige, extrovertierte Persönlichkeit war das, was ihn als Erstes an meiner Person angezogen hatte. Meine Überschwänglichkeit kompensierte seine reserviertere Art, aber manchmal wuchs ich ihm über den Kopf. Trotzdem versuchte er immer damit fertig zu werden.

Doch da war auch ein banger Unterton, eine sanfte Warnung. Wusste ich, worauf ich mich da einließ? Hier ging es nicht nur darum, den alten Familiensitz anzusehen, wie ich es nannte, wodurch es mehr wie ein Herrschaftshaus der Vorfahren klang.

Meine Mutter ist tot. Ich habe meine Mutter nie kennen gelernt. Sie starb, als sie mich zur Welt brachte. Das klingt ein bisschen merkwürdig wenn man bedenkt, dass ich 1963 geboren wurde, aber es gab Komplikationen – dieses allumfassende Wort – nach der Geburt, und sie konnten sie nicht retten. Ich wuchs ohne Mutter auf, aufgezogen von meinem Vater.

Was also Gus in Wirklichkeit auszudrücken beabsichtigte, war, ob ich mir tatsächlich den Ort ansehen wollte, an dem möglicherweise meine Mutter gestor-

ben war. Aber hatten denn meine Eltern nicht eigentlich Upper Stone Farm verlassen, verkauft, wie der Makler sagte?
»Kannten Sie meine Eltern, als sie noch hier lebten?«, fragte ich.
»Ich bin erst seit fünf Jahren hier. Wollen Sie das Haus jetzt anschauen oder nicht?«
Wir fuhren in einem Geländewagen hin. Etwa drei Meilen außerhalb von Knighton bogen wir von der Hauptstraße ab, und es ging immer höher, bis wir fast die Spitze des Hügels erreicht hatten. Zum ersten Mal, seit wir London verlassen hatten, sah ich, dass wir uns in einem spektakulär schönen Teil der Welt befanden. Es ist erstaunlich, wie viel die Einstellung ausmacht, wenn man an einen Ort fährt. Bei unserer Ankunft hatte ich mich darauf programmiert, jeder Möglichkeit zu widerstehen, mich zu amüsieren. Es war ein nasser Freitagabend gewesen, ich war erschöpft, draußen war es stockdunkel, und ich hatte gar nichts sehen können.
Jetzt hatte ich das Wochenende hinter mir, der Himmel klarte auf, ich war ausgeschlafen, und ich stürzte mich in eine Art Abenteuer, eine Reise in die Vergangenheit oder wie immer man das nennen mochte. Und mit einem Mal sah ich, wie die Berge seitlich des Tals hochstiegen, von Wäldern und rotem Gestrüpp bedeckt, und ich wurde richtig aufgeregt.
Die Straße hatte sich in einen Schotterweg verwandelt, der von Brombeeren und Büschen überwuchert war. Ab und zu blieb der Makler stehen und stieg nörgelnd aus, um einen heruntergefallenen Ast aus dem Weg zu

räumen. Der Weg ging steil hinauf, und eine Minute lang dachte ich, wir würden über den Kamm aus dem Tal fahren und auf der anderen Seite wieder hinunter. Aber dann sah ich eine Gruppe Farmgebäude zur Rechten und dahinter das Haus.

Es war keine Schönheit. Eckig. Schräges Dach. Die Wände waren schlammbraun. Es gab keinen Garten, keinen Weg zur Haustür. Es stand einfach mitten auf einem Feld, zwei Stufen führten vom Eingang in Schlamm und Erde.

Der Makler ging einfach ins Haus, musste nicht mal einen Schlüssel benutzen. Es war offen. Ein schrecklich muffiger Geruch prallte mir entgegen, als ich ihm folgte. Gus besichtigte das Haus noch von draußen, ging ums Gebäude herum, sah sich die Fenster an.

Es überfiel mich, nachdem wir die zwei Räume vorne, einer davon die Küche mit einem riesigen Aga-Ofen, durchquert hatten und einen gepflasterten Gang zu den hinteren Zimmern entlangliefen. Es war nicht Mallorca, keine Sonne, kein Meer, aber die Aussicht von der Upper Stone Farm war spektakulär. Es sah aus wie ein riesiges Doppelbett, das sich mit einem braungrünen Patchworkquilt bedeckt vor mir ausbreitete. Die Berge erweckten bei mir den Eindruck, als würden sich zwei Leute in dem Bett drehen und wenden und es dadurch wogen und in der Mitte durchhängen lassen, aber der Horizont blieb statisch – eine hohe, rollende Linie, unterbrochen von Bäumen, die sich im Wind neigten, und gelegentlich einem verlassenen Traktor. Es war karg – und schön.

Den ganzen Weg zurück nach London versuchte Gus – vollkommen vernünftig –, mir klar zu machen, dass es für uns der blanke Wahnsinn wäre, das Haus zu mieten. Er brachte all die Einwände vor, die ich gegen unsere Fahrt nach Wales erhoben hatte.

»Es dauert eine Ewigkeit, dorthin zu kommen. Es ist nass. Es ist kalt. Es liegt meilenweit abgeschieden. Und woher sollen wir die zusätzlichen siebentausend im Jahr oder was er verlangt nehmen? Irrsinn. Obwohl«, konnte er nicht umhin, hinzuzufügen, »wenn ich tatsächlich die Möglichkeit hätte, in diese Security-Geschichte einzusteigen, von der die Robinsons geredet haben, würde es sich wahrscheinlich mit der Zeit selbst tragen. Mit der Zeit«, wiederholte er mit düsterer Miene.

Ich konterte mit seinen eigenen Argumenten in Sachen Mountainbike und der Security-Arbeit, und was hatte er noch gesagt: »Eine Abwechslung ist genauso gut wie eine Pause?« Und was das Geld betraf – warum könnte man die Miete nicht mit Freunden teilen?

Es gibt Zeiten, zu denen man einen Plan hat, und alles läuft danach. Man stellt sich vor, es wird für den Rest des Lebens so bleiben, und bis jetzt hätte man nur geübt, um es nun richtig machen zu können. Der Schluckauf ist vorbei, und von jetzt an segeln wir geradeaus. Dann, wenn man sich gerade im Geiste auf den Rücken klopft, fängt alles wieder an schief zu gehen und man erkennt, dass sich nichts geändert hat. So ist das Leben. Und so war es auch mit der Anmietung der Upper Stone Farm. Wir fanden Leute, die mit uns einstiegen, einfach so. Problemlos. Wir fragten

Freunde, und sie sagten, ja, sie würden ein Pärchen kennen, das daran interessiert sei und mit einem Mal war alles unter Dach und Fach. Wir hatten das andere Pärchen nie kennen gelernt, aber sie schienen absolut zuverlässig, als wir uns eines Abends in einem indischen Restaurant in Shepherd's Bush trafen und die Wochenenden für die nächsten sechs Monate zwischen uns aufteilten. Wir mussten sie nicht einmal mögen. Wir würden ja nicht zur selben Zeit in dem Haus sein.

Gus handelte rasch, und schon bald arbeitete er ein Wochenende im Monat dort und installierte Schlösser in der ganzen Gegend. Dazwischen verschwand er stundenlang auf seinem Rad, während ich das Haus ein bisschen wohnlicher zu machen versuchte, indem ich Wände strich und Auktionen nach Krimskrams durchforstete. Es war nicht gemütlich, aber allmählich nahm es Gestalt an, und wann immer ich mich niedergeschlagen fühlte, brauchte ich mich nur umzudrehen und in meiner Aussicht zu schwelgen.

Das Haus war groß, hatte fünf Schlafzimmer, und so kamen die Kinder an manchen Wochenenden und brachten auch Freunde mit. Jedes Mal, wenn sie in London blieben, war ich ein bisschen unruhig, aber schließlich waren sie keine kleinen Kinder mehr. Ned war siebzehn, und Mary war gerade sechzehn geworden. Mit den Kindern, Abwechslung hin oder her, waren die Wochenenden nicht gerade geruhsam. Besonders wenn sie uns nicht Bescheid gaben und einfach hereinschneiten, sich in letzter Minute entschlossen zu kommen, den Zug nahmen und uns Freitag, wenn wir, erschöpft nach dreistündiger Fahrt, gerade zu Bett gehen wollten, vom Bahnhof in Ludlow anriefen. Der arme Gus musste dann noch einmal hinaus in die Kälte und Nässe und sie abholen. Und am nächsten Tag durfte ich mich in die Schlacht der Samstagmorgeneinkäufer stürzen, extra Lebensmittel einkaufen, mit deren Zubereitung ich dann einen Großteil des Wochenendes verbrachte.

Aber allein meine Aussicht war die Sache wert.

Ich hatte gerade eine dieser unerwarteten Einkaufstouren hinter mir und drückte aufs Gas, um mit dem Mittagessen fertig zu sein, wenn Gus kam (er war seit halb acht mit dem Rad unterwegs und würde hungrig wie ein Wolf sein). Ich fuhr sehr schnell. Dass noch jemand anders auf der Straße sein könnte, daran hatte ich gar nicht gedacht.

Der Wagen wich gerade noch aus. Es war ein dunkelblauer BMW. Ich fuhr in die Hecke, während der Fahrer des BMWs auf die Bremse trat. Ich war etwas durchgerüttelt, aber mir war nichts passiert.

Der Fahrer öffnete sein Fenster. Es war eine Frau, älter als ich, aber sie sah wesentlich besser aus – dunkelbraunes Haar, das glatt bis auf die Schultern fiel, leichte Sonnenbräune (im November!), makelloses Make-up, Perlenohrringe.

»Sind Sie in Ordnung?« Ihre Stimme war stark, autoritär. Sie hätte genauso gut sagen können: Wehe, Ihnen fehlt etwas. In der kühlen Morgenluft konnte ich ihr Parfum riechen. – Coco von Chanel. Ich wusste nicht etwa deswegen, dass es Coco war, weil Gus es mir regelmäßig kaufte, sondern weil ich ab und zu die Gratisproben versuchte, die man heutzutage in Illustrierten kriegt. Manchmal versuch ich mehr als eine, und Gus beschwert sich, dass ich zum Frühstück wie eine Nutte rieche.

»O ja, alles in Ordnung«, versicherte ich der Frau, und bevor ich noch etwas sagen konnte, hatte sie den Fuß schon von der Bremse genommen und fuhr davon.

»Den Wagen hatte ich grade fast abgeschrieben«, sagte ich zu Gus beim Essen. »Irgend so eine Frau in einem BMW ist den Abhang runtergerauscht, als würde er ihr gehören.«

»Das hat er wahrscheinlich auch mal«, erwiderte Ned, den Mund voll mit Spaghetti Bolognese.

»Warum sagst du das?«

»Weil sie hier war und sich im Haus umsehen wollte. Sie hat gesagt, dass sie als kleines Mädchen hier gewohnt habe. Ob wir was dagegen hätten?«

»Und du hast sie gelassen?«

»Klar. Warum nicht? Sie hat nicht lang gebraucht. Jedenfalls drinnen nicht. Aber draußen ist sie, ganz in die Aussicht vertieft, ewig rumgestanden. Schönes Auto. Wer das wohl war?«

Ich wusste, wer es war.

Wenn sie hier gewohnt hatte, als sie noch ein kleines Mädchen war, mit meinen Eltern, als sie noch lebten, und sie nur ein paar Jahre älter war als ich, dann musste sie meine Schwester sein. Die Schwester, der ich nie begegnet war.

GRACE

Ich habe eine Schwester, der ich noch nie begegnet bin.

Gott bewahre, dass ich es je tue, aber es ist wohl unvermeidlich, dass ich mich frage, was aus ihr geworden ist, nachdem ich mir in den Kopf gesetzt habe, zur Upper Stone Farm zu fahren.

Was in aller Welt hat mich dazu bewogen? Seitdem habe ich Albträume. Wer immer da jetzt lebt – ein gut aussehender Junge hat mir die Tür aufgemacht –, hat es recht hübsch hergerichtet, aber für mich lässt dieser Ort immer noch ein Gefühl von Elend aufsteigen.

Wenn ich mir gegenüber ehrlich bin, weiß ich natürlich genau, warum ich dorthin gefahren bin. Es hatte nichts mit der Vergangenheit zu tun, zumindest nicht mit der entfernten. Ich wollte meiner näheren Vergangenheit entfliehen. Wenn ich, so stellte ich mir vor, für einen Tag von London wegfahre, würde ich ihn nicht anrufen. Wenn ich in meinem Hotelzimmer gesessen und das Telefon angestarrt hätte, wäre die Versuchung zu groß gewesen. Es war eine lächerliche Ausrede. Telefone gab es überall, auch in Shropshire. Ich wusste ja nicht einmal, ob er in London war. Womöglich war er in Los Angeles. Aber wenn einmal alles vorbei war, wenn ich endlich akzeptiert hatte, dass er nicht mehr

an mir interessiert war, dann war ich diejenige, die gegangen war.
Es war wohl ein bisschen extrem, nach Amerika zu ziehen. Es hätte auch Cornwall oder der Lake District oder sogar Wales sein können, das war ebenfalls abgeschieden, aber nein, ich musste nach Long Island kommen, in eine friedliche Zuflucht namens Barnes Landing. Ich weiß, dass sie zu Hause alle glauben, ich wäre in den Hamptons, aber sie irren sich. Es ist von größter Wichtigkeit, auf welcher Seite des Highways man lebt. Route 27 – der Montauk Highway, führt bis zur Spitze der Insel. Wenn man wirklich cool ist, liegt das Haus südlich des Highways, am Meer, und die Telefonvorwahl ist 324. Bei mir trifft keines von beidem zu. Ich wohne zehn Minuten nördlich vom Highway, und meine Vorwahl ist 267.
Ich bin nicht mal am Wasser. Ich bin im Wald, wo man die Chance hat, zu Tode gebissen zu werden, buchstäblich – von Zecken. Wenn eine Zecke einen beißt, gräbt sie sich in deine Haut und saugt dein Blut, und wenn du sechs Stunden später einen Ausschlag kriegst und nicht bald zu einem Arzt kommst, dann war's das. Vorhang. Ich übertreibe wahrscheinlich. Das mach ich meistens, aber sie sind ziemlich scheußlich, diese Zecken. Man muss sie mit Vaseline einschmieren, um sie zu ersticken, und dann vorsichtig herausziehen.
Aber ich hab auch die Möglichkeit, am Strand spazierenzugehen. Drei Meilen Sand mit Blick auf Gardiner's Island. Und ich kann zum Louse Point gehen, Heimat des Regenpfeifers, und beobachten, wie die

Sonne als scharlachroter Ball über den Fischadlerhorsten und einer Insel in der Mitte von Cavabonac Harbor namens – wer hätte das geahnt – Wood Tick, Zeckeninsel, untergeht. Am Wochenende meide ich Louse Point, denn da kommen die Pärchen. Sie sitzt am Strand auf einem dieser Klappstühle, die im Sand versinken, und tut so, als würde sie den neuesten Tama Janowitz lesen, aber insgeheim labt sie sich am Anblick ihres prächtigen Muskelpakets, das seine Angel in den Ozean auswirft, in der Hoffnung, ihr Abendessen zu fangen. Sein Golden Retriever stürzt jedes Mal dem Fisch hinterher und muss von seinem Herrchen aus dem Wasser gezerrt werden. Ich weiß, dass diese Typen nie etwas fangen, wenn sie stundenlang dastehen und eher aussehen wie eine Ralph-Lauren-Polo-Werbung als wie ein echter Angler.
Mein Hausmeister fischt sich immer sein Abendessen. Aber er fährt in einem kleinen Boot hinaus, verschwindet hinter Gardiner's Island in den Horizont und kommt mit Barschen und Flundern zurück. Er sagt, er jage Rotwild mit Pfeil und Bogen, aber darüber möchte ich nicht nachdenken. Pfeil und Bogen, in den Hamptons. Wetten, dass die Makler das nicht erwähnen? Zahl eine Million für dein Haus, und du kriegst *Deliverance* gleich mitgeliefert.
Trotzdem ist mein Hausmeister alles andere als der Typ, den Burt Reynolds in diesem Film darstellt. Ganz im Gegenteil. Lew ist ein Schatz, einer der sanftesten Männer, denen ich je begegnet bin, und wenn ich ihn mir mit Pfeil und Bogen in den Händen vorstelle, ist

das irgendwie schockierend für mich. Ich nehme an, es sollte mir das sagen, was ich inzwischen auch erkannt habe, nämlich dass hinter dieser verlorenen Kleiner-Junge-Fassade – er hat wirklich manchmal einen erstaunlich verletzlichen Ausdruck in den Augen – ein ziemlich abgebrühter Lew steckt. Stur. Weicht nicht von seinem Standpunkt. Und, o Mann, der redet vielleicht gern.
Anfangs war ich fasziniert. Seine Familie stammt von hier und lebt schon seit über hundert Jahren auf Long Island. Lew war eine unerschöpfliche Quelle von Informationen über lokale Geschichte, aber er hatte die Angewohnheit, sich zu wiederholen. Nachdem er mir etwa das fünfte Mal erzählt hatte, dass er in der Schule alles über mein Land erfahren habe, begann ich seine Gespräche ein bisschen einzudämmen. So sagte ich zum Beispiel gleich beim Einsteigen: »He, Lew, der neue Dünger, den Sie letzten Monat gestreut haben, scheint gut zu wirken.« Natürlich referierte er dann weitere vierzig Minuten über Düngemittel.
Er tat mir in vieler Hinsicht leid. Offensichtlich arbeitete er jede gottgegebene Stunde, hatte gleichzeitig mehrere Jobs, um weiter im alten Familienheim wohnen und Wuchersteuern bezahlen zu können, umgeben von reichen New Yorkern, die, wie ich vermutete, ihn wie Dreck behandelten. Und trotzdem war er der waschechte Eingeborene, derjenige, der das meiste Anrecht auf das Land hatte, das seine Familie Stück für Stück hatte verkaufen müssen, bis nur noch ein Viertel Morgen übrig war. Er hätte so leicht verbittert, voller

Hass sein können, doch dazu war er zu sehr Gentleman.
Aber um auf die Pärchen zurückzukommen – wenn er endlich erkannt hat, dass er nie irgendetwas fangen wird, und der Hund völlig erschöpft vom Schwimmen ist und sich neben ihr geschüttelt hat und sie dann mit zusammengesteckten Köpfen den Strand entlangwandern, kann ich es einfach nicht länger ertragen.
Also geh ich zurück nach Hause und schau mir die Baseballvorentscheidungen oder etwas ähnlich Bizarres im Fernsehen an, um auf andere Gedanken zu kommen. Denn bis auf die wenigen Male, die mich meine Arbeit nach New York führt oder wie in diesem Fall nach London, kann ich mich hier in Barnes Landing verstecken und ihn vergessen.
Ich gehöre zu den Leuten, die in den Achtzigern fantastisches Glück hatten. Ich rede von wirklich viel Geld. Kaum dreißig, war ich persönliche Assistentin eines Produzenten und dachte, ich würde nebenbei versuchen einen Bestseller zu schreiben. Die Story war ziemlich lausig. Sie handelt von einem Mädchen, das eine Brieffreundschaft mit einem Jungen in Amerika hat, die andauert, bis die beiden in den Dreißigern sind. Sie schütten sich gegenseitig das Herz aus. Er war verheiratet, ist jetzt geschieden und wird ein ungemein erfolgreicher Modezar mit eigenem Laden auf der Madison.
Sie bekommt Krebs, aber das ist das Einzige, was sie nie in ihren Briefen schreibt. Und natürlich stirbt sie, und ihre Schwester findet die Briefe. Zu diesem Zeit-

punkt hatten sie das Stadium erreicht, in dem er arrangiert hatte, nach England zu kommen, um die Brieffreundin persönlich kennen zu lernen, in die er sich durch ihre Briefe verliebt hatte. Aber der Schwester gelingt es, ihn davon abzuhalten, indem sie nach New York fliegt und vorgibt, seine Brieffreundin zu sein. (Ich war erstaunt, dass niemand fragte, warum sie ihm nicht einfach erzählt habe, dass ihre Schwester tot sei, aber keiner tat es.) Er ist ziemlich überrascht, dass das Mädchen, das er sich als graue Maus vom Land direkt aus einem Jane-Austen-Roman vorgestellt hat, in Wirklichkeit eine tolle Geschäftsfrau ist, die er sofort für seinen Laden engagiert. (Sie war – wie praktisch – arbeitslos. Auch das hinterfragte keiner.) Als die Schwester dann schließlich ihren Betrug gesteht, hat er sich bereits in sie verliebt, und es ist klar, dass es mit der toten Schwester ohnehin nie funktioniert hätte.

Ich nannte es *Air Male* – in den Achtzigern konnte man mit so was durchkommen – und schickte es einer Buchagentin. Die wiederum schickte es auf eine Auktion und sicherte mir einen Vorschuss von siebenhundertfünfzigtausend Dollar. Dann kauften es die Briten für eine viertel Million Pfund. Selbst die Franzosen waren weniger steif als sonst. *Par avion* – sie begriffen das Wortspiel des englischen Titels nicht – stieg direkt zur Nummer eins auf. Die Italiener kauften es, zusammen mit den Deutschen, alle Skandinavier und auch Völker wie die Brasilianer und die Koreaner. Alle. Es war, was man einen globalen Bestseller nennen könnte.

Dann kam der Film. »*A Touch of Class* mit Kleenex«, schrieb ein Kritiker. Mit einem Mal war ich so reich, dass ich nicht wusste, was ich tun sollte. Also kaufte ich Häuser wie andere Leute Unterwäsche bei Marks & Spencer – eine Villa in der Toskana, ein Cottage als Zuflucht in Wiltshire, um dort zu schreiben, und, ironischerweise, ein Sommerhaus in den Hamptons. Dies ist das Einzige, das ich immer noch habe. In die anderen bin ich nie eingezogen. Bei dem Gedanken an die Toskana-Anhänger war mir nie wohl gewesen, und als mir klar wurde, dass sie überall um mich herum Häuser in der Toskana mieteten, beschloss ich, nie dorthin zu fahren. Das Cottage in Wiltshire war einfach zu winzig. Es trieb mich zum Wahnsinn, als ich mir am ersten Freitag, den ich dort verbrachte, ständig den Kopf an den Balken anschlug. Also fuhr ich zurück nach London und gab dem Makler den Auftrag, es zu verkaufen, ebenso wie die Villa in der Toskana. Und erst dann wurde mir bewusst, welch ungeheurer Aufwand der Unterhalt für all diese Häuser mit sich gebrachte hätte. Ich weiß nicht, was da in meinem Kopf vorgegangen ist, aber alle sagten: »Steig in Grundbesitz ein«, also hab ich es getan. Dann stieg ich wieder aus.

Doch das Haus in den Hamptons behielt ich. Ich erwarb es durch den Hamptoner Makler Allan M. Schneider, als der noch am Leben war. Wie man mir erzählte, erstickte er 1991 an einem Stück Filetsteak bei einem Abendessen mit dem Polizeichef von East Hampton.

»Hundertfünfundzwanzig Fuß Grund grenzen direkt ans Meer. Neu auf dem Markt. Geschichte und Schönheit finden Sie im Überfluss in diesem repräsentativen East Hamptoner Besitz, mit perfekt eingerichteter Küche, sieben Schlafzimmern, Granitpool, Tennisplatz ...« behauptete damals Allans Anzeige im HOMES AND LAND OF THE HAMPTONS AND THE EAST END. Es hat mich immer schon amüsiert, dass dieser angeblich so vornehme Teil von Long Island als East End bekannt ist. Es gibt keinen größeren Gegensatz zu dem ärmlichen East End, das ich aus London kannte. Das hatte wesentlich mehr Klasse.

Mir gefällt die Vorstellung, dass ich diesen Besitz in diesem prätentiösen Teil der Welt habe und nicht dort wohne. Sobald ich mich beruhigt hatte, warf ich einen Blick darauf und wusste genau wie bei den anderen beiden Objekten, dass ich hier nie leben könnte. Man überredete mich dazu, es zu behalten und es im Sommer für ein Vermögen zu vermieten, und als die Zeit reif war, verliebte ich mich in mein Baumhaus in Barnes Landing und ließ mich dort nieder. Hier in Barnes Landing haben sie keine Ahnung, dass ich noch ein Haus südlich des Highways besitze. Die Makler, die es vermieten, haben strikte Anweisung, nicht zu sagen, wem es gehört. Als ich mein Blockhaus kaufte, eine viereckige Schachtel aus Zypressenholz und Glas, Ende der Sechziger gebaut, dachten meine Nachbarn, es wäre mein erster Hauskauf.

»Ah, Sie haben den Hart-Besitz gekauft«, sagten sie, wenn sie mir beim Spazierengehen auf dem Privatstrand von Barnes Landing begegneten. Sie verrieten nie, ob sie das für gut oder schlecht hielten. Einfach: »Oh, Sie haben den Hart-Besitz gekauft. Da kommt ein Nordost auf. Sie sollten die Möbel von der Veranda reinholen.«

Meine nächste Nachbarin ließ sich zu einem Ratschlag hinreißen, der mich monatelang verwirrte.

»Im Winter wird's mächtig kalt. Sie müssen immer einen Haartrockner auf der Veranda haben.«

Ich begriff, was sie meinte, als ich Mitte Januar eines Abends sehr spät nach Hause kam und feststellte, dass das Schloss an der Fliegengittertür total zugefroren war. Als es nach einigen Minuten Kampf immer noch nicht nachgab und ich Gefahr lief, selbst einzufrieren, stapfte ich durch den Schnee meine Einfahrt hinunter und ihre hinauf und klopfte an ihre Tür.

»Ich glaube, Sie müssen mir Zuflucht für die Nacht gewähren. Meine Tür ist eingefroren. Ich komm nicht rein.«

»Ich hab Ihnen doch gesagt, Sie sollen einen Haartrockner draußen deponieren.« Sie packte ihren, marschierte mit mir zurück, steckte ihn auf der Veranda in die Dose und machte sich daran, das Schloss aufzutauen.

»Ist mir auch mal mitten in der Nacht passiert. Die Millers auf der anderen Straßenseite dachten, ich hätte den Verstand verloren, als ich sie um zwei Uhr früh aufweckte und um einen Haartrockner bat. Sie müssen mich für eine heimliche Schönheitskönigin halten.«

Ich hatte oft den Drang, Linda vom anderen Haus am

Meer zu erzählen. Ich würde gern mit ihr dorthin fahren und es ihr zeigen. Sie wüsste es zu schätzen. Linda ist eine tolle Frau, aber sie hat so ziemlich den schlechtesten Geschmack, der mir je begegnet ist. Ihre Lieblingsfarbe ist Pink, und sie mag Violett. Der gesamte Inhalt ihres Hauses – mit Ausnahme des Kühlschranks, des Herds, des Geschirrspülers und der Waschmaschine – ist entweder violett oder pink. Das Haus selbst ist wunderbar. Doch was sie getan hat, ist wirklich kriminell. Sie hat doch tatsächlich wunderschöne Hartholzböden mit violettem Flokati zugedeckt.

Und das kam so: Als sie sich von Artie scheiden ließ (der ihr furchtbar fehlt), bekam er das in Florida und sie das Haus in Barnes Landing. Ich bin mir nicht sicher – und ich werd den Teufel tun und Linda danach fragen –, aber ich glaube, Artie hat einen ziemlich guten Geschmack, da Linda behauptet, er habe keinen. Sie hat ihn gezwungen, sein ganzes Zeug aus dem Haus auf Long Island abzuholen und nach Florida zu bringen, und sie fuhr dorthin und brachte ihre pinkviolette Welt hierher, mit ihrem besten Stück: einem Briefkasten in Form eines rosa Pudels.

Linda würde mein Haus am Meer lieben, weil es kitschig ist. Als ich noch Geld in Hülle und Fülle hatte, ließ ich es von einem Innenarchitekten einrichten. Ich fuhr fort und machte irgendetwas anderes, und als ich zurückkam, hatte ich ein Haus voller Marmorbäder und frivolen Chintz in den Schlafzimmern. Das Erdgeschoss entsprach der Vorstellung eines neureichen Dummkopfs von einer spanischen Hazienda. In Amerika gehen Reichtum und Geschmack nicht unbedingt Hand in Hand. Um ehrlich zu sein, verlockt er meist zu Megakitsch.

Im Winter, wenn die Sommermieter weg sind, spazier ich oft die Straße runter und schau mir heimlich mein Haus an. Manchmal geh ich auch rein. Die Leute lassen immer etwas zurück, und Dinge können viel verraten. Meine Mieter sind offensichtlich alle süchtig nach Illustrierten. Die Leute von diesem Jahr hatten VOGUE, TRAVEL & LEISURE, HARPER'S BAZAAR, DETAILS, DETOUR, INTERIORS, VANITY FAIR, TOWN & COUNTRY sowie THE NEW YORKER abonniert und auch die hiesigen Hochglanzmagazine HAMPTONS und HAMPTONS FILE. Ich schau mir dann immer ihre Namen und Adressen in New York an. Wenn man Abonnent ist, klebt das auf der Titelseite des Magazins. Ich sitze in meinem grässlichen schicken Haus und überlege, was das wohl für Menschen sein mögen, diese Möchtegernschickeria, die bereit sind, bis zu hunderttausend Dollar für ein Sommerhaus auszugeben, wo sie zu Fuß zum Wasser gehen können, Wange an Wange mit anderen Möchtegerns. Da ich ihre Namen und Adressen habe, bin ich manchmal versucht, mich vor ihren Wohnhäusern in Manhattan rumzutreiben, um heimlich einen Blick auf sie zu erhaschen.

Als ich in mein Haus in Barnes Landing einzog, gab es keine Illustrierten. Ich fand nur fünfundzwanzig Ratgeber für Salzwasserfischerei, aber trotzdem mach ich mir Gedanken über die Familie, die hier einmal gewohnt hat.

Ich glaube, es gab zwei Mädchen in der Familie, genau wie es bei uns war. Oder nicht war. Ich öffne immer noch Schränke und finde alte Puzzles von Cinderella und dem Prinzen oder Make-up für Teenager. Als Kind hab ich das Zeug gehasst. Ich war von klein auf unabhängig, wollte immer allein losziehen. Der einzige Mensch, dessen Gesellschaft ich ertragen konnte, war meine Mutter. Ich liebte sie abgöttisch, aber es ist immer einfach, liebevoll an Tote zu denken, sich nur an gute Dinge zu erinnern. Dabei hab ich nur wenig Erinnerungen an sie. Ich war erst fünf, als sie starb.
Mein Vater verbrachte viel Zeit in London, und meine Mutter und ich blieben auf der Upper Stone Farm. Er war Verleger. Durch ihn lernte ich Bücher kennen und lieben. Ihm verdanke ich wohl meine Karriere als Schriftstellerin. Er bestand darauf, dass ich so früh wie möglich lesen und schreiben lernte und mich dann mit seinen Lieblingsautoren vertraut machte – Conrad, Swift, Thackeray –, lange bevor ich sie begreifen konnte.
Er war nicht nur Geschäftsführer, er hatte auch seinen eigenen kleinen Verlag. Damals war das eher die Norm als eine Ausnahme. Es gab kein HarperCollins, nur Collins. Jonathan Cape war nicht Teil des Random-House-Imperiums, und genau wie mein Vater gab es viele Verleger, die auf sich allein gestellt waren, nur bekannt unter ihrem Namen: André Deutsch, Michael Joseph, Victor Gollancz, John Calder. Der Verlag von Lucas Cammell war in einem Haus in Notting Hill Gate, weit entfernt von der Bloomsbury-Clique, die um Bedford Square verstreut war.

Im Nachhinein habe ich nie verstanden, wieso meine Mutter sich nicht mehr für das Arbeitsleben meines Vaters interessierte. Sie fuhr nie nach London. Nie. Meine Eltern hatten eine hübsche Wohnung über dem Verlag, aber es war und blieb eine Junggesellenbude. Mein Vater bewohnte sie während der Woche und kam am Wochenende nach Wales. Les Bevan bewirtschaftete das Land, und wir lebten im Farmhaus. Er kam mit dem Zug nach Hause – Paddington nach Newport mit Umsteigen auf die Nebenstrecke nach Leominster oder Ludlow –, erschöpft, mit einem Stapel von Manuskripten beladen, die er in zwei Tagen lesen musste, sodass wir ihn kaum sahen.

An eins kann ich mich noch gut erinnern, nämlich dass meine Mutter versuchte, mich für meinen Vater hübsch anzuziehen und ich rebellierte. Sie wollte eine hübsche, niedliche Tochter und hatte stattdessen mich. Sie selbst war eitel, immer makellos gekleidet in Kaschmirpullover und Wollhosen, obwohl sie außer den Farmarbeitern keiner sehen konnte. Sie schminkte sich jeden Morgen mit dem Geschick einer Expertin, während ich auf einem Hocker saß und sie beobachtete. Ihr nierenförmiger Toilettetisch mit seiner Chintzrüsche war ein so starker Anachronismus in dem schmucklos praktischen Farmhaus, dass ich ihn nie vergessen habe. Und ihr Haar war immer frisch gewaschen und glänzend. Aber für wen? Im Nachhinein kann ich nur annehmen, dass es für sie selbst war. Wenn ich mir die Fotos, die kurz vor ihrem Tod gemacht wurden, ansehe, bemerke ich, dass ihre

Schönheit begonnen hatte zu verblassen. Ihr Haar sieht leicht grau aus, obwohl das Foto schwarzweiß ist. Die feinen Fältchen, die eine empfindliche Porzellanhaut herausfordert, machten sich bemerkbar. Und sie rauchte ständig. Vielleicht starb sie so, wie sie starb, weil sie den Verfall ihrer Schönheit nicht ertragen konnte.

Aber wenn das so war, warum war sie dann so aufgeregt wegen Favour gewesen? Ich weiß, dass man mir wohl den richtigen Namen meiner Schwester irgendwann gesagt haben musste. Er liegt mir auf der Zungenspitze, aber ich komm einfach nicht drauf. Es ist ein seltsamer Name, und um ehrlich zu sein, ich weiß nicht mehr, wer ihn in meiner Gegenwart genannt hat. Ganz sicher nicht mein Vater. Aber im Geiste hab ich sie immer Favour genannt, bevor sie zur Welt kam, weil ich wusste, dass sie der Liebling meiner Mutter war. Es war mir vollkommen klar, dass Favour das putzige kleine Mädchen sein würde, das sich meine Mutter immer gewünscht hatte. Während ihr Bauch anschwoll und ihre schlanke Silhouette verzerrte, wurde sie von Tag zu Tag aufgeregter.

»Ich bin wieder jung«, sagte sie immer und immer wieder. Ja, daran kann ich mich noch erinnern. Und vielleicht hat sie das auch wirklich empfunden. Sie mochte wohl knapp vierzig sein, aber immer noch jung genug, um ein Kind zu kriegen. Noch einmal von vorne anzufangen. Sie machte vom ersten Tag an Pläne. »Dieses Kind wird dies sein ... dieses Kind wird das sein ...« Jeden Tag musste ich mir das anhören.

Jeden Tag wuchs mein Hass auf das ungeborene Baby. Wenn sie sich weiter so benehmen würde wie vor der Geburt, würde bei der Ankunft des Kindes für mich gar nichts mehr übrig bleiben.

Ich kann mich noch an alles erinnern, was in der Nacht, in der Favour geboren wurde, passierte, und auch noch an die Zeit kurz danach, aber dann beginnt es zu verschwimmen. Ich weiß nur, was man mir erzählt hat.

An dem Tag, an dem meine Mutter zur Geburt nach Ludlow gefahren wurde, lief ich weg. Ich zog meine Gummistiefel an, ging durch die immer offene Haustür, dann den Weg hinauf, Zwerghühner verscheuchend, ging vorbei an den Ställen und den Scheunen und schließlich den Hügel hinunter. An der Hauptstraße angelangt, blieb ich stehen, sah nach links und nach rechts, wie ich es gelernt hatte, und marschierte dann hinüber.

Ich ging die Straße auf der anderen Seite des Tals hoch, über den Fluss, kletterte höher und höher, bis ich am Hill House angelangt war, wo Mrs. McIntyre lebte. Mrs. McIntyre hatte ich immer schon gemocht. Sie war eine Freundin meiner Mutter. Als ich zu ihrem Haus aufbrach, hatte ich noch im Sinn, sie zu bitten, mir zu helfen, dass meine Mutter ihre Aufmerksamkeit wieder mir schenkte und aufhörte, von dem Baby zu reden. Ich weiß, dass ich das wollte. Aber ich hatte wohl unterwegs meine Meinung geändert, und als ich in ihr Haus spazierte – damals ließen alle Leute die Türen offen stehen –, setzte ich mich in ihre Küche

und sagte ihr, ich würde jetzt für immer bei ihr bleiben.
Das Baby kam zu früh. Es war mitten in der Woche. Mein Vater war in London und musste telefonisch herbeigerufen werden. Es würden mindestens drei Stunden vergehen, bis er hier war. Keiner hatte bemerkt, wie ich das Haus verließ. Es würde einige Zeit dauern, bis irgendjemand auf der Upper Stone Farm fragen würde, wo ich sei.
Mein Vater tauchte schließlich auf. Ich sage das jetzt so, weil man es mir berichtet hat. Ich kann mich nicht daran erinnern, ihn gesehen zu haben. Er brachte katastrophale Nachrichten: Meine Mutter hatte ein Baby bekommen, und er war ganz hingerissen davon. Der Erzählung nach weigerte ich mich strikt, mit ihm nach Hause zu gehen. Ich brüllte und schrie und blamierte alle. Mein Vater kannte natürlich Mrs. McIntyre und ihren Mann David. Wie man mir erzählte, gab er schließlich nach und sagte, wenn sie wirklich bereit wären, mich aufzunehmen, bis meine Mutter nach Hause komme, wäre das wirklich sehr hilfreich.
Sehr hilfreich. Er würde für immer in ihrer Schuld stehen. Höfliche leere Phrasen, die die Wahrheit kaschierten. Zu Hause wollte mich keiner mehr.
Warum sollte ich also nach Hause gehen wollen? Ich war hier im Paradies: Erwachsene, die an meinen Lippen hingen. So viel fernsehen, wie ich mochte. Bis spät am Abend aufbleiben können. Köstliches Essen. Eiscreme zu jeder Mahlzeit. Kein Rosenkohl, wenn ich

ihn nicht wollte. Ein Licht, das die ganze Nacht brannte, während ich schlief. Kein Gerede von Stromverschwendung. Ich fühlte mich sicher. Ich fühlte mich gewollt. Ich weiß, dass es so war. Ich kann mich noch daran erinnern.

Aber wenn meine Mutter nicht Selbstmord begangen hätte, hätte man mir nie erlaubt zu bleiben.

FAVOUR

Jetzt ist es offiziell. Wir sind schick. Kate Moss hat sich eine Wohnung in Shepherd's Bush gekauft. Kein Haus. Nur eine Wohnung.« Da stand was in der Zeitung bezüglich ihre Ärgers mit ihrer Baufirma, und ich war dumm genug, beim Frühstück davon anzufangen.

»Mum, das weiß doch jeder. Schon seit einer Ewigkeit. Wo warst du denn?«

»Nun, hier, genau wie du. Ist es bei uns in der Nähe?«

»Ja. Nicht weit.« Ned frühstückte immer in seinen Boxershorts und dem, was er ein T nannte. Ich hatte versucht ihm ins Gewissen zu reden, ihn zu warnen, er würde frieren, den Bus verpassen, wenn er sich nicht vor dem Frühstück anzog, aber alles vergeblich. Ihm graute vor dem Anziehen. Manchmal, am Wochenende, wanderte er so durchs Haus, bis er sich wieder schlafen legte. Einmal beobachtete ich ihn dabei wie er halb nackt aus dem Haus ging, um einen Liter Milch zu kaufen.

»Woher willst du das wissen?«, fragte Mary. »Er hat doch keine Ahnung, Mum. Er tut nur so. Auf jeden Fall, Kotzbrocken, hasst du Kate Moss.«

»Jeder weiß es. Du musst nur die Makler fragen.«

»Und die wären?«

Ned steckte sich ein Stück Toast zwischen die Zähne und wackelte damit.
»Siehst du, du weißt es nicht.« Mary triumphierte. »Glaubst du, wir werden sie unten im *Empire* mit Johnny Depp sehen?«
»O Gott, hoffentlich nicht. Was für ein Weichei.«
»Ist er nicht. Er ist ein Schlaganfall.«
»Ich hab gedacht, Liam Gallagher wär dein Favorit.« Ich versuchte mit ihrer neuesten Leidenschaft auf dem Laufenden zu sein, obwohl sich das zwischen Frühstück und Mittagessen schlagartig ändern konnte.
»Nee, der ist echt traurig. Johnny Depp ist nur ein Möchtegern-Weichei, doch der andere Kerl ist echt Müll. Aber du stehst auf diese Patsy Kensit, stimmt's, Kotzbrocken?«
»Tu ich nicht.«
»O doch, tust du. Ich hab gesehen, wie du ihr Bild anschlabberst, du und deine pickligen Kumpel. Bilder von Patsy unter deinem Bett, Futter für deine pubertierenden Fantasien.«
»Mary. Bitte.«
Ehrlich gesagt, war ich ziemlich beeindruckt. Pubertierend – hatte ich mit sechzehn solche Wörter benutzt? Ich würde mir die Ärmel hochkrempeln und das klären müssen. Ich hatte nämlich ungewollt die Feindseligkeiten des Dritten Weltkriegs wieder aufflammen lassen. Der Krieg war vor einem Jahr zwischen Ned und Mary wegen der Frage Kate Moss im Vergleich zu Patsy Kensit entflammt. Ich hatte damals gesagt, es sei aufregend, Kate Moss im Viertel zu

haben. Jetzt musste mir schleunigst was mit Patsy einfallen.

»Patsy ist doch gar nicht so schlecht, Mary. Sie war wirklich süß in *The Railway Children.*«

»Sie hat in *The Railway Children* gar nicht mitgespielt«, sagte Gus und tauchte hinter BOARDS auf. BOARDS ist ein Windsurfer-Magazin. Gus' Lebenstraum ist Windsurfen. Einmal, ganz am Anfang unserer Beziehung, vertraute er mir an, dass er sich selbst als Surfer sah, der auf den Wellen reitet, und diesem Traum am nächsten sei, wenn er mit dem Rad über eine Kuppe fährt.

»Doch, sie war dabei, sie hat Jenny Agutters Schwester gespielt. Die Kleine mit den vorstehenden Zähnen.«

»Du meinst Sally Thomsett. Patsy Kensit war höchstens ein Jahr alt, als sie *The Railway Children* gedreht haben.« Woher wusste Gus, wie alt Patsy Kensit war? Er war leicht errötet und zog sich hinter BOARDS zurück.

»Ned, anziehen, Zähne putzen, mach, dass du rauskommst.«

»Ich muss heute nicht weg.«

Er musste seine Prüfung nachholen und büffeln. Süßer Ned. Mein großes tolpatschiges Baby. Ein echter Träumer, wie seine Mutter. Steht nicht auf Fußball, nicht auf Rockmusik. Ich habe den Verdacht, dass er wahrscheinlich heimlich, in seinem Zimmer eingesperrt, erbärmlich schlechte Gedichte schreibt. Ich spüre, wie er darauf wartet, sich zu verlieben. Ich würde zu gern wissen, ob er noch Jungfrau ist. Manchmal bedränge ich Gus, ihn zu fragen. Von Mann zu

Mann. Gus erwidert dann nur, warum ich es nicht selbst tue. Ob die Mädchen auf Ned stehen? Er ist so groß und tolpatschig, doch er hat die sanftesten Augen, die ich je bei einem Mann gesehen habe. Er schaut aus wie ein Muskelprotz, aber ein schrecklich verletzlicher. Er weint, und das habe ich bei Mary schon seit einiger Zeit nicht mehr bemerkt. Trotzdem ist es meine Pflicht hart mit ihm zu sein.

»Los jetzt, Ned. Du musst die Prüfung diesmal bestehen.«

»Was ist mit diesem *Panorama*-Ringelpiez?«, fragte Mary.

»Welchem *Panorama*-Ringelpiez?«

Gus und ich hatten uns Montagabend *101 Dalmatiner* zu Gemüte geführt. Das sagt irgendwie alles. Wir gehen in Kinderfilme, und unsere Kinder bleiben zu Hause und sehen sich *Panorama* an.

»Da hast du's, Mum.« Mary war in ihrem Element. Sie hatte mich mal wieder erwischt. »Du bleibst einfach nicht am Ball. Du hast gerade mal rausgefunden, dass Kate Moss hier in der Gegend eine Wohnung kaufen will. Wette, du weißt nicht, dass Patsy Kensit Liam Gallagher heiraten soll. Und du weißt auch nichts über die Sache in *Panorama*. Sie behaupten, dass arbeitende Mütter die Ausbildung ihrer Kinder gefährden, und all die Feministinnen sind total durcheinander, weil sie doch dafür immer gekämpft haben, oder? Dafür, dass die Frauen alles haben können.«

Ich wollte mich gerade schuldig bekennen und meine Unwissenheit eingestehen, da ging Mary zu weit.

»Aber wir sind in Ordnung«, sagte sie, »auf uns trifft das nicht zu. Du kannst Mum nicht die Schuld dafür geben, dass du deine Prüfung verpatzt hast, Kotzbrocken.«
»Wie meinst du das?«
»Na ja, du bist doch nicht wirklich eine arbeitende Mutter, oder?«
»Gus, hast du gehört, was sie gerade gesagt hat?«
»Wer?«
»Mary. Deine Tochter. Ist da noch eine andere weibliche Person im Raum?«
»Nein. Und nein, ich hab's nicht gehört.«
Ich wusste, dass er es gehört hatte. Gus kann manchmal so ein Feigling sein. Er hasst Konfrontationen, ein Charakterzug, den Mary anscheinend nicht geerbt hatte. Aber Ned hat meine Verträumtheit. Er ist nicht wie Gus. Sich Ned auf einem Mountainbike vorzustellen ist nichts als Fantasie. Aber für einen guten Streit mit seiner Schwester ist er immer zu haben. Ned ist das krasse Gegenteil von Mary, doch sie ist der einzige Mensch, der ihm einen Funken Zorn entlocken kann. Normalerweise wurstelt er vor sich hin, beladen mit Charme, wenn sich die Leute die Mühe machen, danach Ausschau zu halten. Hoffnungslos in der Schule. Nicht im Geringsten konkurrenzbewusst.
Mary dagegen ist so ehrgeizig, dass es beängstigend ist. Sie ist jahraus, jahrein an der Spitze ihrer Klasse und, o Mann, das lässt sie einen auch wissen. Ich sollte stolz auf sie sein, stattdessen schäme ich mich, wenn

unsere Freunde zu Besuch kommen. Kaum sind sie da, berichtet Mary ihnen schon von ihren Noten. Sie stellt den armen Ned in jeder Beziehung in den Schatten. Sie ist dunkel und teuflisch hübsch, ohne eine Spur von Teenager-Pickeln und Babyspeck. Sie ist zierlich und temperamentvoll. Dieser grässliche Ausdruck »sie ist ein süßer Knopf« kommt einem in den Sinn, aber das wohl auch, weil Gus es ständig sagte, als sie noch klein war. Sie kann Gus um den kleinen Finger wickeln. Er ist furchtbar stolz auf sie. Weder er noch ich haben studiert, und ich glaube, dass er insgeheim ein bisschen nervös ist bei dem Gedanken, dass er in nicht allzu ferner Zukunft eine Tochter haben wird, die in Oxford oder Cambridge oder wo auch immer studieren wird. Aber auch wenn sie mit dem besten Zeugnis abschließen und Gott wer weiß was werden wird, momentan hat sie eine viel zu freche Klappe, und das werde ich nicht dulden.
»Willst du damit andeuten, dass ich nicht arbeite?«
»Na ja, als großartige Karriere kann man das wohl nicht bezeichnen, Mum.«
Sie hatte wie immer Recht. Ich war an der Anmeldung in einer Praxis für Physiotherapie, aber das nur drei Tage die Woche bis vier Uhr nachmittags. Ich war nicht direkt auf der Zielgeraden zu einer sorgsam geplanten Karriere. Aber es ärgerte mich, wie besessen die Jugend von einer Karriere mit fett gedrucktem K war. Mary hätte miterleben müssen, wie es damals war, als Gus mit seinem Geschäft angefangen hatte. Dann hätte sie mich schwerer arbeiten sehen können,

als sie es wohl je für möglich hielt. Nächtelang hatte ich Zahlenreihen angestarrt und versucht die Bücher in Ordnung zu halten und meistens auch noch sie dabei gefüttert.
Aber nein, eine Karriere konnte man das nicht nennen. Trotzdem gab es einen Grund, warum ich nicht jeden Tag ins Büro rennen wollte, etwas, von dem man nicht erwarten konnte, dass es die Kinder verstanden, weil sie sehr wenig darüber wussten. Gus und ich, wir hatten über eine Arbeit für mich geredet, als wir anfingen unser gemeinsames Leben zu planen und ich ihm davon erzählt hatte, dass meine Mutter bei meiner Geburt gestorben war.
»Willst du mir damit sagen, dass du Angst hast, Kinder zu kriegen?«, hatte er mich gefragt. »Vor den Schmerzen, davor, dass dir auch was passieren könnte? Wenn ja, ist das kein Problem, wir können welche adoptieren.«
Für Gus war offenbar nie etwas ein Problem. Er ging scheinbar alles immer gelassen an, überzeugt, es würde irgendeine Möglichkeit geben, sämtliche eventuellen Hindernisse zu überwinden. Nur ich wusste, wie sehr er sich insgeheim Sorgen machte. Aber ich wollte kein Kind adoptieren. Ich wollte eigene und ich wollte so viel wie möglich für sie da sein, gerade weil meine Mutter nicht für mich da gewesen war. Und wenn dazu ein Job gehörte, bei dem ich entweder mitten in der Nacht für meinen Mann arbeitete oder um vier nach Hause kam und nur drei bis vier Tage die Woche arbeitete, dann war das eben so. Es war ja nicht, als ob

dadurch der Welt ein Industriemagnat oder ein bahnbrechender Biochemiker verloren ginge. Als Gus mich also nicht mehr im Laden oder als Telefonzentrale zu Hause brauchte, nahm ich den Job an der Anmeldung bei dem Physiotherapeuten unten an der Straße an.

Ich wusste, dass Gus neugierig war, was meine Kindheit betraf. Es war schon eine Ironie des Schicksals, dass Dad ihn kennen lernte, aber nie erfuhr, dass ich ihn heiratete. Dad verkaufte die Upper Stone Farm nach dem Tod meiner Mutter, und er und ich zogen nach London in die Wohnung über dem Verlag. Man sagt mir, ich hätte eine Reihe von Kindermädchen gehabt, bis ich in den Kindergarten ging, und danach wurde den Sekretärinnen unten im Lucas-Cammell-Verlag klar gemacht, dass Babysitten ein Teil ihrer Aufgaben sei.

In gewisser Weise wurde ich in einem Büro aufgezogen, also war es wahrscheinlich kaum überraschend, dass ich mich gegen eine Laufbahn in einem solchen entschied. Ich will nicht bestreiten, dass es Spaß machte, aus der Schule nach Hause zu kommen und von allen gehätschelt zu werden. Ich fing im Postraum im Keller an, wo der alte Fred Manuskripte in Umschläge stopfte, während ich ihm eine Tasse Tee kochte und er dann die Bourbon-Kekse herausholte, meine Lieblingskekse, die er immer neben der Frankiermaschine stehen hatte. Anschließend ging's hinauf zum Empfang, wo Pat mich an der Telefonvermittlung arbeiten ließ, wenn nicht zu viel los war oder bis ich jemanden aus der Leitung warf. Oder ich

durfte Besucher hinauf zu Dad oder zu einem der Lektoren bringen.
Die Lektoren, die eigene Büros hatten und scheinbar nichts anderes taten als den ganzen Tag Manuskripte zu lesen, sollte ich nicht stören, aber in der Werbeabteilung hatte ich freie Bahn. Hier war der Lärm immer ohrenbetäubend, und die Leute brüllten sich gegenseitig an oder ins Telefon.
Die künstlerische Abteilung war mein Favorit. Ben, der Artdirector, bat mich immer um meine Meinung bei den diversen Umschlagentwürfen. Ich stellte mir vor, wie er meine Kommentare an Dad weitergab.
»Ihre Tochter fand den mit der Grotesk am besten. Ein bisschen ausgefallen für W. H. Smith, hätte ich gedacht, aber vielleicht sollen wir auf die Jugend hören ... der Jugendmarkt ...« Ben war etwas steif und trug stets eine Fliege.
Und ich stellte mir gern vor, dass mein Vater immer entgegnete: »Na gut, dann machen wir das eben.«
Meine Hausaufgaben erledigte ich in der Buchhaltung, weil es da ruhig war. Dann würde mich, wer immer gerade Dienst als Babysitter hatte, nach oben zum Baden und Abendessen bringen. Anschließend durfte ich noch mal im Schlafanzug runter, um allen einen Gutenachtkuss zu geben. Im Verlag gab es zweiundzwanzig Angestellte, inklusive der Vertreter, und alle machten stets Überstunden.
Als Teenager marschierte ich natürlich schnurstracks durchs Haus nach oben in mein Zimmer im obersten Stock und hörte volle Lautstärke so etwas Grässliches

wie die Bay City Rollers (das sollte Mary möglichst nie erfahren), bis die Korrektoren im Lektorat unmittelbar darunter ausrasteten, weil sie sich nicht mehr konzentrieren konnten.

Als Dad 1987 an Mason House, ein amerikanisches Konglomerat, verkaufte, war das der Anfang vom Ende. Er durfte den Namen Lucas Cammell behalten und das Gebäude und den Großteil seiner Angestellten (aber der steife Ben wurde sehr rasch von einem jungen Schnösel ersetzt, der, so weit ich das beurteilen konnte, den Job nur bekommen hatte, weil sein Gesicht gefiel). Aber sie mischten sich ständig ein, verlangten, dass er die Hälfte seiner Autoren fallen ließ, von denen manche schon dreißig Jahre bei ihm waren, und mehr Geld fürs Marketing verwendete.

Insgeheim war ich recht angetan von dem frischen Blut im Haus, besonders von dem in der neu gegründeten Marketingabteilung, die anstelle des Lektorats unter meinem Zimmer einquartiert wurde. Statt Musik in meinem Zimmer zu spielen, schlich ich mich die Treppe hinunter, um der Hausmusik zu lauschen, die sie nonstop auf ihren Gettoblastern spielten. Die meisten von ihnen kamen aus der Werbebranche, wo man es cool fand, zu Musik zu arbeiten.

Dad verlegte Literatur. Er war ein echter Purist. Deswegen traf es ihn so hart, als das in amerikanischem Besitz befindliche Konglomerat, an das er Lucas Cammell verkauft hatte, damit begann, ihn zu zwingen, Kommerzielles zu verlegen. Ich dagegen war begeistert. Als ich hörte, dass wir an der Auktion für den neuen Roman von Judith Kranz oder Sidney Sheldon beteiligt waren, konnte ich es nicht fassen. Ich begann mich im Lektorat rumzutreiben und Manuskripte zu lesen, wenn sie eintrafen, etwas, was ich bis jetzt noch nie getan hatte. Ich überlegte sogar, ob ich Dad um einen Job im Verlag bitten sollte. Cammell und Tochter, Lieferanten brandheißer Wälzer.

Doch mein Vater baute erst richtig ab, als man auf Computer umstellte. Er konnte einfach nicht damit umgehen, vor allem, weil er es nicht wollte. Aber eben diesen Computern war es zu verdanken, dass ich Gus kennen lernte.

Sie wurden gestohlen.

Dad und ich schliefen oben tief und fest, als sie einbrachen und Computer im Wert von siebzigtausend Pfund stahlen. Dads Eigentümer sagten, er müsse bessere Sicherheitsmaßnahmen haben, und so kam Gus ins Haus. Er war derjenige, den sie schickten, damit er mit uns über Alarmanlagen und Sicherheitstüren redete.

»Sprich du mit denen«, sagte Dad. Typisch. Einbruchsalarmanlagen fielen unter dieselbe Kategorie wie Computer, Anrufbeantworter, Technik – all das machte ihn nervös.

Also verhandelte ich mit Gus, obwohl eine ganz andere Firma die tatsächliche Überwachung des Einbaus des Alarmsystems übernahm. Gus machte nur die Schlosserarbeiten. Ich führte ihn durchs Gebäude und die Wohnung und hörte mir seine Ansichten darüber an, was einzubauen war. Ich mochte seine lockere Art und

wie er lachte, wenn ich versuchte komisch zu sein, und wie er so tat, als würde er den Geruch von Dads altem Spaniel, der es nicht mehr lange machen würde, nicht merken.
Ich glaube, Dad hoffte immer, ich würde einen seiner Autoren heiraten oder zumindest jemanden aus der literarischen Welt, aber es war einfach nicht meine Szene.
Dad starb plötzlich in diesem Winter, nach einer besonders bösartigen Grippe. Er war erst achtundsechzig, aber er hatte einfach seinen Lebenswillen verloren. Gus begleitete mich zur Beerdigung, was einiges Gerede zur Folge hatte. Ich weiß nicht, ob ihn einer aus der Zeit des Einbruchs wieder erkannte. Unser Kennenlernen und der Beginn unserer Freundschaft hatte sich weit weg von den neugierigen Augen des Verlags abgewickelt, in dem unendlich viel getratscht wurde.
Die Totenfeier wurde im Konferenzzimmer von Lucas Cammell abgehalten, und nachdem ich die letzten Trauergäste verabschiedet hatte, machte mir Gus neben der Rank-Xerox-Kopiermaschine einen Heiratsantrag. Ich nahm ein Stück Papier, schrieb »Ja, ich will« darauf, legte es mit dem Text nach unten auf den Kopierer, programmierte ihn auf fünfzig Kopien und drückte Start. Dann drückten wir beide unsere Münder auf das Glas und machten auch davon fünfzig Kopien. Wir gaben uns gegenseitig nur eine, und ich habe mich oft gefragt, was das Personal wohl über unsere Bemühungen dachte, als es am nächsten Tag zur Arbeit kam.

Natürlich änderte sich nach Dads Tod alles. Lucas Cammell Publishers wurde von einem hochragenden modernen Glasgebäude in der Nähe der Grays Inn Road zusammen mit einigen anderen Verlagen geschluckt, und ich musste feststellen, dass ich keine Bleibe mehr hatte. Dad hatte nicht nur den Verlag sondern auch das Gebäude verkauft.

»Aber du wirst Geld haben«, sagte Gus, die Stimme der Vernunft, »wenn dein Vater den Verlag verkauft hat. Was hat er dafür gekriegt, und was hat er mit dem Geld gemacht?«

»Ich nehme an, das werden sie mir alles heute Nachmittag erklären«, erwiderte sagte ich. Wir hatten einen Termin bei den Anwälten zur Verlesung von Dads Testament.

Und jetzt musste ich Gus von Grace erzählen.

Dad hatte alles für vier Millionen Pfund verkauft, und nach Abzahlung des Überziehungskredits und der Begleichung aller Außenstände blieb etwas weniger als eine Million. Und die hatte er Grace hinterlassen.

»Wer, verdammt noch mal, ist Grace?«, tobte Gus, eines der wenigen Male, dass ich erlebte, wie er die Beherrschung verlor.

»Meine Schwester.«

»Deine was? Wir kennen uns schon fast ein Jahr, und plötzlich sagst du mir, du hast eine Schwester. Es ist wie bei einer von diesen Seifenopern, wo ihnen die Ideen ausgehen, und so bringen sie jemanden rein, der tot war, oder erfinden eine Schwester für jemanden. Die Serie läuft erst seit sechzehn Jahren, aber irgendwie haben sie vergessen es zu erwähnen. Wo war sie bis jetzt, diese Schwester? In Australien?«

Ich musste ihm die ganze Geschichte erzählen.

»Ich habe eine Schwester. Sie muss etwa fünf oder sechs Jahre alt gewesen sein, als ich zur Welt kam. Als meine Mutter starb, zog sie zu anderen Leuten. Sie ist nie zurückgekommen.«

»Das war's? Das ist die ganze Geschichte? Erzähl keinen solchen Unsinn. Sie macht sich einfach auf und davon, und keiner sieht sie je wieder? Hat dein Vater denn nicht versucht sie zu finden?«

»Natürlich hat er das. Und er hat sie auch sofort gefunden. Es ist kein Geheimnis. Sie war allein losgezogen. Offensichtlich hatte sie das immer gemacht. Wir lebten auf einer Farm, und die Knechte kannten sie alle. Keiner machte sich Sorgen, dass sie zu weit weglaufen würde. Aber diesmal tat sie es, und niemand merkte es. Alle waren in heller Aufregung, weil meine Mutter Hals über Kopf ins Krankenhaus musste und mich bekam und starb. Es wurde zu einer Art Legende. Grace ging quer durchs Tal zu Freunden meiner Eltern, und sie behielten sie einfach. Er redete mit ihr, doch sie wollte nicht zurückkommen.«

»Aber warum?«

»Sie wollte da bleiben, wo sie war. Ich hab keine Ahnung, warum, also frag mich nicht. Und soviel ich weiß, wollten sie sie adoptieren, und mein Vater war damit einverstanden.«

»Einfach so.«

»Na ja, nicht sofort.«

»Seine eigene Tochter. Er hat sie weggegeben.«

»Ich weiß, es klingt unglaublich, aber so hat es mir Dad immer erzählt. Er hat ihre Existenz nicht etwa geheim gehalten. Ich kann mich nicht entsinnen, wie ich all das erfahren habe, ich wusste es einfach. An irgendeinem Punkt kam alles raus, so wie wenn Kinder erfahren, dass sie adoptiert sind. Irgendwie akzeptieren sie es. Ich habe begriffen, dass ich eine Schwester habe und sie nicht bei uns lebt.«

»Hat dein Vater sie gesehen?«

»Er wollte das nicht. Das weiß ich. Manchmal hat sie versucht mit ihm Kontakt aufzunehmen, aber er hat sich geweigert, sie zu sehen. Es gab eine Akte im Büro über sie, über ihre Fortschritte in der Schule. Ich hab sie eines Tages gefunden, aber seine Sekretärin hat mich erwischt, wie ich sie mir ansah, und sie versteckt. Ich glaube, er hat ihr nie verziehen, dass sie nicht mit ihm zusammen sein wollte. Ich hab nur einmal an Weihnachten erlebt, dass er sich deshalb aufgeregt hat. Da hat er gesagt, dass er ihr nie verzeihen würde. Für mich, einen romantischen Teenager, war das wie eine Liebesgeschichte, die durch ein Missverständnis schief gegangen war, und alles würde in Ordnung kommen, wenn sie sich nur treffen würden. Ich hab immer davon geträumt, dass ich das bewerkstellige. Aber wenn ich ihn darauf ansprach, sagte er nur, ich solle nicht so dumm sein, Grace habe irgendwo einen guten Vater, jemanden, der sie aufzog. Es kompliziere die Sache nur, wenn er Verbindung mit ihr aufnehme. Wenn sie sich nie sehen würden, könne keiner von ihnen verletzt werden. Aber er war verletzt, das weiß ich.«

»Und, was ist mit dir? Hast du dir nie Gedanken über sie gemacht? Wolltest du nie versuchen deine eigene Schwester zu finden?«

»Das mag vielleicht gefühllos klingen, aber als ich klein war, hab ich nie an sie gedacht. Vergiss nicht, dass ich eine Mutter hatte, die ich nie gesehen hatte, und sie war diejenige, die meine Gedanken in Anspruch nahm. Sie war meine Mutter. Wahrscheinlich hab ich nicht wirklich geglaubt, dass Grace existiert. Ich war ihr nie begegnet. Mein Vater weigerte sich, über sie zu reden. Aber als ich älter wurde, wollte ich sie aus einem Grund sehen – sie hatte meine Mutter gekannt. Konnte sie sich an sie erinnern? Das hat mich am meisten beschäftigt.«

»Hast du nicht gesagt, sie sei von Freunden deiner Eltern adoptiert worden? Es wär doch sicher leicht gewesen, sie zu finden.«

»Du bist ja wie eine Figur aus einem Enid-Blyton-Roman. Die berühmten fünf Freunde finden die verschollene Schwester. Aber so was machen kleine Mädchen nicht. Da gibt es zu viele Ablenkungen. Ich wusste, dass es Dad nicht gefallen würde, und jetzt hab ich auch Angst. Je älter ich wurde, desto besser begriff ich Dads Einstellung dazu. Was sollte es für einen Sinn haben, alles wieder aufzuwühlen?«

»Die Anwälte werden doch wissen, wie man mit ihr in Verbindung treten kann. Sie müssen ihr ja all dieses Geld geben. Und es ist offensichtlich, warum dein

Vater es ihr hinterlassen hat: Schuldgefühle. Schuldgefühle, die er nie richtig geklärt hat. Schuldgefühle, weil er jahrelang die Ausrede gebraucht hat, er könne ihr nicht verzeihen. Vielleicht konnte ja Grace, nachdem sie einmal begriffen hatte, was er getan hatte, *ihm* nicht verzeihen, dass er sie zur Adoption freigegeben hatte, dass er nicht um sie gekämpft, sie gesucht und sich mit ihr versöhnte hatte.«

Gus hatte natürlich Recht. Der Gedanke machte mich traurig, dass Dad in dem Wissen gestorben war, dass sein geliebter Verlag zerfiel und dass er sich nie mit Grace versöhnt hatte. Natürlich hatte er Schuldgefühle, aber würde das Vererben all dieses Geldes die Schuld selbst über das Grab hinaus wieder gutmachen?

Seltsamerweise berührte es mich kaum, dass ich selbst so gut wie nichts bekam. Ich war nicht an Geld interessiert. Eine Million war für mich wie Monopolygeld. Ich hätte nicht gewusst, was ich damit machen sollte. Ich war jung, furchtbar jung, sehr unerfahren und stand kurz davor zu heiraten. Was brauchte ich denn sonst noch?

Jetzt, so viele Jahre später, hatte ich Grace praktisch aus meinen Gedanken verdrängt. Ich hatte von ihr nie ein Wort gehört, weder vor noch nach Daddys Tod.

Der Anwalt war sehr ausweichend gewesen, als ich mit ihm über ihr Erbe sprach. »Natürlich weiß ich, wie ich mit ihr in Verbindung treten kann, aber ich rate Ihnen, es nicht zu tun. Es hat keinen Sinn nach all der Zeit. Lassen Sie die Geschichte ruhen.«

Also befolgte ich seinen Rat.

Aber ich fragte mich oft, was sie wohl tat.
Eines Morgens bei der Arbeit, genau der Arbeit, die Mary verachtete, weil man da keine Karriere machen konnte, fand ich es heraus. Ich goss den Patienten eine Tasse Tee oder Kaffee ein und lauschte mit einem Ohr, wie sie über ihre gezerrten Muskeln und Gelenke klagten, dann schickte ich sie ins Sprechzimmer, wo man sie wieder in Form brachte. Manchmal versuchte ich mir vorzustellen, was hinter der geschlossenen Tür vorging. Ich wusste, dass sie sich bis auf die Unterwäsche ausziehen mussten, und dann beugte sich Roger Craig, der Physiotherapeut, irgendwie über sie und knetete sie und bewegte sie auf und ab, bis ihre Knochen krachten. Einmal musste ich reingehen, um ihm etwas zu geben, und da bekam ich einen ziemlichen Schock. Da war Mrs. Braithwaite, mindestens sechzig, und sie lag auf dem Tisch, angetan mit schwarzer Spitzenhose und BH, aus dem ihre Fettwülste quollen, und Roger beugte sich über sie und zog sie an sich. Ihre Nase war etwa drei Zentimeter von seinem Unterleib entfernt.
Ehrlich gesagt, war Mrs. Braithwaite für meinen großen Durchbruch in Sachen Grace verantwortlich. Sie redete nicht mit mir, während sie auf ihren Termin bei Roger wartete. Jedes Mal hatte sie ein Bibliotheksbuch zum Lesen dabei. War mir nur recht. So konnte ich weiter Rechnungen tippen. Ich war gerade in der Mitte von Beratung und Behandlung am 4. Januar 1997, als Roger den Summer drückte und mich bat, Mrs. Braithwaite hereinzuschicken.

»Sie können jetzt reingehen, Mrs. Braithwaite.«
»Kann ich denn nicht noch mein Kapitel zu Ende lesen?«
Das war typisch Mrs. Braithwaite. Roger war durch sie schon öfter in Verzug gekommen und würde das nicht dulden.
»Nein, tut mir Leid. Bitte gehn Sie rein. Er hat heute Morgen sehr viele Patienten.«
Sie sah sich im leeren Wartezimmer um (mein Gott, sie war eben die Erste) und seufzte. Dann bewegte sie sich sehr langsam in Richtung Sprechzimmer. Als sie an meinem Schreibtisch vorbeiging, klatschte sie ihr Bibliotheksbuch und ihre Tasche auf den Tisch.
»Passen Sie darauf auf, während ich da drin bin.«
Normalerweise stand ich auf, um den Patienten die Tür zu öffnen, aber diesmal blieb ich sitzen. Zum einen, weil Mrs. Braithwaite so hochnäsig war, zum anderen, weil sie das Buch mit der Rückseite nach oben auf meinen Schreibtisch gelegt hatte. Ich blickte auf das Foto der Autorin.
Es war die Frau, die ich von der Upper Stone Farm hatte wegfahren sehen.
Es war meine Schwester Grace.

GRACE

Linda hat es sich in den Kopf gesetzt, unbedingt einen Film namens *Ridicule* sehen zu müssen. Ich weiß nicht, warum sie ihn sehen will, aber vielleicht bin ich da nur wieder dieses bevormundende Miststück, was ich angeblich sein soll. Direkt ins Gesicht gesagt hat es mir bis jetzt keiner.

Ich gebe dem EAST HAMPTON STAR die Schuld daran. Linda glaubt fest daran, dass alles, was sie im STAR liest, wahr ist. »Es ist ein üppiges ironisches Kostümdrama«, stand beim Filmfestival letzten Oktober in der Kritik. »Stellen Sie sich *Liaisons Dangereuses* und *The Madness of King George* in überraschend zeitgenössischer Form vor.« Also denkt Linda wahrscheinlich, dass es da mit John Malkovich und Helen Mirren viel zu lachen gibt. Sie liest nie irgendetwas zu Ende. Wir werden reingehn, der Film wird anfangen, und sie wird schreien: »Oh, Untertitel! Lass uns von hier verschwinden.«

Linda wächst mir immer mehr ans Herz, aber in puncto weibliche Freunde fehlt mir Margot sehr, ganz gleich, wie sehr sie mich oftmals verärgert hat. Margot war meine engste Freundin in London, bevor ich ihn kennen lernte. In meinem Kopf ist alles aufgeteilt zwischen »bevor ich ihm begegnete« und »seit ich ihn verlassen habe«. Das ist eine leichte Beschneidung der Wahrheit. Es wäre wohl genauer, zu sagen, seit er das Interesse an mir verlor und mir keine andere Wahl blieb, als zu gehen. Ich habe nur wenig Erinnerungen an die Leute, die meine Freunde gewesen sein müssen, als wir noch zusammen waren. Seine Freunde wurden meine Freunde. Nur wurden sie das nicht wirklich. Ich hatte das Gefühl, sie zu kennen, aber er ließ nicht zu, dass ich sie wirklich kennen lernte. Ich nehme an, er schämte sich meiner.

Margot war eine positive, aktive Frau mit einem tollen Mann und einer Karriere, und sie war die ganze Zeit so gut drauf, dass es für mich wie ein Jungbrunnen war, sie zu sehen. Ich liebe Menschen wie Margot, Menschen mit Energie, die mich zwingen, sich ihrem Standard anzupassen, und nicht zulassen, dass ich in diesen depressiven, inaktiven Zustand verfalle, zu dem ich so sehr neige. Menschen, die mich aus mir selbst herausbringen. Ich mochte es, dass sie so von mir und meinem Leben beeindruckt war. Sie gab mir das Gefühl, wichtig zu sein. Die liebe, direkte Margot stammte aus bescheidenen Verhältnissen – sie war nach ihrer kanadischen Großmutter benannt, aber ihr Vater war Taxifahrer – und hatte es in die Mittelklasse geschafft. Da, jetzt bin ich schon wieder herablassend.

Ich habe grauenhafte Angst, er könnte eines Tages beim Internationalen Filmfestival, wie es tatsächlich heißt, auftauchen, obwohl ich mir nicht vorstellen kann, warum er das sollte. Es ist keine große Sache. Bis jetzt jedenfalls noch nicht. Was Starbeteiligung angeht ist es nicht gerade Cannes. Sie gängeln hiesige Filmberühmtheiten wie Alan Pakula und Roy Scheider. Natürlich gibt es da diese Session »Ein Gespräch mit ...«, und da kommt immer ein Überraschungsgast. Sie hatten schon Steven Spielberg, Isabella Rossellini, Martin Scorsese, also, wer weiß, er könnte tatsächlich eines Tages auftauchen. Aber natürlich hat er keine Ahnung, dass ich hier bin. Ich habe alle Verbindungen mit London abgebrochen und fahre nie hin, außer ich muss irgendeine vertragliche Verpflichtung erfüllen und Reklame für eines meiner Bücher machen.

Ich überwarf mich mit Margot. Es war meine Schuld. Ich habe sie wie Dreck behandelt, das weiß ich. Ich genoss es, wenn sie immer dasaß und die Geschichten meines Lebens mit einem Prominenten gierig aufsog. Sie ließ mich an ihrer Schulter weinen, als er vor meinen vorsichtigen Fragen über Bindung und wohin diese Beziehung führte zurückzuscheuen begann, obwohl sie das von Anfang an prophezeit hatte. Und dann bekam sie selbst Probleme und war nicht mehr für mich da, und ich konnte nicht damit umgehn. Ihre fünfundzwanzigjährige Ehe zerbrach und sie war völlig aufgelöst. Sie erwischte ihn mit einer anderen Frau, und das war's. Sie ging.

Und dann kam alles an den Tag. Die andere Margot. Es stellte sich heraus, dass sie mit Alan seit zehn Jahren keinen Sex mehr gehabt hatte, dass er ständig Affären hatte und ihr das völlig gleichgültig gewesen war. Sie hatte sogar selbst ein oder zwei Verhältnisse. Und da war ohnehin ein anderer Mann in ihr Leben getreten. Er war leidenschaftlich in sie verliebt, hielt sie für das Größte seit der Erfindung des Schnittbrots und rief sie jeden Tag an.

Ich hatte bei Margot nie gemerkt, wie sehr sie übertrieb, und das immer in die positive Richtung. Sie fand stets die beste Crème fraîche, Friseure, Eisenwarenhändler, egal, was, Margot gab einem immer das Gefühl, wohin man auch ging, es war ein Fehler, aber das war ja nicht schlimm, sie war ja da, um einen auf den rechten Weg zu bringen: »Oh, du musst zu Soundso gehen, Süße. Absolut! Es kann keiner an sie ran.« Der einzige Kleidungsstil war der von Margot: schlichte, klassische Linien, fast maskulin, nichts Weiches und ganz entschieden nichts Flauschiges. Und wenn du nicht die perfekte Margot-Figur hattest, vergiss es.

Margot wusste immer am besten, was angesagt war, und ich hatte mich jahrelang auf sie verlassen. Also war es ein entsetzlicher Schock für mich, als ich entdeckte, dass sie unter alldem schrecklich unsicher war. In der ganzen Zeit, in der ich mit ihr zusammen war, hatte sie nur eins getan – alles ignoriert, was an ihrem Leben falsch war. Immer hieß es: »Wunderbar, Süße, uns geht's bestens. Könnte nicht besser sein. Wie steht's mit dir?«

Aber dann kam das Stärkste – sie begann zum Therapeuten zu gehen. Etwas von der alten Margot tauchte für kurze Zeit an die Oberfläche: »Sie ist die Beste, Süße. Ehrlich. Weit besser als diese Cowboys aus der

Harley Street. So klug. Es gibt keinen, der an sie rankommt.«
Doch nach einer Weile begann jeder Satz mit denselben drei Worten: »Meine Therapeutin sagt ...«
»Meine Therapeutin sagt, ich sollte Alan gestatten, weiterhin zu kommen und mich zu besuchen, so oft er will. Sie sagt, ich muss ihn vorsichtig abnabeln, egal, wie wütend ich bin. Auf lange Sicht wird das das Beste sein.«
»Meine Therapeutin sagt, ich mache das brillant, besser als all ihre anderen Patienten. Meine Therapeutin sagt, ich muss alle auf meine unglaublichen Fähigkeiten hinweisen und mein Licht nicht unter den Scheffel stellen.«
»Meine Therapeutin sagt, ich soll mich ruhig verhalten und nichts übereilen, abwarten, bis ich bereit bin, wieder in die Welt einzutreten.«
Ich nehme an, eine meiner schlimmsten Eigenschaften ist, dass ich oft voller Groll bin. Es war mir zutiefst zuwider, dass Margot all diese Aufmerksamkeit für ihre Probleme bekam, wohingegen ich überhaupt keine kriegte. Meine Mutter hatte sich umgebracht, sich dafür entschieden, nicht am Leben zu bleiben, um sich um mich zu kümmern. Und meinem Vater hatte ich nie so viel bedeutet, dass er gekommen und mich als seine Tochter zurückgefordert hätte. Natürlich hinderte mich nichts daran, auch zu einem Therapeuten zu gehen – selbst wenn sie oder er Margots weit unterlegen war, wie sich ohne Zweifel herausstellen würde – und die Einzelheiten meiner armseligen Kindheit rauszukotzen.

Die Wahrheit aber war, ich hatte gar keine sonderlich armselige Kindheit gehabt. Ich war in einem gemütlichen Zuhause mit besonders fürsorglichen Pflegeeltern aufgewachsen, sie gaben sich die größte Mühe, mir klar zu machen, wie außerordentlich glücklich sie sich schätzten, mich aufziehen zu können, und dass ich nicht denken dürfte, mein Vater würde mich nicht lieben. Es sei nur keine besonders gute Zeit für ihn gewesen, und sie seien froh, dass sie ihm hatten helfen können.

Im Lauf der Zeit dämmerte mir allmählich, dass sie genauso wie ich darauf warteten, dass er mich holte, aber sie sprachen es nie direkt aus. Ich erfuhr Jahre später, dass sie ihn über meine Fortschritte auf dem Laufenden gehalten hatten und er ihnen Geld schickte, aber er hatte fast nie direkt mit mir Kontakt aufgenommen. Er schickte mir nur gelegentlich ein Buch. Ich glaube, wir waren letztendlich alle ziemlich erleichtert, auf eine recht seltsame Art, was wir nur ungern zugaben, dass er uns uns selbst überließ.

Nachdem wir ständig in einer Art Schwebe lebten, erwartete ich von ihnen nie emotionale Zuwendung. Es ist absolut fair zu sagen, dass sie ihr Bestes versuchten, um zu mir durchzudringen, aber ich hielt mich völlig fern von ihnen. Ich konnte sie nicht an mich heranlassen, konnte nicht zulassen, dass ich jemandem vertraute. Deswegen war es umso entsetzlicher, als ich ihm begegnete und ihm vertraute und sich herausstellte, dass ich ihm scheißegal war. Damals hätte ich zu einem Therapeuten gehen können, aber woher sollte

ich wissen, dass mich ein Therapeut nicht auch im Stich lassen würde?
Kaum jemandem ist bekannt, dass ich Lucas Cammells Tochter bin, außer meinen Anwälten. Ich las darüber, wie der amerikanische Verlag Mason House ihn aufgekauft hatte. Und Favour musste es wissen. Ich denke, dass er ihr von mir erzählt hat. Ich schreibe unter dem Namen Grace McIntyre. Nicht mal Margot kennt meine Geschichte. Die Leute wissen, dass ich adoptiert bin – das hab ich nicht geheim gehalten –, aber sie nehmen an, ich wäre das Ergebnis einer ungewollten Teenagerschwangerschaft. Keiner weiß was von meiner Mutter.
Aber ich weiß es. Ich erinnere mich daran, wie man es mir gesagt hat. Mein Vater tat es nicht. Das werde ich ihm nie verzeihen. Meine zukünftigen Pflegeeltern erzählten mir, dass sie gestorben sei. Sie machten es auf die sanfte Art, die mich davon überzeugte, dass ich bei ihnen bleiben musste. Und so brachten sie mir auch bei, dass mein Vater offenbar immer in das Haus in Wales kam, wenn ich im Bett war. Ich dachte, dass er das wohl absichtlich tat, weil er mich nicht sehen wollte. Ich fand erst viel später heraus, dass sie Selbstmord begangen hat. Ich konnte die Worte postnatale Depression nicht aussprechen, aber ich begriff im Lauf der Zeit, was sie bedeuteten und dass meine Mutter wegen Favour gestorben ist.
Ich denke, er glaubte wohl, er könnte es mir gegenüber gutmachen, als er mir alles vererbte. Ich nahm sein Geld, weil ich nicht wollte, dass Favour es bekam. Die

Anwälte versuchten mit mir über sie zu sprechen, aber ich weigerte mich, zuzuhören.
Ich weigerte mich auch, zu seiner Beerdigung zu gehen. Und ich bat sie, ihr nicht zu sagen, wo ich war, wenn sie je versuchen sollte mich zu finden. Bis jetzt hatten sie anscheinend meine Wünsche respektiert.
Also war ich ein Einzelgänger geworden, von all meinen persönlichen Verbindungen in London abgeschnitten, abhängig von der Güte fast Fremder in Long Island, die mich in Gang halten. Mit meinem Verleger in London habe ich nur durch meinen New Yorker Lektor Verbindung, nicht direkt.
Ich bin erst zweiundvierzig, aber ich bin entschlossen, nie wieder jemandem zu vertrauen. Eine von Margots dämlicheren Sprüchen war: »Meine Therapeutin sagt, du kannst Menschen vertrauen, aber du kannst dich nicht notwendigerweise auf sie verlassen.« Das ist wohl das Dümmste, was ich je gehört habe. Was mich angeht, ist es genau umgekehrt. Ich muss mich ständig auf Leute verlassen – dass sie kommen und meinen Boiler richten, meine Bücher verlegen, meine Löcher in den Zähnen füllen –, aber ich vertraue diesen Menschen nicht als Freunde. Ich vertraue niemandem. So ist es viel sicherer.
Trotzdem sagte ich zu Linda »vertrau mir«, als sie wissen wollte, wieso ich so sicher war, dass ihr *Ridicule* nicht gefallen würde. Als Trost versprach ich ihr, mit ihr am folgenden Samstag zu einer Haushaltsauflösung zu gehen.
Linda lebt für Haushaltsauflösungen. Ich verabscheue

sie. Ich habe alles, was ich brauche. Ich wollte mein Haus nicht mit dem Krempel anderer Leute voll stopfen. Aber Linda studiert jede Woche gierig die Anzeigen im STAR und fällt jedes Mal wieder auf die hochtrabenden Versprechungen von herrlichen Dingen herein. Und jedes Mal enden wir auf einem matschigen Feld, wo die besten Sachen längst verkauft sind und nur noch Plunder herumsteht. Aber für Linda spielt das ohnehin keine Rolle. Sie schleppt einfach alles nach Hause und streicht es rosa oder violett an. Egal, wie ich es verachte, dass sie immer wieder zu diesen Verkäufen will, ich find es stets aufs Neue toll, wie aufgeregt sie dabei ist.
Am Samstag holte sie mich um neun ab, und wir machten uns auf die Runde. Beim vierten Verkauf von Leuten, die nach Florida zogen, waren Tapeziertische über den Rasen verteilt mit der armseligsten Ladung von Krempel, die ich je gesehen hatte. Angeschlagene Aschenbecher, zerrissene Taschenbücher, eine offensichtlich kaputte Badezimmerwaage. Sie servierten Kaffee und Plätzchen, und ich hatte den Eindruck, dass es mehr eine Abschiedsparty für die Nachbarn war.
Ich stand lustlos herum und fragte mich, wann ich Linda endlich hier wegzerren könnte, und wollte gerade einen diskreten Blick auf meine Uhr werfen, als sie mit einem Mann neben mir auftauchte.
Linda macht das von Zeit zu Zeit, mir Männer vorzustellen, und das konnte sie nicht besonders gut.
»Irgendwann musst du doch jemanden kennen lernen«, protestierte sie, als ich sie bat, das zu unterlas-

sen. »Du kannst doch nicht auf ewig ganz allein in diesem Haus bleiben.«

»Warum nicht?«

»Weil du eine Schönheit bist. Du bist eine Liebesaffäre, die darauf wartet zu passieren.«

»Mit zweiundvierzig?«

»Du siehst wie zweiunddreißig aus.«

Ich hätte von Anfang an wissen müssen, dass rosa, violett und plüschig gleich bedeutend mit hoffnungslos romantisch war.

Aber Haushaltsauflösungen kamen nicht in die Tüte. Ich dachte gar nicht daran, mir jemanden bei so was vorstellen zu lassen. Es gab Grenzen.

Ich wandte mich ab – und spürte, wie mich jemand am Ärmel zupfte.

»Grace, das ist Archie. Er ist Engländer. Und er ist ein Schriftsteller wie du.«

»Was bedeutet, dass er das Bedürfnis nach Privatsphäre begreift, Linda.«

»Aber ihr seid beide Engländer.«

»Wir waren wohl zusammen in der Schule.«

»Ach wirklich? Ich glaub es nicht. He, Megan, kannst du das fassen? Grace hat gerade Archie hier getroffen, und sie glaubt, sie war mit ihm in der Schule.«

»O mein Gott, Linda. Warum schreibst du dich nicht für Abendkurse in Ironie ein?«

»Sie sind ziemlich gemein«, sagte Archie.

Wer hatte ihn gefragt? »Bin ich nicht«, entgegnete ich, obwohl ich wusste, dass ich es war.

»Hören Sie, ich hasse das genauso sehr wie Sie. Ich bin

hierher gekommen, weil ich einen Tisch für das Foyer meines Hauses suche. Ich hatte nicht damit gerechnet, dass man mich irgendeiner Frau an den Hals schmeißt, als wär's eine Single-Bar.«

»Ich bin nicht irgendeine Frau. Und wenn Sie einen Plastiktisch mit Blumenmotiv wollen, sind Sie hier richtig.«

»Ach, das ist doch lächerlich. Mein Name ist Archie Berkeley. Ich habe gerade ein Haus in der Nähe für den Sommer gemietet. Ich bin Autor, aber Musik-, nicht Buchautor, und bin hier, um die Musik zu einem Film zu machen.«

Er sah mich fragend an. Jetzt sollte ich wohl die entsprechenden Details über mich liefern. Ich sagte nichts.

»Ich bin verheiratet und habe zwei Kinder.«

»Gut für Sie.«

Wie lang sollte das noch so weitergehen?

»Ja, es ist gut für mich, bis auf eine Sache. Sie muss in London bleiben, bis die Kinder mit der Schule fertig sind. Ich wünschte, sie wäre jetzt hier, weil es schön wäre, Ihnen jemanden vorzustellen, der Ihnen ein paar Manieren beibringen könnte. Goodbye.«

Ich beobachtete, wie er hektisch seine Jackentaschen abklopfte, bis er seine Zigaretten fand. Er zündete eine mit fahrigen Bewegungen an und ging dann zu seinem Auto. Der Mann war außer sich vor Wut. Und plötzlich, weil er so wütend auf mich war, ziemlich interessant. Erst wenn es mir gelungen ist, jemanden völlig aus der Fassung zu bringen, fange ich an ihn attraktiv zu finden.

Nichts ändert sich.

FAVOUR

Gus zwang mich mitzugehen.

Die Bambers, eine der Familien, mit denen wir das Haus in Wales teilten, die, die wir vorher nicht kannten, hatten ein Treffen bei sich zu Hause einberufen, um zu klären, wer welche Rechnung zahlen würde und wer an der Reihe war, das Öl für die nächsten sechs Monate zu bestellen.

»Du warst diejenige, die da einsteigen wollte«, sagte er. »Das Mindeste, was du tun musst, ist hinzugehen und Interesse zu zeigen.«

Mangel an Interesse war es nicht, aber ich habe Amanda Bamber vom ersten Augenblick an nicht ausstehen können. Beim ersten Treffen war mir das gar nicht so bewusst geworden. Wir waren alle so voller Erwartungsfreude gewesen und so aufgeregt von der Vorstellung, das Haus zu mieten, dass wir uns benahmen, als würden wir Freunde fürs Leben werden.

Aber wie sich herausstellte, war Amanda Bamber ein Control Freak, eine von den Frauen, die immer darauf bestehen, dass man zu ihnen nach Hause kommt und an ihrem Tisch sitzt und ihnen sagt, wie wunderbar alles ist, was sie machen. Sie hatte für die Wochenenden der nächsten sechs Monate einen Plan ausgearbeitet und uns an verschiedenen Daten eingetragen. Sie hatte uns nicht einmal gefragt, sondern einfach da eingeteilt, wo es für sie am günstigsten war.

Unsere Freunde, die Latimers, hatten überhaupt kein Rückgrat und sagten, wunderbar, was auch immer.

Ich sah Gus an. »Ich dachte eigentlich, wir wollten an Ostern hinfahren?«

»Oh, das ist unmöglich. Jeremy hat bereits zwei Freunde aus Westminster eingeladen«, sagte Amanda hastig. Das musste wohl raus, nicht wahr? Ihr Wunderknabe in Westminster. Wohingegen mein Ned einfach nur auf die hiesige staatliche Schule ging.

Amanda Bamber mochte Ned nicht. Sie hatte diese lächerlich hochtrabende Regel, dass es im Haus in Wales keinen Fernseher geben sollte, dass man die Kinder zwingen sollte, jeden Tag lange Spaziergänge zu machen und abends vor dem Feuer geistesfördernde Spiele. Nachdem Ned jetzt achtzehn geworden war, hatten Gus und ich beschlossen, dass es in Ordnung sei, dass er mit ein paar Freunden allein nach Wales fuhr, wenn wir nicht wegkonnten. Und Ned dachte gar nicht daran, auch nur einen Abend meilenweit von jeder Action ohne einen Fernseher zu ertragen. Also war er losgegangen und hatte einen billigen gebrauchten gekauft. Amanda Bamber war wütend gewesen, als Jeremy ihn entdeckt hatte und am Wochenende vor dem Kasten hockte. Aber dem Ganzen die Krone aufgesetzt hatte ihr Mann Alec, der sich eines Nachmittags heimlich ins Hinterzimmer geschlichen und Fußball geguckt hatte.

»Und was ist mit dem Bank-Holiday-Wochenende im Mai?«, fragte Gus.
»Welches ist das?«, fragte Amanda. »Ich bin Cheflektorin, wisst ihr. Ich muss zum Hay-on-Wye Literary Festival da sein, das ist praktisch vor der Tür. Außer, ich muss zum ABA in Amerika. Sie sind ganz wild darauf, dass ich dieses Jahr komme.«
Ach, halt die Klappe, du langweilige Angeberin. Ich kochte innerlich. Aber mir war da ein Gedanke gekommen. Die grässliche Amanda arbeitete im Buchgewerbe. Vielleicht kannte sie Grace McIntyre. Sie gab sie vielleicht sogar heraus.
»Für welchen Verlag arbeitest du doch gleich noch, Amanda?«
»Mason House. Sie haben vor Jahren deinen Vater aufgekauft.«
Oh, dieses Miststück! Aber ich würde ihr nicht die Befriedigung geben und weiter über Verlage reden.
»Ich muss Ende Mai da sein, um ein paar Schlösser in einem Haus auf der anderen Seite von Knighton einzubauen. Es ist ein Ehepaar hier aus Shepherd's Bush und ich kümmere mich seit Jahren um ihre Sicherheitsangelegenheiten. Und wie's der Zufall will, haben sie gerade etwas hier unten gekauft.«
»Das müsste gehen«, sagte Amanda. »Können wir jetzt zum Thema Großeinkauf kommen? Wo ist Donald?«, fragte sie Susie Latimer. »Er kommt immer zu spät.«
»Er joggt hierher«, erklärte Susie. Donald war ein Fitness-Fanatiker.

»Von Wandsworth hierher?« Das warf sogar Amanda für einen Moment aus der Bahn. »Na schön, solange er nicht da ist, möchte ich etwas sagen. Ich war etwas verstimmt, als ich ihn neulich angerufen habe, um ihn um einen Scheck für das Telefon zu bitten, und er sich über die Rechnung beklagt hat. Ich meine, wir haben uns doch darauf geeinigt, sie durch drei zu teilen. Ich kann einfach diese Pfennigfuchserei und das Getue und aufgelistete Rechnungen nicht ertragen. Es ist so spießig.«

»Aber du hast doch diese ganzen Anrufe nach New York gemacht, als du an dieser Buchauktion beteiligt warst, die übers Wochenende ging«, erinnerte sie Alec Bamber. »Du kriegst sie erstattet. Ich seh nicht ein, wieso die anderen Mason House unterstützen sollen.«

»Und was ist mit den Feueranzündern?« Amanda ließ sich nicht so leicht zum Schweigen bringen.

»Was ist mit ihnen?«

»Ich hab letztes Mal, als wir hier unten waren, in Knighton zehn Beutel Feueranzünder gekauft, und keiner hat mir einen Penny gegeben, obwohl ich darüber eine Notiz auf dem Brett im Gang hinterlassen habe. Würde bitte jeder sofort bei der Ankunft auf das Brett schauen, um zu sehen, was er schuldig ist.«

»Ich versteh nicht, warum wir in einem Land, wo das Feuerholz knietief vor der Tür liegt, Feueranzünder kaufen müssen.«

»Weil der eklige Schlamm vor der Tür auch knietief ist«, entgegnete Amanda.

»Dafür gibt's Gummistiefel.«

»Ich bin kein Gummistiefeltyp«, sagte Amanda.
An diesem Punkt klinkte ich mich aus. Ich konnte es einfach nicht ertragen. Das würde noch mindestens eine Stunde weitergehen, mit dem üblichen Hickhack, wer wem die Gürkchen weggegessen und wer kein Klopapier mitgebracht hatte. Außerdem wollte ich sowieso nur an Grace denken und daran, wie ich sie finden könnte.

Wir waren das vergangene Wochenende in Wales gewesen, und ich hatte die ganze Zeit an sie gedacht. Die Schafe warfen gerade alle, und die Lichter in den Scheunen brannten die Nacht hindurch. Kleine Lämmchen, manche mit langen schwarzen Socken, hopsten hinter ihren Müttern her, verschwanden unter ihnen, wedelten mit den Schwänzen, während sie tranken. Die Ziegen waren auch gut dabei, und zwei Böckchen und eine Ziege kamen zur Welt, solange wir da waren. Überall wurden Zäune errichtet, und die Männer kauerten während der unberechenbaren Hagelstürme, die über die Berge hereinbrachen, unter den Bäumen.
Gott sei Dank war die Jagdsaison vorbei, also mussten wir uns keine Sorgen um Ned machen, der die Angewohnheit hatte, verträumt auf langen Spaziergängen nachdenklich durch die Wälder zu wandern, schnurstracks in die Gehege der Fasanen.
Einmal war der Förster wutentbrannt zu uns gekommen. »Wollen Sie, dass Ihr Sohn getötet wird?«, hatte er Gus gefragt.

»Wenn du sie schießen hörst, dann bleib ganz still stehen, bis sie weiterziehen. Hauptsache, du bewegst dich nicht«, hatte Gus daraufhin Ned, der neben ihm stand, geraten.

»Was soll das heißen: ›Beweg dich nicht‹?«, hatte der Förster geschrien. »Er sollte überhaupt nicht da sein. Er sollte hier bleiben, hier drin. Es wäre am sichersten, wenn sie ihn nicht aus dem Haus lassen würden.«

»Vielleicht könnte er sich erschießen lassen, und wir könnten ihn zum Abendessen verspeisen. Kotzbrockenauflauf. Hiesige Spezialität«, bemerkte Mary letztes Wochenende. Sie war sauer, weil Ned allein runterfahren durfte und sie nicht.

»Fick dich ins Knie«, sagte Ned.

»Fick dich selbst. Du bist so launisch. Er hat eine Freundin, Mum, wusstest du das? Er ist verliebt.«

»Bist du das, Ned? Kenn ich sie?«

»Nein, du kennst sie nicht, weil sie nicht existiert. Mary redet Scheiße, Mum.«

»Und was ist mit dem Mädchen, mit dem ich dich neulich in der hintersten Reihe vom Kino gesehen habe? *Shine* habt ihr euch angeschaut. Du hast sie überall betatscht.«

»Es war ein trauriger Film. Sie hat geweint. Ich hab sie getröstet.«

Es gab also jemanden. Glückliches Mädchen, wer immer sie ist, dachte ich, wenn sie vom lieben, süßen Ned getröstet wird. Wahrscheinlich hatte er genauso viel geweint wie das Mädchen.

»Oh, dann warst du doch mit einem Mädchen unterwegs«, johlte Mary.
»Ist das ein Verbrechen? Hast du denn nichts Besseres zu tun, als mir nachzuspionieren? Okay, sie ist ein nettes Mädchen, und ich mag sie. Ich war nur mit ihr im Kino und hab sie dann nach Hause gebracht. Ziemlich zahmes Verhalten verglichen mit deinen schmutzigen Angewohnheiten.«
»Das reicht«, warf ich ein. Aber er hatte nicht Unrecht. Ich machte mir schon seit einigen Wochen Sorgen um Mary. Sie war nie zu Hause. Sie ging direkt von der Schule zum Hausaufgabenmachen zu ihrer Freundin Shannon. Shannon war kein guter Umgang. Sie war in Bristol von einer Hippiemutter aufgezogen worden, die irgendein Gemeindeprojekt leitete und meistens total stoned war. Shannons Vater hatte sie vor vier Jahren gerettet und sie nach London zu sich und seiner neuen Frau geholt. Das Schlimme war, Shannons Stiefmutter hatte keinerlei Interesse an ihr. Außerdem kam sie immer erst um acht Uhr abends von ihrem einflussreichen Bürojob nach Hause, und inzwischen war Shannon schon auf Tour durch London, zweifellos begleitet von Mary.
Man brauchte nur einen Blick auf Shannon zu werfen und wusste, dass sie in der Minute, in der sie zum Teenager geworden war, ihre Jungfräulichkeit verloren hatte. Sie war in der Nasengegend mehrfach gepierced, ihre Haare stanken nach Zigarettenrauch, und wenn sie sich in unserem Haus auch nur hinsetzte, rollte sie sich unweigerlich zusammen und schlief ein,

so zugedröhnt war sie. Mary duldete kein Wort gegen sie. Wenn ich auch nur einen Hauch von Kritik äußerte, bekam ich sofort eine Predigt über Shannons schreckliche Kindheit und wie wir, der privilegierte Mittelstand, bei den weniger Glücklichen Zugeständnisse machen sollten.

»Na ja, solange diese Zugeständnisse nicht jugendfreien Alkohol, Rauchen und Drogen beinhalten.«

»Zugeständnisse zu Lasten des Steuerzahlers meinst du wohl«, schimpfte Gus, bevor ich ihn daran hindern konnte.

»Also, wenn jetzt die Tories wieder aufs Tapet kommen ...« begann Mary, dann verstummte sie. Eine Wahl stand ins Haus, und sie war deshalb in einem Zwiespalt. Es war nutzlos, sie darauf hinzuweisen, dass sie zu jung zum Wählen war. Mary war überzeugte Anti-Tory. Aber die Spice Girls hatten sich für John Major stark gemacht. Ich wusste, dass sie die Spice Girls heimlich bewunderte, obwohl sie eher gestorben wäre, als das vor Shannon zuzugeben. Shannon war der Meinung, Tupac Shakur oder Snoop Doggy Dog sollten sich um die Präsidentschaft von Großbritannien bewerben. Die Tatsache, dass der Erste vor sechs Monaten erschossen und der Zweite wegen Mordes verhaftet worden war, dass beide Amerikaner waren und wir ohnehin keine Präsidenten in Großbritannien hatten, schien sie nicht weiter zu tangieren.

Ich brauche wohl nicht zu betonen, dass ich keine Ahnung hatte, wer diese Leute waren, bis meine Kinder mich aufklärten. Ironischerweise stand ich auch in ihrer Schuld, weil sie mir ganz zufällig ein wichtiges Stück des Grace-Puzzles lieferten. Nachdem ich ihr Bild auf Mrs. Braithwaites Bibliotheksbuch gesehen hatte, ging ich schnurstracks zur Bibliothek und lieh mir so viele Grace-McIntyre-Bücher aus, wie ich finden konnte. Natürlich hatte ich schon von Grace McIntyre gehört, aber ich hatte nie geahnt, dass sie auch Grace Cammell, meine Schwester, war.

Ihre Romane liegen ganz auf meiner Linie – romantische Tränendrüsendrücker, ein bisschen zu seicht vielleicht – bis jetzt hatten mich die kitschigen Umschläge immer davon abgehalten, sie zu kaufen oder zu leihen –, aber doch recht unterhaltsam. Und trotzdem, während ich las, konnte ich nicht umhin, eine gewisse Irritation in der Stimme der Autorin zu spüren. Ich hatte das Gefühl, dass sie sich bemühte, möglichst banal für ihre Leser zu schreiben. Ich weiß nicht, was es war, aber ab und zu, so an etwa vier Stellen in jedem Buch, war da ein Stück absolut erstklassige Prosa, die gar nicht hingehörte, eine Prosa mit einer dunkleren Seite, von heftiger, leidenschaftlicher Qualität, die sagte: Das könnte ich tun, wenn man es mir erlauben würde, so bin ich wirklich.

Gus war alles andere als glücklich über mein Vorhaben, meine Schwester aufzuspüren.

»Lass es gut sein«, murmelte er einmal spätnachts unter seinem Kissen, als ich gerade das Licht ausmachen wollte.

Gus schlief immer vor mir ein. Wir hatten kaum noch Sex. Ich bin mir nicht sicher, wie viele andere verheiratete Paare, die schon so lange zusammen sind wie wir, noch welchen haben. Vielleicht versuche ich mich nur zu trösten, weil mir Sex fehlt, aber Gus ist immer so müde, und irgendwie sind wir einfach aus dem Trott gekommen, sobald das Geschäft so viel von seiner Zeit und seiner Energie in Anspruch nahm. Es ist nicht gerade ein Aphrodisiakum, wenn mitten im zärtlichen Vorspiel der Anrufbeantworter neben dem Bett dazwischen plärrt: »Hier ist Carol McFarlane, 47 Crawley Road. George und ich kommen gerade aus dem Pub und haben gemerkt, dass wir unsere Schlüssel vergessen haben. Und wir wissen einfach nicht mehr, bei wem wir den Ersatzschlüssel gelassen haben. Können Sie kommen und uns aufsperren ...« Elf Uhr nachts, aber alles im Service inbegriffen. Der Einzige, der keinen Service bekam, war ich.

»Was gut sein lassen?«

Gus hat die seltsame Angewohnheit, mit dem Kopf unter dem Kopfkissen zu schlafen anstatt darauf. Wie er es schafft, nicht zu ersticken, ist mir ein Rätsel.

»Das. Sie.« Ich hatte gerade eins von Graces Büchern gelesen, und er stupste es durch die Daunendecke mit dem Fuß vom Bett auf den Boden. »Lass sie in Ruhe. Wühl nicht wieder alles auf.«

Genau das hatte er auch gesagt, als das Testament meines Vaters verlesen wurde.

»Aber warum nicht?«

»Ich weiß es nicht. Ich hab nur so ein komisches Gefühl dabei, mehr nicht.«

Mehr wollte er nicht sagen. Es war nicht seine Art. Es

musste ihm sehr wichtig sein, sonst hätte er sich gar nicht dazu geäußert. Im Allgemeinen mischt er sich nicht ein, behält seine Gedanken für sich, außer ich lasse nicht locker, bis er sie verrät. Und das mache ich oft, weil sein Instinkt gut ist. Manchmal lehnt er einen Kunden einfach ab, aus keinem ersichtlichen Grund, nur wegen eines »Gefühls«, das er bei ihm hat. Später erfahren wir dann, dass ein anderer Schlosser, der das Geschäft mit ihm gemacht hat, nach sechs Monaten immer noch auf die Bezahlung seiner Rechnung wartet.

Zur Zeit gab es noch einen Zankapfel zwischen uns. Das Geschäft hatte einen kritischen Punkt erreicht. Gus musste entweder richtig einsteigen, sich die ganze neue Technologie einverleiben und sich auf mehr Geschäft mit höherer Verdienstspanne durch kommerzielle Einbauten konzentrieren – oder er konnte so bleiben, wie er war. Wenn er tatsächlich expandierte, dann hieß das, dass wir mit hungrigeren und finanziell besser abgesicherten Konkurrenten in Wettstreit treten mussten. Und genau das wollte er, er war bereit dazu, aber verständlicherweise auch nervös. Er wollte mich an seiner Seite haben, hätte es gern gesehen, dass ich zurückkomme und wie am Anfang für ihn arbeitete.

Ich war mir nicht sicher, ob mir die Idee gefiel. Vielleicht hatten Marys spitze Bemerkungen über meine nicht existierende Karriere ihr Ziel gefunden, und es war schlechtes Timing von Gus, dass er ausgerechnet so bald danach vorschlug, ich sollte wieder seine zweite Geige spielen. Ich hab keine Vorstellung, was ich eigentlich machen will, falls überhaupt etwas, aber in ein paar Jahren werden die Kinder aus dem Haus sein, und vielleicht möchte ich einfach nicht im Sicherheitsgeschäft gefangen sein, wenn es da möglicherweise etwas anderes gibt, was ich anpacken könnte; etwas – wage ich es zu sagen, natürlich nie in Gus' Hörweite? –, was ein bisschen aufregender ist. Schließlich hatte ich eine Schwester, die erfolgreiche Autorin war. Wer konnte wissen, was für verborgene Talente in meinen Genen schlummerten?

Wie nicht anders zu erwarten, hatte Mary Vernichtendes zu sagen, als sie Graces Bücher auf dem Küchentisch liegen sah.

»O Mum, wie tief kann man sinken? Das ist doch totaler Schund. Scheiße nach Schema F und noch dazu veraltet.«

»Woher willst du das wissen«, konterte ich, entschlossen, Grace zu verteidigen. »Hast du sie gelesen?«

»Warum sollte ich? Shannon und ich haben uns den Videofilm von *Air Male* geliehen. Es war so kitschig, dass Shannon schlecht wurde. Ich kapier's einfach nicht. Warum schreibt sie diesen Quatsch? Sie ist doch gar nicht blöd.«

Ich hielt die Luft an. »Du kennst sie?«

»Na ja, nicht direkt persönlich. Aber ich weiß einiges von ihr.«

»Sie ist natürlich eine berühmte Autorin«, erklärte ich stolz. Jeden Moment würde ich jetzt Mary endlich einmal beeindrucken und ihr sagen, dass Grace McIntyre ihre Tante ist.

»Deshalb nicht. Ihre Schreiberei ist mir egal. Je weniger ich dazu sage, desto besser.« Und das von jemandem, der nie ein Wort von ihr gelesen hatte. »Sie war eine Zeit lang Harry Fox' Freundin, und er würde sich keine Dumme aussuchen.«

Sogar Ned war schockiert, dass ich noch nie was von Harry Fox gehört hatte.

»Mum, Harry Fox ist ernsthaft cool. Hast du denn *Craven Image* nicht gesehen?«

»Nein.«

»Hast du noch nicht mal davon gehört?«

»Glaube nicht. Was ist das? Ein Thriller?«

»Es ist kein Buch, Mum, sondern ein Film. *Craven Image* war nur der genialste Film seit *Trainspotting* und *Shallow Grace*. Harry Fox ist der neue Danny Boyle. Er ist einfach erstaunlich.«

Ich hatte von *Trainspotting* gehört, und es klang wie etwas, um das ich einen großen Bogen schlagen sollte. All diese Nadeln!

»Das ist also Harry Fox«, sagte ich vorsichtig. »Er ist ... ziemlich jung?«

»Nein, nicht wirklich. Er ist inzwischen vielleicht sogar schon dreißig.« Meine Kinder glaubten, man wäre pensionsreif, wenn man erst mal in den Dreißigern ist. Und Grace musste Anfang vierzig sein.

»Aber Grace McIntyre ist älter!«

»Na ja, deswegen war ja das ganze Theater, Mum. Er tauchte bei der Premiere von *Craven Image* mit einer älteren Frau im Schlepptau auf, und die Presse machte eine Riesengeschichte daraus. Und er hat dann diese ganze Scheiße losgelassen von wegen ältere Frauen wären mehr wert und wie viel er von dieser Grace lernen könnte. Keiner glaubte ihm auch nur eine Sekunde lang. Wir dachten alle, es wäre ein Publicity Stunt, um älteres Publikum in seine Filme zu locken. Alte Ladys mochten *Trainspotting* offensichtlich nicht.«

»Alte Ladys. O toll, Ned, danke. Ich bin deine Mutter, Ned, nicht deine Großmutter.«

»Ja, aber du gehörst auch nicht gerade zur heutigen Popkultur, oder, Mum?«

Wie ich diese Phrase hasse, dachte ich, aber Ned hat nicht Unrecht.

»Und, sind sie noch zusammen, Grace McIntyre und Harry Fox?«

»Keine Ahnung.«

»Nein, sind sie nicht«, sagte Mary. »Jetzt vögelt er irgendeine irische Schauspielerin. Sie wird in seinem nächsten Film mitspielen. Der wird in Amerika gedreht.«

Vögeln war ein Shannon-Ausdruck. Ich hatte gewusst, dass es nur eine Frage der Zeit war, bis es bei uns zum geflügelten Wort wurde.

Und, wie weit war ich gekommen? Meine ältere Schwester war mit dem Regisseur eines Kultfilms befreundet gewesen, der zehn Jahre jünger war als sie. Nachdem er sie jetzt sitzen gelassen hatte, weinte sie sich wahrscheinlich die Augen aus. Sie brauchte mich. Am nächsten Tag rief ich in ihrem Verlag an.

»Ich würde gern mit jemandem über Grace McIntyre

reden«, sagte ich zu dem Mädchen von der Telefonzentrale.
»Verkauf, Lektorat oder Presse?«
»Lektorat«, antwortete ich, obwohl ich keine Ahnung hatte.
»Hallo«, sagte eine arrogante Stimme.
»Hallo. Ich möchte gern mit jemandem über Grace McIntyre sprechen.«
»Ich bin Serena Hay-Miller, Lucy Knights Lektoratsmanagerin. Lucy ist ihre Lektorin.«
Und Serena, nahm ich an, war nur ihre Sekretärin, aber zu aufgeblasen, um es zu sagen.
»Also kann ich bitte mit Lucy sprechen?«
»In welcher Angelegenheit?«
»Grace McIntyre.« Hatte ich das nicht gerade gesagt?
»Ja, aber was ist es, was sie von Lucy über Grace McIntyre wissen wollen?«
»Ich muss mit ihr in Kontakt treten.«
»Sind Sie eine Freundin oder eine Leserin?« Das Mädchen war die geborene Diplomatin.
»Nein, ich bin ihre ...« Ich hielt inne. Was sollte ich sagen? Eigentlich bin ich ihre Schwester, aber ich habe keine Ahnung, wo sie ist. Um ehrlich zu sein, ich bin ihr noch nie begegnet.
»Sind Sie noch da?«
»Ja. Können Sie mir bitte ihre Adresse geben? Ich möchte ihr schreiben.«
»Tut mir Leid, wir geben keine Autorenadressen raus. Warum schreiben Sie ihr nicht, schicken es an uns, und wir leiten es weiter.«

Ich dankte ihr und verbrachte die nächsten Tage mit dem Versuch, einen Brief aufzusetzen. Es war unmöglich. »Liebe Grace, ich bin deine lange verlorene Schwester ...« – »Liebe Grace McIntyre, ich bin eine große Bewunderin von Ihnen, und übrigens gibt es da etwas, was Sie wissen sollten ...«

Ich konnte es einfach nicht. Ich musste sie von Angesicht zu Angesicht sehen. Ich rief noch einmal in ihrem Verlag an, aber diesmal überging ich Serena und ließ mich zur Presseabteilung durchstellen, mit dem gleichen Erfolg plus einem ziemlich verdächtigen Dreh.

»Ich fürchte, wir können keine Autorenadressen weitergeben, das widerspricht unseren Gepflogenheiten. Und schon gar nicht die von Grace McIntyre.«

»Warum gerade ihre nicht?«

»Es ist überall auf ihrer Akte vermerkt. Sie hat eine Phobie, was die Geheimhaltung ihrer Adresse betrifft, seit diesem ganzen Trara mit Harry Fox. Sie hat panische Angst davor, dass die Presse sie wieder verfolgen wird. Obwohl die britische Skandalpresse wohl kaum damit Zeit verschwenden wird, sie in der Wildnis von New England oder wo immer sie ist aufzuspüren. Und wir haben ohnehin nie direkten Kontakt zu ihr. Alles wird über ihren Verlag in New York abgewickelt.«

»Und der wäre?«

»Wer, sagten Sie, sind Sie?«

Bisschen spät, das zu fragen. Ich hatte das Glück, auf jemanden gestoßen zu sein, der von Natur aus indiskret war. Totaler Mangel an Diplomatie im Lektorat und passend dazu Plappermaul in der Presse. Grace sollte den Verlag wechseln.

»Ich bin einer ihrer größten Fans. Sie lebt in Amerika, sagen Sie?«

»Habe ich? Sie sind doch keine Journalistin, oder?«

»Ich bin nur Hausfrau. Ich habe alle ihre Bücher gelesen und möchte sie kennen lernen. Ich möchte ihr sagen, wie fantastisch ich sie finde. Ist das ein Verbrechen?« Ich versuchte beleidigt zu klingen.

»Hören Sie«, meinte die Pressefrau. »Ich werde Ihnen ein Geheimnis verraten. Sie kommt nächsten Monat rüber, um eine Pressekampagne für ihr neues Buch zu starten. Ich weiß das nur, weil es in ihrem Vertrag steht. Sie hasst Publicity, aber es gibt tausende wie Sie, die hechelnd darauf warten, sie kennen zu lernen, also haben wir in ihren Vertrag geschrieben, dass sie bei jedem zweiten Buch rüberkommen muss. Sie weigert sich, im Fernsehen aufzutreten, aber sie wird Autogrammstunden machen. Wir bringen die Anzeigen im STANDARD. Halten Sie danach Ausschau. Dann könnten Sie kommen und sie sehen.«

Ich schrieb die Orte und Daten in mein Tagebuch. London, Bath, Bournemouth, Manchester, Edinburgh, Dublin. Dann bat ich meinen Chef um eine Woche Urlaub und überlegte, was für eine Ausrede ich Gus vorsetzen könnte.

Ich starrte ihr Gesicht auf der Rückseite der Bibliotheksbücher an – dunkel, voller Seele, exquisit. Wo war mir dieses Gesicht schon einmal begegnet, abgesehen von dem flüchtigen Blick vor der Upper Stone

Farm? Es war fast, als würde ich Grace McIntyre schon kennen.
An diesem Abend machte ich gerade Salat, als mir plötzlich Mary auffiel, die vor dem Fernseher saß. Es war einer dieser seltenen Abende, an denen sie uns mit ihrer Anwesenheit beglückte. Sie war völlig fasziniert. Da lief eine Sendung, in der ein amerikanischer Archäologe, der jahrelang mumifizierte Körper vorzeitlicher Afrikaner studiert hatte, über die Frage, ob Männer stärker als Frauen wären, referierte. Ich wusste, dass sie eigentlich die Lottosendung hatte sehen wollen, aber ihr Interesse war geweckt worden, und sie konnte sich nicht mehr losreißen.
Wenn Mary einmal weg von der gefürchteten Shannon war, und das passierte leider viel zu selten, dann liebte ich diese Seite von ihr, dieses leidenschaftliche Interesse. Ihre scharfe Zunge war verstummt, ihre Gesichtszüge entspannt. Und plötzlich wurde mir klar, wo ich Graces Gesicht schon einmal gesehen hatte: Hier direkt in meinem Heim.
Mary sah Grace sehr ähnlich.
Aber Mary hatte nichts von Gus oder mir. Die Wechselbalgwitze waren jetzt Vergangenheit, doch es existierte eine Zeit, da hatte es sehr viele gegeben. Keiner hatte gewusst, wem in der Familie Mary ähnlich sah.
Schön, jetzt wusste ich es.
Sie sah Dad nicht ähnlich. Wenn Mary also Grace und nicht mir ähnelte, dann gab es nur einen Menschen, dessen Gesicht sie haben konnte – das meiner Mutter, die ich nie kennen gelernt hatte.

GRACE

Ich werde verfolgt.

Ich bin wegen meiner Buchtour in England, und alle sind deshalb ganz aus dem Häuschen. Alle außer mir. Es fing anscheinend in London an. Ich hatte hier eine Woche lang Autogrammstunden, bevor ich nach Manchester weiterfuhr und dann nach Edinburgh. Meine Verfolgerin wurde in Waterstones, Deansgate und in Manchester gesichtet, aber nicht in Edinburgh.

Die Frau sieht, wie man mir sagte, angeblich ganz normal und harmlos aus, ist mittelgroß, aber ihr Haar soll sehr hübsch sein, dicht und blond, mit einem Pony, schulterlang. Sie ist Ende dreißig, hat kein Make-up aufgetragen und ist mit Jeans und Sportjacke aus dem Kaufhaus bekleidet. Wie man mir sagte, schaut sie aus wie eine durchschnittliche Hausfrau.

In Bath wurde sie wieder gesichtet. Die Fahrt nach Edinburgh ist recht lang, aber wenn ich es geschafft habe, warum dann sie nicht?

Sie kamen endgültig zu dem Beschluss, dass sie mich verfolgte, als sie feststellten, dass sie nie zu mir an den Tisch trat und ein Buch kaufte, nie um ein Autogramm bat. Trotzdem ist sie immer da und beobachtet mich.

Ich sage »sie« im Plural, dabei ist es nur dieses irritierende Mädchen aus der Presseabteilung, das mit mir auf Tour unterwegs ist. Sie ist diejenige, die dauernd von dieser Frau redet. Es ist peinlich. Sie ist schrecklich dumm, klein und quirlig und redet ständig über sich selbst. Ich weiß, das ist eine Form von Schüchternheit, und auf eine makabre Art bin ich fasziniert von dem nicht enden wollenden Strom von Nichtigkeiten – über die Fische in ihrem Aquarium und wer sie füttert, während sie mit mir unterwegs ist, und ist es nicht dumm, Haustiere zu haben, wenn man einen Job hat, bei dem man so viel unterwegs ist? Sie hat noch nicht einmal wissen wollen, ob ich ein Haustier habe. Und sie erkundigt sich auch nicht nach meinem Leben auf Long Island. Natürlich bin ich unendlich erleichtert, und ich frage mich allmählich, ob man sie angewiesen hat, sich von persönlichen Details fern zu halten?

Was steht wohl in meiner Akte? Ist da aufgezeichnet, wie ich das letzte Mädchen auf dem Bahnsteig von Birmingham New Street zum Weinen brachte, als ich sie anbrüllte, sich um ihre eigenen Angelegenheiten zu kümmern, nachdem sie mich gefragt hatte, ob das mit Harry Fox und mir wahr sei? Genau deshalb, weil ich nicht wusste, ob zwischen mir und Harry Fox etwas lief, war ich in solcher Agonie, in solcher Anspannung, dass ich jeden wegen der geringsten Kleinigkeit anbrüllte.

Diese Buchtour werde ich nie vergessen und auch nicht, wie ich nach jeder dämlichen Talkshow im Fernsehen oder im Radio zurück ins Hotel raste, um zu sehen, ob Harry angerufen hatte. Wir hatten uns

geküsst. Einmal. Aber ich hatte nicht gewusst, ob er es ernst gemeint hatte. Ob was daraus würde.
Und jetzt werde ich von einer Frau verfolgt. Das wäre in Amerika ein gefundenes Fressen. Tolle Publicity. Diese Frau ist wahrscheinlich in mich verliebt. Über Nacht könnte ich Martina Navratilova und Ellen de Generes und Patricia Cornwell in einer Person werden. Ich sollte etwas damit anfangen, es ausnutzen, Fotos von mir und meiner Verfolgerin machen lassen.
Sie schafft es nicht nach Dublin, aber in Bournemouth ist sie wieder da. Inzwischen bin ich ganz wild darauf, sie selbst zu sehen, aber ich bin zu beschäftigt mit Signieren, an diesen lächerlich exponierten Tischen auf frei geräumten Plätzen in Buchläden zu sitzen, umringt von Postern mit meinem Konterfei mit Zahnpastalächeln – warum hatte ich zugelassen, dass sie dieses Foto nehmen? –, und jeden Buchkäufer höflich nach seinem Namen zu fragen.
Ich traf eine Chefentscheidung. Wenn meine Verfolgerin bei Harrods auftaucht, werde ich ihr Auge in Auge gegenübertreten.

Am Abend vor meiner Autogrammstunde bei Harrods rief man mich vom Empfang an und sagte, da sei eine Miss Harris, die mich sprechen wolle.
Ich erwiderte, dass ich keine Miss Harris kennen und schon gar keine erwarten würde. Ich wollte gerade auflegen, als es mir einfiel.
Margot.

Harris war ihr Mädchenname, und sie musste ihn wieder angenommen haben.

»Eine Miss Margot Harris?«

Es folgte eine kurze Pause.

»Ja.«

»Bitte schicken Sie sie rauf.«

Ich war im siebten Stock. In der Zeit, die Margot brauchte, um mit dem Aufzug hochzufahren, bekämpfte ich meine Panik. Bei unserer letzten Begegnung waren barsche Worte gefallen. Ich hatte seither nicht mehr mit ihr geredet.

Wir hatten wegen Harry gestritten. Natürlich. Für all die schlechten Momente der letzten achtzehn Monate war Harry verantwortlich, ob es nun zutraf oder nicht. Harry war in mein Leben getreten, als ich in einer Hotelsuite eine Verabredung mit einem Produzenten namens Irwin Heller hatte, der die Filmrechte an einem meiner Bücher kaufen wollte.

Ich lag immer ein bisschen mit mir im Clinch wegen der Art Bücher, die ich schrieb. Am Anfang, bei *Air Male* schwebte ich noch auf Wolke sieben. Ich hatte alles noch vor mir. Eigentlich war es ein Traum, und als er wahr wurde und ich so viel Geld verdiente, wurde ich dazu verführt, mit Ähnlichem weiterzumachen. Ich glaube, beim dritten oder vierten Buch wurde mir plötzlich klar, dass das, was ich schrieb, bedeutungsloser Schund war. Aber als ich meiner Lektorin gegenüber vorsichtig davon anfing, dass ich beim nächsten Buch etwas anderes versuchen wolle, kam sie gewaltig ins Schleudern und prophezeite einen drasti-

schen Einbruch bei den Verkaufszahlen. Ich war jung, mein Leben war relativ leicht, warum es ändern?
Ich tat es nicht. Aber von diesem Zeitpunkt an hatte ich immer ein ungutes Gefühl, jedes Mal, wenn ich ein neues Buch anfing, jedes noch schlechter als das Letzte, weil ich nicht mehr mit dem Herzen dabei war.
Als dann Irwin Heller die Bühne betrat, war ich mir nicht sicher, was ich tun sollte. Ich wusste, dass er einer der führenden Vertreiber der grässlicheren Miniserien war, die unsere Bildschirme in den Achtzigern besudelt hatten, und schon aus diesem Grund war ich nicht bereit, ihm irgendetwas von mir in seine Klauen zu geben. Obwohl meine Bücher, oberflächlich gesehen, genau das richtige Futter für ihn waren. Trotzdem war ich fasziniert von dem Gedanken, einen Hollywood-Produzenten kennen zu lernen, selbst wenn es nur ein Fernsehproduzent war. Es könnte zu etwas führen, nicht unbedingt mit ihm. Ich hätte einfach Nein sagen können, aber es war zu einem Zeitpunkt, an dem ich mich langweilte, sowohl in meinem Privatleben als auch beruflich, und das in einem Ausmaß, dass ich mehr oder weniger bereit war, jeden kennen zu lernen.
Er war Amerikaner, klein, mit angehender Glatze, ein rothaariger Jude mit blasser Haut und Sommersprossen. Er hatte die übliche, am Rodeo Drive generalüberholte Frau mit frisch frisiertem Haar, roten Nägeln und viel zu schicker Aufmachung für den frühen Nachmittag. Sie kam immer wieder aus dem Schlaf-

zimmer in den Salon seiner Suite, in einer Wolke von Giorgio, ein Parfum, das ich besonders hasse.
Harry Fox war der Autor, den Irwin Heller für das Drehbuch zu meinem Roman im Sinn hatte. Er saß auf dem Sofa vor dem Couchtisch, als ich kam. Irwin war gerade dabei, ihm mein Buch schmackhaft zu machen, und ich konnte nicht umhin, festzustellen, dass Harry ziemlich gelangweilt aussah. Er stand auf, um mich zu begrüßen, nahm eine ziemlich klobige dunkle Brille ab, bevor er mir die Hand schüttelte, und ich sah, dass er sanfte, weiche Augen hatte. Er lächelte und sagte wie ein gut erzogener kleiner Junge: »Wie geht's?« Irgendwo tief in mir gibt es ein Gummiband des Widerstands, das meine Gefühle vor Männern wie ihm schützt, und ich spürte, wie es riss und sich in Nichts auflöste.
Es waren seine Manieren. Er muss gedacht haben, dass mein Buch nur ein Haufen Müll ist. Aber er sprach immer nur ausgesucht höflich darüber. Er war ein Diplomat vom Scheitel bis zur Sohle. Etwa zur Halbzeit unseres Treffens wussten wir, glaube ich, beide, dass wir unsere Zeit verschwendeten. Unsere Blicke trafen sich; er zwinkerte nicht oder tat etwas ähnlich Blödes, doch er sah mich an. Wir hatten eine Gelegenheit, uns da herauszuwinden, aber dann erschien erneut Mrs. Heller, und die Art, wie er sie behandelte, löste eine geradezu schmerzliche Begierde nach ihm aus.
Er stand auf. Er goss ihr eine Tasse Tee ein. Er wandte sich ihr zu. Er zündete ihre Zigarette an. Und er hörte

sich ihr Geplapper über Harvey Nichols an. Er wusste alles über die Kollektionen, und nicht nur über die jungen Szene-Designer. Sie nahm ihn sogar mit ins Schlafzimmer, um ihm ihren neuen Ungaro zu zeigen. Dabei war er selbst nicht mal schick angezogen. Er trug ein blassrosa Button-Down-Hemd lose über nicht gerade klinisch reinen beigen Jeans und Turnschuhe. Aber so, wie er sich bewegte, wirkte er, als würde er einen wunderbar geschnittenen Anzug tragen, und Mrs. Heller war Wachs in seinen Händen.

Ich ging natürlich mit ihm. Wir teilten uns ein Taxi, und als es vor meiner Wohnung hielt, merkte ich, dass ich es nicht ertragen konnte, ihn jetzt ziehen zu lassen, und lud ihn auf einen Drink zu mir ein. Mir fiel auf, dass er es taktvoll vermied zu erwähnen, dass wir beide Autoren waren. Stattdessen tauschten wir Meinungen über neuere Filme, die wir gesehen hatten – er tat die Coen-Brüder als »Möchtegern-Autoren« ab und lobte *The Fisher King*, den ich verabscheute, aber ich hielt den Mund.

Ich fragte ihn, ob er schon etwas zum Dinner vorhabe. Schamlos. Natürlich hatte er was vor. Sicherlich mit einer Zwanzigjährigen, die noch zwanzig Jahre Zeit hatte, ehe ihr Hintern schlaff wurde. Als er ging, redete ich mir ein, ich sei mit knapper Not einer potenziellen Blamage entronnen, und holte mir einen Whisky.

Zwei Tage später sah ich ihn bei Harvey Nichols. Ich war gerade im Begriff, zu einer Buchtour zu starten, und hatte kein einziges Paar Strumpfhosen ohne Laufmasche mehr gefunden. Er war mit Mrs. Heller unterwegs. Später würde ich erfahren, dass sie ihn angerufen und zum Lunch eingeladen hatte und ihm nicht schnell genug eine Ausrede eingefallen war. Er murmelte mir »Hilfe« über einen Stapel DKNY-Wäsche zu. Ich ging zu ihm, und wir begrüßten uns und redeten so lange miteinander, bis Mrs. Heller keine andere Wahl blieb, als mich zu bitten, sich ihnen anzuschließen.

Beim Kaffee entschuldigte sich Harry, er habe einen Termin um drei, und bot mir an, mich irgendwo abzusetzen. Sobald wir im Taxi waren, gestand er, dass er gar keinen Termin habe, und als wir um eine Ecke bogen, wurde er gegen mich geschleudert. Er nutzte die Chance, packte mich am Kinn, drehte mein Gesicht zu sich und drückte seinen Mund auf meinen. Was dann folgte, war kein sanftes Forschen mit der Zungenspitze, sondern kraftvolles Küssen. Es erregte mich so, dass ich buchstäblich zitterte.

Ich schob ihn weg und sagte, ich müsse nach Hause, um für eine fünftägige Buchtour zu packen, dieselbe Buchtour, während der ich das Pressemädchen so fertig machte.

Er hatte von Anfang an die Oberhand, obwohl er zwölf Jahre jünger war. Er behandelte mich eigentlich, als wäre ich eine Freundin seiner Mutter. Seine Manieren waren immer tadellos, und deshalb hatte er mich total unter Kontrolle. Er habe da und da einen Tisch reserviert, ob mir das recht sei, ob halb zehn zu spät oder ich müde sei, ob er mir bei meinen Besorgungen während

des Tages helfen könne? Und dann, im Bett, benahm er sich wie ein Tier, wild, stieß mich hierhin und dorthin und das ohne Rücksicht auf meine Bequemlichkeit oder Würde. Aber ich liebte es.
Dann, wenn der Sex vorbei war, wurde er wieder zum wohlerzogenen Schuljungen, machte mir höfliche Komplimente zu meinem neuen Haarschnitt, war begeistert von meinem Schuhen, dem Parfum.
Für Sex kam er immer in meine Wohnung. Er behauptete, allein zu leben, aber wenn ich ihn zu Hause anrief, meldeten sich immer rowdyhafte junge Stimmen und schrien zu lauter Musik nach ihm. Sie fragten nie, wer anruft, so als wäre es ihnen egal. Ich versuchte, nicht an die anderen Anrufe, die er bekam, zu denken, die von jüngeren, frischeren Frauen. Er versicherte mir, es gebe keine. Ich sei etwas Besonderes. Es sei nicht seine Art, auf vielen Hochzeiten zu tanzen. Er habe Glück gehabt, dass er mich kennen gelernt habe. So viele seiner Freunde würden von gefühllosen – und unreifen – jungen Frauen verschaukelt, die mit ihnen beruflich in Konkurrenz traten, sie entmannten, sexuell unterdrückten. Er müsse sich glücklich schätzen, meinte er, jemanden zu haben, der so in sich gefestigt sei, jemanden, der keine Probleme mit seiner Weiblichkeit habe, jemanden, der nichts beweisen müsse.
Ich fiel darauf rein. Warum sollte ich auch nicht? Ich wartete geduldig auf den Tag, an dem er vorschlagen würde, dass wir uns eine gemeinsame Bleibe suchten. Ich bereitete extravagante Abendessen zu und merkte nicht, dass er mich immer seltener ausführte. Ich hörte

zu, wenn er mir von seinen Fortschritten bei dem Drehbuch, an dem er gerade schrieb, erzählte, und vermied es, über meine eigene Schreiberei zu reden, aus Angst, ihn zu langweilen.

Damals hatte keiner von Harry Fox gehört. Und während *Craven Image* gefilmt wurde, saß ich in London und wartete auf seine Anrufe von den Drehorten. Als der Film sofort zum Kassenschlager und er über Nacht zur Kultsensation wurde, freute ich mich für ihn und erinnerte mich an meine eigene Euphorie, als *Air Male* veröffentlicht wurde – obwohl man die beiden Werke kaum im selben Satz nennen konnte. *Craven Image* war Kunst. Natürlich. Das begriff ich. Die Kritiken bestätigten es.

Ich war so stolz auf ihn bei der Premiere, als ich an seiner Hand ins Odeon Haymarket ging, die ungläubigen Blicke der Öffentlichkeit ignorierte, den Fotografen zulächelte. Ich lachte, als jemand rief: »Ist das Ihre Mutter oder Ihre ältere Schwester?« Jetzt waren wir ein Paar. Jetzt würden wir zusammenleben.

Die Frau, mit der ich in der folgenden Woche zum Lunch ging, war eine dieser Frauen, die ich mehr verachte als alle anderen – eine klatschsüchtige, indiskrete, dumme Frau, die keine Ahnung hatte, wie viel Schaden und Schmerz sie denen von uns zufügte, die von Natur aus sehr zurückhaltend sind. Ich muss ihr zugestehen, dass sie zwei Monate außer Landes gewesen war und nicht wusste, dass ich die Frau war, die Harry Fox zur Premiere des Films begleitet hatte. Sie verpasste die überwältigende Berichterstattung am nächsten Tag in den Zeitungen, in denen über seine Affäre mit einer älteren Frau spekuliert wurde, und niemand hatte ihr davon erzählt. Es war eben eine von diesen Geschichten.

Ich kannte sie kaum. Ich hatte sie bei Freunden kennen gelernt, sie hatte einen gemeinsamen Lunch vorgeschlagen, und ich hatte zugestimmt. Sie hatte irgendwie mit Mode zu tun und bei dem Lunch wollte ich herausfinden, wie sie mir Rabatt bei einem meiner Lieblingsdesigner besorgen könnte. Was absurd war, denn ich brauchte keinen Rabatt. Ich hatte Geld.

Und was ich nie erfahren werde, ist, ob ich letztendlich noch mehr verletzt worden wäre, wenn wir uns nicht zum Lunch getroffen hätten, oder ob ich noch mit Harry zusammen wäre.

Sie plapperte über dies und jenes und dann fragte sie, was wohl unumgänglich war: »Haben Sie *Craven Image* gesehen?«

Es war eine vollkommen normale Frage. Alle redeten darüber. Sie wartete nicht auf meine Antwort, sondern stürzte sich zwischen zwei Gabeln voll mit *tonno e fagioli* mitten ins Gewühl. Sie sprach mit vollem Mund. Allein ihr zuzusehen, war schon widerlich.

»Ist es nicht erstaunlich? Der Typ ist ein Genie, und wie ich höre, ist er praktisch noch ein Kind. Und das ist nicht alles, was ich höre. Fickt wie ein Karnickel. Zum Anbeißen, sagen sie. Eine Freundin von mir hatte ihn gestern zum Lunch.«

Meine Gazpacho war ohnehin ziemlich scharf, aber plötzlich explodierte sie in meiner Kehle und meinem

Magen. Ich musste doch nur das Thema ändern. Aber ich konnte es nicht. Ich sagte nichts. Ich wartete. Nicht lange.

»Sie hat ihn bei einer Party nach der Premiere kennen gelernt, und er hat sich ihre Nummer aufgeschrieben. Hat sie am nächsten Tag angerufen. Er war schon dreimal bei ihr. Sie sagt, er mag's ziemlich grob, wirft sie ein bisschen auf dem Bett herum, aber das fand sie immer schon toll. Er hat ein Muttermal mitten auf der Brust, sieht aus, als hätte er drei Nippel. Und er hustet, wenn er kommt, erstickt fast. Muss ein komisches Geräusch sein. Sie konnte gar nicht aufhören, davon zu reden.«

Sie hatte sich nach vorne gebeugt und flüsterte über den Tisch.

Ich weiß nicht, wie ich es schaffte, mir bis zum Ende des Essens ihren Schwachsinn anzuhören, aber ich tat es. Ich stand unter Schock. Ich kannte alles, was sie über ihn erzählt hatte. Dieses seltsame würgende Geräusch, das er machte – es war einmalig.

Ich hatte in einem Kokon gelebt, mir eingebildet, er würde mir gehören, mir allein. Gleich am nächsten Tag löste ich mich aus meiner Verpuppung und begann zögernd meine Fühler nach Informationen über ihn auszustrecken. Und plötzlich schien jeder jemanden zu kennen, der schon mit Harry Fox geschlafen hatte. Keiner wusste eigentlich von unserer Affäre, weil wir sie bis zur Premiere nicht publik gemacht hatten, und dann hatten sie angenommen, ich wäre ein neuer Punkt auf seiner Tagesordnung. Aber der

schmerzlichste Moment war, als ich mich bei Margot ausheulte.
»Was erwartest du denn, du alberne Gans? Er ist ein Mann, die deponieren überall«, sagte sie brutal.
»Ich hab es nie geahnt.«
»Nun, jetzt weißt du's.«
»Aber kannst du denn nicht verstehen, was ich durchmache?«
»Was du durchmachst? Was glaubst du, was ich durchmache? Fünfundzwanzig Jahre Ehe sind den Bach runter. Du kriegst zurück, was du ausgibst.« Das war einer von Margots Lieblingssprüchen, weitergereicht, vermute ich, von ihrer Therapeutin, obwohl ich nie ganz begriffen habe, wie sie das auf sich und ihre Ehe anwenden konnte.
»Offensichtlich hast du dich bei Mr. Harry Fox wie ein Fußabstreifer verhalten, sodass er das Gefühl hatte, er könnte losgehen und sich die Füße abtreten. Du kannst dir nur selbst Vorwürfe machen.«
Sie war so brutal und aggressiv, wie es nur jemand, der großen Schmerz hat, sein kann, aber ich hatte kein Verständnis dafür. Ich griff sie an.
»Warum musst du ein so gefühlloses Miststück sein, Margot? Ich dachte, du wärst jemand, der mich versteht. Du warst diejenige, die Alan verlassen hat, weil er überall herumgevögelt hat. Du bist inzwischen von dir selbst besessen. Nur du hast Probleme. Wir Übrigen können nicht mal anfangen zu begreifen, was du durchmachst. Immer und immer wieder erzählst du uns, dass du allein das Recht hast, verletzt zu sein. Los,

sag's nur: Ich war noch nie verheiratet, also kann ich gar keine Ahnung haben, was du durchgemacht hast. Verrat ist Verrat, Margot, verheiratet oder nicht. Ich habe das Gefühl, du verrätst mich, indem du mich nicht unterstützt, jetzt, da ich so verletzt bin. Okay, du bist durch die Tretmühle gegangen, aber hab wenigstens den Anstand, zuzugeben, dass du nicht die einzige bist. Schmerz ist nicht etwas, womit man in Konkurrenz tritt – mein Schmerz ist größer als deiner, also halt die Klappe und hör mir zu. So läuft das nicht.«

»Ach, hör auf zu jammern«, sagte Margot. »Ständig jammerst du.«

Ich konnte es einfach nicht fassen. Monatelang hatte ich mir Margots Wehklagen angehört, und jetzt, da ich den größten Schock meines neueren Lebens hinter mir hatte, bezichtigte sie mich der Jammerei. Und das war noch nicht alles.

»Du bist wirklich pathetisch und naiv, Grace. Du lässt einen Typen auf dir rumtrampeln, und dann fängst du an drüber zu jammern.«

»Und du bist die Allwissende!«, schrie ich sie an. »Du glaubst, nur weil du bei dieser verdammten Therapeutin warst, wärst du jetzt okay, aber das bist du nicht. Du bist zehnmal kaputter, als ich es bin, und wirst es immer sein, weil du dich dem nicht stellst.«

Ich war brutal, und ich wusste, dass ich mich hinterher deswegen sehr mies fühlen würde. Und das Schlimme war, ich wusste, dass sie Recht hatte, was meine Naivität betraf. Ich gehörte zu den Leuten, die auf einem Stückchen Traum dahintreiben und dann einen schwe-

ren Schlag kriegen und schlau werden. Aber wie viele schwere Schläge würde ich noch kriegen?
»Und wer macht jetzt einen auf Konkurrenz?«, brüllte Margot. »Dieses Gespräch führt zu nichts. Ich gehe.«
Und das war das letzte Mal, dass ich sie sah. Kurz danach verließ ich London, lief weg vor dem Schmerz über Harrys Untreue.
Jetzt war Margot auf dem Weg nach oben, um mich zu besuchen.
Margot ist sehr sexy. Sie sieht aus wie ein Affe – klein, geschmeidig, mit olivfarbener Haut. Sie rannte aus dem Aufzug, den Hotelkorridor entlang und umarmte mich, als wäre nie etwas passiert.
Diese Seite von Margot hatte ich ganz vergessen. Sie hatte in unserer Freundschaft so viele Kehrtwenden gemacht, dass es mich überraschte, dass ihr Kopf noch in derselben Richtung war wie ihre Zehen.
»Hallo, Süße, ich hab dich im Radio gehört, und da wurde mir klar, dass du in der Stadt sein musst. Jemand von deinem Verlag hat mir gesagt, wo ich dich finden kann. Man könnte glauben, du wärst der Papst, so geheim haben sie deine Adresse gehalten, aber es ist mir gelungen, sie davon zu überzeugen, dass ich deine beste Freundin bin.«
Ich hatte nur ein Interview im Rundfunk gemacht (Anzeichen meiner schwindenden Popularität?), und wenn sie das gehört hatte, dann hatte sie auch meine Reaktion mitbekommen, als der Moderator mich aus heiterem Himmel fragte, ob ich Harry Fox während meines Aufenthalts in der Stadt treffen würde.

»Warum sollte ich?«, hatte ich schnippisch zurückgefragt, bevor ich mir selbst Einhalt gebieten konnte. Das hatte sicherlich sehr verbittert geklungen. Und das über Funk. Live. Danach hatte er das Thema nicht mehr angesprochen.

»Und wie geht es dir, Margot? Besser?«

»Absolut wunderbar, Süße. Mir geht's richtig gut. Um dich mach ich mir Sorgen. Wie geht's dir?«

O nein, damit würde sie nicht durchkommen, nicht nach unserem letzten Zusammentreffen.

»Mir geht's fantastisch«, antwortete ich. »Bist du noch bei deiner Therapeutin?«

»War ich bei einer Therapeutin? Ach die. Das ist eine Ewigkeit her. Hab sie nicht wirklich gebraucht. Das war eine Phase, die ich durchlebt habe, bevor ich die Aromatherapie entdeckte.«

Als Nächstes würde sie mir erzählen, dass sie nie ein Problem mit ihrer Ehe gehabt habe.

»Und Alan?«

»Ihm geht's gut, Süße. Ich sehe ihn dauernd. Wir vertragen uns jetzt besser als in unserer Ehe. Also, nun erzähl mal, was du so gemacht hast.«

Es klang, als hätte sie mich ein paar Wochen nicht gesehen und nicht über zwei Jahre. Als ich ihr mein neues Leben schilderte, konnte ich nicht umhin zu registrieren, wie gelangweilt sie auf einmal aussah.

»Dann bist du ganz allein hier? Keine Männer? Keine Action?« Sie blickte mich etwas ungläubig an. »Armer Schatz, dir geht's wirklich miserabel, stimmt's? Komm her, lass dich in den Arm nehmen.«

Plötzlich war ich an der Reihe mit Ungläubigkeit. Als wir uns das letzte Mal gesehen hatten, hatte sie von meinem Unglücklichsein nichts hören wollen. Jetzt sagte sie mir mehr oder minder, was für ein trauriger Mensch ich sei. Und als sie ihren Arm um meine Schulter legte, begann ich zu meinem Entsetzen zu weinen.

»Arme alte Wurst«, sagte sie und streichelte mein Haar, »was für ein Schlamassel. Wenn ich das bloß gewusst hätte.« Ich hatte es selbst nicht einmal gewusst, bevor sie es mir sagte. »Ich sollte besser mitkommen und dich da drüben auf Long Island wieder auf die Beine stellen.«

»O ja, komm«, hörte ich mich sagen. »Wann immer du magst.«

Nachdem sie gegangen war, setzte ich mich vor den Fernseher in meinem Hotelzimmer, zu gestresst, um mich auch nur auszuziehen. Wir waren wieder Freundinnen. Ich hätte mich freuen sollen, aber alles, was ich verspürte, war eine gewisse Unruhe. Irgendwie hatte Margot wieder die Oberhand, doch wieso störte mich das? Früher hatte ich ihre Energie geliebt, aber jetzt schien sie in eine andere, irgendwie ziemlich bedrohliche Richtung gebündelt. Warum war da immer dieses Konkurrenzgefühl in unserer Freundschaft?

Ich machte mir deshalb immer noch Sorgen, während ich an dem kleinen Tisch in der Buchabteilung von Harrods saß. Es war alles ziemlich lächerlich. Da war ein Stück abgeteilt, und die Leute mussten in Reih und Glied an mir vorbei und ihre Bücher für meine Unterschrift vorlegen. Das Ganze hatte etwas von einem Fließband. Ein Angestellter von Harrods bat den Nächsten vorzutreten, das Pressemädchen des Verlags nahm ein Buch von dem großen Stoß auf dem Tisch und schlug es vor mir auf der Titelseite auf.

»Da ist sie«, zischte das Pressemädchen plötzlich.

Meine Verfolgerin. Endlich kam sie aus der Deckung und brachte mir ein Buch zum Unterschreiben. Würde sie ein Messer zücken und mich erstechen?

»Hallo, wie heißen Sie?«

Ich hob den Kopf und sah die Frau an. Sie hatte ein nettes Gesicht, offen, herzlich. Da war nichts Besonderes an ihrem Gesicht, aber ganz attraktiv. Doch was ihr Haar betraf, hatten sie Recht gehabt. Es war außergewöhnlich. Dicht, blond, wirklich prachtvoll. Wenn Robert Redford schulterlanges Haar hätte, würde es so aussehen.

Und es war seltsam vertraut.

»Könnten Sie was für Ned, meinen Sohn schreiben.«

»Für Ned mit meinen besten Wünschen, Grace McIntyre.« schrieb ich.

»Ihr Sohn liest meine Bücher?« Ich lächelte sie an. Ich hatte sie definitiv schon einmal gesehen. »Wie alt ist er?«

»Also, nein. Er ist achtzehn. Aber er sollte es. Er wird.« Sie schien zuversichtlich.

»Ein Achtzehnjähriger, der meine Bücher mag. Das wäre eine echte Premiere«, erwiderte ich. Sie sah mich an, als wollte sie etwas sagen, doch dann ging sie weiter.

Auf dem Weg nach Heathrow, von wo aus ich nach Amerika zurückfliegen wollte, fiel mir, während ich über die schlechten Kritiken, die ich bekommen hatte, grübelte – das gehörte alles zum Paket populärer Autor –, plötzlich ein, wo ich sie schon mal gesehen hatte: In Wales bei unserem Beinahezusammenstoß kurz vor der Upper Stone Farm.
Und sie hat mich dort auch gesehen. Seither verfolgt sie mich. Eine Sekunde lang hatte ich richtig Angst.
Sie würde mir doch nicht nach Amerika folgen, oder?

FAVOUR

Keiner aus der Familie sprach mehr mir mir. Das hatte es noch nie zuvor gegeben, und so war ich ziemlich betroffen. Obwohl ich ihnen keinen Vorwurf daraus machen konnte.
Gus hatte einen seiner wenigen Wutausbrüche gehabt, als ich meinen Plan verkündete, meiner Schwester bei ihrer Autogrammtour zu folgen. Seine Wut äußerte sich in einer Art stillem Zorn. Er brüllt oder schreit nicht. Er wird nur sehr still und starrt mich wutentbrannt an. Ich glaube, er meint, er schaut bedrohlich aus – was ihm nie gelingen wird –, aber mir ist immer so elend, wenn ich ihn wütend sehe, dass es im Allgemeinen recht katastrophale Auswirkungen hat.
»Gus«, flehte ich ihn an, »wenn du plötzlich entdecken würdest, dass du einen lange verlorenen Bruder hast, würdest du nicht losziehen wollen, um ihn zu finden?«
»Ja.«
»Und dann?«
»Ich würde es wollen. Es ist ganz natürlich, neugierig zu sein, aber ich bin mir nicht sicher, ob das eine so gute Idee ist. Es ist ja nicht so, als hättest du nichts von der Existenz deiner Schwester gewusst. Ich kann nicht verstehen, wieso du dich plötzlich an sie hängen willst.

Wenn ihr euch hättet begegnen sollen, dann wäre das inzwischen passiert.«

Mitte der Woche, bei meiner Rückkehr aus Bath, fand ich einen Zettel, auf dem er mir mitteilte, dass er nach Wales müsse, weil er dort etwas zu arbeiten habe, und bis zum Familientreffen nicht zurück sei. Unter dem Zettel war ein Prospekt über die International Security Conference Exposition in Amerika, die später im Jahr in New York stattfinden sollte. Amerika ist führend, was Schlösser und Alarmtechnologie betrifft. Hatte Gus vor, daran teilzunehmen? Wollte er mir, indem er den Prospekt da liegen ließ, wo ich ihn sehen musste, etwas sagen?

Ich nahm den Telefonhörer ab, um ihn in Wales anzurufen, doch dann legte ich wieder auf. Ich wollte von Angesicht zu Angesicht mit ihm reden, ihm das mit Grace begreiflich machen. Es konnte warten.

Jetzt war ich zurück, aber Gus noch nicht. Er hatte den Kindern aufgetragen, mir zu sagen, er sei in ein zwei Tagen wieder da. Das sah ihm gar nicht ähnlich. Er redete nie durch die Kinder mit mir.

Mary war so angewidert davon, dass ich einer solchen Kitschautorin quer durchs Land gefolgt war, dass sie kaum guten Tag herausbrachte. Auf Gus' Bitte hin hatte ich Graces Identität noch nicht preisgegeben, und so musste es tatsächlich ziemlich seltsam aussehen, dass ich mich plötzlich zum heftigen Romanzenfan gewandelt hatte.

Und Ned war sauer, weil es mir nicht gelungen war, auch nur ein bisschen Klatsch über Harry Fox zu erfahren.

Es gab aber auch noch einen anderen Grund, warum ich Gus zu Hause haben wollte, um mit ihm reden zu können. Etwas, das mich so aufgeregt hatte, dass ich es fast den ganzen Tag verdrängte, und dem ich mich erst stellte, als ich mich stark genug dafür fühlte.

Es war eigenartig. Ich hatte damit gerechnet, unter Schock zu stehen, nachdem ich meine Schwester zum ersten Mal gesehen hatte. Während der ersten Autogrammstunden war ich im Hintergrund geblieben und hatte beobachtet. Ihre frappierende Ähnlichkeit mit Mary brachte mich ihr irgendwie näher. Ansonsten wäre ich wahrscheinlich schon am ersten Tag eingeschüchtert abgezogen. Sie war so weltmännisch, so charmant zu ihren Lesern, lächelte wie eine Prominente. Und dennoch spürte ich, während ich sie beobachtete, eine Irritation, die sich ab und zu auf ihrem Gesicht zeigte. Dann war das Lächeln wieder da. Sie langweilte sich schnell, was sie gut kaschierte, aber niemand anders beobachtete sie so genau wie ich. Das Pressemädchen mochte sie nicht, das sah ich.

In diesem Stadium war ich ihr gegenüber unvoreingenommen. Ich hatte das seltsame Gefühl, Macht über sie zu haben. Ich wusste, wer sie war, aber sie wusste nichts von mir. Und dann, nach der dritten Autogrammstunde, bemerkte ich noch etwas anderes. Sobald sie »frei hatte«, sobald sie glaubte, keiner würde sie mehr ansehen, zeigte sich Traurigkeit auf ihrem Gesicht. Und da beschloss ich ihr nach Bath zu folgen, im selben Hotel zu wohnen, sie zu beobachten.

Ich fühlte mich total dämlich, als ich wie eine Nutte,

die darauf wartet, abgeschleppt zu werden, an der Hotelbar saß. Ich hatte gesehen, wie sie durch die Lobby ging, im Aufzug verschwand und kaum ein freundliches Wort für das Pressemädchen hatte. Wie würde ihr Dinner ausschauen? Waren die beiden zu einem Tisch für zwei im Speiseraum verdammt? Oder würden sie ausgehen? Aber es gab da noch eine dritte Möglichkeit, an die ich nicht gedacht hatte. Eine Stunde später verließ das Pressemädchen mit verheultem Gesicht das Haus, und Grace hatte wohl Zimmerservice bestellt. Auf jeden Fall kam sie nicht in den Speisesaal, in dem ich saß und in Dover Seezunge rumstocherte. Und als mir endlich klar wurde, dass sie nicht erscheinen würde und ich, wenn ich eine schwesterliche Wiedervereinigung wollte, versuchen müsste, der Rezeption ihre Zimmernummer zu entlocken, um zu ihr zu gehen, da stellte ich fest, dass ich den Mut verloren hatte. Und so kniff ich und fuhr mit dem letzten Zug nach London zurück.

Als ich dann daheim ein finsteres Haus vorfand, war ich schon ein bisschen sauer. Obendrein teilte mir Gus in einem Brief mit, er sei weggefahren. Und da war noch einer, in dem mich Ned wissen ließ, dass er bei seinem Freund Stuart am Ende der Straße schlafe. Das Haus war still. Mary war wohl mit der furchtbaren Shannon auf Achse, aber nur für den Fall, dass ein Wunder geschehen war, schlich ich mich auf Zehenspitzen nach oben und öffnete geräuschlos ihre Zimmertür – Chaos ohne Grenzen, Kleider überall auf dem Boden, ungemachtes Bett, aber keine Mary.

Ich streifte meine Schuhe ab, zog mich aus, wickelte mich in meinem Bademantel und ging barfuß wieder nach unten. Plötzlich hatte ich Lust auf einen Drink. Ich ging ins Wohnzimmer und drehte das Licht an.
Vier Körper lagen auf dem Boden. Shannon trug unterhalb der Gürtellinie nichts, und der Junge, dessen Gliedmaßen mit ihren verstrickt waren, hatte die Hose offen.
Mary hatte ihren Rock noch an, aber ihr Oberkörper war nackt, und die Hand eines anderen Jungen lag auf ihrer linken Brust. Ich verließ den Raum und hörte auf dem Weg: »Scheiße! Du hast gesagt, sie ist weg!«
Hier galt es einzugreifen, ein ernsthaftes Gespräch zu führen. Shannon hatte Sex gehabt, Mary nicht, aber sie war im selben Zimmer. Sie waren minderjährig. Wenn ich nicht nach Hause gekommen wäre, würde Mary inzwischen ficken? Hatten sie das schon öfter gemacht? Wer waren die Jungs? Hatten sie Kondome?
Nachdem sie weg waren, kam Mary nicht zu mir in die Küche, sondern ging einfach nach oben und schloss die Tür.
Und was tat ich? Nichts. Ich stand total unter Schock. Außerdem bin ich ohnehin ein Feigling, was Mary betrifft. Ganz allmählich lerne ich mir das einzugestehen. Ich habe große Schwierigkeiten, sie wegen irgendetwas zur Rede zu stellen, und sie weiß das. Wenn ich das, was ich mir als gesunde Mutter-Tochter-Beziehung vorstelle, mit ihr gehabt hätte, wäre ich nach oben gestürmt und hätte sie zur Rede gestellt. Aber sie wäre auf mich losgegangen und hätte mich

eine prüde alte Schachtel genannt. Genau diesen Ausdruck hatte sie schon einmal benutzt, als ich versuchte, sie davon abzuhalten, zu einer besonders wild klingenden Party mit Shannon zu gehen.

»Es ist zu weit weg, und ich möchte nicht, dass du so spät nach Hause kommst.«

»Wovor hast du Angst, Mum? Meinst du, mir könnten die Augen aufgehen, wenn ich ein bisschen sexy action sehe? Möchtest du, das ich mein Leben lang Jungfrau bleibe? Ist es das? Mum, das Schlimme bei dir ist, dass Sex bei dir jetzt keine allzu große Rolle mehr spielt. Du zeigst alle Ansätze zu einer prüden alten Schachtel.«

Damals hatte ich mich natürlich auf »Möchtest du, dass ich mein Leben lang Jungfrau bleibe?« fixiert, was nämlich besagte, dass sie noch eine war. Erst später fand die »prüde alte Schachtel« ihr Ziel.

Waren alle Töchter im Teenageralter so verachtenswert rüde zu ihren Müttern wie Mary? War das eine Phase? Würde sie dem entwachsen? Bald? Ich schämte mich ihrer viel zu sehr, um mit Freunden darüber zu reden. Ihre Töchter kamen mir alle vor wie kleine Engel, wenn ich ihnen begegnete. Vielleicht kam den anderen Mary genauso vor.

Was mir außerdem zu schaffen machte, war die Tatsache, dass Mary den Nagel auf den Kopf traf, und die Wahrheit tut unweigerlich weg. Ich war nicht direkt eine prüde alte Schachtel, aber ich war ein bisschen prüde, was Sex betraf. Ich weiß nur durch die Lektüre von Schundromanen, dass es andere Stellungen außer der horizontalen gibt, und ich muss sagen, ich finde viele von den Sexszenen, die ich in der populären Literatur lese, ziemlich schockierend. All dieses Gerede von Fingern und Öffnungen und Geschlechtsorganen – es ist auf eine gewisse Art erregend, aber mir völlig fremd. Gus und ich lieben uns jetzt im Schnitt etwa alle sechs Wochen, und dann scheint es mehr per Zufall. Unsere Zehen berühren sich, wenn wir uns mitten in der Nacht umdrehen, und er streicht mit seinen Fußsohlen meine Waden hoch, und ich rolle mich irgendwie zu ihm. Er zieht mich an sich, und wir küssen uns, und ich spüre seine Erektion. Also schlängle ich mich herum, bis mein Nachthemd über die Taille gerollt ist. Er legt sich auf mich, fühlt, ob ich nass bin, und dringt, auch wenn ich es nicht bin, in mich ein.

Irgendwie ist es heimlich und zärtlich zugleich, und ich mag es, aber am Morgen sprechen wir nie darüber. Mein Problem ist, ich weiß nicht, was andere Frauen in meinem Alter erleben. Ficken sie immer noch jede Nacht mit ihren Ehemännern wie Karnickel? Doch sicher nicht. Ich bin zu schüchtern und zu zurückhaltend, um zu fragen. Mit dem Ergebnis, dass der letzte Mensch, mit dem ich über Sex reden kann, meine eigene Tochter ist.

Bei Ned dagegen ist das ganz anders. Das Mädchen, mit dem er in *Shine* war – ich habe sie immer noch nicht kennen gelernt –, ist seine erste echte Freundin. Er hatte schon Verabredungen, aber er ist so entsetzlich schüchtern, dass er, wie es scheint, nie was erreicht. Ich weiß, ich sollte erfreut sein, dass er zu mir kommt und mir alles erzählt. Ich bin es auch, aber ich kann nicht umhin zu denken, dass die meisten Jungs in seinem Alter sich nicht wie Ned ihren Müttern anvertrauen.

Diese langen qualvollen Gespräche fangen meist damit an, dass er so etwas sagt wie: »Mum, du weißt schon, dieses Mädchen, mit dem ich neulich abends im Pub war?«

»Welches?«

»Sie hat lange blonde Haare, so ähnlich wie deine, aber nicht so schön.«

Gott segne ihn.

»Und, hast du sie hierher gebracht?«

»Nein.«

»Also, wie soll ich sie denn dann kennen? Wirst du sie wieder sehen?«

»Das ist es ja gerade. Ich weiß nicht, was ich tun soll.«

»Magst du sie?«

»Ja, schon. Sie ist ein bisschen dumm.«

»Klingt nicht, als hätte es viel Sinn, sie noch mal zu treffen.«

»Aber sie ...«

»Was?«

»Sie sieht toll aus. Nicht ihr Gesicht, ihr ...«

Und dann, nach viel Drumherumgerede, wird schließlich klar, dass das Mädchen extrem große Brüste hat, aber sonst nicht sonderlich viel vorweisen kann.

»Sie gefällt dir, Ned. Warum sagst du das nicht einfach?«

»Ja, schon. Aber ist es nicht furchtbar, dass ich sie bloß anfassen will und hoffe, dass sie den ganzen Abend den Mund halten wird?«

»Absolut furchtbar. Doch vollkommen normal.«

»Ernsthaft? Wolltest du das auch von den Jungs, wenn du mit ihnen ausgegangen bist?«

»Na ja, nein, aber was Mädchen wollen und was sie von den Jungs erwarten können, sind zwei verschiedene Dinge.«

»Aber Mum, woran erkennt man denn, ob ein Mädchen möchte, na, du weißt schon, es tun möchte?«

Ich war schockiert. Er hatte keine Ahnung.

»Ned, küsst du Mädchen? Du brauchst nicht zu antworten, wenn du die Frage für zu persönlich hältst.«

»Nein, ist okay. Ja, natürlich küsse ich Mädchen.«

»Und was passiert dann?«

»Na ja, wir küssen uns weiter. Manchmal. Manchmal wollen sie es nicht.« Er hielt die Hände vor seinen Mund und hauchte hinein. »Dann hab ich Angst, dass mein Atem riecht oder so was. Ich weiß nicht, ob ich einen Körper habe, wie ihn die Mädchen mögen. Ich hab keine Haare auf meiner Brust und ich bin ein bisschen dünn. Und ab und zu hab ich noch den einen oder anderen Pickel, den ich nicht loswerde. Ich bin groß, und das mögen sie angeblich, aber Matthew Williams ist nur einsfünfundsiebzig, und er hat schon eine Menge Mädchen flachgelegt.«

»Und magst du irgendeins von den Mädchen, die Matthew angeblich ... flachgelegt hat?« Es war mir zutiefst zuwider, dieses Wort auszusprechen, aber mir fiel kein Ersatz außer ficken, ein und das schien mir nicht passend für ein tief schürfendes Mutter-Sohn-Gespräch. Matthew Williams war ein richtiger kleiner Gockel. Ich konnte mir genau vorstellen, wie er in zwanzig Sekunden ein Mädchen dazu überredete, mit ihm ins Bett zu springen. Ein dummes Mädchen auf jeden Fall.

»Nein, die sind richtig nuttig. Das Mädchen, von dem ich gerade geredet habe, Diane, war eine von ihnen. Matthew sagte, ich könne sie problemlos haben, aber als ich sie küsste, war sie irgendwie überrascht.«

»Sag mir eins, Ned, worüber habt ihr zwei geredet, als ihr im Pub was getrunken habt?«

»Ich hab sie gefragt, wie sie mit ihrer Abschlussprüfung zurechtkomme. Sie hat gesagt, sie tue sich da keinen Stress an, und dann hab ich sie gefragt, was sie lesen würde, und sie hat BELLA geantwortet. Ich hab versucht ihr zu erzählen, wie die Ziegen in Wales ihre Kitze kriegten, aber das hat sie nicht besonders interessiert.«

»Hast du sie denn zum Lachen gebracht?«

»Nicht dass ich wüsste. Warum?«

»Zu meiner Zeit war das so, dass man, wenn ein Junge dich zum Lachen bringen konnte, angeblich eher bereit war mit ihm ins Bett zu gehen.«

»Das ist nicht sehr romantisch.«

»Romantik kommt später, Ned.« Das war Irrsinn. Er war mehr wie ein liebeskrankes Mädchen und nicht wie ein Teenager auf Brautschau. Er war so offensichtlich verletzlich, dass ich am liebsten losgerannt wäre und all die in Frage kommenden Mädchen der Nachbarschaft zusammengetrommelt hätte, um ihnen einzubläuen, dass sie ihm nicht wehtun dürften.

»Wenn ich höre, wie Mary und ihre Freundinnen reden, würde ich mich am liebsten zusammenrollen und vor Angst sterben.«

»Warum?«

»Sie reden so furchtbar über uns Jungs. Sie lachen über uns und machen sich lustig. Es ist widerlich.«

»Wieso widerlich?«

Ich wusste, dass ich ganz untypisch neugierig war, aber ich konnte mir die Gelegenheit, in Marys geheimes Leben Einblick zu erhalten, nicht entgehen lassen.

»Sie reden davon, wer einen großen Schwanz hat und und wer einen kleinen, und wie armselig die kleinen sind.«

»Mary sagt solche Sachen? Woher weiß sie das?«

»Na ja, ich hab nie wirklich gehört, dass Mary so was sagt, aber Shannon redet dauernd davon, wie lange die Kerle durchhalten und wie schnell sie geil werden können und was sie im Kino alles anstellen kann, ohne erwischt zu werden.«

»Hör auf, Ned!«

»Aber du hast gefragt, Mum.«

»Erzähl mir von dem Mädchen, mit dem du in *Shine* warst, die, die an deiner Schulter geweint hat. Sie klingt nett und romantisch.«

»Sophie.«

»Hübscher Name. Sie ist nicht dumm, oder?«

»Nein, überhaupt nicht. Sie ist musikalisch. Sie will Konzertpianistin werden. Deswegen sind wir in *Shine* gegangen. Sie ist wirklich schön, Mum, sie ist ...«
». . . was Besonderes?«
»Ja, was Besonderes.«
Es war wunderbar anzuschauen – mein großer Junge mit dem zerzausten hellbraunen Haar und dem weichen, sensiblen Gesicht, das mich immer an einen Hasen erinnerte, war verliebt. Und was er brauchte, war, endlich Lust zu empfinden.
»Und redest du mit ihr über Bücher und Musik und so was?«
»Die ganze Zeit.«
»Und hast du sie geküsst?«
Er lief rot an. Es war ihm peinlich. Er war ungeschickt, wenn er über Mädchen reden sollte, aber er war noch nie zuvor rot geworden.
»Ja. Wir haben uns geküsst. Aber wir wissen nie, wohin wir sollen. Wenn ich sie hierher bringen würde, würde Mary in einer Sekunde alles ruinieren, und sie kommt aus einer riesigen Familie, kleine Brüder und Schwestern, die überall herumtoben.«
Plötzlich kam mir eine Idee.
»Warum fährst du nicht mit ihr nach Wales? Wir sind dieses Wochenende dran. Du könntest mit ihr lange Spaziergänge im Wald machen und dann vor dem Kamin zu Abend essen.«
»Aber Dad ist da.«
»Ja, ich weiß, doch er wird am Sonntag fahren. Er muss ab Montag einen großen Einbau hier machen. Und es

wäre gut, wenn er am Anfang da ist. Dann hat sie nicht das Gefühl, dass du sie reinlegen willst.«

Ich hatte nämlich allmählich das Empfinden, dass dieses Mädchen genauso sensibel war wie Ned. Jemand wie Shannon würde dafür sorgen, dass es keine elterliche Aufsicht gab, bevor sie zustimmte, mitzufahren, aber Sophie hörte sich nicht so an, als würde sie sich wohl fühlen, wenn man sie irgendwie unter Druck setzte, Sex mit Ned zu haben.

»Es sind doch Osterferien. Du könntest bleiben, wenn Dad fährt wenn das Eis erst einmal gebrochen ist.«

Die Idee schien ihm zu gefallen. Er sah ganz verträumt aus.

»Geh und ruf sie an. Es ist natürlich ein bisschen überstürzt.«

»Was ist mit dir, Mum? Kommst du nicht hin?«

»Ich werde dieses Wochenende in London bleiben.« Ich sagte nicht, warum.

Grace McIntyres Autogrammstunden bei Harrods erwähnte ich nicht.

Und als ich dann dort war, hinten im Raum stand und beobachtete, wie meine Schwester die Leute anlächelte, wenn sie ihre Bücher signierte, stellte ich fest, dass ich nur einen Gedanken hatte: Wie ähnlich sie doch Mary sah. Dunkel, und ich war blond. Grüblerisch, fast sinnlich, ich dagegen war locker und lebhaft.

Während ich Grace anschaute, wurde mir klar, dass ich sie betrachtete, als wäre sie einfach ein anderer Mensch, ein Fremder auf der Straße, jemand, den ich nicht kannte. Ich reagierte nicht auf sie, als wäre sie mein eigen Fleisch und Blut. Sie war nur eine Frau, deren Erscheinung mein Interesse geweckt hatte, genau das war sie. Ich kannte diese Frau nicht. Sie gab mir nicht das Gefühl, Teil der Familie zu sein. Mary war Familie, und Mary war diejenige, um die ich besorgt war. Nicht Grace. Grace weckte nur meine Neugier.

Aber während ich so dastand, anonym, konnte ich nicht umhin zu denken, wie schön es wäre, wenn ich einfach zu ihr gehen und so etwas sagen könnte wie: »Lass uns, wenn du mit alldem hier fertig bist, irgendwo etwas zusammen essen. Ich würde dich gern fragen, was ich mit Mary machen soll.«

Und wenn Grace die Rolle einer normalen Tante gespielt hätte, dann hätte ich es tun können. Es kam mir der Gedanke, dass sie vielleicht nicht einmal wusste, dass Mary existierte. Oder Ned.

Das war alles völlig irre. Ich musste hier raus. Irgendwie war ich in die Schlange geraten, und ich konnte nicht raus, ohne die Aufmerksamkeit auf mich zu lenken. Ich wurde plötzlich nach vorn geschubst und stand direkt vor meiner Schwester. Alle sahen mich, fand ich, ziemlich nervös an. Wussten sie denn irgendwie, dass sie meine Schwester war?

Sie schaute mit diesem professionellen Lächeln zu mir hoch und ich blickte ihr in die Augen und sah, wie traurig sie war. Sie hatte dieses Lächeln, das nicht bis zu den Augen vordringt, weil es so lange her war, dass sie wirklich etwas zum Lächeln hatte, etwas, dass ihr Freude bereitete.

Ich bat sie, ein Buch für Ned zu signieren, und wir hatten ein ziemlich dämliches Gespräch darüber, ob achtzehnjährige Jungs romantische Bücher mögen. Na ja, sie hatte eben Ned nie kennen gelernt.

Ich machte den Mund auf, um zu sagen, was ich wirklich sagen wollte. Das war meine letzte Chance. Sie würde sicher bald gehen. Und ich verlor den Mut. Es war nicht der richtige Zeitpunkt. Ich hatte etwas erreicht, ich hatte sie gesehen, hatte mit ihr geredet. Der Rest konnte warten.

Zuerst musste ich das mit Mary klären – die, wie sich herausstellte, die geringste meiner Sorgen sein sollte. Als ich nach Hause kam, stand Ned in der Küche und kochte Tee für eines der hübschesten Mädchen, das ich je gesehen hatte. Lange, grazile Beine und ein süßes Lächeln.

»Mrs. Hardy? Ich bin Sophie, Neds Freundin.«

Ich fühlte mehr, als ich es sah, wie Ned schluckte und vor Überraschung fast erstickte. Er hatte sie an der Angel und es nicht einmal gemerkt. Und was in aller Welt machte er überhaupt hier? Er sollte doch in Wales sein.

»Schön, dich endlich kennen zu lernen, Sophie.« Ziemlich gut, fand ich, denn es zeigte ihr, dass Ned von ihr erzählt hatte. »Aber ich dachte, ihr würdet durch die Wälder in Powys wandern ...«

Ned legte den Arm um mich.

»Wir sind gestern Nacht hingefahren, waren so gegen elf Uhr da. Aber wir sind heute Morgen wieder los. Die Sache ist die, Mum, ich weiß nicht, ob ich dir das sagen soll oder nicht, aber, verdammt noch mal, ich werd's sagen. Dad war mit Amanda Bamber da.«

GRACE

Okay«, sagte Linda. »Die Schlagzeilen. Das ist alles passiert, während du weg warst. Jugendliche haben die Postkästen zerstört, sind vorbeigefahren und haben sie mit einem Hammer kaputtgeschlagen. Wahllos. Deinen haben sie nicht angefasst, aber mein rosa Pudel ist Totalschaden. Gott sei Dank hab ich zwei gekauft. Die Leute vom Eisenwarenladen haben sich scheiden lassen. Er hat das Geschäft hier gekriegt, sie das in East Hampton. Ich hab gleich für hundertfünfundzwanzig Dollar eingekauft, weil er so niedlich ist. Jetzt ist er frei, aber du lass deine Finger von ihm, du bist jünger als ich.«

Ich versprach, brav zu sein.

»Was sonst noch? Sie waren hier, um gegen Zecken zu sprühen. Ich hab dein Grundstück auch machen lassen. Du schuldest mir neunzig Dollar.«

Das Thema hatten wir schon einmal durchgekaut.

»Linda, mein Hausmeister macht das umsonst für mich. Ich kauf einfach das Zeug, und er sprüht.«

»Na ja, du warst nicht da. Übrigens, Filet ist bei A&P im Sonderangebot. Die Wochenendleute fangen an, ihre Häuser für den Sommer aufzumachen. Die Makler sind fix und fertig, weil diese Saison keiner mieten will. Es ist den Leuten zu weit, hierher zu fahren. Sie mieten was in Connecticut. He, du hast den Kometen verpasst. Man konnte ihn vom Louse Point aus ganz klar sehen. Gerade als ich mich hinsetzte und *Wow!* sagen wollte, habe ich einen ganzen Haufen Kondome im Sand gefunden.«

»Ich glaube, den Kometen hatten wir in England auch, Linda.«

»Ja, aber nicht so klar wie hier. Und, wie ist es in England gelaufen?«

»Ich bin von jemandem verfolgt worden.«

»Ohne Quatsch? Wer war's?«

»Ich hab keine Ahnung, aber sie hat mich das erste Mal gesehen, als ich neulich nach Wales gefahren bin. Hab ich dir das erzählt?«

»Nein, was wolltest du dort?«

Ich hatte Linda natürlich nichts von Wales erzählt. Was hatte ich mir nur dabei gedacht? Linda wusste nichts über die Upper Stone Farm, den Tod meiner Mutter und dass mein Vater sich gedrückt hatte. Keiner wusste das. Linda war sowieso bloß an meinem Liebesleben interessiert, und wenn sie etwas fragte, wartete sie nur selten auf die Antwort.

»Hier, sie haben einen Artikel über deinen Freund im Star geschrieben. Hör mal, ich muss los. Ich wollte nur sehen, wie's dir geht. Ich fand, du warst ganz schön down vor deiner Abfahrt. Ich hab mir Sorgen um dich gemacht.«

»Das brauchst du nicht«, sagte ich ziemlich barsch, was ich eigentlich gar nicht gewollt hatte. Typisch für mich. Ein Wunder, dass ich überhaupt noch Freunde hatte. Ich frage mich immer wieder, warum ich so unwirsch bin, aber ich kriege nie eine befriedigende Antwort. Tief in meinem Innersten war ich gerührt von Lindas Sorge, so gerührt, dass es mir peinlich war, und da hatte ich nichts Besseres zu tun, als sie wegzustoßen.

Außerdem konnte ich es nicht erwarten, den STAR in die Finger zu kriegen. Hatte ich mich wegen Harry verplappert? Über wen könnten sie sonst schreiben?

Es war im Kunstteil, eine Reihe von Profilen über Autoren, Bildhauer und so weiter. Und es war nicht Harry.

Es dauerte einen Moment, bis ich rausfand, wer zum Teufel er war. Ich starrte das Schwarzweißfoto an und versuchte mich zu erinnern, wo ich das ziemlich verluderte, aber trotzdem attraktive Gesicht schon einmal gesehen hatte. Die Augen kamen mir bekannt vor. Misstrauisch. Ein bisschen besorgt. Er ließ sich offensichtlich nicht gern fotografieren. Aber es waren intelligente Augen, die direkt in die Kamera sahen. Sie gefielen mir.

»ARCHIE BERKELEY. EIN KOMPONIST IN UNSERER MITTE«, lautete die Schlagzeile. Wieso kannte ich den Namen? Ich wusste gar nichts über Komponisten.

Die Haushaltsauflösung. Er war der wütende Mann in der Tweedjacke, den ich bei dieser Haushaltsauflösung kennen gelernt hatte, bei der ich mit Linda gewesen war.

»Das ist die größte Herausforderung meiner Karriere …« sagte uns Archie.

Welcher Karriere?, fragte ich mich. Warum sollen wir immer gleich wissen, wer diese Leute sind? Ich las den Artikel und erfuhr, dass er in Amerika war, um die Musik zu einem Film mit dem Titel *Rapture* zu machen, eine Liebesgeschichte zwischen einer älteren Frau und einem Gangsta Rapper.

»Mr. Berkeley hat ein Haus an der Atlantic Beach Avenue gemietet, das er mit seiner Frau Sonia Shulman, der Autorin, und ihren beiden Kindern bewohnen wird. Er wird den ganzen Sommer hier arbeiten.«

Wie schön für ihn, und wie schön für seine Frau. Von der hatte ich schon gehört. Sie war in England als Schriftstellerin angesehen. Ich konnte ihre deprimierend kleinen Romane mit ihren kargen, angstgepeitschten Charakteren mit Selbstmordgedanken nicht ausstehen. Ich kannte jemanden, der sie kannte und der mir erzählt hatte, sie würde sich furchtbar ernst nehmen.

Ich sollte mich selbst ernster nehmen, dachte ich, und das nicht zum ersten Mal. Ich sollte etwas über meine traumatische Kindheit und meinen furchtbaren Vater schreiben. Mit ein bisschen Kindsmissbrauch gewürzt vielleicht. Mein Vater war tot. Wie sollte je einer erfahren, dass er mir nie zu nahe gekommen war? Ich würde wahrscheinlich ein Vermögen damit machen.

Aber ich hatte ja bereits ein bescheidenes Vermögen gemacht, also, was sollte das? Und ich konnte sowieso nur Romane schreiben, weil ich meinen Vater nie gekannt hatte.

Natürlich waren da die Bücher, die er mir geschickt

hatte. Zweimal jährlich, zu Weihnachten und an meinem Geburtstag, erhielt ich ein großes Bücherpaket von Lucas Cammell Publishing. Nicht alle waren von meinem Vater verlegt. In dem ersten Paket, das kam, als ich etwa neun war, war ein Brief, in dem er Biddy, meine Pflegemutter, bat, meine Meinung über die Bücher auszuhorchen und sie ihm mitzuteilen. Innerhalb eines Jahres schrieb ich meine eigenen Kritiken und ließ sie ihm zukommen. Und dann begann er kleine Kärtchen mit kurzen Anmerkungen mitzuschicken.

»Vielleicht wird der neue John Fowles von Interesse sein«, schrieb er, als er mir an meinem dreizehnten Geburtstag *The French Lieutenant's Woman* schickte. »Ein Buch für Frauen.«

Und so begann mein Interesse an Literatur. Die Postkarten waren immer mit Lucas Cammell unterzeichnet. Er deutete niemals auch nur an, dass er mein Vater war. Vielleicht wusste er nicht, dass man es mir gesagt hatte. Es war wie eine seltsame Brieffreundschaft. Aber ich muss zugeben, dass diese frühe Einführung in Bücher daran schuld war, dass ich Schriftstellerin wurde.

Als Teenager begann ich ihm meine Kritzeleien zu schicken. Aber da zog er die Grenze. Meine Sachen kamen immer mit einem höflichen Brief von seiner Sekretärin zurück, in dem ich informiert wurde, dass Mr. Cammell unangefordertes Material nicht in Betracht ziehen könne, und man mir sagte, dass eine Liste literarischer Agenten im *Writer's & Artist's Yearbook* zu finden sei.

Ich wusste, wie er aussah. Gelegentlich war er in der Zeitung, und dann schnitt ich sein Foto aus und versteckte es in meinem Tagebuch oder dem Buch, das ich gerade las. Aber ich hatte eine Art eingebauten Selbsterhaltungstrieb, der mir sagte, dass ich Distanz halten musste. Ich mochte und respektierte Biddy und David. Von Anfang an hatten sie anscheinend bewusst fast totales Stillschweigen zum Thema »mein Vater« gewahrt, so als ahnten sie, dass er nie viel Interesse für mich zeigen würde. Und sie hatten Recht. Er kommunizierte nur durch Bücher. Wenn ich ihn mit mir konfrontierte, würde er mich sicher ablehnen, und das brauchte ich nicht.

Als ich fünfzehn wurde, war ich am verletzlichsten. Plötzlich änderte sich mein Leben über Nacht, wie bei den meisten Heranwachsenden. All die Dinge, die mich bis jetzt interessiert hatten, waren mir auf einmal gleichgültig. Biddy und David schienen langweilig, mein Vater dagegen schien aufregend. Ich träumte davon, wie es sein würde, wenn wir uns endlich begegneten. Bis etwas mit Biddy passierte, das meine Träume von einer Wiedervereinigung mit meinem Vater ein für alle Mal beendete.

Kurz danach verließ ich mein Zuhause, ging nach London und fand einen Job, und von da an hörte ich nur noch Schlechtes über Lucas Cammell.

Ich war bei einer Dinnerparty. Wir waren eine Gruppe smarter junger Leute, wir hatten alle Jobs beim Fernsehen oder Film, in Verlagen oder als Assistenten bekannter Zeitgenossen. Das war lange vor *Air Male*.

Jemand hatte eine neue Freundin mitgebracht, und wie sich herausstellte, war sie Lektoratsassistentin bei Lucas Cammell Publishing. Ich konnte natürlich nicht widerstehen.

»Wie ist der denn so, Lucas Cammell? Ist er genial?«

»Genial? Als Verleger? Kann schon sein, auf seine altmodische Art. Doch das Marketing, das das A und O im Verlagswesen ist, will er einfach nicht kapieren, legt immer noch Wert darauf, wie ein Autor schreibt. Aber ab und zu zieht er doch noch was aus dem Hut, gewinnt den verdammten Buchpreis, und wir müssen wieder Bücklinge machen. Wenn er nicht so ein Monster wäre, wär's mir gleichgültig.«

»Er ist ein Monster?«

»Der schlimmsten Art. Er ist der kälteste Mann, der mir je begegnet ist. Dabei hat er jede Menge Charme. Wenn er was will, ist er der größte Verführer. Dabei ist er sicher über fünfzig. Aber die Frauen sabbern nur noch, wenn er es will. Je jünger, desto lieber. Er nimmt die Assistentinnen immer mit nach oben, angeblich, um Manuskripte zu lesen. Über Nacht. Und wer sagt da schon Nein, wenn er die Chance hat, befördert zu werden? Aber mir tut die Kleine Leid.«

»Die Kleine? Welche Kleine?« Ich konnte genauso verschlagen sein wie mein Vater.

»Er hat eine Tochter im Teenageralter. Die Mutter ist tot. Die Tochter lebt bei ihm in der Wohnung über dem Verlag, die, in der er immer die Manuskripte mit den jungen Frauen bespricht. Und manchmal kommen sie einfach nicht mehr runter, verstehn Sie? Sie geht wahrscheinlich früh zu Bett. Sie ist wirklich süß. Hübsch. Blond. Aber ein bisschen dumm. Hat leider seinen Kopf nicht geerbt. Sie betet ihn an, und er ignoriert sie total.«

Und dann stellte jemand eine Frage über etwas anderes, und das Thema wurde gewechselt. Kurz darauf hörte ich, dass sie Lucas Cammell Publishing verlassen hatte. Ich sah sie nie wieder.

Es war beängstigend, dieser Einblick, den sie mir in die Persönlichkeit meines Vaters gegeben hatte, aber nicht halb so entsetzlich wie die Information, die ich ein paar Jahre später bekommen sollte.

Es war wieder bei einer Dinnerparty. Es ist erstaunlich, wie viele davon ich in jungen Jahren besuchte, wenn man bedenkt, dass ich das Haus jetzt so gut wie nie verlasse. Der Mann, der sich zu mir beugte, um mir etwas ins linke Ohr zu flüstern, war ein alter Schwerenöter, der anscheinend glaubte, dass jede Frau ihn faszinierend finden musste.

Ich wartete auf eine Anmache, bekam aber den Schock meines Lebens.

»Sie sehen Ihrer Mutter verdammt ähnlich«, sagte er zu mir.

»Meine Mutter ist tot«, erwiderte ich, ohne zu überlegen.

»Ja, ich weiß. Aber Sie nicht. Sie sind sehr lebendig und genauso schön, wie sie war.«

Na ja, zumindest hatte ich in einer Hinsicht Recht, was ihn betraf. Was für eine Anmache. Welches Mädchen springt schon darauf an, dass man sie mit ihrer Mutter vergleicht?

»Ich nehme an, Sie kannten sie?«
Er nickte. »Und Ihren Vater. Wie geht's ihm denn überhaupt?«
»Ich habe keine Ahnung«, antwortete ich wahrheitsgemäß.
»So ist das also. Kann's Ihnen nicht verdenken. Wollen wohl nicht so enden wie ihre Mutter.«
Das gefiel mir nicht. Aber so eine Informationsquelle würde ich nie wieder finden.
»Wie meinen Sie das?«
»Sie sind doch Lucas Cammells Tochter, oder?«
Erst da wurde mir klar, dass ich keine Ahnung hatte, woher er das wusste. Ich war als Grace McIntyre vorgestellt worden. Keiner wusste, dass ich Lucas' Tochter war.
Es gab nur eine Erklärung. Ich musste wirklich so aussehen wie meine Mutter. Ich hatte natürlich Bilder von ihr, aber ich hatte nicht geahnt, dass die Ähnlichkeit so groß war.
»Mir wurde ganz komisch, als ich reinkam und Sie sah. Ich wollte sie selbst heiraten, hab ihr einen Antrag gemacht. Doch sie gab mir einen Korb. Sie war ganz besessen von Ihrem Vater, dieser Bestie.«
»Bestie?«, wiederholte ich.
»Das ist die schlimmste Art von Gewalt, die nicht aggressive. Ich hab immer gedacht, es wäre besser gewesen, wenn er sie wirklich geschlagen hätte. Aber diese Schweigephasen von ihm hatten genauso viel Durchschlagskraft. Er hat sie von London weggebracht, das sie liebte, und Gott weiß, wie sehr sie uns

gefehlt hat, und hat sie in diesen armseligen Steinhaufen auf einem walisischen Berg geschleppt und sie dann einfach dort gelassen. Er war die ganze Woche in London. Sie war so einsam, dass sie mich fast jede Nacht angerufen und erklärt hat, welchen Fehler sie gemacht habe. Ich hab immer gesagt, dass ich sofort kommen und sie holen würde, aber sie hat mich stets daran gehindert. Sie hatte Todesangst vor ihm. Und dann sind Sie gekommen. Da gab es doch noch ein Kind, nicht wahr? Aber Sie sind die Ältere, ja?«

Ich sah ihn an. Wenn er von Favour wusste, wieso war ihm dann nicht bekannt, dass ich nie bei meinem Vater gelebt hatte?

»Ich sollte dir eine verpassen«, sagte er plötzlich so brutal, dass ich nur dachte: Egal, wie grausam mein Vater gewesen ist, meine Mutter hat Glück gehabt, dass sie nicht in die Fänge dieses Mannes geraten ist.

»Du hast sie mir für immer genommen. Sie hat dich angebetet. Du warst ein Band zwischen ihr und ihm. Nach deiner Geburt hat sie aufgehört mich anzurufen.«

Aber was ist dann passiert?, wollte ich fragen, wusste jedoch, dass ich das nicht konnte.

»Es gibt nichts Schlimmeres, als wenn einem jemand einfach die kalte Schulter zeigt«, fuhr er fort. »Ich muss es wissen, denn ich hab jemanden wie Lucas Cammell geheiratet. Überhaupt kein Dialog. Und aus dem Bett hat sie mich auch rausgefrostet, das frigide Miststück. Allen Berichten zufolge hat Lucas deine Mutter weiterhin jedes Wochenende gebumst. So hat er sie überhaupt gekriegt. Reine sexuelle Chemie. Sie konnte ihm nicht widerstehen. Er war wie ein großer Magnet, der sie anzog. Und sobald er sie hatte, war sie seine Gefangene. Wenn du nicht gewesen wärst, wäre sie vielleicht entkommen, aber du bist da oben das Zentrum ihres Universums geworden. Und Lucas hat das gehasst. Wir haben das sogar in London gehört. Anfänglich hat deine Existenz ein Band zwischen ihnen geschaffen, aber dann wurde Lucas eifersüchtig. Lucas hat dich gehasst.«

An diesem Punkt entschuldigte ich mich und ging auf die Toilette. Ging nach oben. Ging in die Küche. Ich kann mich nicht erinnern, wohin ich ging. Aber ich musste weg von ihm.

»Er hat dich gehasst.«

Jahrelang hatten mich diese Worte verfolgt. Dabei gelang es mir nicht einmal, den Namen des Mannes herauszufinden.

Die Möwen machten einen höllischen Lärm. Da musste ein Sturm im Anzug sein. Sie randalierten immer vor einem Sturm, und dann hatten sie einen Heidenspaß, wenn sie auf der rauen See herumschaukeln konnten.

Ich kehrte die Asche aus dem Kamin und verbrachte zwanzig Minuten damit, ein neues Feuer zurechtzumachen. Das war ein Ritual, das ich schon immer als sehr therapeutisch empfand. Ich knüllte lustvoll Mr. Archies »Das ist die größte Herausforderung meiner Karriere« zusammen, stapelte Späne und Scheite darauf und zündete ein Streichholz an.

Und trotzdem weiß ich nicht, warum mir die Phrase »größte Herausforderung meiner Karriere« so gegen den Strich ging. Die Wahrheit war, dass mir selbst eine bevorstand. Kurz nachdem ich hier in die Prärie gezogen war, hatte ich ein neues Buch angefangen. Insgeheim. Keiner wusste etwas davon, am allerwenigsten mein langweiliger Lektor in New York. Es war, was man im Allgemeinen in der Branche als »düster« bezeichnet. Verglichen mit den Romanzen, die ich früher geschrieben hatte, war es geradezu satanisch.

Es handelte von einem Mann. Ich nannte ihn Luther. Er holte sich seine Kicks, indem er anderer Leute Leben ruinierte. Er brauchte sie nicht umzubringen. Es genügte ihm auch nicht, Macht über sie zu haben. Es ging ihm einer ab, wenn er sah, dass ihr Leben in Trümmern lag, und wusste, dass sie das alles ihm zu verdanken hatten. Er suchte sich seine Leute wahllos aus, einfach an irgendeiner Straßenecke, arrangierte ein Zusammentreffen und unterwanderte ihr Leben.

Luther war ein Hansdampf in allen Gassen. Wenn sein Opfer reich war, wurde er sein finanzieller Berater. Wenn es eine schöne, aber leichtgläubige Frau war, wurde er ihr Inneneinrichter und ruinierte ihr Haus, oder ein Meisterkoch, der behauptete, er würde ihr kalorienfreies Essen zubereiten, während er zusah, wie sie grotesk fett wurde von seinen köstlichen Kreationen. Und wenn die Leute arm waren, konzentrierte er sich einfach darauf, ihr Vertrauen zu gewinnen, bevor er sie auf irgendeine Art verriet.

Und dann entdeckte er, dass sein neuestes Opfer, ein

junges Mädchen, das ihm blind vertraute, keine andere war als seine Tochter, deren Mutter er im Stich gelassen hatte. Das Mädchen war Kräuterkundlerin, und Luther hatte sie überredet, ihm alles zu übergeben, damit er ihr einen eigenen Laden auf der Madison einrichten könnte.

Aber das Mädchen wusste genau, wer Luther war. Er hatte eine Freundin von ihr ruiniert, ganz zu schweigen von ihrer Mutter. Sie hatte ihm die Falle gestellt. Er war ein gönnerhaftes Schwein, behauptete, daran zu glauben, dass die Tränklein, die sie jeden Tag für ihn zubereitete, sein Kopfweh, seine Stirnhöhlenprobleme, seinen Haarausfall lindern würden.

Sie war vorsichtig mit den Dosen Gift, die sie in jeden Trank mischte. Ihrer Schätzung nach würde es etwa drei bis vier Monate dauern, um ihn umzubringen.

Lucas hat dich gehasst.

Ich weiß, dass ich mit dem Buch erst anfing, als ich hier rauskam, aber ich denke, es begann an jenem Tag, an dem ich diese Worte hörte, in meinem Kopf.

Der Morgen nach dem Sturm war ruhig und sonnig. Der perfekte Tag für einen Spaziergang zum Louse Point, aber es war Wochenende, und ich hasste es, am Wochenende dorthin zu gehen. Die Pärchen waren da, spazierten Hand in Hand am Ufer entlang, saßen flüsternd im Sand.

Doch ich war zu rastlos, um im Haus herumzuwandern. Ich konnte nicht arbeiten. Nach etwa einer Stunde Frust gab ich auf und ging den Weg durch meinen

Wald zur Straße hinauf, überquerte sie und stieg die Holztreppe hinunter, die von der Anhöhe zum Strand führte. Ich ging Strände entlang, die eigentlich privat waren, stieg über die Wellenbrecher, die sie voneinander trennten, spähte wie immer hoch durch die Bäume, ob ich die schicken Häuser oben auf der Anhöhe sehen konnte, aber sie waren gut gegen neugierige Blicke geschützt. Hier hätte ich mein Geld anlegen sollen, nicht in diese moderne Monstrosität, die gefährlich auf den Dünen südlich des Highways balancierte.

Als ich endlich am Louse Point angelangt war – wie immer hatte ich unterwegs dem Fischadlerhorst zugenickt –, stellte ich fest, dass es noch viel zu früh für die Pärchen war. Der Morgen war erst angebrochen, und die Aktivitäten konzentrierten sich auf Hunde. Die meisten Leute hatten Golden Retriever, oder Labradore oder Schäferhunde. Sie liebten den Strand, stürzten sich ins Wasser, schüttelten sich trocken, wenn sie rauskamen, jagten einander und stürmten wieder hinein. Ich warf einem einen Stock, nur um zu sehen, wie er losrannte und kraftvoll hinaus ins Meer schwamm, um ihn zu holen.

»Jetzt gehört sie Ihnen«, brüllte der Besitzer. »Ich hab das seit Jahren nicht mehr getan. Wäre den ganzen Tag hier, wenn ich das mache.«

Er war ein typischer Vertreter der Männer, die mit ihren Hunden während der Mittagspause in ihren Chevys oder Dodges hierher kamen. Ich liebte es zuzusehen, wie alle arbeitenden Männer in der Gegend mit ihren Hunden auf dem Beifahrersitz herumkurvten und wie sie oft nur zum Strand fuhren, um in ihren Trucks zu sitzen und das Meer anzustarren. Ich fragte mich, ob ihre Frauen wussten, dass sie das machten. Die meisten von ihnen waren hässliche Proleten.

Aber wenn sie mit ihren Hunden am Strand spazieren gingen, waren sie irgendwie niedlich, und die Hunde waren folgsam. Sie kamen, wenn man sie rief. Also fiel mir sofort auf, dass ein Hund völlig außer Kontrolle war. Es war kein Rassehund, aber irgendwo musste mal ein Pudel dabei gewesen sein. Und er schwamm einfach los, sah aus, als wollte er nach Irland, egal, wie laut sein Besitzer brüllte. Und er ignorierte die Stöckchen, die man ihm warf.

Schließlich kam er aus dem Wasser und rannte bellend auf mich zu. Er schüttelte sich direkt neben mir, so dass ich tropfnass war, und knurrte dann. Ich ging in die Hocke und streckte meine Hand aus, mit der Handfläche nach oben. Das Knurren wurde leiser. Ich begann mit ihm zu reden. Ich liebe Hunde, und Hunde lieben mich. Kinder und Hunde mögen nette Leute, das wird zumindest gesagt. Mit Kindern hatte ich es noch nicht versucht, aber ich hatte auch nie behauptet, nett zu sein.

Endlich näherte sich der Hund wie alle anderen auch. Ich kraulte ihn unter dem Kinn – und er gehörte mir für den Rest des Lebens. Er wollte wieder ins Wasser.

»Bleib«, sagte ich mit ziemlich bedrohlicher Stimme.

Er blieb.

»Ich fass es nicht. Ich hab den Hund jetzt drei Wochen,

und er schaut mich nicht einmal an, wenn ich den Mund aufmache. Und da kommen Sie, und er tut so, als hätte er sechs Monate Hundeschule bei Barbara Woodhouse hinter sich. Vielleicht sind Sie Barbara Woodhouse?«

Es war Archie Berkeley. Natürlich. Wem sonst wollte ich am Strand begegnen?

»Nein. Ich bin nicht Barbara Woodhouse. Und wir sind in Amerika, der Hund würde eine Engländerin nicht verstehen. Schaun Sie, ich sage ›Walkies‹, und dann sehn wir mal, was passiert.«

Ich sagte »Walkies« und warf einen Stock ins Meer. Der Hund rannte hinterher und brachte ihn mir zurück.

»Wir sind uns schon mal begegnet, nicht wahr?«

»Ja«, antwortete ich. Mehr nicht. Ich hatte ihm seinen Hund in fünf Minuten erzogen. Mehr Hilfe konnte er nicht erwarten.

»Ah, ich erinnere mich. Sie sind die unhöfliche einsilbige Engländerin, die bei der Haushaltsauflösung war.«

»Wo Sie nach einem antiken Tisch fürs Foyer suchten. Bei einer Haushaltsauflösung!«

»Na ja, ich war nie zuvor bei einer gewesen. Ich hab nicht gewusst, was mich da erwartet. Das Gute daran war, dass es hier in dieser gottverlassenen Gegend war und ich danach herumgefahren bin und Louse Point entdeckt habe. Es ist atemberaubend schön hier am Accabonac Harbor.«

»Ist Ihre Familie schon da?« Ich erinnerte mich an

seine bissige Bemerkung von wegen, seine Frau könnte mir Manieren beibringen.
Er antwortete nicht sofort, und die kurze Pause machte aus meiner Frage mehr als die höfliche Nachfrage, die ich geplant hatte. Sie wurde zu: »Sind Sie verfügbar?«
O Scheiße!
»Nein, nein, sie kommen erst in einiger Zeit. Momentan sind da nur ich und die Hunde.«
»Hunde? Plural?«
»Ja, Leo und Theo. Sie gehören nicht mir, muss ich schnell hinzufügen. Ich schreibe die Musik zu einem Film, weshalb ich hier bin. Der Film wird in und um New York gedreht. Das Studio hat mir dieses Haus gemietet. Für meine Söhne wird es wunderbar werden, den Sommer hier zu verbringen, und ich genieße es, am Klavier zu sitzen und aufs Meer zu schauen. Und die Kostümbildnerin, die Engländerin ist und in New York lebt, hat mich gefragt, ob ich für die Dauer des Films ihre Hunde als Gesellschaft haben möchte, weil sie ständig unterwegs sein wird. Ich sagte Ja. Ich liebe Hunde. Ich hab nur nicht mit solchen wie diesen gerechnet.«
Und ich hatte nicht mit seiner Lebensgeschichte gerechnet.
»Welcher ist das? Leo oder Theo?«
»Das ist Leo. Er ist der Extrovertierte. Liebt den Strand, liebt das Wasser, folgt überhaupt nicht.«
»Und Theo?«
»Der übliche Hund mit Agoraphobie. Weigert sich, das Haus zu verlassen. Ich muss ihn zum Pinkeln raus-

schieben. Er sitzt den ganzen Tag im Schrank und zittert.«

»Was für eine Rasse?«

»So was wie ein Whippet. Nur Haut und Knochen. Ich weiß nicht, was ich mit diesem Tier anfangen soll. Ich bin krank vor Sorge. Es kann nicht gut gehen.«

Er musterte mich einen Moment lang. Ich wich zurück.

»O nein ...«

»Bitte! Sehn Sie sich Leo an. Er ist verrückt nach Ihnen. Kommen Sie einfach mit ins Haus und schaun Sie, ob Sie Ihren Zauber auch bei Theo anwenden können. Wahrscheinlich dauert es nur ein paar Sekunden. Ich kann Ihnen gar nicht sagen, wie erleichtert ich wäre, wenn Sie diesen verdammten Hund aus dem Schrank holen würden. Warum kommen Sie nicht heute Abend auf einen Drink vorbei?«

Er war unglaublich verführerisch, wie er da mit Jeans und Sweatshirt und zerzausten Haaren am Strand stand. Er brauchte mich. Wann hatte mich das letzte Mal jemand gebraucht?

»Okay. Wann?«

»Gegen Sechs. Haben Sie einen Stift? Nein? Moment, ich hab einen.«

Er fummelte in seinen Taschen und holte dann einen Fetzen Papier mit einer Einkaufsliste heraus. Er drehte es um und schrieb etwas darauf.

»Hier ist die Adresse. Bis später.«

Er verschwand ziemlich schnell, nachdem er mein Okay hatte, wie ich bemerkte. Leo sah mich fragend an.

»Geh, Leo«, sagte ich eindringlich. »Geh mit Herrchen. Bis später.«

Ich schaute erst fünf vor sechs, als ich im Begriff war aufzubrechen, auf das Stück Papier – und wäre fast in Ohnmacht gefallen.

Ich hatte mein Haus auf den Dünen an Archie Berkeley vermietet.

FAVOUR

Gus stritt alles ab.

Er war total am Boden zerstört, als ich ihn damit konfrontierte. Ich habe ihn noch nie so schockiert gesehen.

Wir waren im Badezimmer. Er war nach dem Abendessen zu einer besonders neurotischen Kundin gerufen worden, die sich ständig aussperrte. Wenn ich nicht mit eigenen Augen gesehen hätte, wie total geschlechtslos sie war, hätte ich Gus verdächtigt, eine Affäre mit ihr zu haben, so oft besuchte er sie nachts. Sie hatte ihm gebeichtet, dass sie sich selbst absichtlich aussperrte, damit sie eine Entschuldigung hatte, die Schlösser zu wechseln.

»Ich hab ihr sagt, dass es das absolut allerletzte Mal ist«, rief Gus, der sich gerade mit Zahnseide die Zähne putzte.

»Ich weiß Bescheid über dich und Amanda Bamber«, sagte ich und stellte mich hinter ihn, damit ich ihn im Spiegel sehen konnte. Er drehte sich um und schaute mich an, als wollte er sich überzeugen, dass er im Spiegel keine Erscheinung gehabt hatte.

»Du warst mit ihr in Wales. Ich weiß alles. Ned hat euch dort erwischt.«

»Ja und?«

Ich konnte es einfach nicht glauben. Erwartete er etwa, dass ich ihre Beziehung duldete? Sollte ich wissen, dass er eine Affäre mit ihr hatte?

»Na, du und sie. Während unser Sohn im Haus war.«

Er starrte mich fassungslos an und legte die Hand auf meine Schulter, als müsste er sich stützen. Dann schüttelte er mich plötzlich.

»Du denkst, ich hätte mit ihr ...«

»Und, hast du nicht?«

»Bist du total verrückt geworden? Glaubst du ernsthaft, ich würde zulassen, dass Ned mich mit Amanda auf der Farm sieht, wenn etwas zwischen uns wäre, und dann zurückkommt und dir alles erzählt, bevor ich mit dir reden kann? Glaubst du das wirklich?«

»Willst du damit sagen, er hätte nur Spaß gemacht, und sie war gar nicht da?«

»Doch, sie war da.«

»Aber du hast mir nicht erzählt, dass sie da sein wird.« Meine Stimme wurde zusehends schriller.

»Lässt du mich jetzt mal ausreden? Ich hab nicht gewusst, dass sie auftauchen wird. Hat Ned wirklich gesagt, er habe uns zusammen im Bett gesehen?«

»Nein, natürlich nicht, er ...«

»Weil er nämlich einfach aus heiterem Himmel mit diesem Mädchen aufgetaucht ist. Sie haben den Kühlschrank überfallen, sich was zu essen gemacht und sind nach oben ins Bett verschwunden. Amanda ging kurz danach, und ich bin noch ein paar Stunden aufgeblieben. Als ich am nächsten Morgen aufstand, waren Ned und das Mädchen weg. Ich fand das ehrlich gesagt ziemlich unhöflich. Du hättest anrufen und mir Bescheid geben können, dass sie kommen.«

»Damit du Amanda rechtzeitig hättest wegschaffen können?«

»Also bitte! Amanda hat in ihrem Zimmer geschlafen. Ich in unserem.«

»Aber warum war sie da?«

»Warum sollte sie das nicht? Schließlich haben sie einen Anteil an dem Haus. Sie war bei irgendeinem Buchfestival und zu müde, um nach London zurückzufahren, und so hat sie angerufen und gefragt, ob ich etwas dagegen hätte, wenn sie eine Nacht da schläft. Am Samstag ist sie zurückgefahren. Ich wusste nicht, dass ich dazu deine Erlaubnis brauche. Ruf Alec an, wenn du mir nicht glaubst. Sie hat ihn angerufen und es ihm erzählt, und er hatte, so weit ich es beurteilen konnte, kein Problem damit. Ich weiß nicht, was in dich gefahren ist.«

Und damit musste ich mich zufrieden geben. Hatte Ned das falsch beurteilt? Ich brachte es nicht fertig, ihn noch einmal darauf anzusprechen.

Wir sahen ihn ohnehin kaum noch. Er war mit Sophie verschwunden, und wenn er sich materialisierte, meist mit einem Bündel Wäsche unter dem Arm, erwähnte er es nie. Das hatte wahrscheinlich seinen guten Grund. Er und Sophie waren jetzt offensichtlich ein Paar. Ich konnte mir nicht sicher sein, ob Gus und Amanda miteinander geschlafen hatten, aber Ned und Sophie hatten es ganz bestimmt. Er war wie ein anderer Mensch, strotzte geradezu vor Selbstvertrauen. Er

stolzierte herum, dass sogar Mary widerwillig bemerkte: »Weißt du, Kotzbrocken, du könntest ganz attraktiv werden, wenn du erwachsen bist.«
Ich hatte anderen Frauen zugehört, die ihre Ehemänner verdächtigten, eine Affäre zu haben, und hatte mich immer darüber erhaben gefühlt. Vertrauen ist das A und O, hatte ich mehr als einmal gesagt. Weil mir bis jetzt noch nie der Gedanke gekommen war, Gus könnte untreu sein. Jetzt hatte ich die Lacher gegen mich. Vielleicht. Vielleicht auch nicht. Dieser kleine Zweifel war es, der mir am meisten zu schaffen machte. Im Geiste sah ich die beiden überall miteinander. Ich erinnerte mich an die Partys, bei denen ich gedacht hatte, Gus wäre bloß freundlich und höflich zu den anderen weiblichen Gästen, und wie stolz ich gewesen war, weil er Frauen gegenüber so aufmerksam war. Vielleicht war das ja nur ein Vorspiel zu etwas anderem. Vielleicht war ich all die Jahre blind und naiv und dumm gewesen.
Etwa zwei Wochen später, mitten in der Nacht, erreichte die Sache ihren Höhepunkt. Ich wachte auf und stellte fest, dass Gus nicht neben mir lag. Er war früher am Abend zu einem Kunden gerufen worden, und ich war mehr oder minder überzeugt, ich hätte ihn zurückkommen hören, bevor ich eingeschlafen war.
Aber offenbar doch nicht. Vielleicht war er noch bei ihr, wer immer sie war. Inzwischen war ich in einem Zustand ernsthafter Verwirrung, weil ich gezwungen gewesen war, die Möglichkeit einer Affäre zwischen Gus und Amanda neu zu überdenken.

Ich war Amanda in Begleitung eines Mannes begegnet, der gute fünfzehn Jahre jünger war als sie, und zwar in der Lobby des Kensington Hilton, wo ich meinen Arbeitgeber suchte, der dort im japanischen Restaurant zu Mittag aß. Er hatte momentan den totalen Japanwahn, und ich wollte ihm mitteilen, dass sein Termin um halb drei ausfiel, damit er sich noch einen Tee oder was auch sonst immer gönnen konnte. Ich hätte anrufen sollen. Ich glaube, er war nicht sehr erfreut, mich zu sehen, vielleicht wegen des außerordentlich hübschen japanischen Mädchens, das mit ihm am Tisch saß. Er hielt sein Privatleben sehr privat, unser Roger. Ich hatte immer gedacht, er wäre schwul. Und dann, auf dem Weg nach draußen, begegnete ich Amanda an der Rezeption. Sie sah recht betreten aus, als sie meiner ansichtig wurde. Wegen Gus, dachte ich sofort. Aber dann bemerkte ich, wie sie rasch von einem Mann wich, der neben ihr ging. Er hatte ihren Ellbogen gehalten.

Sie erblickte mich und rief mir zu. Das hätte sie nicht tun müssen. Sie hätte so tun können, als sähe sie mich nicht. Aber sie stellte mich dem jungen Mann, der verlegen neben ihr stand, nicht vor. Schließlich sagte er: »Ich bin Martin.«

»Er ist mein Lektoratsassistent«, erklärte Amanda viel zu hastig. Martin sah überrascht aus. »Wir waren bei einer Verkaufskonferenz hier im Hotel. Wie geht's Gus? Es war nett, ihn in Wales zu treffen. Und Neds Freundin ist so hübsch. Das ist vielleicht ein stilles Wasser.«

»Waren Sie auch in Wales?«, fragte ich Martin. Jetzt wurde mir einiges klar.
»Ja, war ich«, antwortete Martin, bevor ihn Amanda hindern konnte.
»Beim Buchfestival?«, fragte ich lächelnd.
»Beim Buchfestival«, bestätigte er und zwinkerte, was Amanda nicht sah.
»Wir müssen um drei wieder im Büro sein. Buy, Darling.«
Sie hatte mich noch nie Darling genannt. Warum war sie plötzlich so nett zu mir? Und als ich Roger fragte, ob in dem Hotel eine Verlagskonferenz stattgefunden habe, sagte er Nein. Und so langweilige Details wusste Roger immer.
Also, entweder hatte Gus Konkurrenz, oder ich hatte das mit Wales in den völlig falschen Hals bekommen. Aber wo war er dann um vier Uhr früh?
Ich fand ihn in der Küche.
Ich hatte ihn noch nie so unglücklich gesehen.
»Ich bin einfach nicht so«, sagte er, als ich eintrat. Er sah mich nicht an. Ich setzte mich ihm gegenüber an den Küchentisch. Sein Oberkörper war nackt, und ich sehnte mich danach, die Hand auszustrecken und seine Arme zu streicheln. Er war in fantastischer Form, hatte sich kaum verändert seit damals, als er mir neben dem Fotokopierer in Dads Büro einen Antrag gemacht hatte.
Aber er sah mich nicht an, und ich wagte es nicht, ihn zu berühren.
»Ich habe viel darüber nachgedacht«, fuhr er fort. »Es

ist wahrscheinlich unglaublich langweilig von mir, aber ich habe noch nicht einmal mit jemandem geflirtet, seit ich dich geheiratet habe, ganz zu schweigen mit jemandem geschlafen. Trotzdem muss ich zugeben, dass du Recht hast, wenn du mich verdächtigst, untreu zu sein. Ich schenke dir nicht genug Aufmerksamkeit. Ich nehme dich für selbstverständlich. Ich sage dir nicht, dass ich dich liebe, aber ich tu's, ich tu's wirklich. Ich finde es nur so schwer, es zu sagen. Manche Typen können das, aber ich nicht. Ich bin ungeschickt. Es ist mir peinlich, darüber zu reden, doch das heißt nicht, dass ich es nicht fühle. Und ich weiß, dass ich komisch bin, aber ich liebe nur dich. Manche Männer brauchen massenhaft Frauen. Ich hör, wie sie davon reden. Ich nicht. Ich brauch nur dich. In Ordnung?«

Jetzt sah er mich an, so eindringlich wie ein kleiner Junge, der sich für einen Kampf rüstet. Ned und er waren sich so ähnlich, mein Herz schmerzte für sie beide. In dem Moment wurde mir klar, dass Ned seine Ungeschicklichkeit von Gus hatte. Sie waren beide große, muskelbepackte Tölpel, die auf ihre fröhliche, gutmütige Art dahinstolperten, bis sie für etwas ein leidenschaftliches Gefühl entwickelten, und dann verwandelten sie sich in intensive und sehr sensible Männer.

Ich stand auf, stellte mich hinter Gus, beugte mich über ihn, schlang meine Arme um ihn und begrub mein Gesicht an seinem Hals. Er griff nach hinten und zog mich auf seinen Schoß.

»Ich liebe dich, und ich habe unglaubliches Glück, dich zu haben«, sagte ich. »Ich weiß nicht, wieso ich auch nur eine Sekunde lang an dir zweifeln konnte. Bitte, bitte, verzeih mir.«

Wir küssten uns und flüsterten und kicherten im Halbdunkel wie Teenager, die Angst haben, ihre Eltern zu wecken.

»Würdest du etwas für mich tun?«, fragte er. »Kommst du zurück und arbeitest wieder mit mir? Ich brauche dich.«

Es war nicht das erste Mal, dass er mich darum bat. Er sah mich zögern.

»Komm wenigstens zu dieser Konferenz mit.« Er zog die Broschüre für die International Security Conference Exposition in Amerika über den Tisch zu sich.

»Hast du das absichtlich da liegen gelassen? Ich hab's mir angesehen, als du in Wales warst. Wo findet das statt?«

»New York. Ende August. Es gibt so viel neue Technologie, die ich mir gerne anschauen würde. Ich hab gehört, dass ziemlich viele von den Großen aus England hinfahren. Wir könnten die Kinder mitnehmen, einen Urlaub daraus machen, ein bisschen früher rüberfliegen. Ich könnte uns eine Familiensuite buchen. Was anderes wird's wahrscheinlich sowieso nicht mehr geben, weil ich mir so lange Zeit gelassen habe. Ned könnte mit mir zu der Konferenz gehen, wenn du nicht willst. Wer weiß, vielleicht fährt er ja drauf ab.«

Um ehrlich zu sein, ich konnte sie direkt vor mir

sehen, Vater und Sohn, wie sie wie Schulkinder umherwanderten. Es würde ihnen gut tun.

»Und du und ich, wir könnten uns ein paar Ideen zur Erweiterung des Geschäfts suchen.«

Er hatte sich schon alles zurechtgelegt. Ich dachte an Roger und seinen Japanwahn und worauf er wohl als Nächstes abfahren würde. An der Anmeldung zu arbeiten war keine tolle Karriere, aber das war schon immer mein Problem gewesen. Ich war einfach nicht sonderlich ehrgeizig. Ich weiß nicht, warum ich jetzt zögerte, wieder bei Gus zu arbeiten. Ich spürte nur, dass wir nicht ständig so nahe aufeinander sitzen sollten. Wir sollten die Möglichkeit haben, einander Freiraum zu geben.

Ich wollte nicht wieder vom Geschäft vereinnahmt werden. Ich wollte Zeit zum Denken und Lesen und Erforschen. Was erforschen, wusste ich nicht. Das war nichts, was ich mit Gus besprechen konnte, aber die Tatsache, dass ich eine Schwester hatte, die Autorin war, hatte in mir Gefühle des Unerfülltseins ausgelöst. Keinen Ehrgeiz nach Macht, aber eine Sehnsucht, einen ähnlich kreativen Instinkt bei mir vorzufinden.

Und dann schlug ich mir im Geiste auf die Hand. Kreativer Instinkt? In meinen Träumen! Ich war eine gewöhnliche Frau und Mutter mit einem hinreißenden Mann, und dafür sollte ich dankbar sein.

Doch im nächsten Moment fiel mir etwas ein. Ich umarmte Gus.

»Ob ich wieder ins Geschäft zurückkomme, weiß ich noch nicht, okay? Aber es ist eine wunderbare Idee,

alle zusammen mit dir nach New York zu fahren. Geh gleich morgen früh und buche die Tickets.«
Natürlich war es eine tolle Idee. Gerade hatte ich mich erinnert, dass Grace auf Long Island lebte, und das war im Staat New York. Wenn ich mit Gus flog, könnte ich losziehen und meine Schwester besuchen.

GRACE

Tut mir Leid, dass das alles so furchtbar ist«, sagte Archie Berkeley, als er die Tür öffnete und mich in mein eigenes Haus einließ. Was ihn mir gleich viel sympathischer machte. »Ich hätte mir nichts so Protziges ausgesucht, doch das Studio hat das für mich angemietet. Sie zahlen. Ich kann mich nicht beklagen, aber ich wäre lieber in dieser netten einsamen bewaldeten Gegend, wo wir heute waren.«
Ich blickte mich um. Es war schon eine Weile her, dass ich hier gewesen war. Von außen sah es gar nicht so schlimm aus. Schließlich hatte ich es ja auch gekauft, verführt von den grauen Schindeln, den dramatischen Proportionen, der herrlichen Lage direkt am Strand. Aber als ich eintrat, erschauderte ich. Es schaute aus wie eine Art mexikanischer Fitnessclub. Da war ein weiter offener Bereich vor einem Panoramafenster zum Strand, wo der Steinway stand. In der Mitte einer Wand befand sich ein länglicher moderner Kamin mit Rauchglasschutz. Rundherum war ein grauenhaftes Sitzarrangement, das an eine römische Arena erinnerte. Türkise Sitzkissen waren auf drei Ebenen von Stufen arrangiert. Die Wände waren weiß. Riesige Terrakottaurnen waren dort platziert, wo man am besten gegen sie stoßen konnte. An einer Wand hing eine

Gitarre, an einer anderen eine Reihe spanischer Hüte. Ein großer weißer runder Tisch, der besser in ein Raumschiff gepasst hätte, stand im Speisebereich. Spanische Kacheln verzierten den Boden.

»Wohin genau wollten Sie den Foyertisch stellen, den Sie bei der Haushaltsauflösung gesucht haben? Ich meine, so weit ich sehen kann, gibt es gar kein Foyer.«

»Ich denke, ich habe wohl eigentlich einen Esstisch gesucht, um diese Monstrosität zu ersetzen. Die Maler haben ihn hier gelassen, und ich hab ihn gestohlen und ihn versteckt und Unwissenheit vorgetäuscht, bis sie fertig waren und gegangen sind.«

Er hatte mich in die Küche geführt, und da stand mittendrin ein ramponierter Tapeziertisch mit einer hohen Glasvase voller gelber Tulpen. Er war zum Abendessen gedeckt, mit wirklich ansprechendem italienischem Keramikgeschirr – ich erinnerte mich, dass ich es in meiner Verzweiflung gekauft hatte, nachdem ich gesehen hatte, dass der Innenarchitekt alles andere ruiniert hatte – und zwei hohen Leuchtern mit Kerzen, die darauf warteten, angezündet zu werden. Es sah wirklich sehr gemütlich aus.

»Oh, Sie erwarten einen Gast zum Essen. Bringen Sie mich zu Theo, und ich bin in zwanzig Minuten verschwunden.«

Er sah ein bisschen enttäuscht aus. »Wollen Sie das wirklich? Ich bin heute Nachmittag nach East Hampton gefahren und habe frische Pasta bei Villa gekauft. Kennen Sie den Laden? Ich dachte, Sie würden mir vielleicht Gesellschaft leisten.«

Natürlich kannte ich Villa. Für mich war es der beste Lebensmittelladen in der Stadt.

»Ich hätte gedacht, Sie würden zur Barefoot Contessa gehen.« Ein sehr teurer Delikatessenladen. »Mit einem Filmspesenkonto.«

»Wenn ich mit dem Star des Films dorthin gehen würde, würden sie mich vielleicht beachten. Das ist einer von diesen Läden.«

Ich fragte mich, ob der Artikel im STAR das ändern würde.

»Warten Sie, wenn erst Hochsaison ist. Dann ist es ein Albtraum«, sagte ich. »Da sind Sie besser dran, wenn Sie einfach oben an der Straße im Farmer's Market einkaufen. Da kann man fast zu Fuß hingehn.«

»Das habe ich auch vor, aber ich kann nicht für Sonia bestimmen. Vielleicht findet sie ja die Barefoot Contessa toll, besonders, wenn wir Einladungen geben. Aber was ist, werden Sie zur Pasta bleiben?«

Ich war sehr versucht. Seit meinem Umzug hierher war ich eine richtige Einsiedlerin geworden. Kino und ein Hamburger mit Linda, gefolgt von ihrer Autopsie meines Horoskops, waren der Höhepunkt meiner intellektuellen Stimulation von außen.

»Was ist mit Theo?«, versuchte ich abzulenken.

»Kommen Sie.« Er führte mich durch meine Küche in diesem Haus, in dem ich nie gelebt hatte, aber von dem ich jeden Winkel genau kannte, in das, was meine Maklerin immer hartnäckig als »Familienraum« bezeichnete.

»Aber ich habe keine Familie«, hatte ich protestiert, als

ich das Haus das erste Mal angesehn hatte. Und dazu war meiner Maklerin nichts eingefallen. Abweichungen von der Norm ihres Vortrags waren nicht gestattet.

Archie hatte den Raum wirklich ziemlich gemütlich gemacht, mit Fernseher und Kissen auf den Sofas und Büchern, die überall verstreut waren. Entlang einer Wand waren Bücherregale ab Taillenhöhe. Ich hatte sie extra einbauen lassen, weil ich vorhatte, den »Familienraum« in eine Bibliothek zu verwandeln, falls ich je einziehen sollte. Was nicht passieren würde. Darunter war eine Reihe Schränke. Die Tür zu einem stand ein Stückchen offen.

»Er ist da drin.«

Ich mag Whippets nicht, weil sie so elend aussehen, so zerbrechlich sind. Sie machen einem Schuldgefühle. Theo, der zitternd in seinem Korb lag, sah mich mit großen traurigen mandelförmigen Augen vorwurfsvoll an. Ich griff hinein und zog den Korb zu mir. Theo erstarrte zur Salzsäule.

»Ist schon gut«, sagte ich immer wieder mit meiner beruhigendsten Stimme. »Ist schon gut, Theo, keiner wird dir wehtun. Stellen Sie das Wasser für die Pasta auf, und bringen Sie mir ein Glas Wein«, sagte ich zu Archie und war selbst überrascht von meinem Befehlston. »Und wenn Sie zurückkommen, wird er da draußen sein und auf meinem Schoß sitzen.«

In meinen Träumen! Nach zwei Gläsern Sagaponack Chardonnay hatte sich Theo immer noch keinen Zentimeter bewegt.

»Ich glaube, das wird ein bisschen länger dauern, als ich dachte. Hat die Besitzerin Sie denn nicht gewarnt, wie er ist?«
»Mit keinem Wort. Und Sie sehen ja, warum. Wer würde je so einen Hund nehmen?«
»Wie ist das mit … wo macht Theo denn sein Geschäft?« Ich sah mich um, als würde ich erwarten, dass in einer Ecke meines Familienraums ein riesiges Katzenklo lauerte.
»Ich lass die Schiebetür offen. Er huscht aus dem Schrank zum Strand hinunter, wenn er denkt, dass ich nicht hinschaue. Wie lange glauben Sie, dass Sie brauchen werden, um ihn hinüberzubekommen?«
»Ich glaube, da reden wir von mindestens einer Woche, damit er sich wirklich an mich gewöhnt.« Damit sollte ich aus dem Schneider sein.
Falsch.
»Die Sache ist die … hier, Parmesan, frisch von Villa … Ich muss in die Stadt und kann die Hunde nicht mitnehmen.«
»Und was wollen Sie mit ihnen machen?«
Ich ging ihm voll auf den Leim. War das der Grund, warum er mich überhaupt auf einen Drink eingeladen hatte? Er hatte gesehen, dass ich Hunde mochte. Er brauchte jemanden, der sich um sie kümmerte. Mein Gesicht musste meine Gedanken verraten haben.
»Würden Sie?«, fragte er. »Ich meine, ich weiß nicht mal, wo Sie wohnen, wie groß Ihr Haus ist und ob Sie Platz für sie haben.«
»Ich lebe im Wald. Sie werden wahrscheinlich Zecken

kriegen, aber wohl auch nicht mehr als in den Dünen da draußen.« Mir wurde beim Reden klar, dass ich bereits zugestimmt hatte, sie zu nehmen. »Wann fahren Sie ab?«
»Morgen um eins. Das ist toll von Ihnen. Das Furchtbare ist, und ich wollte es eigentlich gleich sagen, als ich Ihnen die Tür öffnete, ich kenn nicht einmal Ihren Namen.«
»Ich bin Grace Cammell.« es war das erste Mal in meinem Leben, dass ich diesen Namen benutzte. Dass ich Grace McIntyre hieß, konnte ich nicht sagen, da dies der Name war, der auf dem Pachtvertrag für das Haus stand. Und dann, viel zu spät, fiel mir ein, dass ja das Studio den Vertrag gemacht hatte. Wahrscheinlich hatte er ihn nie gesehen.
»Cammell? Cammell Laird? Gehören Sie zu der Schiffsbauerfamilie?«
»Nein, mein Vater war Verleger.« Noch ein dummer Fehler. Was war nur los mit mir? Ich sprach nie von meinem Vater.
»Oh, natürlich, Lucas Cammell.«
»Sie kannten meinen Vater?«
»Nein, aber ich hab von seinem Verlag gehört. Sie haben ein paar von meinen Lieblingsautoren verlegt.« Er ratterte einige der Entdeckungen meines Vaters herunter.
Die Pasta war köstlich. Und der Wein auch, dem ich heftig zusprach. Leo saß neben mir, hatte seinen Kopf auf meinen Schoß gelegt und erwartete zweifellos, dass man ihm kleine Häppchen zusteckte.

»Erzählen Sie mir alles über Ihren Vater. Wie war er? Den Berichten zufolge ein ziemlich genialer Mann.«

»Er war ein Monster.«

Ich war natürlich betrunken, andernfalls hätte ich das nie gesagt. Er sah ein bisschen überrascht aus.

»Sie haben sich wohl nicht vertragen? Und was war mit Ihrer Mutter?«

»Sie starb, als ich fünf war.«

»O Gott, wie furchtbar. Tut mir so Leid. Und Sie mussten von Ihrem Vater aufgezogen werden und mochten ihn nicht.«

»Nein, er hat mich im Stich gelassen.«

Ich hätte aufstehen und nach Hause oder zumindest ins Bad gehen und mir kaltes Wasser ins Gesicht spritzen sollen, um wieder nüchtern zu werden. Stattdessen ließ ich ihn mein Glas füllen und mir einen Teller mit köstlich aussehendem Käse zuschieben. Ich kippte ein halbes Glas hinunter, und dann erzählte ich ihm die ganze Geschichte – meine abgöttische Liebe zu meiner Mutter, ihre Schwangerschaft, Favours Geburt, der Selbstmord meiner Mutter, das totale Desinteresse meines Vater an meiner Zukunft, wie es kam, dass ich bei Biddy und David McIntyre blieb, meine Versuche, durch meine Schreiberei Kontakt zu meinem Vater aufzunehmen, die furchtbaren Dinge, die der Mann bei der Dinnerparty mir über ihn erzählt hatte, und wie er meine Mutter behandelt hatte. Ich ließ das alles nicht nur raus, sondern machte auch keinerlei Versuch, das Ganze in chronologischer Reihenfolge zu erzählen.

Archie Berkeley war ein genialer Zuhörer. Er saß auf der anderen Seite des Tapeziertischs mit verschränkten Beinen, die Hände auf den Knien, und bewegte sich in der ganzen Zeit meines Ergusses nicht. Er saß einfach da und hörte zu, und als ich schließlich zum Ende kam, sagte er: »Warum haben Sie mir das alles erzählt?«

»O Gott, verzeihen Sie. Ich sitze da und langweile Sie zu Tode. Ich hab das noch nie gemacht, ich schwöre es. Das ist wie bei diesen Leuten, die ihre Probleme vollkommen Fremden in Flugzeugen erzählen.«

»Ich bin der vollkommen Fremde.« Er lächelte. »Ich ertrage Ihre Ruppigkeit bei der Haushaltsauflösung, ich mache für Sie Pasta, ich biete Ihnen Wein an, ich vertraue Ihnen diese beiden Hunde an, und Sie betrachten mich immer noch als vollkommen Fremden.«

»O nein, tut mir Leid. Aber ... ich bin doch eine völlig Fremde für Theos und Leos Besitzerin. Wird sie nichts dagegen haben?«

»Sie wird es nicht erfahren. Sie hat noch nicht einmal angerufen, um sich nach ihrem Befinden zu erkundigen. Aber jetzt zurück zu Ihnen. Ihr Vater hat Sie einfach abgelegt – ich weiß nicht, wie ich es anders ausdrücken soll. Hat Sie das misstrauisch gegenüber Beziehungen mit Männern gemacht? Sie sind nicht verheiratet.«

»Nein.«

»Waren Sie es je?«

»Nein. Ich will nicht heiraten.«

»Meinen Sie das ehrlich?«

»Absolut. Ich bin Schriftstellerin. Ich schätze meine Einsamkeit.«

»Nun, ich schreibe Musik, und ich brauche meinen Freiraum, aber das hat mich nicht daran gehindert, mir eine Frau und eine Familie zu wünschen. Wollten Sie denn nie Kinder? Schaun Sie doch, wie wunderbar Sie mit Tieren umgehen. Sagen Sie mir nicht, mit Kindern wäre das nicht so.«

Ich sagte gar nichts. Er kam dem Kern der Sache ein bisschen zu nahe.

»Warum leben Sie hier draußen?« Er ließ nicht locker. »Sind Sie das ganze Jahr über hier?«

»So ziemlich.«

»Habe ich Ihre Bücher gelesen? Werden sie in England herausgegeben? Grace Cammell. Den Namen kenn ich nicht. Schreiben Sie unter einem Pseudonym?«

Ich nickte.

»Und Sie werden es mir nicht verraten? Los, seien Sie kein Spielverderber. Ich erzähl's auch nicht weiter.«

»Danielle Steele.«

»Sehr komisch. Ich hab Ihr Foto gesehen. Sie sieht Ihnen überhaupt nicht ähnlich. Sie ist viel jünger.«

Ich warf ihm ein Kissen an den Kopf. Leo raste um den Tisch herum und brachte es mir zurück.

»Setzen wir uns doch auf das Sofa.« Er wartete, bis ich mich zu ihm gesetzt hatte. »Also, warum sind Sie so unglücklich?«

»Das bin ich nicht«, sagte ich schockiert.

»Werden Sie nicht wütend. Ich sollte keine so direkten Fragen stellen, ich weiß, und Sie können mir sagen, ich soll zum Teufel gehn, wenn Sie wollen, aber Ihre Traurigkeit ist greifbar. Ich hab sie schon bei der Haushaltsauflösung gespürt.«

»Und dann sind Sie beleidigt davongestapft.«

»Können Sie mir das verdenken? Beim Wegfahren hab ich mir überlegt, dass jemand, der so ekelhaft ist, todunglücklich sein muss. Ich frage mich, warum. Ihre Kindheit erklärt das natürlich zum Teil.«

»Genießen Sie es, so eine Art Amateurseelenklempner zu sein? Werden Sie zu Partys angeheuert?«

Er lachte. »Da Sie so direkt fragen – wenn ich nicht arbeite, gehe ich hier vor Langeweile ein. Ich hab die Hunde als Unterhaltung aufgenommen.«

»Und Sie haben mich gefunden.«

»So unverschämt bin ich wirklich nicht. Mein Gott, Sie sind doch attraktiv. Und ganz gleich, wie enervierend Sie auch sein mögen, Ihre Stachligkeit ist interessant. Ich hab mir gedacht, dass Sie eine Geschichte zu erzählen haben, und ich hatte Recht.«

Ich schmelze hin, wenn mir jemand sagt, wie ich bin. Und ein Blinder mit dem Krückstock kann sehen, warum – es bedeutet, dass jemand Interesse an mir hat.

»Nun, Sie mögen vielleicht einsam sein, ich bin es nicht«, entgegnete ich ihm. »Ich genieße es, hier allein zu sein, und es ist höchste Zeit, dass ich nach Hause gehe, bevor ich noch einen größeren Narren aus mir mache. Wollen Sie Leo und Theo morgen bei mir vorbeibringen, oder soll ich kommen und sie abholen?«

»Wissen Sie, was fantastisch wäre? Könnte ich sie rüberbringen und dann fahren Sie mich mit Ihrem Auto zum Bus und holen mich am Freitag dort wieder ab?«

»Sagen Sie mir eins. Wenn ich nicht bereit gewesen wäre, die Hunde zu nehmen, wie hätten Sie innerhalb von vierundzwanzig Stunden jemanden gefunden?«

»Ich hätte mir nicht die Mühe gemacht, und Sie waren es. Geben Sie mir Ihre Adresse, und wir sehen uns morgen um zwölf.«

Er brachte mich im Mondschein zu meinem Wagen. Als seine Lippen beim Einsteigen kurz meine Wange berührten, versengten sie meine Haut.

Sie brannten den ganzen Heimweg über.

»Was zum Teufel ist das?«, kreischte Linda und deutete auf Leo, der auf dem Teppich vor dem Kamin lag. Der Mai brach gerade alle Kälterekorde.

»Nach was sieht es denn aus? Wenn du nach oben gehst und in den Schrank in meinem Schlafzimmer schaust, findest du noch einen.«

Ich hatte mich gefragt, wie es Archie schaffen würde, Theo herzubringen. Er hatte ihn einfach samt Korb hergebracht und in den Schrank in meinem Schlafzimmer gestellt, weil es der einzige war, der groß genug war. Dann hatte ich ihn zum Bus in Amagansett gefahren. Kein brennender Abschiedskuss diesmal, nur die Bitte, ihn Freitag um fünf abzuholen.

»Du kannst keinen Mann kriegen, also holst du dir einen Hund. Das passt, denke ich.«

»Wer sagt, ich kann keinen Mann kriegen?« Manchmal konnte einem Linda den letzten Nerv töten.
»Aha!« Linda wedelte mit dem Zeigefinger. Sie machte immer Dinge, die normale Menschen nicht tun. Sie kopierte Gesten aus Filmen, hauptsächlich aus solchen, die vor 1950 entstanden waren, und merkte nie, dass sich die Leute heutzutage nicht mehr wie Figuren aus einem Cartoon benahmen.
»Das sind die Hunde von einer Bekannten, und ich kümmere mich ein paar Tage um sie«, sagte ich.
»Keiner hier in der Gegend hat so einen Hund.« Linda horchte sofort auf.
»Die Besitzerin lebt in der Stadt.«
»Für wie lange hast du sie denn?«
»Bis Freitag.«
»Also, ich bin nur gekommen, um dich für Freitag zum Dinner einzuladen. Meine Freunde Hal und Sallie sind übers Wochenende da, und sie kennen ein paar Typen, die drüben in Montauk wohnen. Sie wollten mich zu Gosman's mitnehmen, aber ich hab mir gedacht, he, warte mal, ich werde kochen und dann kann ich Gracie einladen, und wer weiß?«
»Sie sind wahrscheinlich schwul, Linda.«
»Doch vielleicht sind sie es auch nicht. Denk drüber nach. Lass es mich wissen. Soll ich dir einen Kaffee kochen?« Es war mein Haus und mein Kaffee, aber Linda sah das nie so eng.
»Tu dir keinen Zwang an«, entgegnete ich. Zumindest war sie nicht mit einer Flasche Rosé unterm Arm erschienen, den ich dann mit ihr hätte trinken

müssen. Linda liebte Rosé, weil er rosa war, natürlich.

Sie riss den Filter mit solcher Gewalt aus der Maschine, dass er in seine Einzelteile zerfiel.

»Na, das ist aber keine Wertarbeit, oder?«

Typisch Linda. Sie machte nie etwas falsch. Sie erinnerte mich an Margot. Wenn ich Margot fragte: »Kann ich das in die Waschmaschine tun?« und ihr einen Pullover zeigte, den ich besonders gern mochte, sagte sie: »O natürlich. Ich wasch alle Pullover in der Maschine. Warum Geld für die Reinigung verschwenden?«

Und dann schrumpfte das verdammte Ding bis zur Unkenntlichkeit zusammen, und Margot entzog sich jeder Verantwortung, genau wie Linda jetzt. »Selbstverständlich läuft der ein. Billige Kleidung macht das immer.«

Es klopfte an der gläsernen Schiebetür. Es war Lew, mein Hausmeister.

»Kommen Sie rein, Lew«, riet Linda. »Ich mach gerade Kaffee. Gracie ist jetzt Hundesitter, stellen Sie sich das vor.«

»Ich hab gesehen, dass man Ihren Briefkasten zertrümmert hat«, sagte Lew fröhlich. »Und auch die Jugendlichen, die's getan haben. Sie sind vorbeigefahren.«

Und er hatte natürlich keinen Finger gerührt, um sie zu schnappen. Typisch Lew. Er wartete, bis ich ein Vermögen dafür ausgegeben hatte, dass ein Kaminkehrer einen Kamindeckel aus rostfreiem Stahl gesetzt

hatte, und sagte mir dann, er hätte mir den für fünfzig Dollar besorgen können. Aber wann immer ich Lew bat, mir etwas zu besorgen, hieß es: »O nein, das kann ich nicht. Da müssen Sie jemand anders fragen.«
Trotzdem wollten ihn alle als Hausmeister.
»Ein neues Ehepaar ist drüben auf der Highwood eingezogen. Ich hab ihnen gesagt, sie sollen Sie anheuern, Lew«, erzählte ihm Linda.
»Das haben Sie? Das ist ja wunderbar.« Lew sah so stolz aus, als hätte sie ihn gebeten, den Sturm der New York Yankees anzuführen. Er strahlte förmlich vor Glück.
Ich hatte nie begriffen, wieso Linda es nicht sah. Lew war in sie verliebt. Es war offensichtlich. Er redete ständig mit mir über sie.
»Ist Linda in der Nähe?«, fragte er immer, wenn er am Haus vorbeikam.
»Keine Ahnung, Lew. Hab sie heute noch nicht gesehen. Warum schaun Sie nicht bei ihr vorbei?«
»Nee. Möchte sie nicht stören.«
Warum nicht?, fragte ich mich immer. Mich stören, wenn ich versuchte zu arbeiten, war eine von Lews Lieblingsbeschäftigungen.
»Also, ich fahr nächste Woche nach Maine, mit meiner Freundin«, verkündete er von Zeit zu Zeit. »Sagen Sie's Linda.«
Ich wusste, worum's da ging, aber dachte er wirklich ernsthaft, das würde Linda in seine Arme treiben?
»Was macht die Arthritis, Lew?«, erkundigte ich mich. Ich konnte es nicht mehr ertragen, wie er dastand und

sich die Augen nach Linda ausschaute. Das war noch so eine Geschichte. Lew konnte keinerlei körperliche Arbeit wegen seiner Arthritis verrichten. Das behauptete er zumindest.

»Immer das Gleiche. Also, diese Hunde. Hab einen Typen gesehen, der sie heute Morgen hier abgeladen hat.« Lew entging nichts.

Linda drehte sich zu mir. »Welcher Typ?«

»Oh, er hat sie nur für meine Bekannte in der Stadt abgeliefert.« Warum log ich?

»Schönes Auto«, bemerkte Lew. »Mercedes?«

Linda spitzte die Ohren.

»Und, Linda, haben Sie der Polizei das mit Ihrem Briefkasten gemeldet?«

»Ich denk nicht dran«, antwortete sie.

»Wieso?«

»Dann erscheint mein Name in der Zeitung, und dann würde wer immer es war kommen und mich überfallen.«

»Nee, Linda, die würden sich eine Jüngere suchen.«

Ich kniete mich zu Leo, um ihn zu streicheln, weil ich Linda nicht ins Gesicht sehen mochte. Wie konnte Lew glauben, so was sagen zu dürfen und immer noch Chancen bei Linda zu haben?

»Warum spucken Sie's nicht ganz aus, Lew? Sagen, dass ich eine alberne abgetakelte Kuh bin, die ihr Mann wegen einer Jüngeren verlassen hat?«

»Hat er das?« Ich hörte das erste Mal, dass Artie so etwas gemacht hatte.

Lew hatte anscheinend erkannt, dass er zu weit gegangen war.

»He, tut mir Leid, keinen Kaffee für mich. Bin nur vorbeigekommen, um zu sagen, dass ich drüben bei Ihnen bin und den Rasen dünge.«
Er ging und ließ mich mit einer niedergeschlagenen Linda zurück.
»Artie und eine jüngere Frau?«
»Wesentlich jünger, und ich will nicht darüber reden. Ich verzichte besser auf den Kaffee und pass auf, dass Lew meine Pflanzen nicht ruiniert.« Das rosa-violette Farbschema von Lindas Rabatten musste man sehen, um es zu glauben. Lew würde der Welt einen Gefallen tun, wenn er sie ausmerzte. »Also, ich seh dich Freitag. Gegen halb acht. Okay? Ich hör dich nicht, dann nehm ich das als ein Ja.«
Aber es war noch kein Ja. Freitag war nämlich der Tag, an dem ich Archie abholen sollte. Mir wurde klar, dass ich irgendwie die mädchenhafte Hoffnung hatte, er würde mich bitten, mehr Zeit mit ihm zu verbringen als nur den kurzen Heimweg.

Theos Zustand hatte sich während seines Aufenthalts bei mir verschlechtert, nicht verbessert. Er weigerte sich nach wie vor, aus dem Schrank in meinem Schlafzimmer zu kommen, und nachdem das im ersten Stock war, musste ich schließlich Lew anrufen, damit er mir half, den Korb nach unten zu tragen. Wir stellten ihn in den Geräteschuppen auf der hinteren Veranda und ließen die Tür offen, damit er sich heimlich zum Pinkeln auf den Rasen schleichen konnte.

Ich fuhr also ohne die Hunde los, um Archie abzuholen. Der Bus war pünktlich.
Ich versuchte gerade einem Mann beim Lösen des Tickets zu helfen, als jemand hinter mir sagte: »Die beiden Koffer gehören mir.«
Es war Archie.
Wir gingen zu meinem Wagen, ich öffnete den Kofferraum, und er warf sein Gepäck hinein.
Auf dem Weg den Old Stone Highway entlang fragte er: »Und wie ist es Ihnen ergangen?«
»Wollen Sie's wirklich wissen?«
»So schlimm?«
»Ein Albtraum. Leo war okay, aber Theo hat die ganze Woche im Geräteschuppen verbracht.«
»Das tut mir schrecklich Leid. Ich befrei Sie so schnell wie möglich von ihnen.«
Plötzlich fühlte ich mich bitter enttäuscht. Er hatte nicht vor, mich zu sich einzuladen, würde keine Zeit mit mir verbringen. Natürlich nicht. Er war müde und wollte nach Hause und duschen oder so was.
Aber so leicht würde ich es ihm nicht machen.
»Warum kommen Sie nicht auf einen Drink rein? Ich hab einen großen Topf selbst gekochte Tomatensuppe, und dazu ein paar Rühreier, als bescheidene Revanche für neulich abends.«
Ehrlich gesagt war die Suppe eine aus der Tiefkühltruhe, die ich heimlich in den Topf kippen wollte, wenn er nicht hinsah.
»Ich soll zu einer Party gehen«, entgegnete er.
Ich wartete darauf, dass er mich bat, mitzukommen,

doch das tat er nicht, was mich noch mehr anspornte, ihn zum Bleiben zu überreden. Er hatte immer noch nicht so richtig auf meine Einladung reagiert, als wir in die Einfahrt einbogen.
»Ist das Theo?«, rief er und deutete auf etwas, das hinter dem Haus verschwand.
»Nein. Das ist ein unverschämter Fuchs, der immer meinen Müll durchsucht. Theo hat furchtbare Angst vor ihm.«
»Sie haben Füchse im Garten?«
»Füchse, Eichhörnchen und Waschbären. Der Kaminkehrer hat Waschbärwelpen in meinem Kamin gefunden. Ich hatte sie ohne es zu ahnen mit meinem Kaminfeuer verbrannt.«
»Waschbär-Holocaust.«
»Mein Gott, ich wollte es doch nicht.«
»Seien Sie doch nicht so empfindlich. Sie sind wie ein Stachelschwein, wie ein *porcupine*. Ich werd Sie Porcy nennen. He, Leo, freust du dich, mich zu sehen?«
Leo war aus dem Haus geschossen, sobald ich die Küchentür geöffnet hatte. Ich glaube, er freute sich mehr darüber rauszukommen als über Archie.
»Was wollen Sie trinken?«, fragte ich Archie.
Zwei Wodka Tonics und eineinhalb Flaschen von irgendeinem Fusel aus den hiesigen Weinbergen später, als er mir gerade von seinen Erlebnissen in einem Hip-Hop-Club, wo er Recherchen für seinen Film gemacht hatte, erzählte, klingelte das Telefon.
Es war Linda. Sie wollte wissen, ob ich zum Essen

kommen würde. Linda hatte ich vollkommen vergessen und auch, dass die Tomatensuppe ja eine hausgemachte sein sollte. Ich hatte sie vor Archies Nase aus der Kühltruhe genommen und in den Topf getan.

»Wer war das?«, fragte er, als ich Linda endlich losgeworden war. »Sie waren sehr zugeknöpft. ›Ich komm vielleicht später noch rüber.‹ Wo wollen Sie denn hin? Kann Sie begleiten?«

»Sie haben mich auch nicht gebeten, mit Ihnen zu der Party zu gehen.«

»O Gott, die hab ich ganz vergessen. Es ist nett hier bei Ihnen in Ihrem komischen Haus.«

»Dieses komische Haus, wie Sie es nennen, ist aus Zypressenholz und Glas und war 1968 auf der Titelseite von HOUSE BEAUTIFUL.«

»Dass glaub ich gern. Es ist viel schöner als der Haufen Müll, den ich gemietet habe. Was fangen Sie denn hier draußen mit sich an? O verdammt, ich vergaß, Sie sind ja Schriftstellerin, nicht wahr? Sie müssen erfolgreich sein.«

»Wenn man hirnlosen Quatsch für den Mittelklasse-Frauenmarkt mag.«

»O Porcy, Porcy, warum machen Sie sich immer so runter? Es ist wahrscheinlich extrem kommerziell und lukrativ, und was ist daran falsch? Dieser Film, für den ich momentan die Musik mache, das Drehbuch ist teilweise totaler Schwachsinn, aber es funktioniert.«

»Wovon handelt er?« Das war mir zwar schon aus dem STAR bekannt, aber ich wollte ihn nicht wissen lassen, dass ich über ihn gelesen hatte.

»Es geht um eine Liebesaffäre zwischen einer älteren Frau und einem jüngeren Mann. Ich sage älter, ich meine …«

»In meinem Alter«, half ich ihm.

»Ich habe keine Ahnung, wie alt Sie sind. Sagen wir, sie ist Mitte vierzig.« Er wusste, dass er es annähernd getroffen hatte.

»Und der jüngere Mann?«

»Anfang zwanzig. Vielleicht vierundzwanzig.«

»Ist es traurig?«

»Warum fragen Sie das? Es ist tatsächlich furchtbar traurig. Er behandelt sie wie Scheiße, und sie ist in diesem schrecklich verletzlichen Alter, indem sie meint, ihre Schönheit ist dahin und keiner will sie mehr, und plötzlich kommt er daher, und sie ist Wachs in seinen Händen.«

»Das erzählen Sie ausgerechnet mir.«

»Klingt, als hätten Sie selbst eine Enttäuschung mit einem jüngeren Mann hinter sich.«

Dem entging auch nichts. Ehe ich mich's versah, erzählte ich ihm die ganze traurige Geschichte von Harry Fox (ohne Namen zu nennen) und wie dumm und verletzt und verraten ich mich fühlte.

»Sind Sie deshalb hierher gekommen, um allein zu sein? Sich von ihm zu lösen?«

»Treffer auf Anhieb.«

»Das Leben ist manchmal ein echtes Miststück, nicht wahr? Ich möchte Sie etwas fragen. Das mag vielleicht ziemlich herzlos klingen nach allem, was Sie mir erzählt haben, aber welche Musik berührt Sie in Ihrem verletzlichen Zustand, schubst Sie über die Kante, welche Songs berühren Sie?«

Ich fühlte mich ziemlich geschmeichelt durch diese Frage.

»Ich fürchte, das ist eine Sache des Alters«, antwortete ich. »Sinatra mit ›*All the Way*‹. Und einen furchtbaren Barbra-Streisand-Song aus *A Star is Born*. ›*Evergreen*‹. Ach, da gibt's hunderte. Warum?«

»Das ist genau der Ton, den ich treffen muss, wenn ich die Musik für diesen Film mache. Für die ältere Frau. Was sie zum Weinen bringt. Hier kreuzen sich zwei Märkte.«

Ich erinnerte mich an all den Quatsch von wegen die größte Herausforderung seines Lebens.

»Und welche Einflüsse werden Sie dann für den Rap-Sänger benutzen, den jugendlichen Liebhaber?«

»Ich hab keinen blassen Dunst von Rap. Ich musste einen Crashkurs machen, angefangen mit Africa Bambata und Public Enemy, Run DMC, NWA ...«

»NWA?«

»Niggers With Attitude. Und ich hab mit Plattentellern rumgespielt ganz wie der echte alte Grandmaster Flash, sie per Hand gedreht, um kurze Ausschnitte ständig zu wiederholen. Haben Sie die Plattenteller in dem Raum bemerkt, wo sich Theo verkroch?«

Hatte ich nicht. Ehrlich gesagt hatte ich keine Ahnung, wovon er da redete, aber seine Begeisterung war ansteckend.

»Natürlich hat alles mit Cassius Clay angefangen.«

»Was?«

»Hip-hop. Rapping. Erinnern Sie sich an die Gedichte, mit denen er immer aufgetreten ist? Flieg wie ein Schmetterling, stich wie eine Biene. Das war eine Art Rap. Aber was mir wirklich gefällt, ist der De-La-Soul-Einfluss. Die haben angefangen Stückchen von Liedern elektronisch rauszuholen. Es ist erstaunlich, was man heutzutage mit Computern machen kann.«
»Sie müssen also diesen Hip-hop richtig komponieren?«
»Ehrlich gesagt, nein. Sie haben einen musikalischen Supervisor im Studio, der bestimmte Rap-Songs für den Film aussucht und das Copyright klärt. Ich hör sie mir an, und die werden mir beim Rest der Musik helfen. Rap ist nicht so Ihre Sache, nehm ich an? Keine Kinder?«
Ich schüttelte den Kopf.
»Meine Söhne haben mich drauf gebracht. Sie waren eine große Hilfe. Waren Sie nie verheiratet?«
Immer wieder schob er diese Fragen ein.
»Nein, war ich nie.«
»Gibt's jemand Speziellen?«
»Nein, nicht wirklich. Ich hab Ihnen von ...«
»Noch nie? Vor ihm?«
Er kam dem Punkt, an dem ich anfange mir selbst Leid zu tun, gefährlich nahe. Ich hatte noch nie erlebt, was es heißt, von einem Mann verwöhnt zu werden – Blumen, romantische Urlaube, Spaziergänge am Strand, teure Geschenke, Schmuck. Ich hatte oft einen draufgemacht, sehr oft. Diners bei Kerzenschein in teuren Lokalen, eine Nacht oder zwei trunkener Lei-

denschaft, bevor ich anhänglich wurde und sie verschreckte. Doch abgesehen von Harry und ein paar Leuten vor ihm, die scharf auf mich waren, aber mich nicht wirklich interessierten, hatte es niemand Ernsthaften gegeben.
Ich wechselte das Thema.
»Was ist mit Ihnen? War Ihre Frau die Einzige?«
»Mehr oder weniger. Sie war zwar nicht die Erste, aber wir sind schon fast zwanzig Jahre verheiratet.«
»Keine außerehelichen Eskapaden?«
»Nicht mein Stil. Ich habe nie Affären. Ich kenne viele Männer, die das haben, besonders in der Filmbranche, aber ich bin einfach nicht der Typ.«
Natürlich nicht, er war anständig, ehrenhaft. Es gab Männer wie ihn. Ich war immer davon überzeugt gewesen, und ich war entschlossen, eines Tages einen solchen für mich zu finden.
Ich machte Kaffee, trunken durch die Küche taumelnd. Ich fragte mich, ob ich ihm einen Likör anbieten sollte. Hatte ich denn einen, den ich ihm anbieten konnte? Egal wie, er würde wahrscheinlich direkt gegen einen Baum fahren. Er hatte ähnliche Gedanken.
»Ich glaube, ich sollte besser nichts mehr trinken, wenn ich diese Tiere nach Hause fahren soll. Ich weiß, dass kein Wein mehr da ist, aber ich sage das nur vorbeugend, denn mir ist klar, dass ich, wenn Sie mir was anderes anbieten, nicht ablehnen werde. Also bitte, tun Sie's nicht.«
Ich tat es nicht.
»Wir sollten besser damit anfangen, Theo aus dem Geräteschuppen zu locken.«

Nach einer halben Stunde gaben wir auf. Inzwischen hatte Theo Archie in den Daumen gekniffen und meine Hände und Unterarme übel zugerichtet. Das war mir noch nie mit einem Hund passiert.

»Ich geb auf«, sagte ich zu Archie. »Ich blute. Wir rufen den Tierarzt. Der muss ihm morgen früh eine Spritze geben. Der Hund ist gefährlich.«

»Wie Sie meinen. Ich schnapp mir Leo und hau ab.«

»Es ist drei Uhr früh, Archie. Legen Sie sich aufs Sofa, wenn Sie wollen. Ich geh ins Bett.«

Ich schlief tief und fest in meinem Bett im ersten Stock. Leo hatte die Woche über neben mir auf der Decke geschlafen, und so nahm ich an, dass er es war, als sich etwas auf der Matratze bewegte, und murmelte: »Hau ab, Leo«, und rollte mich zur Seite.

Ich rollte direkt in Archies Arme.

Er trug immer noch ein T-Shirt, aber ab der Taille war er nackt.

»Ich dachte, du hättest gesagt, du hast keine Affären.«

»Ich weiß, aber ich habe etwas beschlossen.«

»Und das wäre?«

»Du bist was Besonderes.«

»Warum bin ich etwas Besonderes?« Ich musste selbstverständlich fragen, konnte der Affäre nicht einfach ihren natürlichen Lauf lassen. Denn genau das wurde es ziemlich schnell. Ich hatte eine Affäre mit Archie Berkeley, so eine, bei der man fast jede Nacht miteinander schläft und, wenn die Arbeit nicht dazwischenkommt, auch die Tage zusammen verbringt. Bei allem, was man macht, stellt man sich vor, wie man es der anderen Person erzählt. Und man freut sich darauf zu hören, was diese Person alles getan hat, seit man sie das letzte Mal gesehen hat, egal wie banal es ist. Er ruft wie versprochen an, und man weiß immer, wann man ihn das nächste Mal sehen wird. Kein Kauen an Fingernägeln, keine Ängste am Telefon. Ich erlebte etwas mit Archie, das mir seit Jahren bei niemandem widerfahren war – am allerwenigsten bei Harry Fox –, ein Gefühl von Sicherheit.

Wir wurden eine echte Viererbande, Archie und ich, Leo und Theo. An dem Tag, an dem es mir gelang, Theo aus dem Geräteschuppen auf meine hintere Veranda zu locken, feierten wir mit Champagner. An dem Tag, als ich es fertig brachte, ihn ins Auto zu schaffen, legte Archie eine Dose Beluga-Kaviar in den Picknickkorb, und wir fuhren zum Louse Point. Endlich gehörte ich auch zu den Paaren, saß im Sand, in einen seiner Pullover gekuschelt, lehnte mich an ihn und legte meinen Kopf auf seine Schulter.

Ich fühlte mich wieder wie achtzehn, an der Schwelle zu einem Abenteuer, von dem ich nicht genau wusste, wohin es führen würde. Also fragte ich ihn: »Warum bin ich etwas Besonderes?«

»Weil du du bist.«

»Nein, ehrlich ...«

»Weil ...« Er zögerte, sah mich an und merkte, dass es mir ernst war. »Weil du so tapfer, so unabhängig bist und weil du anscheinend keinen Mann brauchst so wie die anderen Frauen, die ich kenne. Wenn ich dir doch nur vor zwanzig Jahren begegnet wäre. Und dann natürlich ...«

»Was?«

»Theo und Leo mögen dich. Was für eine bessere Empfehlung könnte es geben.«

Sonntagmorgen sagte er mir das erste Mal, dass er mich liebe. Wir waren bei ihm. Wir hatten Kaffee gemacht und ihn mit zurück ins Bett genommen, um die NEW YORK TIMES zu lesen. Aber wir waren nackt, und ich fühlte, wie er erregt wurde. Leo und Theo hatten es sich am Fußende bequem gemacht. Wir liebten uns, und danach sagte er es. Sehr leise.

»Ich glaube, ich liebe dich.«

Ich stützte mich auf beide Ellbogen und blickte ihm in die Augen. Er sah ängstlich aus. Weil er sich fragte, wie ich reagieren würde, oder weil er eine so bindende Erklärung so früh in unserer Beziehung gemacht hatte?

»Ich glaube, ich liebe dich auch«, sagte ich. Warum waren wir so zögerlich? Ich war total verrückt nach ihm. Ich konnte nicht fassen, dass er einfach so dahergekommen war, genau zu dem Zeitpunkt, zu dem ich jemanden wie ihn so dringend gebraucht hatte. Er war so romantisch. Er war rücksichtsvoll. Er hatte das richtige Alter. Er war erfolgreich. Er sah fantastisch aus. Und er liebte mich.

Es war wahrscheinlich das Beste, dass der Brief in der folgenden Woche kam. Ich brauchte eine Pause, brauchte Freiraum, Zeit zum Atmen, Bestandsaufnahme zu machen und mich zu beruhigen, bevor ich etwas wirklich Dummes tat.

Biddys Brief, den die Anwälte meines Vaters weitergeleitet hatten, machte mich nicht nur traurig, weil darin stand, dass David, mein Pflegevater, im Sterben lag. Prostatakrebs. Er machte mich auch traurig, weil mir durch ihn bewusst wurde, dass ich Biddy und David so lange vernachlässigt hatte. Die beiden waren wahrscheinlich die einzigen Menschen in meinem ganzen Leben, die nie etwas von mir verlangt und mir gleichzeitig Liebe und Respekt geschenkt hatten. Und ich hatte ihr Heim unter einer etwas dunklen Wolke verlassen und war hinaus in die Welt gegangen.

Ich hatte nicht direkt Schuldgefühle, weil ich die Verbindung zu ihnen verloren hatte, bis auf die jährlichen Weihnachts- und Geburtstagskarten. Da war immer das Empfinden gewesen, dass sie mich als Job gepflegt hatten, einen Job, den sie so gut gemacht hatten, wie sie konnten. Und sie hatten nie vorgegeben, meine Eltern zu sein. Und seit ich nicht mehr in ihrer Obhut war, hatte ich weniger an sie gedacht, als ich es hätte tun sollen.

»Es wäre am besten, du würdest sofort zu ihr fliegen«, sagte Archie, als ich ihm von Biddys Brief erzählte.

»Willst du mich aus dem Weg haben? Bedränge ich dich zu sehr?«

»Natürlich nicht, Porcy. Fahr nicht gleich wieder deine Stacheln aus. Aber der Mann liegt, wie du mir erzählt hast, im Sterben. Und hast du nicht gesagt, sie musste dich über die Anwälte aufspüren? Wie lange hast du das Haus hier draußen schon? Ein Jahr mindestens, oder? Und du hast ihr noch nicht einmal deine Adresse geschickt? Sie hat sich die Mühe gemacht, sie rauszufinden, und so wie es sich anhört, braucht sie dich. Du mochtest sie doch, oder?«

Seine Worte erzeugten in mir ein furchtbar schlechtes Gewissen. In Wahrheit wollte ich nämlich nicht hinfliegen. Ich wollte bleiben und mich in seiner Liebe aalen und nicht meilenweit entfernt Biddy trösten. Aber Archie hatte mir geholfen, mich zu entscheiden. Er erwartete, dass ich hinflog, also würde ich es tun.

»Was wirst du machen, wenn ich weg bin?«, fragte ich. »Es dauert vielleicht eine Woche oder so. Wenn er stirbt, während ich da bin, werde ich zur Beerdigung gehen müssen.«

»Ich werde wie verrückt arbeiten«, antwortete er. »Dann kann ich, wenn du wieder da bist, mehr Zeit mit dir verbringen. Ich werde so einiges wegschaffen.«

»O mein Gott, ich halte dich von der Arbeit ab. Das hättest du sagen müssen.«

»Schon wieder diese Leier. Du reagierst zu heftig, gehst gleich auf Verteidigungskurs. Hör auf damit! Wenn überhaupt, dann habe ich dich an deiner Arbeit gehindert.«

Da irrte er sich total. Ich brauchte Ablenkung mehr als alles andere. Ich hatte *Luther* beendet und es zu einigen Buchagenten in New York unter dem Namen Grace Cammell geschickt. Ich glaube, wenn ich Archie nicht als Ablenkung gehabt hätte, wäre ich beim Warten auf die Reaktion in aller Stille wahnsinnig geworden.

»Ich fühl mich mies. Ich weiß so wenig über deine Arbeit«, sagte ich. »Wie weit bist du denn?«

»Ich kämpfe gerade mit dem Hauptthema, dem Liebesthema. Der Regisseur schreit danach. Er hat mir gesagt, was er will, bevor er zu drehen anfing, aber ich konnte einfach nicht liefern. Ich hab Ausschnitte gesehen, als ich in New York war, doch nicht mal das hat geholfen. Dann bist du dahergekommen, und plötzlich war es die leichteste Sache der Welt, ein romantisches Thema zu schreiben. Kitschig, aber wahr. Ich kann es gar nicht erwarten, es dir vorzuspielen. Dem Regisseur werde ich es Anfang nächster Woche vorspielen, er kommt für einen Tag hierher. Ich muss seine Zustimmung dafür haben. Vielleicht geh ich aufs Ganze und nenn es ›*Grace's Song*‹. Aber was ganz anderes. Da ist etwas, worum ich dich bitten möchte: Würdest du das Drehbuch für mich lesen? Du bist Autorin, ich würde gerne deine Gedanken dazu hören. Vielleicht hast du ja ein paar Vorschläge, einige Einblicke in die Charaktere. Könntest du es vielleicht im Flieger lesen?«

Ich ließ nicht zu, dass er mich zum Flughafen brachte, mit Theo und Leo als Ausrede. Ich hatte das furchtbare Gefühl, dass ich, wenn er dabei wäre, nicht fliegen würde. Ich rief ihn vom Gate aus an, aber niemand nahm ab. Wahrscheinlich war er mit den Hunden unterwegs.

Noch vor dem Start begann ich mit dem Drehbuch, sobald ich auf meinem Platz saß. Es war ein Nachtflug, aber ich schlief während der ganzen sechs Stunden nicht. Ich blieb wach und las. Es war eine starke Geschichte. Und eine vertraute.

Zu vertraut.

Ich glaube, im Unterbewusstsein erkannte ich die Wahrheit, lange bevor ich auf den Brief stieß, der ein paar Seiten vor dem Ende im Skript steckte. Ich glaube, ich wusste es schon, als ich im STAR las, dass der Film von einer Affäre zwischen einer älteren Frau und einem jungen Mann handelte. Der Brief war eine kurze Notiz an Archie vom Regisseur des Films. Er teilte ihm mit, dass er in der folgenden Woche in die Hamptons kommen würde, um sich das Hauptthema anzuhören, genau wie Archie gesagt hatte.

Der Brief war mit ›Harry‹ unterzeichnet.

Harry Fox.

FAVOUR

Wie sollte ich Grace finden?

Meine anfängliche Euphorie darüber, die perfekte Ausrede zu haben, sie in Amerika zu suchen, verpuffte angesichts eines Problems, mit dem ich nicht gerechnet hatte. Ich hatte geglaubt, es wäre einfach, ihre Adresse zu kriegen. Ich hatte den Anwälten, die das Erbe meines Vaters verwalteten, geschrieben. Da ich ziemlich regelmäßig mit ihnen zu tun hatte, war ich eigentlich keine Unbekannte für sie. Sie schrieben mir zurück und teilten mir unmissverständlich mit, sie hätten strikte Anweisung, Graces Adresse ohne ihre vorherige Zustimmung nicht herauszugeben. Es war eine heikle Angelegenheit. Sie waren vermutlich die einzigen Leute, die offiziell wussten, dass Grace und ich Schwestern waren, und trotzdem war ihnen verboten, uns in Verbindung zu bringen.

Vielleicht wusste Grace aber auch genau, wo sie mich finden konnte, hatte das aber nie gewollt. Diese Anweisung an Dads Anwälte klang ziemlich endgültig. Und auch ihr Verlag würde mir nicht helfen. Ich hätte ihr über den Verlag schreiben können, aber irgendwie wollte ich sie vor meiner Ankunft in Amerika nicht warnen. Ich wollte ihr nicht die Chance geben, mich am Kommen zu hindern.

Aber dann, als ich mich gerade in ernsthafte Hysterie steigerte, gab es häusliche Ablenkung: Frisky brachte vier Kätzchen zur Welt.

So weit wir das nachvollziehen konnten, hatte sie geworfen während Pete Sampras gerade Petr Korda im Viertelfinale der Männer in Wimbledon schlug.

Frisky war eine bildschöne schwarzweiße Langhaarkatze mit türkisfarbenen Augen, aber leider eine geborene Schlampe. Sie flirtete mit jedem: Hund, Katze, Mensch.

Und so verführte sie auch Den Feind, wie wir ihn nannten, einen schmuddligen riesigen Kater, der uns alle zum Wahnsinn trieb, weil er überall herumspritzte und alles stank.

Als sie fast noch ein Kätzchen war, hatte sie sich einen meiner besseren Pullover angeeignet, einen grauen aus Lambswool, der lang genug war, um meine Wülste zu verdecken, und der mehr gekostet hatte, als ich sonst für ein einzelnes Kleidungsstück ausgab. Sie schleppte ihn von Zimmer zu Zimmer und breitete ihn dann wie eine Picknickdecke aus, um darauf zu schlafen. In den letzten Tagen ihrer Trächtigkeit hatte sie ihn um das Fußende unseres Bettes drapiert, und Gus und ich gaben uns jeden Abend die größte Mühe, unsere Füße so zu legen, dass sie nicht gestört wurde, da wir nicht aufwachen und Zeuge werden wollten, wie sie die Nachgeburt schluckte oder was immer sie so machen sollen.

Schließlich entschloss sie sich aber sehr rücksichtsvoll, im Wohnzimmer unseres Nachbarn zu werfen, in

einem soeben frei gewordenen Staubsaugerkarton. Der Nachbar war gerade am Telefonieren, und als er fünf Minuten später in den Karton sah und vier Kätzchen drin waren, ließ er beinahe das Telefon fallen. Er behauptete, er habe versucht uns durch Rufe über den gemeinsamen Gartenzaun zu informieren, aber wir, wahrscheinlich ganz in Wimbledon vertieft, reagierten nicht. Also stellte er die Staubsaugerschachtel mit Frisky und den Kätzchen in den Fahrradschuppen.
Und vergaß sie total.
Frisky kam am nächsten Tag hereinspaziert, beachtlich dünner als zuvor und sehr selbstzufrieden, während der Franzose Cedric Pioline die britische Hoffnung Greg Rusedski vom Platz fegte. Und wir stürzten uns alle in die panische Suche nach ihrem Nachwuchs.
Die größte Überraschung war Marys intensives Interesse an Friskys Mutterschaft. Immer wieder ertappte ich sie, wie sie auf dem Boden neben der Staubsaugerschachtel kniete, die wir ins Haus gebracht und mit einem alten Polster und Laken ausstaffiert hatten, und die winzigen Kreaturen anstarrte und ihnen half, Friskys Zitzen zu finden.
Frisky erwies sich als überraschend gewissenhafte Mutter. Sie putzte die Kleinen regelmäßig und leckte sie sauber. Als sie älter wurden und überall herumtollten, folgte sie ihnen, behielt sie genau im Auge, packte sie am Kragen, wenn Gefahr bestand, dass sie sich wehtaten, und warf sie ohne viel Federlesens zurück in den Korb, den Mary inzwischen für sie besorgt hatte. Und wenn Mary zu Hause war, ließ sie sie nie alleine.

Ich konnte es einfach nicht fassen. Vergessen war die Rebellin mit den harten Sprüchen. Es war, als würde sie Friskys Beispiel folgen und ihre miesen Gewohnheiten ablegen, um die Jungen zu pflegen und zu hegen. Doch erst als ich sie weinend vorfand, mit der kleinen Schwarzen im Arm, fühlte ich mich verpflichtet, etwas zu sagen.

»Mary, was ist los? Was hast du?«

»O Mum, müssen wir sie wirklich weggeben? Wie wird Frisky das ertragen können?«

»Katzen ist das egal. Ihr wird es nichts ausmachen. Wenn sie so weit sind, wird sie sowieso ganz ausgelaugt vom Säugen sein. Du wirst sehen, nach drei Monaten wird sie das Interesse an ihnen verloren haben.«

»Nein! Das sind ihre Babys. Wie kann sie ... Ich glaub es nicht.« Sie begann erneut zu schluchzen.

»Liebes, bitte nicht.« Zum ersten Mal seit einer Ewigkeit ließ sie sich umarmen. »Kriegst du die Periode? Was ist denn los? Erzähl's mir.«

»Ich hab nie gewusst, dass Babys so klein und hilflos sein können.«

»Aber sie wachsen jeden Tag. Bald werden es große starke Katzen sein. Ihnen geht's wunderbar.«

Doch sie war nicht zu trösten, und nach einer Weile begann ich mich nach der alten Mary zu sehnen, die voller Leben und Widerworte und Temperament, die, die lächelte. Sie wollte nicht einmal mit nach Wales, als wir an der Reihe waren. Sie bestand darauf, bei Frisky und den »Babys«, wie sie sie hartnäckig nannte, zu bleiben.

Es machte mich ziemlich nervös, die Upper Stone Farm das erste Mal wieder zu betreten, seit ich Gus der Untreue bezichtigt hatte. Irgendwie ist es typisch für Gus, das er sich verhielt, als wäre nichts passiert.
Ich beschloss, es nicht zu erwähnen. Was für einen Sinn hätte es?
Ned und Sophie waren mitgekommen, und ich ertappte mich dabei, wie ich sie wesentlich genauer beobachtete, als ich das tun sollte. Wenn ich mir die Mühe gemacht hätte, Sophie ein bisschen näher kennen zu lernen, hätte ich vielleicht mit ihr darüber gesprochen. Aber obwohl ich mich immer mehr für dieses schöne, talentierte junge Mädchen erwärmte – wer würde das nicht –, schreckte ich doch vor dem Gedanken zurück, eine wirklich enge Beziehung mit ihr zu haben. Ich wusste auch warum, dazu brauchte man kein Genie zu sein. Sie war zwischen mich und mein geliebtes Muskelpaket von Sohn getreten. Nicht auf feindselige Art. Es war atemberaubend, mit anzusehen, wie Ned sich veränderte und wie sie sein Selbstvertrauen aufgebaut hatte. Sie sollte einen Orden kriegen, und ich sollte ihr auf den Knien danken, anstatt diese alberne Abneigung zu verspüren. Aber die vertraulichen Plauderstündchen fanden nicht mehr statt, und das fehlte mir. Und so kam es, dass ich, während ich die gute Ehefrau und Mutter spielte – am Ofen stand, köstlich riechende Pastasaucen zauberte, die Betten machte, in Knighton einkaufte –, ein bisschen in Selbstmitleid schwelgte.
Wir hatten einen Extragast. Völlig unerwartet. Die Latimers waren in der Woche zuvor hier gewesen, und

als sie Sonntagabend fahren wollten, war ihr Hund Marcus plötzlich fort. Les Bevan hatte versprochen, Ausschau nach ihm zu halten und, wenn er ihn gefunden hatte, auf ihn aufzupassen und ihn am folgenden Wochenende uns zu übergeben, damit wir ihn mit zurück nach London nahmen.
Marcus war zwei Stunden später tropfnass aufgetaucht, und Les hatte ihn die ganze Woche bei sich behalten. Als wir kamen, hatte er ihn uns gegeben, und jemand musste jetzt mit ihm spazieren gehen. Gus war unterwegs, um die Fortschritte bei mehreren Sicherheitsinstallationen zu überprüfen. Ich weiß nicht, wieso Ned und Sophie sich überhaupt die Mühe machten, aufs Land zu fahren. Sie hatten sich seit Wimbledon in professionelle Stubenhocker verwandelt.
Also musste ich zu allem anderen auch noch lange Spaziergänge mit Marcus machen. Warum bleibt immer alles an mir hängen?, jammerte ich im Stillen, aber in Wirklichkeit war es mir ganz recht, allein rauszukommen und alles überdenken zu können.
Was überdenken?
Am Ende meines ersten Spaziergangs waren meine Gedanken ausschließlich morbid. Auf dem Land gab es so viel Tod. Marcus war es, der mir die Augen öffnete, zeigte, was ich nie zuvor bemerkt hatte. Zuerst jagte er mit Erfolg einen Hasen, dann einen Fasan. Und dann war da noch ein verletztes Schaf, dem zu helfen ich unfähig war.
Tod. Er war überall.
Als wir das nächste Mal runterkamen, etwa einen

Monat später, machte ich wieder lange Spaziergänge, obwohl wir Marcus nicht dabeihatten. Ich war immer mindestens zwei Stunden unterwegs, mit meinen Gummistiefeln durch die schlammigen Felder wandernd. In der ersten halben Stunde war ich ein bisschen steif, dann begannen sich meine Muskeln zu lockern, besonders, wenn ich den Hügel hinaufstieg und ins nächste Tal hinunterging.
Nach dem ersten Spaziergang war ich am anderen Morgen so steif, dass ich aufwachte und an Roger dachte und ob ich wohl seine heilenden Hände brauchen würde. Zumindest stellte ich mir immer vor, dass er heilende Hände hatte. Ich hatte sie nie selbst erlebt, aber ab und zu war ich während einer Behandlung ins Zimmer gekommen und hatte das ominöse Krachen von Knochen und die Schmerzensschreie der Patienten gehört. Trotzdem kamen sie wieder und verlangten nach mehr, also musste er etwas richtig machen.
An einem Tag, als ich völlig kaputt zurückhumpelte, erblickte ich schon von weitem einen Wagen, der am Weg vor dem zweiten Tor zur Upper Stone Farm geparkt war. Besucher. Das war das Letzte, was ich jetzt gebrauchen konnte. Aber dann sah ich, dass zwei Leute im Auto saßen und keine Anstalten machten auszusteigen. Wenn ich nicht so müde gewesen wäre, wäre ich rübergegangen und hätte sie gefragt, ob sie sich verirrt hatten, aber die Aussicht auf eine heiße Badewanne erwies sich als verlockender.
Gus kam mir im Korridor entgegen.
»Hast du sie gesehen?«, fragte er.

»Das Pärchen im Wagen? Sind sie hier gewesen? Wer sind sie?«
»Keine Ahnung. Sie sind nicht ausgestiegen, sitzen nur da und starren das Haus an. Hast du sie aus der Nähe gesehen? Haben die ein Picknick gemacht oder so was?«
»So nah bin ich nicht rangekommen.«
»Seltsam«, murmelte Gus und kehrte zurück zu dem Testspiel im Fernsehen.
Als ich eine halbe Stunde später aus dem Bad kam, waren sie immer noch da. Ich sagte Gus nichts und ging hinaus zu dem Wagen. Zu meiner Überraschung sah ich, dass die beiden ziemlich alt waren, wohl in den Siebzigern. Als ich näher kam, kurbelte die Frau, die am Lenkrad saß, das Fenster herunter.
»Hallo«, sagte ich. »Haben Sie eine Panne? Uns ist aufgefallen, dass Sie schon eine ganze Weile hier stehen.«
»Es tut mir furchtbar Leid«, erwiderte die Frau verlegen. »Sie müssen uns für seltsam halten. Ich hab das hier einmal sehr gut gekannt. Wir wollten nicht stören, weil wir die neuen Besitzer nicht kennen.«
»Heißt das, dass sie die früheren Besitzer kannten? Die Farm gehört jetzt Les Bevan, und wir haben sie von ihm gemietet, aber vielleicht kannten Sie meinen Vater Lucas Cammell oder sogar meinen Großvater Richard Cammell? Mein Vater hat die Upper Stone Farm an Les verkauft. Ich wurde hier geboren. Vielleicht möchten Sie reinkommen und sich ein bisschen umsehen?«

Ihr Gesicht hatte jetzt einen recht seltsamen Ausdruck, den ich nicht richtig deuten konnte.
»Sie sind Lucas Cammells Tochter?«
Sie sah mich eindringlich an. Ihr Gesicht mochte voller Falten und die Haut vom Alter ausgedörrt sein, aber ihre Augen waren noch sehr scharf.
Ich nickte.
»Ich werde später mit Ihnen reden«, sagte sie abrupt. »Ich ruf Sie heute Abend an, wenn ich darf?«
Bevor ich etwas erwidern konnte außer »ja, natürlich«, hatte sie den Wagen angelassen und steuerte ihn holpernd den Hügel hinunter. Erst als ich zum Haus zurückging, wurde mir bewusst, dass der alte Mann neben ihr kein Wort gesagt hatte. Er hatte mich nicht einmal angesehen, sondern nur dagesessen und ins Tal gestarrt, als wäre er taub für die Welt.
Am Abend ging ich zu Les rüber, um ein paar Eier und ein bisschen Petersilie aus seinem Garten zu holen. Les steckte den Kopf aus der Tür.
»Gerade war Biddy am Telefon und hat nach Ihrer Nummer gefragt. Hab sie ihr gegeben. Hoffe, das war in Ordnung?«
»Wer ist das?« Der Name war irgendwie vertraut.
»Sie und ihr Mann haben ein Haus drüben am Stowe Hill. Früher sind sie immer wie Sie zum Wochenende gekommen, aber jetzt waren sie schon seit Jahren nicht mehr hier. Nicht, seit ich die Farm habe. Ihr Mann hat Krebs, verstehen Sie und sie hat ihn zum Sterben hierher gebracht. Er hat sie darum gebeten. Sie fährt ihn überall rum, damit er all die Plätze ein letztes Mal

sehen kann. Er hat das hier immer geliebt. Aber nachdem sie das Mädchen hatten, sind sie nie mehr hergekommen.«

Welches Mädchen? Bei dem Namen Biddy klingelte es irgendwie. Und sie hatte Dad gekannt.

»Da hat gerade eine Frau angerufen«, sagte Gus, als ich zurückkam.

»Eine alte Frau?«

»Na ja, wie ein Teenager hat sie nicht geklungen. Du kannst sie zurückrufen. Hier ist die Nummer. Ortsgespräch. Stowe.«

Sie nahm sofort ab, als ob sie neben dem Telefon gesessen hätte. Ihre Stimme war ein bisschen zittrig, nervös.

»Mein Mann hat mir ausgerichtet, dass ich Sie anrufen soll«, sagte ich nur, aber sie erkannte meine Stimme sofort.

»Danke. Ich bin Biddy McIntyre.«

Biddy McIntyre. Grace McIntyre. Das war doch wohl nicht ...

»Ja. Ich hab gerade mit Les Bevan gesprochen. Er hat mir von ...«

»... von David erzählt. Ich wollte nicht vor ihm mit Ihnen über ihn reden, obwohl ich nicht weiß, wie viel er noch mitkriegt. Er hat nicht mehr lange zu leben. Er mag die Gegend hier und die Aussicht. Es ist so friedlich. Ich hab diesen Teil vor der Upper Stone Farm ausgesucht, weil, na ja, ich kann mich so gut daran erinnern. Ich hoffe, es macht Ihnen nichts aus?«

»Überhaupt nichts. Das mit Ihrem Mann tut mir Leid.«

»Er schläft jetzt. Wir sollten wirklich reden. Ich kann ihn ein bisschen allein lassen. Wäre es ... ich meine, könnte ich jetzt rüberkommen?«
Ich war völlig überrumpelt. Warum wollte diese seltsame alte Frau mit mir reden? Dann erinnerte ich mich. Sie hatte Dad gekannt. Vielleicht wollte sie Neuigkeiten von ihm.
»Sie kannten meinen Vater?«
»Ja, natürlich.«
»Ich weiß nicht, ob Sie es gehört haben, aber er ist schon vor einiger Zeit gestorben.«
»O ja, das habe ich schon gehört.«
Was wollte sie denn dann? Hatte es etwas mit Grace zu tun?
Eine Moment herrschte Schweigen am anderen Ende der Leitung, dann sagte sie: »Sie wissen nicht, wer ich bin, nicht wahr?«
»Als Les Ihren Namen sagte, erinnerte ich mich, dass ich ihn schon einmal gehört hatte, aber ich glaube, begegnet sind wir uns noch nie, oder?«
»Nicht, seit Sie ein winziges Baby waren.«
»Dann kannten Sie auch meine Mutter?«
»Natürlich.« Sie klang ziemlich ungeduldig. »Ich war die beste Freundin Ihrer Mutter. Ich bin diejenige, die Ihre Schwester Grace aufgezogen hat. Verstehen Sie jetzt, warum ich Sie sehen möchte?«
»Darf ich zu Ihnen kommen?«, sagte ich hastig, denn ich wollte nicht, dass Gus dabei war, wenn wir über Grace redeten.
Beim Gehen rief ich ihm zu: »Da ist eine Frau auf

der anderen Seite des Tals, die einige Bücher über die Gegend hat, die mich interessieren. Das war sie am Telefon. Les hat ihr gesagt, sie soll mich anrufen. Ich fahr schnell rüber, um sie abzuholen. Bin nicht lange weg.«

Warum all diese unnötigen Erklärungen? Warum die Lügen? Und warum hatte ich Les erwähnt? Sollte Gus mit ihm reden, könnte er ihm genau erklären, wer Biddy McIntyre war.

Ich kannte ein paar Makler, die Biddy McIntyres Haus nur zu gerne im Angebot hätten. Es lag direkt gegenüber der Upper Stone Farm auf der anderen Seite des Tals. Hill House war genau der passende Name. Es war das höchste Gebäude auf Stowe Hill, und von ihm aus hatte man eine Aussicht über das ganze Tal. Leider entsprach das düstere Innere nicht der wunderschönen klassischen Steinfassade. Ich fragte mich, wie viele andere Häuser überall im Land in derselben Lage waren, zwanzig, dreißig Jahre lang leer standen und darauf warteten, dass jemand sie wieder in Schwung brachte.

Biddy ließ mich hinein. Den Korridor entlang erhaschte ich Blicke auf Räume, in denen die Möbel mit Tüchern gegen den Staub verhüllt waren.

»David ist oben, er ist sehr müde. Wir benutzen nur zwei Zimmer zum Schlafen. Kommen Sie bitte in die Küche. Was wollen Sie trinken?«

Sie bewegte sich relativ schnell für jemanden in ihrem Alter. Ich bemerkte ein Glas mit Whisky auf dem Küchentisch.

»Ich weiß nicht, was ich tun soll, den Rest des Hauses

wieder bewohnbar machen oder nicht. Ich weiß einfach nicht, wie lange wir noch hier sein werden.«
Wie lange es dauern würde, bis ihr Mann starb, meinte sie.
»Sie denken nicht daran, wieder ganz hierher zu ziehen?«, fragte ich und ließ mir ein Glas Whisky geben. Sie schien etwas überrascht. »Niemals. Seit dem Tod Ihrer Mutter war die Gegend nie mehr dasselbe für mich. David ist derjenige, der sie liebt. London ist nichts für ihn. Er ist hier geboren, auf dem Land, wissen Sie.«
Und er wird hier sterben.
»Seine Familie muss meine gekannt haben. Vielleicht ist er mit meinem Vater aufgewachsen.«
»Möglich.« Sie schien nicht interessiert. »Sicher, sie kannten sich, so hab ich Ihre Mutter kennen gelernt, aber das war in London, und mein Mann ist ganz anders als Ihr Vater. Ich könnte mir vorstellen, Sie sehn mich an und denken: Wenn meine Mutter noch leben würde, wär sie jetzt auch so eine alte Schachtel.«
Ich dachte nichts dergleichen. Ich war sogar ziemlich schockiert, wie beiläufig sie die Erinnerung an meine Mutter in das Gespräch eingebracht hatte. Sie war direkt, diese Biddy McIntyre.
»Ich bin ihr nicht ähnlich, stimmt's?«
»Überhaupt nicht. Sie haben die Bilder gesehen, denk ich mir. Sie war eine echte Schönheit. Deshalb hat sie wahrscheinlich mich als Freundin gewählt. Schönheiten nehmen sich oft unscheinbare Freundinnen, damit ihnen keiner die Schau stehlen kann.«
»Oh, ich bin mir sicher, dass sie nicht so war.«

»Sie finden mich also auch unscheinbar? Nun, woher sollten Sie auch wissen, dass es nicht so war?«
Irgendwie hatte sie Recht. Ihre gradlinige Offenheit war aber schwer zu verdauen.
»Meine Tochter sieht genauso aus wie meine Mutter.«
Das weckte ihre Aufmerksamkeit.
»Sie haben eine Tochter? Es gibt eine Enkelin. Haben Sie sie dabei?«
»Nein.«
Und sofort war ihr Interesse wieder erloschen.
»Und einen Enkel«, sagte ich unbeholfen. »Ned und Mary.«
»Und fragen sie nach ihrer Großmutter?«
»Eigentlich nicht. Sie wissen nur, dass sie starb, als ich geboren wurde, und das war's dann. Ich meine, ich kannte sie nicht, also ist es mir auch nicht möglich, ihnen etwas über sie zu erzählen.«
»Es ist, als hätte sie nie existiert«, flüsterte Biddy.
Ich spürte, dass diese Frau mich nicht sonderlich mochte. Aber sie hatte mich gerade erst kennen gelernt. Warum hatte sie mich hierher gebeten? Warum war ich gekommen?
»Das mit Ihrem Mann tut mir so Leid«, sagte ich zum zweiten Mal. »Haben Sie Kinder?« Als ich die Worte aussprach, wusste ich bereits, wie dumm sie waren. »Ich meine andere Kinder?«
»Nein. Deshalb haben wir Grace genommen.«
Wieder kaltes Schweigen. Ich trank etwas Whisky. Ich trank nie Whisky. Er benebelte mich leicht – und machte mich kühner.

»Ich bin ihr nie begegnet.«

»Erstaunlich. Ihre eigene Schwester. Sie hatten natürlich Ihren Vater, Sie brauchten sie nicht. Waren Sie denn überhaupt nicht neugierig?«

»Natürlich war ich das. Oft. Aber Dad stellte es immer so hin, als würden wir eines Tages zusammenkommen. Dass es nur vorübergehend sei, dass sie bei Ihnen lebe.«

»Er hat Ihnen also von mir erzählt?«

»Na ja, eigentlich nicht wirklich, ich wusste nur, dass Grace bei jemandem war. Es war ähnlich wie bei meinen Kindern mit meiner Mutter, wie bei mir und meiner Mutter. Ich hatte Grace nie gesehen. Und ich war noch ein Kind, da war es schwer, sie sich in meinem Leben vorzustellen. Sie war wie ein fiktiver Charakter in einem meiner Kinderbücher. Ich will damit sagen, ich kannte Jo in *Little Women* besser als meine eigene Schwester.«

Da musste Biddy lächeln. Offensichtlich gefiel ihr Ehrlichkeit.

»Ich hab erst ernsthaft angefangen über sie nachzudenken, als ich erwachsen und mir klar wurde, dass Dad ihr alles hinterlassen hatte und ich ihr nie begegnen würde. Inzwischen hatte ich Gus, meinen Mann, und meine Kinder Ned und Mary.«

»Und Sie brauchten Grace nicht.«

»Nein. Damals nicht. Aber jetzt brauche ich sie. Deshalb bin ich hier«, sagte ich. »Warum haben Sie sie adoptiert? Warum ist sie nicht mit uns aufgewachsen?«

»Ist das nicht eine Frage, die Sie ihrem Vater stellen sollten?«

Sie war grausam, diese alte Frau, wie sie da makellos zurechtgemacht mit ihrem Kaschmirpullover und der Bernsteinkette saß und Whisky nippte, während oben irgendwo in diesem gottverlassenen Haus das Leben ihres Mannes verebbte.

»Grace ist hier aufgewachsen?«, fragte ich und versuchte mir ein Kind in dieser klinischen Küche vorzustellen. Marys Lieblingsadjektiv passte für diesen Ort. Traurig.

»Nein, Grace ist in London aufgewachsen. Wir haben sie etwa sechs Monate nach Ihrer Geburt dorthin gebracht, als es klar wurde, dass Ihr Vater sie nicht holen würde.«

»Haben Sie ihre Bücher gelesen?«

»Jedes einzelne. Ich halte sie für einen Haufen Mist. Ihrer nicht wert.«

»Wie meinen Sie das?«

»Sie könnte es besser. Sie hatte einen scharfen Verstand.«

»Und was ist passiert?«

»Ich hab keine Ahnung. Sie hat ihr Zuhause – ich meine David und mich – viel zu jung verlassen. Keine Universität. Sie hat darauf bestanden, sofort zu arbeiten. Damals lebten wir außerhalb von London, und sie hasste die Vororte. Ich auch. Ich hab ihr nie Vorwürfe gemacht, weil sie ging. David und ich waren uns immer einig, dass wir uns nicht einmischen würden.«

»Aber seither hat sie Sie oft besucht?«

»Nein.«

So wie sie das sagte, lief es einem eiskalt den Rücken hinunter. Nein. In diesem Wort steckte der Groll eines ganzen Lebens. *David und ich waren uns einig, dass wir uns nicht einmischen würden.* Aber diese Frau hatte sich eingemischt. Irgendwie hatte sie Grace in die Finger gekriegt. Und sie hatte loslassen müssen.

»Ich habe sie seither kaum gesehen.«

»Fehlt sie Ihnen?«

»Es ist über zwanzig Jahre her, seit sie uns endgültig verlassen hat. Ich habe keine Ahnung, was mir fehlen sollte. Das Kind, das ich aufgezogen habe, muss sich verändert haben.«

»Aber Sie sind in Kontakt geblieben?«

»Sporadisch. Deshalb wollte ich mit Ihnen reden, als ich herausfand, wer Sie sind. Ich wollte hören, ob Sie sie aufgespürt, ob Sie mit ihr Verbindung haben.«

»Aber ich hab's Ihnen doch gerade gesagt, ich bin ihr nie begegnet.«

Die Autogrammstunden erwähnte ich nicht, denn wenn diese Frau wüsste, dass Grace in London gewesen war und sich nicht bei ihr gemeldet hatte, würde ihr das wehtun. Obwohl sie es ja vielleicht im Radio gehört hatte.

Biddy McIntyre ließ den Kopf hängen. »Tut mir Leid, dass ich so mit Ihnen geredet habe. Es ist nicht Ihre Schuld, dass man Grace aus ihrem Zuhause ausschloss. Na ja, eigentlich schon, aber Sie waren zu jung, um daran teilzunehmen. Haben Sie Ihren Vater geliebt?«, fragte sie plötzlich.

»Sogar sehr«, antwortete ich, ohne zu zögern.
»Nun, dann bleibt nichts mehr zu sagen. Danke, dass Sie gekommen sind.« Das Verhör, denn das war es, wie ich inzwischen festgestellt hatte, war beendet.
»Aber ich möchte was über Grace wissen. Deswegen bin ich hergekommen.«
»Es ist etwas zu spät jetzt«, sagte die alte Frau verbittert. »Schließen Sie beim Rausgehen leise die Tür. David kriegt ohnehin kaum noch Schlaf.«
»Danke für den Drink.« Ich stand auf. »Wenn ich Ihnen irgendwie helfen kann … mit Ihrem Mann, meine ich.«
»Ich weiß, was Sie meinen. Sie sind sehr höflich. Lucas hatte immer gute Manieren – oberflächlich –, das muss ich ihm lassen. Sie sind gut gelungen.«
Wenn man bedenkt hing zwischen uns. Gut gelungen. Ich kam mir vor wie ein Kuchen, den sie im Ofen gebacken hatte.
Nachdem ich wieder zu Hause war, grillte ich Gus' Lammkoteletts wie in Trance. Biddy McIntyre mochte mich nicht. Oder vielleicht war es gar nicht so persönlich. Es hatte etwas mit Dad zu tun. Offensichtlich hatte sie meinen Vater nicht gemocht. Aber trotzdem war sie, abgesehen von Dad, meine stärkste Verbindung zu meiner Schwester, und ich hatte sie gesprengt. Sie ließ mich zu sich kommen, aber sobald ich dort war, hatte ich das Gefühl, dass sie mich wieder forthaben wollte. Und wir hatten nicht über meine Mutter geredet.
Deshalb war ich umso erstaunter, als ich am Sonntag

von meinem Spaziergang zurückkam und Gus mir am Eingang entgegenlief.

»Sie waren wieder hier. Kannst du das fassen?«

Gus hatte natürlich keine Ahnung, dass ich Biddy in der Zwischenzeit besucht hatte.

»Und ich hab das auf dem Fußabstreifer gefunden.«

Er reichte mir einen Umschlag mit meinem Namen.

> Ich bin der Meinung, Sie sollten wissen, dass ich Grace vor über drei Wochen wegen David geschrieben, aber noch keine Antwort bekommen habe. Ich hatte längere Zeit keinen Kontakt mit ihr, aber die Anwälte Ihres Vaters haben Anweisung, mir ihre Adresse zu geben, wann immer ich darum bitte. Im Lauf der Jahre habe ich einige Adressen gesammelt. Ich weiß nicht, ob das richtig ist, aber ich gebe Ihnen ihre jetzige. Ich hätte sie Ihnen schon gestern geben können, doch ich wollte Zeit zum Nachdenken. Es könnte sein, dass sie mit mir nicht mehr in Verbindung tritt, und für den Fall, dass ihr beide doch zusammentreffen solltet, sagen Sie ihr bitte, dass David krank und dem Tode nahe war, als wir uns begegneten. Ich habe Ihnen Dinge über Ihre Eltern zu enthüllen, aber ich finde, Sie sollten zuerst mit ihr reden. Ich hoffe auf Ihr Verständnis.

Ich starrte die Adresse in East Hampton auf Long Island an. Zunächst war ich verärgert, dass Grace

zuließ, dass Biddy ihre Adresse bekam und ich nicht, aber Grace kannte mich ja auch nicht.
Doch das würde sich ändern, nachdem ich jetzt ihre Adresse hatte.
Für unsere Reise nach Amerika war alles vorbereitet, zumindest was Gus und mich anging. Mary war immer noch von Friskys »Babys« besessen und wollte sie nicht allein lassen, und Ned verfiel in tiefe Melancholie bei dem Gedanken, von Sophie getrennt zu sein.
Der Familienurlaub unseres Lebens war nur wenige Wochen entfernt, und unsere Kinder weigerten sich, mitzufahren.

GRACE

Du kommst zu spät. Er ist tot«, sagte Biddy in ihrer schroffen, direkten Art, die ich ganz vergessen hatte. Ich rief sie bei meiner Ankunft von Heathrow aus an. Ich sagte es ihr nicht, aber dies war genau das, worauf ich gehofft hatte. Ich hatte nicht bei Biddy sitzen wollen, während David starb, Wache halten, die uns zweifellos dazu gezwungen hätte, intime Gespräche zu führen, alte Erinnerungen zu wecken und Traurigkeiten, denen mich zu stellen ich zu feige war.

»Wo bist du?«, fragte ich. Oh, tut mir so Leid, der arme David – das konnte ich mir bei ihr sparen. Als ich in Berkshire angerufen hatte, hatte mir die Stimme auf dem Anrufbeantworter diese Nummer gegeben.

»Wales. Hill House.«

»O Scheiße!« Also doch die Straßen der Erinnerung.

»Du sagst es. Er wollte hierher kommen und alles noch ein letztes Mal sehen. War nicht meine Idee. Du solltest dir einen Wagen nehmen. Außer du willst dir die Mühe sparen, nachdem er ja jetzt tot ist. Du könntest gleich umdrehen und zurück nach New York fliegen.«

»Nein. Ich komme nach Wales. War die Beerdigung schon?«

»Ja. Gestern früh.«

»Ich werde kommen und wenigstens ein paar Blumen auf sein Grab legen.«

»Freesien«, sagte Biddy, »den Geruch hat er immer gemocht, weichherziger alter Kerl.«

Sie wieder zu sehen war ein außergewöhnliches Erlebnis, denn jetzt betrachtete ich sie zum ersten Mal als andere Frau anstatt als Mutterfigur. Es war genug Zeit vergangen, dass ich sie objektiv sehen konnte. Aus der Ferne erinnerte ich mich an eine reservierte Frau, immer makellos gekleidet und immer für mich da. Sie war streng, aber nie, bis auf einen einmaligen Albtraum, wütend, zumindest nicht mit mir. Von Zeit zu Zeit registrierte ich jedoch einen gewissen Ärger über David, für den sie »Haushalt führte«, wie sie es ausdrückte.

»Ich bereite Mahlzeiten für ihn zu, ich unterhalte seine langweiligen Arbeitskollegen und ihre noch viel langweiligeren Frauen, ich beaufsichtige seine Wäsche, die weggegeben wird, und sorge dafür, dass das Silber regelmäßig geputzt wird. Und was macht er für mich? Das ganze Wochenende Golf spielen und mit mir nach Cornwall in den Urlaub fahren anstatt in die Toskana oder nach Südfrankreich.«

Jetzt, als ich sie aus meiner Perspektive einer Frau über vierzig betrachtete, einer Frau, die die anderen abschätzt, stellte ich leicht schockiert fest, dass sie trotz mangelnder Schönheit einmal sehr attraktiv gewesen sein musste. Bei all diesen spitzen Bemerkungen, die sie hintenherum gegen David losließ, ging es um Sex. Biddy war mit sechsundsiebzig noch sexy, und David hatte ihr nie genug gegeben.

Ich öffnete den Mund und machte ihn rasch wieder zu. Sollte ich etwa sagen: O Biddy, ich hab nie gemerkt, dass du so sexy bist. Obwohl es ihr sicher gefallen hätte. Aber die Pflegemutter-Pflegetochter-Geschichte hinderte mich daran.

Oder vielleicht hatte ich Angst davor, Biddys unterdrückte Wut zu entfesseln, die mir vor so vielen Jahren, kurz nach meinem achtzehnten Geburtstag, einmal begegnet war. Denn genau dieser verwirrende Ausbruch von Groll und Verbitterung war der Grund, warum ich mich so lange fern gehalten hatte. Natürlich hatten wir uns öfter gesehen, nachdem ich von zu Hause ausgezogen war, doch unsere Treffen waren ausgesprochen kühl gewesen. Biddy und ich waren immer peinlich darauf bedacht, höflich zueinander zu sein, aber in meinem Innern schrie ich stumm: Du hast mir so furchtbar wehgetan, und ich habe keine Ahnung warum, aber ich weiß, ich muss erwachsen sein und so tun, als wäre es nie passiert, damit wir um jeden Preis eine Konfrontation vermeiden. Alles ist wunderbar zwischen Pflegemutter und Pflegetochter.

Aber das war es nicht.

Das Problem kam nach einem kleineren Durchbruch mit meinem Vater an meinem achtzehnten Geburtstag. Ich erhielt eine Erstausgabe von *Vanity Fair*. Auf der Postkarte stand: »Das gehörte Deinem Großvater.« Natürlich erkannte ich Lucas Cammells schwarze spitze Schrift. Kein Hinweis darauf, wer mein Großvater war. Ich schrieb, um mich zu bedanken, und fragte: »Welcher Großvater?« Keine Antwort.

Ich zeigte es Biddy. Sie warf einen Blick auf das Buch und zuckte wortlos mit den Schultern.
»Ich glaube, er versucht mir die Hand zu reichen«, sagte ich.
»Unsinn«, erwiderte Biddy knapp, »nur ein Geschenk. Du bist achtzehn. Da ist es Pflicht.«
»Nein, ich glaube, er will wirklich mit mir sprechen. Es ist Zeit, dass ich ihn treffe. Er ist mein Vater.«
»Wirklich? Und wer ist David?«, sagte sie sehr kühl.
»Oh, ich wollte damit nicht ausdrücken, dass David nicht mein Vater ist.«
»Ich bin äußerst erfreut, das zu hören.«
»Kannst du denn nicht verstehen, dass ich neugierig bin?«
Sie gab keine Antwort, ging einfach aus dem Zimmer. Ich war wütend, so wütend, dass ich etwas machte, was ich noch nie zuvor getan hatte. Während Biddy oben war, holte ich mir heimlich ihr kleines Adressbuch aus ihrer Handtasche und suchte mir Lucas Cammells Adresse. Die Privatnummer.
Es dauerte zwei Wochen, bis ich den Mut hatte, anzurufen.
Ich bekam den Anrufbeantworter, und das war wohl auch besser so. Ich hinterließ eine gestammelte emotionale Nachricht, in der ich sagte, wer ich sei, wie sehr ich mich über all die Bücher gefreut habe, die er mir geschickt hatte, und wie gern ich ihn treffen würde. Und dann ging ich in mein Zimmer und weinte.
Doch hinterher fühlte ich mich ungeheuer erleichtert. Zwei Tage später nahm ich das Telefon ab, als es in der

Küche klingelte, und hörte, wie die erotisch-attraktivste Stimme, die ich je vernommen hatte, darum bat, Biddy zu sprechen.
Nicht mich. Biddy.
Ich wusste sofort, wer es war.
»Hier ist Grace«, sagte ich.
Ein kurzes Schweigen. Dann erwiderte er: »Ich weiß. Ich möchte mit Biddy sprechen.«
Na ja, dachte ich, fair ist fair. Er wollte sich mit mir treffen, aber es zuerst mit Biddy bereden.
Ich wartete darauf, dass Biddy mir erzählte, was sie besprochen hatten. Wo ich ihn zum Lunch treffen oder wann er zum Wochenende herkommen würde.
Sie sagte nichts.
Dann hatte ich wieder diese Stimme am Telefon. Zwei- oder dreimal.
»Das ist doch er, nicht wahr?«, fragte ich Biddy nach dem vierten Mal.
»Warum in aller Welt sollte er jetzt anfangen anzurufen?«
Nun ja, was sie betraf, warum sollte er? Sie wusste nichts von der Nachricht, die ich ihm hinterlassen hatte. Also erzählte ich es ihr. Ich brachte es Tag für Tag wieder zur Sprache. Wann würde ich ihn treffen, was hatte er gesagt, sollte ich ihn noch einmal anrufen? Bis sie schließlich auf mich losging und sich meine Gefühle für sie ein für alle Mal änderten.
»Ja, Grace, ja!«, schrie sie mit einer Stimme, die ich nicht erkannte. »Ja, es war Lucas. Aber wenn du ihn als deinen Vater beanspruchen willst, bist du ein dummes,

dummes Mädchen. Er will dich nicht sehen. Niemals. Verstehst du das? Was bringt dich dazu zu glauben, es könnte je eine Beziehung zwischen euch geben? Warum siehst du den Tatsachen nicht ins Gesicht? Der Mann ist nicht interessiert. Er hat dich uns überlassen. David und ich haben dich aufgezogen, und jetzt ist es, als würden wir nicht existieren.«

»Das ist nicht wahr«, protestierte ich. »Das hab ich nicht gemeint.«

»Du bist ein herzloses, grausames Kind. Du glaubst, du kannst mich einfach benutzen und mich dann wegwerfen und zu Lucas zurückrennen, wenn es dir passt. Na schön, tu's nur, wenn du das wirklich möchtest, aber er will dich nicht.«

»Das glaube ich nicht. Ich bin seine Tochter.«

»Du willst es nicht glauben. Das ist ein Unterschied. Aber wenn du einen Funken Verstand hast, wirst du es. Du bist achtzehn. Du bist fast erwachsen. Schau der Wahrheit ins Gesicht, Grace. Du hast mich und David, und du hast ein verdammtes Glück, dass du uns hast.«

Sie war grausam. Grausam, um gütig zu sein, wie sie betonte. Aber ich hatte da immer meine Zweifel.

Jetzt, als sie Davids Beerdigung zu schildern begann, musste ich erkennen, was für eine ausdrucksvolle Person sie war, wie sie ihre Hände einsetzte, um etwas zu unterstreichen, wie lebendig sie war. Aber ich hatte nie die Wucht ihrer Grausamkeit an jenem Tag vergessen, an dem sie mir sagte, dass mein Vater mich nicht wolle. Kurz danach ging ich nach London und jetzt wurde mir klar, dass wir unser erstes richtiges Gespräch seit damals haben würden.

»Es hat natürlich geregnet. Mitten im Juli. Dieser Schlamm. Meine Liebe, das hättest du sehen sollen. Eine recht stattliche Zahl von Trauergästen, obwohl wir seit Jahren nicht mehr richtig hier gelebt haben. Ich glaube, sie wollten nur sehen, was aus mir geworden ist. Sie haben ihre besten Schuhe im Schlamm ruiniert. Das hat mich zum Lachen gebracht. Langweilige Messe. Grässlicher weiblicher Pfarrer. Schade, dass du nicht dabei warst. Hätte gern jemanden zum Kichern gehabt.«

»Wird er dir fehlen? Oh, entschuldige, so etwas sollte man nicht ausgerechnet jetzt fragen.«

»Mach dich nicht lächerlich. Warum denn nicht? Und ja, anfangs wird er mir wohl ein bisschen fehlen. Ich hab den alten Knaben gemocht. Wir hatten eine gute Ehe und – und wir hatten dich. David war sehr stolz auf dich, weißt du.«

»War er das? Und du nicht?«

»Nicht wie er. So einfach war das nicht für uns. Wir waren nicht deine Eltern. Wir konnten es nie sein. Wir haben nie gewusst, ob dein Vater dich nicht plötzlich zurückhaben will. Warum sag ich ›zurückhaben‹? Er hat dich ja nie gehabt.«

Wir saßen am Eingang des Friedhofs. Eigentlich hatten wir vorgehabt, den Stowe Hill hinaufzugehn, aber Biddy wurde gleich am Anfang müde. Offensichtlich hatte sie das Ganze mehr mitgenommen, als sie zugab. Wir setzten uns zum Ausruhen und blieben. Und

begannen ein Gespräch, das, wie ich wusste, unvermeidlich tiefer gehen würde, je mehr wir redeten. Jemand hatte ein Plakat aufgehängt, auf dem stand: »Das Gras wurde nicht gemäht, damit über einen gewissen Zeitraum ungehindert Wiesenblumen in diesem Friedhof gedeihen können.«
Ich möchte hier begraben werden, dachte ich plötzlich, neben David und später natürlich Biddy.
»Warum war ich nicht bei ihm? Warum hat er mich nicht gewollt?«
Ich hatte nie zuvor solche Fragen über meinen Vater gestellt, aber wir redeten von Frau zu Frau. Ich war so weit erwachsen, dass sie mich nicht mehr als Mädchen behandeln konnte.
Und dann sah Biddy plötzlich beschämt aus, und ich war erstaunt. Ich hatte erwartet, dass sie mich beschwichtigte, natürlich habe er mich gewollt, aber es sei einfach zu schwierig für ihn gewesen, er sei zu betroffen vom Tod meiner Mutter gewesen oder irgend so etwas.
Aber sie speiste mich nicht ab. Sie sagte nichts dergleichen.
»Es war alles meine Schuld. Ich hab dich nicht losgelassen. Ich ließ nicht zu, dass er dich kriegt. Lucas war wie einer dieser Einwanderer aus Mitteleuropa, die während des Kriegs nach London kamen, nur war er nicht Jude, und er war hier geboren. Er war nie wie ein Engländer, immer exotisch. Ich fand ihn vom ersten Augenblick an, in dem ich ihn sah, umwerfend. Nie zuvor hat mich ein Mann so angezogen.«

Mein Herz begann wie wild zu hämmern, als ich das hörte. Das hatte ich nicht erwartet. Biddy brachte da wirklich ein paar Überraschungen auf den Tisch.

»Aber ich hatte ein Problem. Ich war mit deiner Mutter unterwegs, und während ich ihn umwerfend fand, fand er sie umwerfend. Deine Mutter war meine beste Freundin in London. Wir lernten uns auf dem Land kennen, bei irgendeiner Wochenendparty, und entdeckten, dass wir beide das Land hassten. Das brachte uns zusammen.«

»War sie hübsch?«

»Sehr hübsch, aber so zerbrechlich. Ich hatte von Anfang an das Gefühl, sie beschützen zu müssen. Sie war sensibel und – ich sag das nur ungern, aber es stimmte – sie war ein bisschen dumm. Ich hatte das Gefühl, dass sie als Kind sehr verwöhnt worden war, erstickt von übervorsichtigen Eltern. Sie war es gewohnt, dass ihr alles abgenommen wird. Und da hat dein Vater gepunktet. Ich habe mit angesehen, wie sie in seinen Bann geraten ist. Ich konnte nichts dagegen machen. Er hat ihr alles versprochen, und dann hat er sie hierher gebracht und zu seiner Gefangenen gemacht.«

»Das hat der Mann bei der Dinnerparty auch gesagt.«

»Welcher Mann?«

Ich erzählte ihr von ihm.

»Das war wohl Monty. Armselige Kreatur. Nur gut, dass er sie nie in die Finger gekriegt hat. Hat die Frauen, die er geheiratet hat, immer geschlagen, wie wir hörten.«

»Mein Vater – war er gewalttätig?«

»O nein, er war verführerisch. Hat einem ins Ohr gesäuselt, den Charme spielen lassen. Und dann hat er einen wieder tagelang ignoriert. Und er konnte einen auch mit Worten zerstören. Ich hab nie einen Mann kennen gelernt, der so redegewandt war. Bösartig. Vernichtend.«

»Aber du hast ihn geliebt?«

»Das hab ich nie gesagt, Grace. Ich fühlte mich angezogen von ihm, körperlich. Von seinem Magnetismus. Ich begehrte ihn auf eine Art, wie deine Mutter, wie ich weiß, ihn nie begehrte. Aber er hat sie gewählt, und das war's. Und dann hat er etwas getan, was ich ihm nie verzeihen konnte.«

»Was?«

»Sobald er sie hatte, begann er sie zu betrügen. Wahllos. Ich heiratete David, und wir waren meist in London. David wusste, dass ich das Land hasste. Er war ein gütiger Mann, das totale Gegenteil von Lucas. Und wir wurden Zeugen von Lucas' Affären in London. Er gab sich keine Mühe, diskret zu sein. Er wusste, dass es deiner Mutter, die sicher hier unten abgestellt war, keiner erzählen würde, weil keiner es ertragen konnte, ihr wehzutun. Und er hatte Recht.«

»Aber sie hat es rausgefunden. Hat sie sich deshalb ...?«

»Umgebracht? Wer weiß? Sie war schon lange vorher verzweifelt. Sie war wie eine junge Pflanze, die ständig Wasser und Licht brauchte. Und hier unten war sie isoliert und von Bewunderern abgeschnitten.«

»Dann hast du meinen Vater also nicht geliebt, sondern gehasst.«
»Anfangs nicht. Erst als er das Undenkbare getan hat.«
»Was hat er getan?«
»Er hat versucht, mich zu verführen. Fünf Jahre zu spät. Aber vielleicht war ich da die einzige Frau in London, die er noch nicht gehabt hat, ich weiß es nicht. Jedenfalls wollte er die beste Freundin seiner Frau verführen. Ich hab ihn abgewiesen. Wir waren in der Wohnung über dem Verlag. Ich wollte ein paar Sachen für deine Mutter abholen, die gerade mit deiner Schwester schwanger war. Ich wollte am nächsten Tag nach Wales fahren. Er gab mir einen Drink. Wir waren in der Küche, die sehr eng war. Er langte an mir vorbei, um Eis aus dem Kühlschrank zu holen, dann packte er mich um die Taille und zog mich an sich. Ich stand mit dem Rücken zu ihm. Ich fühlte, wie er sich an mich presste. Er biss mich ins Ohrläppchen, küsste meinen Nacken. Meine Haut brannte. Er sagte: ›O Bid, ich begehre dich schon so lange.‹«
Ich bemerkte, dass sie sich an jede Einzelheit erinnerte. Sie quälte sich seit Jahren damit.
»Und ich hab das Knie gehoben und ihn, so fest ich konnte, getreten. Ich trug Absätze. Die Narbe hatte er wahrscheinlich bis zum Tag, an dem er starb. Ich hoffe es. Ich hab ihn angebrüllt, dann rannte ich die Treppe hinunter.«
»Was hast du gemeint, als du sagtest, du hättest mich nicht gehen lassen?«
»Du weißt doch, was du getan hast, als deine Mutter

ihr zweites Baby bekam, nicht wahr? Du hast das Haus verlassen und bist quer durchs Tal gegangen. Es klingt dramatischer, als es war, aber du warst ja noch ziemlich klein, und es war sehr tapfer von dir. Du bist hierher gekommen, und wir haben dich zu Bett gebracht. David hat dann deinen Vater angerufen. Ich sollte dir das nicht sagen, aber ich bin mir nicht mal sicher, ob er überhaupt gemerkt hatte, dass du fort warst.«

»Und er hat sich nie die Mühe gemacht, mich zu holen, und hat danach so glücklich, wie man erwarten kann, bis ans Ende aller Tage gelebt.«

»O doch, das hat er.« Wieder überraschte mich Biddy. »Zugegeben, er ließ ein paar Tage verstreichen, bevor er rüberkam, aber das war ja verständlich. Seine Frau hatte sich gerade umgebracht, und trotz seiner Fremdgeherei wusste ich, dass er deine Mutter geliebt hat. Und da war das neugeborene Baby, um das man sich kümmern musste. Er rief jeden Tag an. David redete mit ihm. Und dann kam er eines Abends, um dich zu holen. Wenn ich dir erzähle, was passiert ist, versprichst du dann, mir zu verzeihen?«

»Ja, natürlich«, sagte ich. Solche Dinge versprach man eben, um jemanden dazu zu kriegen, möglichst schnell etwas preiszugeben.

»Ich hab dich nicht gehen lassen. Ich hab ihm gesagt, du seist krank, obwohl du nur oben geschlafen hast. Und er kehrte nach Hause zurück. Und dann kam er wieder. Ich sagte, du seist nicht da, und jedes Mal, wenn er auftauchte, hatte ich eine andere Ausrede, bis er wieder zurück nach London in den Verlag musste. Er nahm das Baby mit und stellte ein Kindermädchen ein. Ich hatte weiterhin Ausreden parat. Er hasste mich. Seit ich mich ihm verweigert hatte, mied er mich. Jetzt redete er nur über David mit mir. Armer David. Er konnte nicht verstehen, was da vor sich ging. Und die Sache war die, David wollte Kinder, ich nicht. Es war ein Problem zwischen uns. Ich fürchte, Grace, du warst die Lösung unseres Problems. Du warst ein liebenswertes kleines Mädchen, temperamentvoll, schon damals sehr charaktervoll, und David war ganz begeistert von dir. Ich wusste eins: Ich würde eher sterben als zulassen, dass du im Haus von Lucas Cammell aufwuchst. Ich schlug David vor, dich zu behalten, wenn Lucas zustimmte. Wir konnten dir ein gutes Zuhause bieten. Es wäre einfacher für Lucas. Ich war furchtbar. Ich hab David richtig bearbeitet, ihm immer wieder plausibel gemacht, wie viel komplizierter Lucas' Leben werden würde, wenn er mit zwei Kindern fertig werden müsste. Es war damals nicht wie jetzt. Keine ›neuen Männer‹ oder allein erziehende Väter. Und natürlich hatte ich noch einen anderen Grund, dich zu behalten.«

Ich sah sie an.

»Solange ich dich bei mir hatte, musste Lucas in Kontakt mit uns bleiben, und ich könnte ihn regelmäßig sehen, wenn er dich besuchte, bis zu dem Tag, an dem er dich ganz mitnehmen würde. Und, wie ich schon sagte, ich wollte keine Kinder, also war es mir ganz recht zu wissen, dass ich dich nicht für immer haben würde.«

Es gefiel mir nicht, was ich da hörte. Biddy hatte mich nie gewollt. War es das, was ich ihr verzeihen sollte?
»Aber in zwei Dingen irrte ich mich total«, fuhr sie fort. »Erstens wusste Lucas genau, was ich tat, und ließ mich auflaufen. Er kam dich nie besuchen, weil er mich nicht sehen wollte. Du hast deinen Vater wegen mir verloren. Ich fürchte, er war so gefühllos. Ich glaube nicht, dass du ihm sehr viel bedeutet hast, sonst hätte er dich nicht so einfach zurücklassen können. Oder vielleicht hast du ihm zu viel bedeutet, weil du ihn so an deine Mutter erinnert hast, ihm Schuldgefühle gemacht hast, wer weiß? Auf jeden Fall hat er David zwar immer ein bisschen damit gequält, dass er andeutete, er hätte dich gern bei sich, aber er hat nie etwas in dieser Richtung unternommen.«
»Was war das Zweite, worin du dich geirrt hast?«
»Ich habe entdeckt, dass ich doch Kinder wollte. Oder vielmehr dich wollte. Ich fragte mich sogar, ob ich versuchen sollte, auch deine Schwester zu bekommen, aber ich hatte keinen Zugang zu ihr, und jetzt, nachdem ich sie endlich kennen gelernt habe, bin ich froh, dass ich nicht darauf gedrängt habe.«
Ich hob die Hand. »Halt. Warte. Wann war das? Wie kannst du mich so lange neben dir sitzen lassen und mir nicht erzählen, dass du Favour getroffen hast.«
Biddy lächelte. »Favour. So hast du sie immer genannt, obwohl das Thema eigentlich tabu war. Und da hast du dich geirrt. Du hast sie Favour genannt, weil du dir eingeredet hattest, sie sei schon vor ihrer Geburt der Liebling deiner Mutter gewesen, aber statt-

dessen wurde sie der Liebling deines Vaters. Ich hab sie erst neulich kennen gelernt. Sie hat die Upper Stone Farm als Wochenendhaus gemietet. Frag mich nicht, wie das gekommen ist. Ich hab mir nicht die Mühe gemacht, es rauszufinden.«

»Und, weißt du wenigstens ihren richtigen Namen?«

»Pat. Pat Hardy. Sehr gewöhnlich.«

Ich war verwirrt. Das war nicht der Name, den ich mit meiner Schwester in Verbindung gebracht hatte.

»Abkürzung von Patricia?«

»Anzunehmen.«

»Es klingt nicht richtig. Sie wurde nicht Patricia genannt.«

»Nein, wurde sie nicht.«

Ich sah Biddy an. »Du weißt, wie sie genannt wurde. Du hast es mir nur nie gesagt.«

»Natürlich, aber du wolltest es ja nicht wissen. Lucas hat nie über sie geredet. Und es war nicht Patricia, sondern Pat. Schlicht und einfach.«

Ich hatte ein ungutes Gefühl, so als würde etwas fehlen, eine lebenswichtige Verbindung, die ich nicht ganz orten konnte. Pat passte nicht, doch ich vermochte nicht zu sagen, warum.

»Und wie war sie?«

»Mittelgroß. Sah ganz normal aus. Dichte blonde Haare. Überhaupt nicht wie du. Sie hat deinen Vater angebetet. Und sie ist mit einem nett aussehenden Mann namens Gus verheiratet. So dumm das auch klingen mag, aber du hast das Aussehen deiner Mutter geerbt und den Kopf deines Vaters. Sie hat die leichte

Dummheit deiner Mutter – vielleicht ist das unfair, aber das war eben mein Eindruck –, und sie sieht Lucas etwas ähnlich. Die gleiche dickliche Nase und der gleiche breite Mund.«

»Und hat sie Kinder?«

»Zwei, sagte sie. Ein Mädchen und einen Jungen. Sie ist eine gute Mutter, nehme ich an, ein bisschen naiv und akzeptiert alles ganz fröhlich und vertrauensselig. Genau wie ihre Mutter. Wenn sie mit einem netten Mann zusammen ist, hat sie keine Probleme, außer er fängt an sich wie ein Scheißkerl zu benehmen.«

»Aber mein Vater war ein Scheißkerl«, sagte ich. »Warum hat sie ihn angebetet?«

»Weil sie seine Tochter war, ein nettes, vertrauensseliges Mädchen, das ihm keine Probleme machte, und so war war er ganz lieb zu ihr. Aber ich bezweifle, dass ihm wirklich etwas an ihr lag. Ich kann mir nicht vorstellen, dass sie ihn sonderlich interessierte, doch er duldete sie, und sie war dumm genug, sich damit zufrieden zu geben. Aber deine Mutter hatte Pech. Sie benötigte einen liebevollen Mann, und das war er nicht. Er brauchte eine gewitzte Frau mit starkem Willen, die ihn an der Kandare halten würde, und das war sie nicht. Er bekam, was er wollte, bei seiner Tochter, aber nicht bei seiner Frau. Ich vermute also, dass seine Tochter das Monster nie gesehen hat, aber deine Mutter hat es, und sie wurde nicht damit fertig. Wer weiß, was du aus ihm gemacht hättest. Du hättest ihm wahrscheinlich Kontra gegeben, und er hätte dich geliebt, und dann wären der armen Favour die Augen aufgegangen. Sie hätte erkannt, dass sie ihm nichts bedeutete. Sie verdankt dir viel, weil du nicht da warst.«

»Und ihr Mann? Ist er nett?«

»Ich hab ihn nur kurz gesehen. Ein David-Typ, gutmütig, langweilig. O armer David ...«

Ich glaube, ich hatte Biddy nie zuvor weinen sehen. Sie beugte sich zu mir, und ich fing sie auf, als sie sich schluchzend an meine Brust warf.

»Du wirst damit fertig werden, Biddy. Du hast deine Erinnerungen an ihn.«

Dumme, leere Worte, die Art Dinge, die man bei einer solchen Gelegenheit sagte.

»Ach, du Närrin«, knurrte sie und setzte sich plötzlich wieder auf. »Ich weine nicht um David, sondern darum, was hätte sein können, siehst du das nicht? Wenn ich mein Leben noch einmal leben könnte, würde ich niemals mehr David wählen. Ich hätte mich deinem Vater hingegeben und wäre seine Mätresse geworden, egal, wie sehr er mich verletzt hatte. Ich bin so eine Frau. Das habe ich jetzt erkannt, aber es ist zu spät. Und er hat nie wieder geheiratet. Ich weiß nicht, in welcher Lage du bist, Grace, aber finde um Gottes willen heraus, was für eine Art Frau du bist. Hüte dich vor Männern wie deinem Vater. Sie sind überall. Aber letztendlich musst du dich entscheiden, ob du jemand bist wie ich oder nicht, jemand, der mit einer großen Leidenschaft glücklicher wäre als mit einem ruhigen friedlichen Leben. Gib dich nicht mit dem Alltäglichem zufrieden, wenn du das nicht wirklich willst. Du wirst es den Rest deines Lebens bereuen.«

Als ich ging, fragte ich mich, ob ich Biddy noch mal sehen würde. Während der Fahrer den Wagen Stowe Hill hinuntersteuerte, erinnerte ich mich an das letzte Mal, als ich in diesem Teil der Welt gewesen war, als ich die Upper Stone Farm besucht hatte. Die Frau, an der ich vorbeigefahren war, als sie gerade auf dem Weg zur Upper Stone Farm war, die Frau, die ich für eine Verfolgerin gehalten hatte – sie war meine Schwester.

FAVOUR

»Wenn das der Grund ist«, sagte Gus sehr ruhig und bedächtig, »warum du mit nach Amerika gekommen bist, solltest du jetzt besser gehen.«

Er saß mit dem Rücken zu mir, eine Silhouette vor dem Fenster, dahinter nichts als Reihen über Reihen anderer Fenster in den Büros der Wolkenkratzer über der Straße. Er sah aus wie in einem altmodischen Schwarzweißfilm, es fehlte nur King Kong, der die Fassade hochkletterte.

Die Aussicht war nicht gerade verlockend. Er wollte mich nicht ansehen.

Wir waren in einem riesigen anonymen Hotel in Midtown, dessen Lobby einem Bahnhof ähnelte. Zur Rezeption musste man sich durch Horden von Geschäftsleuten mit kurzärmeligen weißen Hemden und Namensschildern kämpfen. Um die Zeit zu vertreiben, testete ich meine Sehkraft, indem ich Namen auf eine bestimmte Distanz zu lesen versuchte.

Dass man uns eine Familiensuite zugeteilt hatte, war ein echter Witz. Als Familie waren wir zügig in Auflösung begriffen. Ned war in London geblieben, um sich nicht von Sophie trennen zu müssen, und seine kategorische Weigerung mitzufahren war für Gus der Anfang vom Ende gewesen.

Mary hatte keine Wahl gehabt, musste mit und dankte es uns mit permanentem Schweigen.
Sie reiste nur mit Handgepäck – ein paar Kleidchen von Top Shop, ein Kulturbeutel, ein Walkman, ihre Baby-Face-Bänder und eine Ausgabe von JUNK in eine Tasche von Sainsbury gestopft. Und sie hatte darauf bestanden, in ausgefransten, abgeschnittenen Jeans zu fliegen.
Ich konnte sie jetzt sehen, diese Sainsbury-Tasche, wie sie an ihrem Bett in der Familiensuite lehnte, griffbereit für den schnellen Abgang, den Gus vorschlug.
Er hatte von meinem geplanten Besuch bei Grace erfahren.
Heute früh hatte ich im Goose Neck Inn in Montauk angerufen, das von der East Hamptoner Handelskammer empfohlen wurde, um zu fragen, ob sie Zimmer für Mary und mich hätten. Ich hatte vor, dort hinzufahren, sobald Gus auf seiner Konferenz war.
Ich hatte auch vorgehabt, ihm alles zu erzählen, aber das Goose Neck Inn war mir zuvorgekommen.
»Was in aller Welt ist das Goose Neck Inn?«, fragte Gus, als ich von einem meiner kurzen Raubzüge in Manhattan zurückgekehrt war.
Ich war seit unserer Ankunft in New York in einem Zustand totaler Frustration. Ich hatte mir vorgestellt, wie ich Mary in der Stadt herumführen würde. Ich mochte zwar nur eine Hausfrau aus Shepherd's Bush sein, aber ich kannte mich dank der häufigen Besuche mit meinem Vater hier in New York aus. Doch Mary weigerte sich, das Hotel zu verlassen. Auf kei-

nen Fall wollte sie auch nur in die Nähe der Konferenz, und nachdem Ned mir erzählt hatte, dass sie in der Schule in ziemlich schlechte Gesellschaft geraten sei, dachte ich gar nicht daran, Mary allein am Times Square herumstreifen zu lassen, wo nämlich das Hotel lag.

Es war ein recht schäbiger Teil von Manhattan. So lange man nach oben sah, war alles in Ordnung – Neonlichter und riesige Plakate von prachtvollen jungen Männern in Unterhosen und die Spitzen dramatischer Wolkenkratzer, die in der Atmosphäre verschwanden. Aber unten am Boden war der Abschaum. Dreckige Gehsteige, Massen elend aussehender Leute, schmutzige alte Männer und auch Frauen, Obdachlose in den Hauseingängen. Frauen mit harten Gesichtern, Nutten, die sich mit Frauen in Geschäftskostümen mit kurzen Röcken und klobigen Pumps aus falschem Lackleder mischten, und der Unterschied war gar nicht so groß. Alle warteten ungeduldig am Randstein, dass die Ampel auf Grün schaltete, und brüllten in ihre Handys. Irgendwie schienen sie alle süchtig. Hupen plärrten, und es stank nach den Röstzwiebeln der Hotdogs von den Imbisskarren an jeder Ecke, die die schwelende Augustfeuchtigkeit noch verstärkten.

Und trotzdem hatte ich keine Schwierigkeiten, Mary zurückzuhalten. Sie saß den ganzen Tag in der Familiensuite und schaute verdrossen MTV. Ich schlug Einkaufen vor – direkt gegenüber war ein GAP-Laden –, aber sie hatte keinerlei Interesse.

Abends kehrte Gus erschöpft mit Tüten voller Baseballmützen, T-Shirts und Ansteckern für Ned zurück, die er alle aus der enormen Vielfalt von Ausstellungsständen eingesammelt hatte, ließ sich auf einen Stuhl fallen und stellte mit echtem Interesse die amerikanische Standardfrage, die wir aus dem Fernsehen kannten: »Wie war euer Tag?«

Und wir hatten nichts, was wir ihm erzählen konnten. Er vermochte nicht zu fassen, dass er uns den weiten Weg hierher gebracht hatte, nur damit wir im Hotel rumsaßen und vor dem Fernseher hockten. Unvermeidlich kam dann das Gespräch aufs Geld.

»Ich dachte, du könntest das alles von der Steuer absetzen«, konterte ich und fühlte mich dabei schuldig und neurotisch.

»So wie ihr beide euch benehmt, kann ich gleich alles absetzen. Ich weiß nicht, warum ihr nicht zu der Messe kommt, wenn New York schon nicht gut genug für euch ist. Ich könnte euch so viel zeigen. Und da gibt's so viele Veranstaltungen, die Mary sich ansehen könnte.«

»Das ist doch wirklich nicht ihr Ding, oder?«

»Aber warum geht sie dann nicht los und kauft Tower Records auf oder so was?«

Ja, warum?

Es war Marys Einstellung – oder eher ihr Mangel daran –, die mir am meisten zu schaffen machte. Ich hatte sie noch nie so lethargisch gesehen. Und das war der Grund, warum ich mich zwang, etwas wegen Long Island zu unternehmen.

Doch schon sehr bald musste ich feststellen, dass es

etwas gab, das ich nicht mit einkalkuliert hatte. Es war August, Hauptsaison. In der Gegend, in der Grace lebte, war kein Hotelzimmer zu kriegen. Ich ging zur Rezeption unseres grässlichen Hotels am Times Square und schilderte ihnen mein Problem. Sie sahen mich an, als wäre ich verrückt.

»Sie wollten die Prospekte für diese Saison? Wir dachten, Sie reden vom nächsten Jahr. Warum rufen Sie nicht die Handelskammer an? Die werden die Listen der Hotels haben. Aber Sie werden nicht weit kommen.«

Ich habe schon immer gut auf Herausforderungen reagiert, auch wenn man das nicht vermuten sollte angesichts meines recht langweiligen Lebens.

Hatte Mary meinen Job bei Roger nicht als keine echte Karriere abgetan? Hatte Gus mich nicht wiederholt gebeten, wieder in sein Geschäft einzusteigen? Die Antwort lautete beide Male ja, also warum hatte ich nicht auf die Herausforderung reagiert? Weil ich tief in meinem Innern wusste, dass keine der beiden Möglichkeiten mich befriedigen würde. In meinem Hinterkopf legte ich mir ein ganz neues Ziel zurecht. Zugegeben, ursprünglich war das Ziel gewesen, Grace zurück ins Nest zu bringen. Ein romantischer Traum, den ich nicht wirklich richtig durchdacht hatte. Ja, mir war nicht richtig bewusst gewesen, dass dies mein Hauptziel war, bis der Rest der Familie allmählich um mich herum zerbröckelte. Mit einem Mal war ich weit davon entfernt, wie bis jetzt das Zentrum meiner Familie zu sein, sondern war ein Außenseiter. Ned hatte Sophie. Mary redete mit keinem von uns, und ich war zu dieser verlorenen Kreatur geworden, die ich nicht einmal mehr erkannte.

Und was Gus anging – ich war im Begriff, das rauszufinden.

Die East Hamptoner Handelskammer setzte mich auf das Goose Neck Inn an, und ich überlegte nicht, wieso sie noch Zimmer haben könnten, wenn sonst keiner mehr welche frei hatte. Und natürlich waren sie belegt, aber sie notierten sich meine Nummer für den Fall, dass jemand stornierte. Und jemand stornierte, und sie riefen zurück.

Und Gus nahm den Anruf entgegen.

»Und?«, fragte er, als ich nicht sofort antwortete.

»Ich dachte, ich fahre mit Mary ein bisschen ans Meer, nachdem sie nicht so gut auf New York reagiert.«

»Mit Eimerchen und Schaufel?«, fragte Gus ganz untypisch sarkastisch. »Freust du dich darauf, mit ihr Sandburgen zu bauen? Wir hätten nach Skegness fahren können. Sie ist siebzehn, nicht sechs.«

»Gus, da stimmt etwas nicht. Ich glaube, sie hat so eine Art Zusammenbruch.«

»Ach sei doch nicht so dramatisch.«

»Ich bin nicht dramatisch. Sie ist noch nie grübelnd rumgesessen, so war sie noch nie. Ich weiß, dass Ned nicht da ist, den sie ankeifen kann, aber man möchte doch meinen, dass sie etwas anderes findet, worüber sie nörgeln könnte. Dieses Herumgehocke den ganzen Tag, den Tränen nahe, sieht ihr gar nicht ähnlich.«

»Ärger mit einem Jungen, das muss es sein, einem pickligen Jungen, der sie mal auf dem Heimweg vom Kino oben auf dem 49er Bus geküsst hat.«

Wenn dem nur so wäre! Wo war Gus gewesen? Aber woher sollte er es auch wissen. Ich hatte nie mit ihm über Mary geredet, ihm nie erzählt, dass ich Mary auf dem Wohnzimmerboden mit einem Jungen ertappt hatte. Hier war ich mit meinen Träumen von wegen Familie wiedervereinen und redete nicht einmal mit meinem Mann über unsere Kinder.

»Ned hat erzählt, da sei jemand, der mit Shannon abgezogen sei.«

»Was hab ich dir gesagt?« Gus triumphierte. »Aber warum sie ins Goose Neck Inn verschleppen? Sie sagten, du hättest ein Doppelzimmer bestellt. Mich wolltest du wohl auf deinem kleinen Ausflug nicht dabeihaben? Also, was gibt es in diesem Goose Neck Inn, wo immer das sein mag, das Mary interessieren könnte, aber nicht mich?«

»Ihre Tante.«

Ich hatte mir vorgestellt, wie es sein würde, wenn ich es ihm schließlich sagte, und hatte das Ganze natürlich romantisch verklärt. Er würde mich unterstützen, mich loben, weil ich mir den weiten Weg gemacht hatte, um Grace zu finden. Aber während ich Zeuge wurde, wie Ned sich Sophie unterwarf, und Mary in eine eigene Welt verschwand, war ich blind gewesen für die Veränderungen bei meinem Mann. Und so war sein Ausbruch ein totaler Schock.

Ironischerweise war es Mary gewesen, die zuerst bemerkte, dass ihr Vater sich veränderte, und ich hatte nicht auf sie gehört.

»Ich glaube, Dad macht ... wie nennen sie das? ... die männlichen Wechseljahre durch. Seine Klamotten sind unglaublich. Er kauft jetzt bei Paul Smith ein, und plötzlich steht Ferrari-Duschgel im Badezimmer.«

»Es gehört wahrscheinlich Ned.«

»Nein. Ich hab ihn gefragt. Er hat gesagt, es gehört Dad.«

Das Problem war, ich hatte mich so daran gewöhnt dass Gus wie ein alternder Hippie aussah, mit ziemlich langen, dichten Haaren – zumindest bekam er keine Glatze – und seinem ewigen T-Shirt mit Jeans Look, dass ich kaum noch merkte, was er trug. Allerdings war mir aufgefallen, dass er einen Anzug nach New York für die Messe mitgebracht hatte. War es ein neuer Anzug?

»Und seine Haare, Mum. Wenn es nicht mein Dad wäre, würde ich sagen, sie sind ziemlich cool. Wo hat er das nur machen lassen?«

Wieder hatte ich geglaubt, Gus hätte sein Haar nur für die Reise schneiden lassen, wegen des heißen Wetters. Es war mir nie in den Sinn gekommen, dass er sich bewusst eine neue Frisur zugelegt hatte.

»Ihre was?« Mit seinen kurzen Haaren sah er aus wie ein Skinhead und ziemlich beängstigend.

»Ihre Tante«, wiederholte ich.

»Ich habe keine Schwester. Wovon redest du überhaupt? O nein, sag das nicht. Nein. Nicht sie. Du bist doch nicht etwa losgezogen und hast sie gefunden?«

»Noch nicht, aber das habe ich vor. Ich habe ihre Adresse. Sie lebt auf Long Island. Ich will hinfahren und sie besuchen.«

»Sie weiß also nicht mal, dass du hier bist?«

»Noch nicht.«

»Aber du hast von Anfang an gewusst, dass sie hier lebt. Du hast es herausgefunden, als du ihr bei dieser Buchsigniererei nachgetappt bist. Ich hab nie verstanden, warum du ihr bei dieser Gelegenheit nicht gesagt hast, wer du bist. Obwohl ich verdammt froh bin, dass du es nicht gemacht hast. Aber ich hab gedacht, das alles wäre vorbei und vergessen. Du hast mich wirklich zum Narren gehalten, stimmt's? Mir vorgespielt, dass du mit zur Messe willst. Wenn das der Grund ist, warum du mit nach Amerika gekommen bist, solltest du jetzt besser gehen.«

So hatte er noch nie mit mir geredet.

»Ich weiß, ich hätte mit ihr in England sprechen sollen, aber ich hatte schlicht und einfach Angst. Sie hat nie versucht, mit mir Verbindung aufzunehmen. Vielleicht hätte sie mich nicht gemocht.«

»Und wieso glaubst du, dass sie dich lieber mögen könnte, wenn du hier in Amerika plötzlich vor ihrer Tür stehst? Und überhaupt, du hast bis zu diesem Jahr nie versucht, mit ihr Verbindung aufzunehmen, hast sie kaum erwähnt. Ich kann nicht verstehen, wieso du plötzlich so erpicht auf eine Begegnung bist.«

»Weil ich sie gesehen habe, wie sie von der Farm in Wales kam. Ich hab's dir erzählt.«

»Du hast nicht gewusst, dass es sie war.«

»Nein, aber dann hab ich es herausgefunden, und sie ging mir nicht mehr aus dem Kopf. Gus, bist du denn nicht wenigstens ein bisschen neugierig auf sie?«

»Nicht im Geringsten.«

»Aber warum nicht? Sie ist meine Blutsverwandte. Sie ist ein Teil von mir, sie ist Teil unserer Familie.«

»Das ist sie verdammt noch mal nicht. Sie ist einfach nur lästig. Und überhaupt, welcher Familie? Wenn wir noch gestörter werden oder wie immer gerade das Modewort ist, laden sie uns zu *Oprah* ein.«

Ich war schockiert. »Was meinst du damit?«

»Meine Kinder reden kaum noch mit mir. Ned wollte nicht mit zur Messe kommen. Hast du eine Ahnung, wie lange ich mich darauf gefreut habe, ihm alles darüber zu zeigen, womit ich meinen Lebensunterhalt verdiene? Ich erwarte ja gar nicht, dass er bei mir ins Geschäft einsteigt. Ich wollte ihm nur zeigen, was ich mache. Aber er ist einfach nicht interessiert. Und dir ist es inzwischen auch egal.«

»Das ist nicht wahr. Ich war nur ...«

»... so beschäftigt mit deiner verfluchten Schwester. Du hast gedacht, ich merke nicht, was los ist? Mary ist total daneben, schreit mich dauernd an, und du kannst anscheinend auch nichts mit ihr anfangen. Siehst du denn nicht, dass ich überhaupt nicht mehr weiß, wo ich bin? Ich weiß nicht, wie es mit dem Geschäft weitergeht. Ich kann dich nicht mehr so lieben wie früher, weil ich immer so verdammt müde bin.«

Noch während er es sagte, dachte ich es bereits. Wir hatten es in den letzten zwei Jahren ohnehin nicht oft versucht, aber beim letzten Mal, als wir uns nahe gekommen waren – nachdem wir uns mitten in der Nacht in der Küche nach der Sache mit Amanda Bamber versöhnt hatten –, war es total schief gegangen. Bei Gus lief nichts. Wir sind ins Bett gefallen und hatten uns dabei gegenseitig die Sachen vom Leib gerissen. Eine halbe Stunde später immer noch kein Anzeichen einer Erektion, und dann gaben wir auf und schliefen ein, nachdem ich ihm beteuert hatte, dass das nicht schlimm sei, dass ich sowieso zu müde sei. Aber Gus hatte es offensichtlich schon sehr getroffen.

»Ich bin müde. Wir sind alle müde. Diesen verdammten Jetlag kann man nicht einfach in ein paar Minuten abschütteln. Ich wache jeden Morgen um fünf oder sechs auf, und um ehrlich zu sein, bis Mittag bin ich bei der Messe erschöpft. Ich bin die Nachmittage ziellos umhergewandert, weil ich nicht zu früh zurückkommen und zugeben wollte, dass die Reise ein totaler Reinfall ist. Das Zeug, das ich hier sehe, ist toll, nur seh ich es nicht mit dir. Ich bin fertig. Schau mich an. Kannst du nicht helfen? Kannst du nicht etwas tun? Ich habe schon so lange diesen Traum, dass wir zusammen das Geschäft aufbauen und Geld verdienen und dann reisen, sobald die Kinder aus dem Haus sind. Und jetzt denke ich nur: Was soll das für einen Sinn haben? Hab ich alles verpasst? Was hab ich falsch gemacht?«

Und ich hatte immer geglaubt, ich wäre diejenige mit Träumen.

»Ich hatte keine Ahnung, Gus. Wirklich nicht. Ich bin absolut entsetzt.«

»Also wirst du nicht einfach abhauen? Du wirst bleiben und helfen, dass alles wieder in Ordnung kommt? Wir haben noch eine Woche. Wir können noch was aus diesem Urlaub machen. Wir können immer noch ...«

Was hatte er sagen wollen? Wir können unsere Ehe noch retten? Er verlangte von mir, dass ich zwischen ihm und meiner Schwester wählte. Das war kindisch von ihm. Ich war der Gelegenheit, meine Schwester kennen zu lernen, so nahe, und ich würde sie mir nicht wieder entgehen lassen. Vielleicht gab es nie wieder eine Chance.

Gus machte eine Art Midlife-Crisis durch. Es war nur eine Geschichte mit dem männlichen Ego. Wir hatten ihm nicht genug Aufmerksamkeit geschenkt. Ich hatte alles darüber zahllose Male in den Magazinen in Rogers Wartezimmer gelesen. Er würde darüber wegkommen. Ich würde es regeln, wenn ich wieder da war. Keine Sorge, wie Roger immer gern sagte.

Aber als ich am nächsten Morgen im Bus saß, zusammen mit Mary, die trotzig Walkman hörte und aus dem Fenster die überraschend langweilige Landschaft links und rechts des Long Island Expressways betrachtete, machte ich mir doch Sorgen, dass mein solider, zuverlässiger Gus ausgeflippt war, gerade als ich seine Unterstützung brauchte, um die Familie wieder zusammenzubringen.

Apropos Familienzusammenführung, ich hatte Mary immer noch nicht den wahren Grund gesagt, weshalb wir diesen Trip machten.

GRACE

Gib dich nicht mit dem Alltäglichen zufrieden, wenn du das nicht wirklich willst. Du wirst es den Rest deines Lebens bereuen.«

Biddys Worte dröhnten mir fast den ganzen Flug zurück durch den Kopf. Als ich die Kontrollen passiert hatte, war ich so in meine Gedanken vertieft, dass ich einfach an dem Fahrer von East Hampton Limousines, der ein Schild mit meinem Namen hochhielt, vorbeiging. Als wir uns endlich gefunden hatten, hauptsächlich, weil er mich kannte, und wir den Highway entlangfuhren, kehrte ich wieder zu meinen schmerzlichen Gedanken zurück.

Mein Instinkt sagte mir, dass ich das Alltägliche nicht wollte. Wer wollte das schon? Aber ich war klug genug zu wissen, dass einen das Alltägliche auf lange Sicht wahrscheinlich glücklicher machte. Worte wie Sicherheit, ruhig, friedlich flatterten verlockend durch meinen Kopf. Ich sehnte mich nach Ausgeglichenheit, aber wie erreichte man das, ohne sich zu langweilen? Ich hatte schließlich genau das im Sinn, als ich nach Barnes Landing gezogen war. Und dann war ich direkt Archie Berkeley in die Arme gelaufen, der jetzt gerade in meinem Haus in den Dünen saß und ein Meeting, oder wie immer diese prätentiösen Filmleute das nannten, mit Harry Fox hatte.

Auf meinem Anrufbeantworter waren keine Nachrichten von Archie, und das bedeutete wohl, dass sich meine schlimmsten Befürchtungen bewahrheitet hatten. Harry hatte sich mit Archie getroffen. Archie hatte ihm alles über mich erzählt. Harry hatte Archie alles über mich und ihn erzählt. Und dann hatten sie sich beide zurückgelehnt und auf meine Kosten herzlich gelacht, und ich würde nie wieder von Archie hören. Keiner von beiden wollte mehr mit mir etwas zu tun haben. Ich war zum Alltäglichen verdonnert, ob ich es nun wollte oder nicht.

In dieser Stimmung, zu müde, um noch nach oben zu gehen, streckte ich mich auf einem meiner Zwei-Meter-Sofas aus und schlief ein.

Am nächsten Morgen erschien Lew mit meiner Post. Seit Vandalen die Briefkästen verwüstet hatten, sammelte er zur Sicherheit alle Post ein, selbst wenn ich nur einen Tag weg war.

Rechnungen, Rechnungen und noch mal Rechnungen und zwei Umschläge mit den Namen der Buchagenten, denen ich *Luther* geschickt hatte. Ich war so begierig darauf gewesen, Archies Stimme auf meinem Anrufbeantworter zu hören, dass ich Nachrichten von zwei weiblichen Stimmen, deren Namen mir fremd waren, einfach übergangen hatte. Die beiden überschlugen sich vor Lob über *Luther*, beklagten sich aber, dass ich ihre Telefonnachrichten nicht erwidert hatte, und sagten, sie hätten Briefe geschickt. Ich solle mich sofort mit ihnen in Verbindung setzen.

Ich spielte meine Nachrichten ab und identifizierte die

beiden geheimnisvollen Anruferinnen als die Assistentinnen der beiden Agenten. Sie wünschten mich zu treffen, aber das Letzte, was ich jetzt wollte, war, nach Manhattan zu fahren. Ich wollte Archie, je früher, desto besser.

Ich suchte mir den Agenten mit den intelligenteren Kommentaren über *Luther* aus und sagte ihm, er könne damit machen, was er wolle, vorausgesetzt, er verkaufe ihn an jemanden, der mich ernst nehme. Ob es ein Erstling sei, fragte er. Nun ja, nein, nicht direkt, aber der erste Roman unter meinem richtigen Namen, antwortete ich wahrheitsgetreu. Seine Begeisterung über *Luther* zu hören war eins der besten Dinge, die mir in letzter Zeit passiert waren, gleich an zweiter Stelle nach der Begegnung mit Archie. Mit einem Mal war ich keine doofe kitschige Romanzenschriftstellerin mehr. Dieser Agent wusste nicht, dass er mit Grace McIntyre redete. Er dachte, er habe Grace Cammell entdeckt, eine neue Fantasy/Thriller-Autorin einer »düsteren Geschichte von Gut und Böse«. Es war ein erhebendes Gefühl.

»Ich schicke es zur Westküste«, erklärte mein neuer Agent großspurig. »Es riecht förmlich nach Filmhit. Ein Verkauf der Filmrechte wird beim Buchverkauf in New York helfen.«

»Gut, gut, tun Sie, was Sie für das Beste halten«, erwiderte ich und ging unter die Dusche, um meinen neuen Status zu genießen.

»Soll ich Wasser für Ihren Kaffee aufstellen?«, schrie Lew aus der Küche. Was er meinte, war: Kann ich mir

einen Kaffee machen? Linda hatte ihm die schlechte Angewohnheit beigebracht. Ich wollte nur, dass er ging, damit ich Archie anrufen konnte.
Aber er machte es sich auf dem Telefonhocker bequem, als wollte er mich körperlich daran hindern, meinen Anruf zu tätigen. »Sie haben mir nicht gesagt, dass Sie vorhaben, diesen Sommer Ihr Haus zu vermieten.«
Lew war Hausmeister für mindestens fünfzig Leute in dieser Gegend, und während der Vermietungszeit im Sommer musste er sich die Hacken ablaufen, weil ständig etwas zu reparieren war. Manchmal hatte ich mit dem Gedanken gespielt, das Haus an besonders anspruchsvolle Leute zu vermieten, damit endlich einmal alles von Lew repariert würde. Wenn ich ihn nämlich selbst darum bat, hieß es immer: »O nein, das kann ich nicht. Da müssen Sie jemand anders fragen.«
»Ich will mein Haus nicht vermieten, Lew. Warum in aller Welt sollte ich das? Ich lebe hier.«
»Na ja, da war diese Lady, die in den letzten Tagen hier war, um es sich anzusehen. Sie hat gesagt, ein Makler in East Hampton habe sie geschickt. Sie hatte ihre Tochter dabei. Hübsches Mädchen. Aber sie haben komisch geredet.«
»Komisch? Wie?«
»Wie Sie«, sagte Lew fröhlich.
»Sie meinen, sie waren Engländer?«
»Ja, nehm ich an.«
Ich hätte ihn noch weiter ausgefragt, aber da klingelte das Telefon. Er nahm ab. Natürlich. Er saß direkt

daneben. Es musste Archie sein. Ich streckte die Hand nach dem Hörer aus. Zwei Minuten später wartete ich immer noch.

Es war Linda. Sie wollte wissen, ob sie mir, wenn sie Einkaufen geht, etwas mitbringen sollte.

»Sagen Sie ihr, ich komme mit. Ich bin in einer halben Stunde bei ihr.« So hätte ich Zeit, Archie anzurufen, wenn Lew sich je entscheiden konnte zu gehen.

Aber es dauerte eine Stunde, ehe ich endlich das Haus verließ. Lew hatte etwas auf dem Herzen. Er goss sich noch eine Tasse Kaffee ein.

»Hat Linda je über mich geredet?«, fragte er, ohne mich anzusehen, und versuchte ganz beiläufig zu klingen, was ihm jämmerlich misslang.

»Ständig.«

»Wirklich?« Und gar nicht mehr beiläufig schnellte sein Kopf aufgeregt hoch.

»Ja, Sie wissen schon: Lew ist der Beste, wir haben Glück, dass es ihn gibt. So was.«

»Oh.« Das war wohl nicht direkt das, was er hören wollte. Dann wagte er das erste Mal, seit ich ihn kannte, den Sprung ins kalte Wasser und sagte: »Glauben Sie, sie würde mit mir ausgehen, wenn ich sie frage?«

»Sie müssen es einfach versuchen.« Wie lange würde das noch dauern? Kummerkastentante war nicht mein Ding.

»Glauben Sie, sie würde Ja sagen?«

»Warum denn nicht? Bei einem solchen Kerl wie Sie?«

Er sah recht überrascht aus, dann kicherte er. »He, Sie

nehmen mich auf den Arm. Die Sache ist die, ich bin verrückt nach ihr. Immer schon. Rotblonde. Die tun's mir immer wieder an.«

Das einzige Problem scheint mir, dass sie von dir nicht angetan sind, dachte ich.

»Sie mag Filme«, verriet ich ihm.

»Wirklich? Das ist eine Idee.«

»Ja, besonders die französischen mit Untertiteln.« Ich fühlte mich wunderbar boshaft.

»Was ist das, Untertitel?« Lew sagte das so, als wäre es irgendeine Perversion in einem Porno.

»Nicht so wichtig. Soll ich ihr etwas von unserem Gespräch erzählen? Sie vorbereiten?«

»Na ja, Sie könnten Sie fragen, was Sie von mir hält, bevor ich hingeh und mich zum Narren mache. Das möcht ich nicht.«

»Okay, Lew, ich teste die Lage und lass es Sie wissen.«

»O Mann, danke.«

Er trank eine dritte Tasse Kaffee und ging erst, als ich ihn bat, ein Garderobenbrett anzuschaun, das runtergefallen war, nachdem ich gestern Abend meinen Regenmantel daran aufgehängt hatte.

Ich tippte hektisch Archies Nummer. War es zu früh? Würde ich ihn aufwecken? Hatte er gestern Nacht gearbeitet?

Keine Antwort. Kein Anrufbeantworter. Ich wartete eine halbe Stunde und nutzte die Zeit, um auszupacken, meine Post zu sortierten und die Waschmaschine zu füllen. Dann versuchte ich es wieder. Diesmal nahm er ab.

»Hallo, Archie. Ich bin's. Ich bin wieder da.«

»Wer spricht da?« Er erkannte mich nicht. Nach nur einer Woche?

»Ich bin's, Grace.«

»O ja.« Seine Stimme fiel in den Keller. Sie war kaum hörbar. Ich wartete darauf, dass er sagte, wie sehr er sich freue, dass ich zurück sei, dass er es nicht erwarten könne, mich zu sehen.

Er sagte kein Wort.

»Archie?«

»Ja. Im Moment ist es etwas ungünstig. Ich häng grad mitten drin in einer Sache. Kann ich dich zurückrufen?«

»Ja, natürlich kannst du das. Aber bitte bald, Archie. Ich will einkaufen gehen. Wenn du mich verpasst, ruf ich zurück, sobald ich wieder da bin. Ich hab dir so viel zu erzählen, und ...«

Er unterbrach mich. »Ja, wir reden dann. Bye.«

Auf der Fahrt hierher gestern Nacht hatte ich mir immer wieder gesagt, wie glücklich ich mich schätzen konnte, einen Mann wie Archie gefunden zu haben. Einen Mann, der mich liebte und der mich unterstützen würde, wenn ich einen einfühlsamen Zuhörer brauchte, jemanden, dem ich alles, was ich über meinen Vater erfahren hatte, erzählen könnte. Endlich einmal hatte ich jemanden, der für mich da war.

Natürlich hatte ich Linda. Aber die Vorstellung, ihr mit ihrem rosa Pudel zu erzählen, was ich in Wales durchgemacht hatte, war lächerlich. Ich schrieb eine Einkaufsliste und kämpfte mich dann durchs Gebüsch

zu ihr, um Zeit zu sparen, damit ich rechtzeitig zurück war, wenn Archie anrief.
Als ich bei ihr klingelte, schoss mir der Gedanke durch den Kopf, dass Archie kein einziges Mal meinen Namen gesagt hatte. Ich hatte Recht, Harry war dort gewesen, und Archie wollte ihn nicht wissen lassen, dass er mit mir redete.
Lindas Tür war offen, also ging ich einfach rein und fand sie pudelnackt mit ausgebreiteten Armen und Beinen auf dem Boden liegend. Sie versuchte etwas über ihren Körper zu werfen. Nach einiger Zeit erkannte ich, dass es ein Maßband war.
»Linda«, sagte ich vorsichtig. Ich wusste, dass Linda irre war, aber das ging dann doch ein bisschen zu weit. Die Tür war offen. Ich hätte jeder sein können.
»Ich versuche meine Flügelspannweite zu messen«, verkündete sie. »Ich hab irgendwo gelesen, dass man genauso groß ist wie seine Flügelspannweite.«
»Linda, wenn du wissen willst, wie groß du bist, warum stellst du dich nicht wie jeder andere an die Wand und machst einen Bleistiftstrich und misst dann vom Boden bis dahin?«
»Oh, das hab ich schon, einsvierundsechzig genau. Ich wollte nur sehen, ob das mit der Flügelspannweite stimmt. Hilf mir doch mal, ja?«
Ich nahm das Maßband und spannte es von einer Hand zur anderen.
»Einsvierundsechzig genau«, sagte ich, ohne hinzusehn. »Aber warum bist du nackt? Lew hätte reinkommen können.«

»Oh, Lew hat mich im Lauf der Jahre schon oft nackt gesehen. Ich dachte nur, ich zieh mich aus, damit es ganz genau ist, weißt du, wie wenn man sich auf die Waage stellt.«
Mir war nicht ganz klar, wieso das auf Größenmessung zutraf, aber ich dachte nicht daran, das mit Linda zu diskutieren.
»Na schön, solange du nicht vorhast, nackt einkaufen zu gehen.«
»War die Reise gut?« Sie stellte die obligate beiläufige Frage auf der Fahrt in die Stadt. »Rate mal, was bei mir passiert ist, nachdem du weg warst?« Wie üblich wartete sie nicht auf eine Antwort. »Ich hab jemanden kennen gelernt. Er ist Meteorologe.«
Nur Linda konnte so was machen. Ihr hatte die Stimme des Typen im Radio gefallen, also hatte sie ihm geschrieben, um ihm das zu sagen. Und er hatte geantwortet. Sie hatten eine Verabredung gehabt. Morgen traf sie ihn wieder. Was sollte ich dem armen Lew sagen?
»Worüber redet ihr? Seine Konversation muss fesselnd sein. Gießt er dir einen Drink ein und sagt dir dann den Wetterbericht für den Küstenbereich?«
Linda ist ein wandelnder Witz, aber sie ist der Letzte, der das realisiert. Sie nimmt sich sehr ernst, und man kann sie endlos zum Besten haben, ohne dass sie etwas merkt.
»Stanley und ich sprechen über die verschiedensten Themen«, entgegnete sie. »Stanley ist ein gebildeter Mann.«

Stanley! Nicht gerade ein romantischer Name. Und er mochte ja gebildet sein, aber Linda leider nicht. Doch ich würde den Mund halten. Ich hatte diese Tendenz, ein herablassendes Miststück zu sein, und ich wusste, wie sehr das Leute verletzen konnte. Ich mochte Linda wirklich gern. Ich wollte ihr nicht wehtun. Ich würde den Mund halten.

In East Hampton stellte Linda den Wagen auf dem Parkplatz von A&P ab, und ich ging schnurstracks zu Villa. Eine halbe Stunde später hatte ich alles, was ich für ein italienisches Dinner brauchte.

Bei unserer Ankunft war neben unserem Wagen ein Platz frei gewesen, aber jetzt war da ein Auto, und man konnte sich gerade noch zum Kofferraum vorbeiquetschen. Die Hintertür ging nicht mehr auf. Etwas regte sich im Wagen neben mir, und da sah ich, dass Theo auf dem Rücksitz kauerte. Es war Archies Mercedes. Wenigstens schien Theo sich zu freuen, mich zu sehen.

Ich stellte meine Tüten in Lindas Auto und fragte mich, was ich tun sollte. Falls Archie erschien, war ich nicht sicher, ob ich für meine Reaktion garantieren konnte, und Linda würde unvermeidlich auftauchen und alles mit ansehen. Bevor ich zu irgendeinem Schluss gelangen konnte, kam Leo hechelnd und mit dem Schwanz wedelnd auf mich zu. Er zerrte an seiner Leine, aber es war nicht Archie, der versuchte, ihn zurückzuhalten.

»Unser Hund scheint Sie zu kennen«, sagte eine vogelähnliche Engländerin, als ich von Leo überfallen wurde. Ich konnte es nicht direkt abstreiten.

»Er ist ein wunderbarer Hund«, faselte ich, um meinen Schock zu kaschieren. »Wie lange haben Sie ihn denn schon?«

»Oh, er gehört nicht uns. Mein Mann hat sich in seiner typisch gedankenlosen Art bereit erklärt, sich für kurze Zeit um sie zu kümmern. Im Wagen sitzt noch einer – und kein Wort zu mir daheim in England. Können Sie sich das vorstellen? Unsere beiden Jungs sind schon schlimm genug, ganz zu schweigen von zwei fremden Hunden.«

»Wie kommen Sie denn mit Theo zurecht?« Zu spät merkte ich, dass ich mich verraten hatte.

»Oh, dann kennen Sie sie also doch? Ich hab's mir schon gedacht, so wie Leo Sie begrüßt hat.«

»Ich habe …« ich hielt inne, als der Groschen endlich fiel, »… ich habe Ihren Mann eines Tages am Strand getroffen und ihm angeboten, mit ihnen spazieren zu gehn – eigentlich mit Leo –, während er arbeite.« Irgendwie war das ja nur die Wahrheit, unter Weglassung einiger entscheidender Einzelheiten.

»Und Sie sind auch aus England. Sind Sie in Ferien hier?«

Ich wollte schon antworten, dass ich hier lebe, aber dann überlegte ich es mir anders. Es würde nicht schaden, wenn sie glaubte, ich wäre nur eine Touristin. Ich nickte.

»Ich sollte mich jetzt besser auf den Weg machen und dafür sorgen, dass Archie und die Jungs ein Mittagessen kriegen. Nett, Sie kennengelernt zu haben. Vielleicht treffen wir uns mal am Strand.«

Sie meinte natürlich den Strand, wo ich mein Haus hatte, das, welches ihr Mann gemietet hatte. Sie hatte keine Ahnung, dass sie mit ihrer Vermieterin sprach.
»Hallo, hallo«, sagte Linda fröhlich hinter mir, und ich war erleichtert, sie zu sehen. Sonia Shulman in Shorts, T-Shirt, Baseballmütze und mit Sonnenbrille sah ganz anders aus als das Foto der ernsthaften Autorin, das ich in der Presse gesehen und weshalb ich sie auch nicht gleich erkannt hatte.
»Das ist meine Freundin Linda. Ich freue mich auch, Sie kennen gelernt zu haben«, sagte ich und setzte mich rasch ins Auto.
»Sonia Shulman. Tut mir so Leid, Aber ich hab's eilig.«
»Ja klar.« Linda war offensichtlich enttäuscht, aber wenigstens hatten wir eine Situation vermieden, in der ich meinen Namen nennen musste, denn der hätte ihr bekannt sein können. »Diese Hunde«, sagte Linda.
»Ich hab dir doch erzählt, dass sie einer Bekannten gehören und ich sie für kurze Zeit genommen habe.«
»Und das war sie. Oh. Ich hab nur gedacht, sie wäre in New York.«
»Und jetzt ist sie hier.« Ich musste mir ein Protokoll meiner Lügen anlegen, nachdem Linda nun im Spiel war.
»Und sie ist Engländerin. Arme Kreaturen.«
»Warum?«
»Na ja, das ist doch recht egoistisch, sie den ganzen Weg hierher in Urlaub zu bringen und dann wieder mit nach Hause zu nehmen und sie sechs Monate in

Quarantäne zu geben, oder was immer sie da drüben machen.«

»Ja, Linda«, stimmte ich kleinlaut zu. Was sollte ich sonst sagen?

Es waren zwei Nachrichten auf meinem Anrufbeantworter, als ich nach Hause kam. Die Erste war von Archie, einem Archie, der völlig anders klang, als die nervöse Stimme von vorhin.

»Ich bin's.« Kein Name, aber ich erkannte ihn natürlich sofort. Er war jetzt wohl vorsichtig, weil die kleine Lady da war. »Tut mir Leid wegen heute Morgen. Ich war ein bisschen eingespannt. Ich sehne mich danach, dich zu sehen. Bitte komm heute Nachmittag um vier an den Strand vom Louse Point. Ich geh mit den Hunden spazieren.«

Es war perfekt. Ich konnte nicht mehr in sein – falsch – mein Haus wegen ihr kommen. Und er würde Theo und Leo als Ausrede nehmen, um das Haus zu verlassen.

Die andere Nachricht war eine echte Überraschung.

»Hallo, Süße, Margot hier. Ich bin in New York. Wann kann ich kommen und bei dir wohnen? Wo bist du? Warum bist du nicht da? Ruf mich an. Ich bin im Gramercy Park.«

Ich rief sie an und bekam eine reine, unverfälschte Margot zu hören.

»Hallo, Grace, wie geht's dir? Bist du okay? Du klingst ein bisschen down.«

O ja, sie musste sofort anfangen, mich runterzumachen.

»Es könnte nicht besser gehn. Warum bist du in New York?«

»Ich hab gerade das tollste Angebot aller Zeiten gekriegt. Ich konnte nicht Nein sagen. Ein Freund von mir wollte die Reise mit seiner Frau machen, alles auf Spesen, und dann haben sie erfahren, dass sie in letzter Minute nach Zürich musste. Also bin ich statt ihr mitgefahren. Zwischen uns läuft nichts. Es waren Zimmer in diesem schäbigen kleinen Hotel in Chelsea gebucht, und ich hab einen Blick darauf geworfen und gesagt, dass ich das nicht mitmache und wir ins Gramercy Park gehen. Also, hier wären wir. Getrennte Zimmer natürlich. Sie ist eine meiner besten Freundinnen.«

»Natürlich«, sagte ich. »Wie viel kostet dein Zimmer eigentlich?«

»O Gott, ich glaube, das weiß ich nicht mal. Graham kümmert sich um all das. Auf jeden Fall fährt er morgen geschäftlich weiter nach Phoenix, und ich hab noch ein paar Tage, bis mein Ticket fällig ist. Da hab ich mich gefragt ...«

Ich kapierte sofort. Wenn sie blieb, musste sie das Zimmer selbst bezahlen. Margot war eine der größten Schmarotzerinnen aller Zeiten. Ich wusste, was sie wollte.

Aber Margot hier. Eine Woche lang. Und wenn ich Archie sehen wollte, musste er hierher kommen.

»Du, Margot, da gibt es einen Mann.«

»Also hast du endlich ein bisschen Action gefunden. Sag mir bloß nicht, es ist Mr. Harry Fox. Jemand hat erzählt, dass er in deiner Gegend einen Film macht.«

»Nein, er ist es nicht.«
»Okay. Ich höre, was du sagst. Wie viele Zimmer hast du?«
»Drei Schlafzimmer.«
»Bäder?«
»Zwei.«
»Also was ist dann das Problem? Du und dein Lover in einem, ich im anderen. Und noch eins extra. Ich schau, wie die Busse fahren, und melde mich dann. Steig ich in East Hampton oder in Amagansett aus?«
»Amagansett«, antwortete ich resigniert. »Ich hol dich ab.«
Margot. Und Archie. Und Linda gleich nebenan. Das war zu viel für mich. In der Zeit, die ich warten musste, bis ich mich mit Archie treffen konnte, dachte ich über Sonia Shulman nach.
Sie war hübsch. Und das totale Gegenteil von mir – klein, wo ich groß war, klein und nervös. Sie war mir nicht gleich sympathisch gewesen, aber ich hatte sie auch nicht auf Anhieb gehasst. Ich hatte angenommen, ich würde sie aus Prinzip nicht mögen, weil sie Archie Berkeleys Frau war.
Ich fragte mich, ob Archie tatsächlich noch auftauchen würde. Wenn sie nach Hause kam, würde Sonia zweifellos etwas sagen wie: Ich hab auf dem Parkplatz eine Frau getroffen, die erzählt hat, dass sie mit dir und den Hunden am Strand spazieren gegangen sei. Ihren Namen hab ich nicht erfahren. Sie ist Engländerin. Wer ist sie? Wir sollten sie einladen.
Was mich am meisten erschütterte, war, dass ich nie in

Betracht gezogen hatte, nicht zum Louse Point zu gehen, nachdem ich jetzt Archies Frau begegnet bin. Das Einzige, was mir Sorgen bereitete, war, ob er auftauchen würde und was ich tun würde, wenn er nicht kam.

Natürlich tauchte er auf, er war sogar vor mir da. Wie immer hatte er Probleme mit den Hunden. Ich war zu Fuß zum Louse Point gegangen, und jetzt schlich ich mich durch die Dünen an ihn ran. Es war unglaublich heiß. Dunst lag über dem Meer, und ab und zu funkelte Sonnenlicht auf dem Wasser und blendete fast. Theo hatte sich vernünftigerweise ein Loch in den Sand gegraben und sich hineingelegt, um es kühl zu haben. Leo war zu dumm dafür, sich selbst ein Loch zu buddeln, und wollte dauernd in das von Theo, aber der ließ das nicht zu und knurrte und schnappte nach Leo. Archie versuchte Frieden herzustellen und wurde für seine Mühe von Theo gekniffen.

»Kann ich Ihnen helfen? Ich bin ziemlich gut im Umgang mit Hunden.«

Archie stürzte sich auf mich und umarmte meine Knie gespielt verzweifelt, während ich seinen Kopf tätschelte und sagte: »Schon gut, schon gut.« Ich ließ mich neben ihm in den Sand fallen, und wir verschmolzen sofort in einem langen Kuss. Zu unserem Glück war der Strand menschenleer.

Seine Hand stahl sich unter meine Shorts, er spürte meine Nässe durch den Badeanzug, den ich darunter trug, und seufzte. Er führte meine Hand an seine Boxershorts und durch den Schlitz zu seinem erigierten Penis. Bevor ich wusste, was geschah, hatte er mir Shorts und Badeanzug runtergezogen und lag auf mir und drang in mich.

»Du hast mir so gefehlt«, hörte ich ihn flüstern.

»Du mir auch«, flüsterte ich zurück.

Er schien in mir zu schwellen, bewegte sich leise hin und her, glitt in meiner Nässe herum, berührte mich innen überall. Dann kniff er die Beine zusammen, sodass sein harter Penis ein gerader Schaft war, der mich durchbohrte. Als er kam, war mein Orgasmus ein einziges Stöhnen und Aufschreien, während er nur immer wieder »O Gott« ausstieß.

»Bleib in mir, bitte«, flehte ich ihn an.

»Ich könnte einschlafen«, warnte er mich, »das war ziemlich kraftraubend.«

Aber Leo und Theo, die uns interessiert beobachtet hatten, begannen zu bellen.

»Ich glaube, das hat ihnen gefallen. Ich glaube, sie möchten, dass wir es noch mal machen«, sagte ich.

»Nun, wer weiß, vielleicht tun wir's.«

Anschließend gingen wir schwimmen, das heißt, wir gingen ins Wasser, konnten es aber nicht lassen, einander zu berühren, zu küssen. Unter Wasser, weit weg von neugierigen Augen, auch wenn gar keiner am Strand war, musste ich immer wieder seinen Penis berühren und seine Spitze an meiner Klitoris reiben. Er drang mehrmals in mich ein, während wir im Wasser standen, und wenn eine Welle kam, riss sie ihn aus mir, und jedes Mal kam ich fast.

Wir hatten keine Handtücher, also liefen wir den

Strand auf und ab, bis in der heißen Sonne unsere nassen Kleider am Leib trockneten, zur großen Freude der Hunde, die uns jagten, sogar Theo, bis wir alle langsamer wurden.

»Ich muss bald zurück«, sagte Archie plötzlich und sah auf die Uhr.

»Zu dir oder zu mir?«, fragte ich listig.

»Weder noch. Ich muss zurück. Ich muss arbeiten.«

»Wie läuft es denn? Hat dem Regisseur dein Zeug gefallen? Wer ist übrigens der Regisseur?«

»Harry Fox.« Er sagte es ganz offen, was mir zeigte, dass er nichts von der Verbindung zwischen Harry und mir wusste. Und ich kam allmählich zu der Überzeugung, dass Sonia unsere Begegnung nicht erwähnt hatte.

»Der Typ, der *Craven Image* gemacht hat?«, fragte ich leichthin.

»Ja. Der Film war ein großer Hit.«

»Wie ist er denn?«

»Ganz okay. Ziemlich jung und selbstzufrieden, aber intelligent. Mein Thema hat ihm gefallen. Er hat eine romantische Ader, obwohl man das bei seinem Verhalten nie vermuten würde.«

»Wie meinst du das?«

»Er rammelt wie ein Karnickel. Hauptsächlich gefärbte dämliche Blondinen. Er hat schon das halbe Team gehabt. Wir dachten alle, er wäre nur ein junger sexbesessener Arsch, und vermochten nicht zu verstehen, wie er ein so wunderbar einfühlsames Skript über eine ältere Frau schreiben konnte. Also haben wir ihn gefragt. Du wirst nicht glauben, was er gesagt hat.«

Ich wandte mich ab. Ich wusste, wie die Antwort lauten würde. Was hatte Harry über unsere Affäre erzählt? Sollte ich Archie Einhalt gebieten, bevor ich Dinge hörte, die ich gar nicht hören wollte?
Natürlich bremste ich ihn nicht. Und es war noch schlimmer, als ich erwartet hatte.
»Er hat es richtig recherchiert«, fuhr Archie fort. »Er hatte diese Idee und ist bewusst losgegangen und hat eine ältere Frau gefunden. Er hat sogar gesagt, es sei die erste ältere Frau, die nicht total abstoßend war, die ihm über den Weg gelaufen ist. Er ist ein ziemlich berechnender junger Mann. Er hatte die Idee, noch bevor er mit den Dreharbeiten zu *Craven Image* begonnen hatte. Offenbar war er so überzeugt, dass *Craven Image* ein Erfolg werden würde, dass er wusste, dass er hinterher gleich etwas anderes parat haben musste. Also hat er diese Affäre mit der Frau eingefädelt, sich Notizen gemacht und mit dem Drehbuch zu *Rapture* begonnen, sobald *Craven Image* im Kasten war.«
»Und dann hat er sie sitzen lassen?«
»Du wirst es nicht glauben, aber nein. Sie hat anscheinend das Land verlassen. Er vermutet, dass sie ihm auf die Schliche gekommen ist.«
»Wer war sie?«
»Ich wusste, dass du mich das fragen würdest. Keiner kann sich erinnern. Sie ging mit ihm zur Premiere von *Craven Image*, weil er damit in die Klatschkolumne wollte, damit er das später als Publicity für *Rapture* verwenden könnte. Aber die Frau ist abgehauen, und er hat trotzdem die Unterstützung gekriegt.«

Ich war plötzlich so wütend, dass ich Dampf ablassen musste. Harry Fox hatte mich schlimmer benutzt, als ich mir je hätte vorstellen können. Und die Tatsache, dass sich keiner mehr erinnern konnte, wer ich war – was eigentlich ein Segen war –, verletzte zutiefst meinen Stolz.

Und hier war Archie, der offensichtlich nicht vorhatte zu erwähnen, dass seine Familie eingetroffen war. Und wie die Beerdigung in Wales gelaufen war, hatte er mich auch noch nicht gefragt. Ich beschloss, gnädig zu sein. Vielleicht überlegte er ja verzweifelt, wie er mir sagen könnte, dass Sonia hier war.

»Und wann kommt deine Familie?«

»Oh, noch eine ganze Weile nicht. Sonia muss ihr Buch fertig schreiben und die Jungs sind in einer Art Lager.«

So, jetzt hatte ich es. Ich hatte ihn bei einer glatten Lüge erwischt.

»Soll ich später rüberkommen, wenn du aufhörst zu arbeiten?« Ich konnte auch hinterlistig sein.

»Nein, ich glaube, ich werde die Nacht durchmachen. Aber was hältst du von der Idee, wenn ich morgen zum Lunch zu dir komme? Du kannst eine Kleinigkeit zu essen machen, und dann überlegen wir, was wir am Nachmittag unternehmen können.« Er fuhr mit seiner Hand unter mein Hemd und rieb kreisförmig meinen Nippel, bis er hart war, und ich spürte, wie ich wieder nass wurde.

»Du wirst Leo und Theo sowieso zum Spazierengehen bringen müssen, nicht wahr?«

Er sah mich einen Moment lang eindringlich an. Natürlich, Leo und Theo waren seine Ausrede für Sonia. »Du bist ganz sandig«, sagte er und wechselte so das Thema. »Lass uns noch mal ins Wasser gehen.«
Der Strand war immer noch menschenleer. Wir lagen wie Burt Lancaster und Deborah Kerr in *Verdammt in alle Ewigkeit* im flachen Wasser und küssten und liebkosten uns. Aus dem Augenwinkel sah ich eine Gestalt, die sich von den Felsen dem Strand näherte.
»Mädchen auf drei Uhr fünfzehn«, murmelte ich ihm ins Ohr. Er hatte mich bereits angelogen, und zwei Sekunden später lag ich wieder in seinen Armen.
»Hübsch?«, flüsterte er, und ich gab ihm unter Wasser einen spielerischen Klaps auf den Hintern. »Wenn du dich oben drauflegst, sieht sie meinen Schwanz nicht.«
»Ich glaube, sie hat schon genug gesehen. Sie ist bereits sehr nahe.« Ich hob meinen Kopf. »Du, mit der stimmt was nicht. Sie heult und taumelt. Sieht aus, als ging's ihr nicht gut.«
Ich wollte von ihm runter und zog meinen Badeanzug hoch. Er machte das Gleiche, sehr beleidigt, und stand auf, gerade als das Mädchen im Sand zusammenbrach.
»Sie ist ohnmächtig geworden«, sagte ich und rannte aus dem Wasser. Archie folgte mir. Wir standen über ihr, bereit, uns hinzuknien und sie zu untersuchen, als sie die Augen aufschlug.
»Verflucht!«, sagte Archie.
Ich sah, was er meinte.
»Äh, kennst du sie? Ist sie eine Verwandte? Ist sie ...«
Ich wusste, was er sagen wollte: Ist sie deine Tochter?

Das Mädchen, wer immer sie war, war mein Double. Es war, als würde ich auf eine jüngere Version von mir hinuntersehn.
»Tut mir Leid«, begann das Mädchen.
»Keine Sorge. Wird alles wieder gut«, sagte ich rasch. »Lass dir Zeit. Du bist in Ohnmacht gefallen, wahrscheinlich von der Hitze. Wer bist du? Du bist Engländerin.«
»Sie aber auch«, bemerkte das Mädchen. »Ich bin Mary. Ich bin in Ferien hier.«
»Wo wohnst du?«
»Im Goose Neck Inn. Aber Mum ist oben an der Straße in einem Haus. Sie hat mir die Adresse gegeben, als ich gesagt habe, dass ich einen Spaziergang am Strand machen möchte. Da ist sie.« Sie fischte ein Stück Papier aus ihren zerfransten Jeansshorts.
»Gib sie mir. Wir setzen dich dort ab. Du bist offensichtlich nicht in allzu guter Verfassung.«
Ich sah mir die Adresse an und bekam fast einen Anfall. Es war mein eigenes Haus. Wir hatten nur Archies Wagen, und bis wir es geschafft hatten, Theo und Leo ins Auto zu bugsieren, hatte sich Mary schon ein bisschen erholt. Sie war jung, noch ein Teenager. Ich beschloss, sie nicht zu fragen, warum ihre Mum in meinem Haus war. Es schien mir sinnvoll, so schnell wie möglich hinzufahren damit sie nicht wieder fortging, wenn sie feststellte, dass ich nicht da war.
Zu Hause erwartete uns ein Begrüßungskomitee. Linda war da. Lew war da. Und eine Frau, die ich schon einmal gesehen hatte.

»Da bist du ja.« Linda rannte mir entgegen. »Gott sei Dank, dass du da bist. Lew hat mich geholt. Weißt du noch, diese Frau, die immer gekommen ist, um dein Haus anzuschaun? Sie ist wieder da. Sie ist jetzt hier.«
»Ist schon in Ordnung, Linda. Ich weiß, wer sie ist.«
»Wirklich? O Gott, da sind wieder diese Hunde.«
Leo und überraschenderweise auch Theo waren abgehauen und rannten ins Haus, mit dem sie natürlich inzwischen vertraut waren.
»Ist das ihr Herrchen? Hallo, wie geht's?« Sie begrüßte Archie, der Mary ins Haus half. »Wir haben Ihre Frau in East Hampton kennen gelernt.«
»Wir?«, sagte Archie.
»Ich und Gracie. Ihre Frau, wenn es Ihre Frau war, hatte die Hunde im Auto. Ich würde sie überall wieder erkennen. Gracie hatte sie ein paar Tage in Pflege, stimmt's? Sie haben gesagt, die Besitzer hätten einen Mercedes, nicht wahr, Lew? Wir haben uns sehr nett mit Ihrer Frau unterhalten, zumindest Gracie. Ich bin erst am Ende dazugekommen. So eine nette Lady.«
Na ja, zumindest war die Katze aus dem Sack. Um Archie würde ich mich später kümmern. Jetzt konnte er es, wie ich bemerkte, gar nicht erwarten, wegzukommen, trieb Leo und Theo in den Wagen und fuhr rasch davon.
»Und wer ist das? Komm, Schätzchen, lass dir helfen. Bist du krank oder so was?« Linda nahm Mary am Arm und half ihr in einen der Liegestühle. »Gott, du schaust ja Gracie so ähnlich. Ihr müsst verwandt sein.«
Ich sah die Frau mit den dicken blonden Haaren an, die

mir bei meinen Autogrammstunden gefolgt war und die ich das erste Mal gesehen hatte, als sie zur Upper Stone Farm fuhr.

»Ja, ich glaube, wir sind verwandt«, bestätigte ich. »Ich glaube, das ist meine Schwester, und wenn das stimmt, ist Mary ...«

»... deine Nichte.«

Dieses eine Mal blieb Linda stumm.

»Wir haben sie am Strand gefunden«, berichtete ich der Frau. »Sie ist in Ohnmacht gefallen, einfach so.«

»Mary, was ist los? Bist du krank? Warum hast du das nicht gesagt?«

Das Mädchen im Liegestuhl brach plötzlich in Tränen aus, schluchzte, dass ihr ganzer Körper bebte. Sie rang nach Luft und fing sich wieder.

»Mum, ich sollte es dir besser sagen. Ich kann es wohl nicht länger rausschieben. Ich hab zwei Monate lang meine Periode nicht gehabt. Mum, ich glaube, ich bin schwanger.«

FAVOUR

Grace machte ihrem Namen keine Ehre. Es war nicht gerade freundlich, wie sie mit der, zugegeben ungewöhnlichen, Einführung ihrer Schwester und ihrer Nichte umging. Obwohl ich durch Marys Geständnis unter Schock stand, stellte ich doch fest, dass Grace wesentlich mehr aus der Fassung geriet als ich. Und das war meine Zwangslage. Ich war diejenige, die das alles regeln musste.

»Also hier könnt ihr nicht bleiben. Ich erwarte einen Gast.«

Das waren Graces nächste Worte an uns.

»Ich geh nicht zurück in dieses fiese Goose-Neck-Ding. Nicht mal für eine Nacht. Nie mehr.« Mary blieb stur. Ich konnte es ihr nicht verdenken. Ich war stolz, wie ich alles geregelt hatte, das Mietauto, das Fahren auf der rechten Seite, aber mit unserer Unterkunft hatte ich einen ernsthaften Fehler gemacht. Das Goose Neck Inn war ein verkapptes Seniorenheim. Kein Gast unter siebzig, Dekor grauenhaft und ein Kellner, der Mary so plump anmachte, dass sie ihm eine Ohrfeige verpasst hatte.

»Wir werden nicht dahin zurückgehen, Engelchen.« Ich war froh, dass ich etwas anderes sagen konnte als: Was heißt schwanger? Wo? Warum? Wer? Das hatte bis später Zeit.

»Ihr beide kommt mit zu mir«, sagte Linda plötzlich. »Ich freu mich, euch zu haben. Gracies Schwester. Ich hab gar nicht gewusst, dass sie eine hat. Hat sie dir denn nicht gesagt, dass sie heute auftauchen wird, Gracie? Hast du deine Termine durcheinander gebracht?«

»Mit einem Wort: Nein. Und Margot trifft jeden Moment hier ein.«

»Wer ist Margot?«, fragte Linda.

»Meine beste Freundin«, antwortete Grace knapp.

»Na wunderbar.« Linda war offensichtlich betroffen. Vielleicht dachte sie, sie hätte Anspruch auf den Titel ›beste Freundin‹. Ich mochte Linda instinktiv. Ich war erschrocken, als ich sie von ihrem Grundstück zu Graces herüberstürzen sah, weil sie mich beim Schnüffeln erwischt hatte, und ich dachte, sie würde mich wegen unbefugten Eindringens bedrohen. Aber sie war herzlich und freundlich gewesen.

»Tag. Wie geht's? Ich bin Linda, Graces Nachbarin. Sie ist aus England zurück, aber sie ist weggegangen. Wahrscheinlich zum Louse Point. Ich hab Ihre Tochter in die Richtung laufen sehen. Sie ist doch Ihre Tochter, oder?« Eine kleine Concierge hatten wir da, merkte ich. Hatte ein Auge auf alles, was vor sich ging.

»Also wenn Sie sicher sind«, sagte ich zu Linda. »Ich meine, es ist natürlich eine Zumutung, aber wenn wir nur eine Nacht bei Ihnen bleiben könnten, während wir uns was anderes suchen. Es wäre schön, so nahe bei Grace zu sein«, fügte ich unbeholfen hinzu, »bis wir zurückfahren.«

Grace sah mich an, als wäre ich vollkommen verrückt.
»Wann fährst du zurück?«
»Da muss ich erst mal meinen Mann anrufen.«
»Wo ist er?«
»In New York. Er ist nicht mitgekommen, weil er dort Geschäfte zu erledigen hat.«
»Dieses Haus hier ist echt cool. Ich möchte hier bleiben«, verkündete Mary plötzlich.
»Mary, wir sind nicht eingeladen worden«, sagte ich.
»Oh, es ist okay. Sie kann die Nacht bleiben, ich finde schon Platz für Mary. Und du kommst bei Linda unter. Ich hab drei Zimmer und erwarte nur einen Gast.« Grace lächelte Mary jetzt tatsächlich an. »Du kannst das, was ich das Kinderzimmer nenne, haben.«
»Hast du Kinder?«, fragte Mary sie.
»Nein«, antwortete Grace knapp.
»Bist du verheiratet?«
»Was ist das? Die spanische Inquisition? Also, wo sind deine Sachen?«
»Wir sollten besser fahren und sie aus dem Goose Neck Inn holen. Komm, Mary.«
»Aber ich möchte hier bei Grace bleiben und ...«
»Mary, du kommst mit.«
Ich wusste, was sie vorhatte. Indem sie sich an Grace klammerte, dachte sie, sie könnte dem unvermeidlichen Gespräch über ihre Schwangerschaft entgehen. Falls sie wirklich existierte.
»Ich bin gleich nebenan. Holen Sie Ihre Sachen, und dann kommen Sie einfach rüber«, erklärte Linda. »Ich mach inzwischen Ihr Bett zurecht.«

»Ich bin bald wieder da«, sagte Mary zu Grace mit mehr Begeisterung, als sie seit langem gezeigt hatte. Wir waren fast schon am Montauk Highway angelangt, doch sie hatte noch immer kein Wort gesagt. Also hielt ich an und stellte den Motor ab.

»Okay, Mary, was war das? Wie kannst du schwanger sein?«

»O Gott, Mum, wenn du's bis jetzt noch nicht weißt ...« Die alte Mary war definitiv zurück.

»Spar dir den Scheiß«, sagte ich im scharfen Ton, und das genügte.

»Ich hab's nur einmal gemacht. Mein erstes Mal, und schau, was passiert. Nur mein verfluchtes Pech!«

»Wer war er? Ein Freund von Shannon?«

»Er war ein Freund von mir«, antwortete sie, leicht indigniert.

»Und dann wurde er ein Freund von Shannon?«

»Woher in aller Welt weißt du das?«

»Das spielt keine Rolle. Er ist also nicht mehr dein Freund. Weiß er, dass du schwanger bist? Woher weißt du es übrigens? Hast du irgendetwas versucht, einen dieser Tests? Oder bist du bloß besorgt, weil deine Periode zu spät dran ist?«

»Alles, was du gesagt hast. Ich hab einen dieser Tests in dem fiesen Hotel in New York gemacht. Der war positiv. Und nein, Jason weiß es nicht. Es schien mir sinnlos, es ihm zu erzählen.«

»Jason?«

»Ja. Du kennst ihn nicht.«

»Ich will ihn auch nicht kennen. Er schwängert dich

und zieht dann weiter zu Shannon.« Ich war mir bewusst, wie unfair ich war.
»Er weiß nicht, dass ich schwanger bin.«
»Und du wirst es ihm nicht sagen.«
»Nein.«
»Und, hast du darüber nachgedacht, was du als Nächstes tun willst?«
»Nein.«
Keine von uns würde das Wort sagen – Abtreibung.
»Mary, du bist erst sechzehn.«
»Fang ja nicht damit an, dass ich mein ganzes Leben noch vor mir habe und ich es mir versaut hätte. Tu's nicht, Mum.«
»Warum hast du dich von ihm ... du weißt schon ...«
»Ficken lassen? Was ist denn los, Mum? Kannst du das Wort ficken nicht sagen? Ist das ein Problem für dich?«
»Ich hab kein Problem damit. Ich sag's nur nicht in jedem Satz wie so manche.« Plötzlich war ich richtig wütend. »Warum hast du dich also von ihm ficken lassen?«
»Weil er mich geil gemacht hat. Ich wollte ihn. Ich würde ihn immer noch wollen, wenn ...«
»Wenn Shannon ihn dir nicht ausgespannt hätte!«
»O ja, reib's mir nur unter die Nase.«
Es war furchtbar. Sie klang so alt und so abgeklärt, und dabei schien sie so jung für ihr Alter, wie sie da neben mir saß mit ihren Shorts und ihrem T-Shirt. Ich erinnerte mich an ein Gespräch mit ihr über Sex, über Verhütung, als sie dreizehn war. Schon damals war sie so frech gewesen.

»O Mum, das brauchen wir doch nicht durchzukauen. Ich weiß alles darüber. Sie bringen uns das in der Schule bei.«
Von wegen!
Wir waren immer noch zu keiner Lösung gekommen, als wir im Goose Neck Inn eintrafen, um unsere Sachen abzuholen. Auf dem Rückweg saßen wir in eisiges Schweigen gehüllt nebeneinander, und da wurde mir klar, was ich sonst noch tun musste.
Ich musste es Gus erzählen.
Mary nahm ihre Sainsbury-Tasche und verschwand in Graces Einfahrt, noch ehe ich den Wagen geparkt hatte. Ich fuhr Lindas Einfahrt hinauf, vorbei an einem Postkasten in Form eines rosa Pudels. Ich hätte gewarnt sein müssen, aber ich bekam trotzdem einen Schock, als ich Lindas Haus betrat.
Die Wände waren blassviolett. Der Teppich war etwas dunkler violett, Spannteppich. Die Sofas waren mit rosa-violettem Blumenstoff gepolstert, recht hübsch, aber man musste schon eine Vorliebe für Rosa und Violett haben. Ich hatte das nicht. Alles an Holz – Regale, Schränke, Fußleisten – war blasslila gestrichen. Grellpinke Kissen bevölkerten die Sofas. Linda selbst trug einen violetten Jogginganzug, und ihr rotblondes Haare war mit einem rosa Bändchen zusammengebunden. Was das Schlafzimmer betraf – na ja, ich hatte noch nie zuvor violette Laken gesehen.
»Sie müssen sich furchtbar fühlen«, sagte sie. »Ich seh den Stress in Ihrem Gesicht. Wollen Sie sich ein bisschen hinlegen?«

Ich schüttelte den Kopf. »Ich bin viel zu aufgedreht, um zu schlafen. Das ist sehr lieb von Ihnen, Linda. Ich sollte mich besser nach einer Bleibe umschauen. Kennen Sie hier in der Nähe etwas? Oh, was red ich denn? Wer weiß, ob ich überhaupt länger als eine Nacht hier bleiben werde. Ich habe einen schwangeren Teenager, und die Uhr tickt.«

»Wissen Sie was? Sie brauchen eine Massage. Ich habe wirklich heilende Hände. Ich werde Sie massieren.«

Linda kam auf mich zu. Ich wich zurück. Ich musste daran denken, wie Rogers heilende Hände in Mrs. Braithwaites weichem Fleisch versunken waren, als ich sie einmal bei einer Behandlung überrascht hatte.

»Haben Sie keine Angst davor, sich verwöhnen zu lassen«, sagte Linda streng, »Sie sollten sich die Zeit zur Entspannung gönnen. Ziehen Sie sich aus, und dann legen Sie sich auf den Bauch. Hier ist ein Handtuch. Ich werde eine Ölmischung benützen. Lavendel und Rose hauptsächlich.«

Natürlich. Die richtigen Farben.

»Und während ich Sie massiere, können wir reden. Wissen Sie, Ihre Schwester Grace hat Sie nie erwähnt. Das ist mein Ernst. Ich hab nicht gewusst, dass sie eine Schwester hat.«

»Wir haben uns sehr lange nicht gesehen.«

»Sie stehen sich also nicht nahe?«

»Nein, nicht wirklich.« Wenn das so weiterging, brauchte ich kein einziges Mal zu lügen. Linda hatte Recht, sie hatte heilende Hände. Und ich entspannte mich das erste Mal seit meiner Ankunft in Amerika. Ich war zwar nicht bei meiner Schwester, aber ich war in ihrer Nähe, und möglicherweise konnte ich hier ein paar Dinge über sie rausfinden.

»Sie leben schon lange hier, Linda?«

»Elf Jahre. Mein Mann hat mich wegen einer Schlampe verlassen. Er ging nach Florida. Es ist elf Jahre her, und erst jetzt habe ich jemanden kennen gelernt. Stanley. Ein Meteorologe. Ich hab ihm geschrieben. Man muss aktiv sein, um einen Mann zu finden. Ich bin das lebende Beispiel. Schaun Sie sich Gracie an. Sie braucht einen Mann, rührt aber keinen Finger, um einen zu finden, vergräbt sich hier draußen. War sie je verheiratet?«

Ich erstarrte, und sie spürte es.

»Was ist denn los? Sie verspannen sich wieder. Hatte sie eine schlechte Ehe?«

Wie sollte ich ihr sagen, dass ich keine Ahnung hatte, ob meine Schwester je verheiratet gewesen war?

»Fragen Sie nicht«, murmelte ich in das Handtuch.

»So schlimm?«

»Sie hat's Ihnen nie erzählt?« Allmählich bekam ich die Sache in den Griff.

»Ihre Schwester ist so verschlossen. War sie immer schon so?«

»Ja, sie hat mir auch nie was erzählt.« War das etwa nicht die Wahrheit?

»Man stelle sich das vor. Der eigenen Schwester. Drehen Sie sich um, Schätzchen, sodass Ihr Kopf am Fußende ist. Genau so. Und jetzt geht's weiter.«

Sie strich mit den Fingerspitzen über meine Augenbrauen, Backenknochen, mein Kinn hinunter und wieder hoch.

»Stehen Sie und Grace sich nahe?«, fragte ich sie.

»Wissen Sie was? Diese Frage stelle ich mir auch manchmal. Wir leben Tür an Tür, wir unternehmen was zusammen, aber ich weiß, dass ich sie zum Wahnsinn treibe. Wir haben nicht viel gemeinsam. Diese englische Reserviertheit. Sie hat Tonnen davon. Sie zuckt jedes Mal zusammen, wenn sie hierher kommt. Sie glaubt, ich merke es nicht. Sie hasst meinen Geschmack, aber sie ist zu gottverdammt britisch und höflich, um es zu sagen. Sie findet mich ordinär. Nun ja, vielleicht bin ich das. Wen schert's? Aber ich mag sie. Wir kommen gut miteinander aus.«

»Warum mögen Sie sie?«

»Weil sie echt ist. Okay, dann ist sie eben reserviert und verschlossen, aber in anderer Hinsicht ist sie so ehrlich und direkt und offen, dass ich sehe, wie sie leidet. Dann möchte ich ihr die Hand entgegenstrecken, aber ich weiß, dass sie mich nicht reinlassen würde. Sie war einfach eines Tages da, hat das Haus gekauft und ist eingezogen. Sie macht lange Spaziergänge allein am Strand und sitzt ganz allein in ihrem Haus. Ja, gut, sie schreibt ihre Bücher, und ich bin auch ganz allein in meinem Haus, aber bei mir ist das anders. Ich bin jeden Tag da draußen in der Welt auf der Suche nach Leben, während Gracie sich davor versteckt. Sie sitzt einfach da und lässt das Leben an sich vorüberziehen. Und, wie ist er?«

»Wie ist wer?« Ein recht trauriges Bild, das sie da von meiner Schwester gezeichnet hatte.
»Ihr Mann. Ihr Ehemann. Marys Vater. Ein schönes Mädchen. Sie sieht Gracie ja so ähnlich. Hat Gracie in Marys Alter so ausgesehen?«
»Gus ist wunderbar«, antwortete ich und umging somit geschickt die Frage über Grace. »Ich hab ganz großes Glück. Er ist rücksichtsvoll. Er ist gütig. Er ist ein toller Vater. Wir sind die besten Freunde.«
Noch während ich diese Litanei von Tugenden herunterratterte, wurde mir klar, wie langweilig ich ihn darstellte.
»Und er ist toll im Bett, dieser Ausbund an Tugend?« Linda lachte.
Ich lachte auch, und so musste ich nicht antworten. Armer Gus. Im Augenblick war er nicht gerade der große Liebhaber.
»Stanley ist wie ein junger Hund im Bett. Viel Lecken und Schwanzwedeln und wild darauf, gelobt zu werden. Er ist Witwer und hat eine ganze Weile keinen Sex gehabt, bevor er mich kennen lernte, und jetzt holt er alles nach. Er ist ein Schatz. Also, was wollen Sie wegen Ihres kleinen Mädchens unternehmen?«
Nicht mehr mein kleines Mädchen.
»Mary und ihre Schwangerschaft? Was würden Sie tun, Linda?«
»Wenn ich Mutter wäre? Das ist eine harte Nuss. Ich denke, ich müsste mir erst einmal anhören, was meine Tochter zu sagen hat. Wievielter Monat?«
Erst jetzt wurde mir klar, dass ich keine Ahnung hatte,

obwohl ich mich vage daran erinnerte, dass Mary gesagt hatte, sie habe zweimal ihre Periode nicht gehabt.
»Sie wissen es nicht? Wie wird ihr Vater reagieren?«
Wieder schwieg ich.
Linda klang allmählich etwas kritisch. »Finden Sie nicht, Sie sollten es ihm sagen? Das Telefon ist gleich da drüben. Bedienen Sie sich. Wir sind bald fertig. Ich möchte, dass Sie etwa fünfzehn Minuten still liegen bleiben und ich werde Ihnen einen Morgenmantel bringen. Okay?«
Sie kam mit einem rosa Frotteemantel zurück, der aus einem Hotel geklaut war.
»Hier. Das hält Sie warm, während Sie sich entspannen. Ich muss rasch die Straße runter und bei meinem Nachbarn was abgeben. Bin gleich wieder zurück.«
Ich lag da und dachte: Wie lieb sie ist, und was für eine Schande, dass sie keine Kinder hat. Vielleicht könnten sie und Stanley ... aber wie alt war Linda? Es war schwer zu sagen.
Mir war warm genug, ich brauchte keinen Bademantel. Und irgendwie war mir nicht wohl dabei, was Gestohlenes anzuziehen. Also lag ich da und fühlte mich recht sündig so nackt.
Die Tür ging auf.
Ich wartete, dass Linda mir sagte, sie sei wieder da, Entspannen Sie sich. Lassen Sie sich Zeit. Als ich nichts hörte, drehte ich den Kopf.
Ein großer Bär von Mann mit Bart stand da und sah

ganz entsetzt aus. Er war so beschämt, dass er sich buchstäblich nicht bewegen konnte.
Ich packte den Bademantel und deckte mich zu.
Nach einer Weile fand er seine Stimme wieder.
»Es tut mir Leid, ich dachte ... Linda. Ich ... es tut mir furchtbar Leid. Ich wollte nicht ...«
»Linda ist kurz weg«, sagte ich. »Sie muss jeden Moment zurück sein.«
»Sie muss jeden Moment zurück sein«, wiederholte er benommen. »Ich geh und warte auf sie. Sie wissen, dass ich nicht wollte ... es tut mir wirklich Leid.«
»Ja, schon gut«, erwiderte ich.
»Also dann ...«
Endlich ging er. Ich gab mir die größte Mühe, nicht zu kichern.
Kurz darauf hörte ich Lindas Stimme: »Stanley!«, und ich fragte mich, ob Stanley ihr erzählen würde, was er gerade gesehen hatte.
Bevor ich versuchte, Gus zu erreichen, rief ich Mary an. Grace war am Apparat.
»Wen? Oh, du möchtest mit ihr reden? Ja, ihr geht's gut. Mary, es ist deine Mutter.«
»Mary, bist du okay? Soll ich rüberkommen? Oder möchtest du zu Linda kommen? Wir könnten ausgehen und uns später was zu essen suchen.«
»Nein danke, Mum. Mir geht's wunderbar. Ich find's toll hier mit meiner Tante.«
Meine Tante! Bis vor ein paar Stunden hatte sie nicht einmal gewusst, dass sie eine Tante hatte. Und plötzlich war Grace der Hit des Monats.

»Schön, dann sehen wir uns morgen früh. Gib mir noch mal Grace. Grace? Ist es in Ordnung, wenn ich sie dalasse? Du bist dir sicher? Schick sie früh zu Bett. Fühl dich nicht verpflichtet, sie zu unterhalten.«

»Ich werde genau das tun, was ich normalerweise mache«, entgegnete Grace, ohne das näher zu erläutern.

»Danke«, erwiderte ich kleinlaut. Sie war meine große Schwester. Sie war der Boss. »Oh, und kannst du Mary sagen, dass ich jetzt ihren Vater anrufen werde, und sie fragen, ob ich ihm was ausrichten soll?«

Ich hörte, wie Grace mit Mary redete. Plötzlich war Mary wieder am Apparat.

»Mum? Versprich mir etwas.«

»Natürlich.«

Das war unüberlegt, aber ich war so froh, dass sie mich um etwas bat.

»Versprich, dass du Dad nichts von dem Baby erzählst. Ich möchte es ihm selbst sagen.«

»Aber er muss es jetzt erfahren.«

»Du hast es versprochen, Mum.«

»Dann komm rüber, und sag es ihm selbst.«

»Nein. Das muss von Angesicht zu Angesicht geschehen, ich will seine Reaktion sehen, hören, was er meint, dass ich machen soll. Es ist wichtig für mich. Krieg ihn dazu, hierher zu fahren, Mum. Und dann kann er auch gleich Grace kennen lernen.«

O toll, dachte ich, genau das, was Gus tun will – Grace kennen lernen und gleichzeitig erfahren, dass er Großvater wird. Tolle Therapie für männliche Wechseljah-

re. Und wie ich feststellen musste, war es seine Reaktion, die für Mary wichtig war, nicht meine.
»Aber wenn ich ihm nicht von dem Baby erzähle, wie soll ich ihn dazu kriegen, hier rauszukommen? Er ist wirklich sehr beschäftigt, das weißt du.«
»Sag ihm einfach, dass ich ihn brauche. Machst du das bitte, Mum? Ja? Danke.«
Sie wartete nicht auf meine Antwort, sondern legte einfach auf.
Sag ihm, dass Mary ihn braucht. Das wird Gus total begeistern. Und wenn er tatsächlich hierher kam und man ihn dazu überreden könnte, Grace kennen zu lernen – und plötzlich kam mir der Gedanke, dass ich seine Anwesenheit bei der Konfrontation mit meiner komplizierten Schwester sehr nützlich sein könnte –, dann hätte ich ja mein Ziel erreicht, die Wiedervereinigung der Familie.
Warum also war ich so nervös, als ich seine Nummer in New York wählte? Aber nichts hätte mich auf die Worte der Telefonistin vorbereiten können, als ich darum bat, mit Mr. Angus Hardy zu sprechen.
»Wie buchstabieren Sie das?«
»Hardy. H-a-r-d-y.«
»Bei uns ist kein Mr. Hardy registriert.«
»O doch. Er ist mein Mann. Zimmer 1471. Ich war bis Anfang der Woche mit ihm zusammen dort.«
»Einen Augenblick bitte.«
Als sie zurückkam, war ich froh, dass Linda mir den Rücken zugedreht hatte und mein entsetztes Gesicht nicht sehen konnte.

»Sie haben Recht, Ma'am. Wir hatten einen Mr. Hardy in einer unserer Familiensuiten, aber er ist abgereist. Meine Kollegin sagt, Ihr Mann sei gestern nach London zurückgeflogen.«
»Und er hat keine Nachricht für mich hinterlassen?«
»Nein, Ma'am. Keinerlei Nachricht.«

GRACE

Sie war ein echtes Plappermäulchen, meine Nichte. Von dem Augenblick an, in dem sie mit ihren Sachen zurückkam, hörte sie nicht mehr auf zu reden.

»Ich finde, dein Haus ist wirklich cool. Mum käm nie darauf, in so einem Haus zu wohnen. Kann ich MTV gucken? Bist du wirklich Mums Schwester? Warum hat mir keiner gesagt, dass ich eine Tante habe? Bist du wirklich meine Tante?«

»Bist du wirklich schwanger?«

»Natürlich. Zumindest laut dem Test, den ich gemacht habe. Glaubst du mir nicht?«

»Es ist mir in den Sinn gekommen, dass du möglicherweise so eine Nummer abziehst, um Aufmerksamkeit zu kriegen.«

»Du glaubst, ich bekomme von Mum nicht genug Aufmerksamkeit?«

»Ich hab keine Ahnung. So lang kenn ich euch beide noch nicht. Aber ich weiß, als ich so alt war wie du – wie alt bist du? Fünfzehn?«

»Sechzehn«, sagte sie indigniert.

»Na ja, wie dem auch sei, ich weiß, dass ich mich mit sechzehn schlecht benommen habe. Ich hab angegeben, Sachen gesagt, um eine Reaktion zu erhalten, und wenn ich jetzt zurückschaue, wird mir erst klar, wie dämlich ich geklungen haben muss.«

»Du findest, ich klinge dämlich?«

»Das spielt doch keine Rolle, was ich finde.«

»Tut es doch. Ich möchte wie du sein. Ich seh aus wie du, und das ist ein Anfang, aber ich möchte auch so sein wie du.«

»Du kennst mich doch gar nicht.«

»Ich weiß, dass du mit Harry Fox ausgegangen bist, und der ist echt cool.«

Sie hatte keine Ahnung, wie nah sie dran war, vor die Tür gesetzt zu werden. Ich denke, ich habe wohl immer gewusst, dass es einmal passieren würde, dass Favour mich eines Tages aufspüren würde, dass ich mich meiner Familiengeschichte stellen müsste. Aber ich hatte nicht damit gerechnet, noch mal mit meiner trüben eigenen neueren Vergangenheit konfrontiert zu werden.

»Woher weißt du, dass ich Harry Fox kenne?«

»Mum hatte ein Buch aus der Bücherei, eins von deinen mit einem Foto von dir hinten drauf, und ich hab dich als die Frau erkannt, mit der Harry Fox auf der Premiere war. Aber ich hab gedacht, du siehst irgendwie anders bekannt aus. Jetzt weiß ich, warum. Doch Mum hat nie gesagt, dass du ihre Schwester bist. Sie ist dir nur durchs ganze Land nachgerannt auf dieser Buchtour, ohne zu erklären, warum, und wir haben gedacht, sie wäre verrückt. Warum schreibst du solche Scheißbücher?«

Der Haken kam direkt von links, und für einen Moment verschlug es mir die Sprache. »Du hast meine Bücher gelesen?«

»Ich und meine Freundin Shannon, wir haben uns den Videofilm von *Air Male* angeschaut und die Bücher, die Mum hatte, durchgeblättert. Die sind billige romantische Scheiße. Jemand, der in einem so coolen Haus wohnt und mit Harry Fox ausgeht, kann nicht dumm sein. Und diese Bücher sind dumm.«

»Aber sie zahlen die Miete.« Ich war verletzt, weil die Wahrheit immer schmerzlich ist. Da musste ein sechzehnjähriges Mädchen daherkommen und mir sagen, was die dämlichen Scheißlektoren nicht wagten, auszusprechen. Wenn ich nicht die positive Reaktion auf *Luther* gehabt hätte, um mein Selbstvertrauen zu stärken, hätte ich mich entsetzlich gefühlt. Dabei fiel mir ein, dass ich durch die Ankunft meiner Schwester und Mary gar nicht dazu gekommen bin, über *Luther* nachzudenken. War es nicht an der Zeit, dass ich etwas hörte?

»Warum hast du mich eingeladen?«, fragte sie plötzlich.

»Weil du aus dem Goose Neck Inn ausziehen wolltest.«

»Du hättest mich mit Mum zu deiner Nachbarin gehen lassen können.«

»Ja, hätte ich.«

»Warum hast du's dann nicht getan? Weil ich dir ähnlich sehe?«

Ich lachte. »Mein Spiegelbild?«

»Hast du selbst Kinder?«

»Du weißt, dass ich keine habe.« Wo sollte das hinführen – als ob ich es nicht erraten könnte.
»Also hast du mich angeschaut und dir gedacht: Ich möchte gern ein, zwei Nächte Mutter und Kind spielen.«
Hatte ich das wirklich im Unterbewusstsein gedacht? Obwohl es da noch dringendere Gründe gab: Zum einen wollte ich sie dahaben, wenn Margot eintraf, damit ich ihr nicht allein entgegentreten musste, und zum anderen wollte ich Gelegenheit haben, sie über ihre Mutter auszufragen.
Ich wusste nur nicht, wie ich das anstellen sollte. Ich war etwas entsetzt, dass Favour ihrer Tochter nichts von meiner Existenz gesagt hatte. Ich beschloss, ihr zumindest einen Teil meiner Geschichte zu erzählen, um im Gegenzug mehr Informationen zu kriegen.
»Die Wahrheit ist, ich hab deine Mutter eine Ewigkeit nicht gesehen. Eigentlich ist es ja doch fair. Sie hat dir nichts von mir erzählt, aber sie hat mir auch nichts von dir erzählt.«
»Ohne Scheiß?!«
»Mag es deine Mutter, wenn du so redest?«
»Nein, sie hasst es. Aber dir ist es egal, oder?«
Sie hatte mich schon durchschaut.
»Gibt's noch mehr von dir?«
»Du meinst Geschwister? Kotzbrocken gibt's noch.«
»Ist das menschlich?«
»Gerade eben. Mein Bruder Ned. Ein Jahr älter. Hat sich vor kurzem verliebt. Und endlich zum ersten Mal Sex gehabt.«

»Wohingegen du ...«
»Na ja, ich auch, wie's der Zufall will. Ich lass endlich einen Typen ganz rein, und bingo, schon bin ich schwanger.«
Sie war eine derbe kleine Kreatur. Mir war klar, dass ihr nicht bewusst war, wie armselig sie wirkte. Sie sagte Dinge, um Effekt zu erzielen. Wollte die harte Braut sein, und wirkte umso verletzlicher. Und ich war genauso gewesen. War es auf eine Art immer noch. Ich machte lakonische Bemerkungen, versteckte mich hinter selbstironischen Witzchen und sehnte mich nach Liebe und Zuneigung, während ich gleichzeitig Leute wegschubste.
»Und wie ist mein Schwager?«
»Dad? Den kennst du auch nicht? Ich glaub das alles einfach nicht. Na ja, Dad ist, weißt du, süß.«
»Süß!?«
»Ja, Dad mag ich wirklich. Er ist lieb. Und er hält es mit Mum aus.«
»Was meinst du damit? Sie ist seine Frau.«
»Aber sie ist so langweilig.«
Mary fand Favour also langweilig, und Biddy hatte angedeutet, dass sie nicht gerade temperamentvoll sei. Ich stellte fest, dass mich das ein bisschen befriedigte, und fühlte mich etwas schuldig. Aber nicht sehr.
»Und sie machen es kaum.«
»Machen was kaum?«
»Sex. Ficken.«
Schon ging's wieder los. Die kleine Madam, die versuchte zu schockieren. Aber sie amüsierte mich, das musste ich zugeben.

»Wie in aller Welt kannst du das wissen?«
»Na, wenn sie's gemacht haben, sieht man's. Mum ist dann morgens ganz rosa und kichert und man hört, wie sie im Schlafzimmer immer psst sagen.«
»Euer Haus in London ist wohl ziemlich klein?«
»Es ist ein ganz normales Londoner Haus. Nicht wie das hier. Das hier ist cool.«
»Was du ständig wiederholst.«
»Wie lange kann ich bleiben?«
»Für den Augenblick bis morgen. Wir entscheiden das von Tag zu Tag. Hast du irgendeine Ahnung, wie die Pläne deiner Mutter aussehen?«
»Nun, wie immer sie ausgesehen haben, jetzt sind sie im Eimer, weil ich schwanger bin. Eigentlich müsste ich Anfang September wieder in die Schule gehen.«
»Was sollte dich daran hindern? Manche Frauen arbeiten bis zur letzten Woche vor der Geburt.«
»Du findest also, ich soll es kriegen?«
»Das hab ich nicht gesagt.«
»Warst du je schwanger?«
»Ja, ich war einmal schwanger. Das war kurz nachdem ich von zu Hause weg und nach London gegangen bin. Ich war nicht viel älter als du jetzt.«
»Warst du so was wie ein Rebell, als du noch jung warst? So eine, die von zu Hause weggelaufen ist und so?«
»Das könnte man sagen.« Vor vielen Jahren, als ich kaum fünf war.
»Und Mum war die Brave, dacht ich's mir doch.«
»Ich weiß es nicht.«

»Du warst also schwanger. Was ist passiert?«
»Ich hatte eine Abtreibung.«
Damit hatte sie nicht gerechnet, das sah ich. Sie zuckte zusammen.
»Und hast du es seither bedauert?«
»Überhaupt nicht.«
Das gefiel ihr auch nicht.
»Du meinst also, ich soll abtreiben lassen?«
»Es steht mir nicht zu, das zu entscheiden. Das musst du mit deinen Eltern besprechen.«
Nach einer kurzen Pause fuhr ich fort: »Hör mal, Mary, die Wilde markieren und Rebell sein mag romantisch klingen, aber es bringt nicht unbedingt was. Wenn du dein Leben lang auf dem Drahtseil tanzen willst, gut, aber nach einer Weile wird das recht anstrengend. Männer, Jungs sind grausam. Nicht mit Absicht, sie sind es einfach. Und sie sind weiterhin grausam, auch wenn sie es merken. Sie ändern sich nicht. Man denkt immer, sie tun es, aber sie tun es nicht. Es ist besser, wenn du das von Anfang an weißt, anstatt eine Menge von Männern zu erwarten. Du wirst nur enttäuscht werden.«
»Der Mann, mit dem du am Strand warst, hat er dich enttäuscht? Was hat Linda da gesagt? Du hast mit seiner Frau gesprochen. Kein Wunder, dass er so schnell verschwunden ist.«
»Wo ist der Vater deines Babys?«
»Er ist mit meiner besten Freundin abgezogen.«
Und plötzlich vergrub sie ihr Gesicht in der Decke, die über dem Sofa hing, und weinte. Sie sah aus wie elf.

»Ich weine nicht, weil ich ihn geliebt habe oder so was Dämliches. Ich hab ihn nicht mal besonders gemocht. Ich weine, weil das, was du sagst, wahr ist, und das ist so traurig. Jason war grausam. Und er weiß nicht mal von dem Baby, weiß nicht mal, wie er mein Leben kaputtgemacht hat. Ich werd nicht auf die Uni gehn, all das machen können, was ich vorgehabt habe. Du hast eine Abtreibung gehabt. Das ist wohl die einzige Lösung, aber ich hab solche Angst.«

Ich ging zu ihr und nahm sie in den Arm, drückte sie an mich. Es war ein seltsames Gefühl, aber nicht unangenehm. Mit einem Mal hatte ich jemanden, der mich brauchte, jemanden, dem ich helfen, jemanden, den ich lieben konnte – der kein Mann war.

Favour kam am nächsten Morgen zu unchristlicher Stunde, um halb neun. Mary schlief tief und fest, und ich hatte zwar die Augen offen, war aber auch noch nicht in der Vertikalen.

Ich machte schweigend Kaffee. Mir fiel überhaupt nichts ein, was ich zu meiner Schwester sagen könnte, und nachdem sie ständig »Mary, Zeit aufzustehen« rief, fand sie es auch nicht leichter, mit mir zu reden.

»Hör mal«, sagte ich verlegen, »wie soll ich dich nennen?«

Es war irrwitzig, die eigene Schwester nach ihrem Namen zu fragen, aber ich konnte ihr schlecht erklären, wieso sie für mich Favour war.

»Pat natürlich. Wie solltest du mich sonst nennen?«

»Ist das wirklich dein Name?«

Sie sah mich ein bisschen irritiert an, was kein Wunder war. Warum sollte irgendjemand denken, sie wüsste ihren eigenen Namen nicht?
»Ich meine, wovon ist das die Abkürzung?« Ich war hartnäckig.
»Von nichts. Ich hieß nie Patricia.«
»Ja, aber du hast einen anderen Namen. Wie ist der?«
»Ja«, sagte sie langsam, als würde sie mit einem kompletten Idioten reden. »Ich habe tatsächlich einen anderen Namen – meinen Nachnamen. Hardy. Früher hieß ich Cammell. Genau wie du. Aber ich hab ihn abgelegt, als ich heiratete. Ich bin Pat. Pat Hardy. In Ordnung?«
Ich ließ es gut sein.
Aber ich wusste, dass ich sie immer nur Favour nennen würde, selbst wenn ich es ihr nicht sagte.
Mary stolperte schließlich aus ihrem Zimmer ins Bad, murmelte: »Hallo, Grace« und warf ihrer Mutter einen vernichtenden Blick zu. Kurz darauf setzte sie sich zu uns an den Tisch, mit einem T-Shirt, das kaum ihren Hintern bedeckte. Ich konnte mir einen verstohlenen Blick auf ihren Bauch nicht verkneifen. Sie ertappte mich, grinste und zog ohne Scham ihr T-Shirt hoch und zeigte ihren nackten flachen Bauch. Und ihren Busch schwarzer Schamhaare. Genau wie meiner.
»Mary, bitte. Nicht am Frühstückstisch.«
Ich zuckte für Mary zusammen. Favour war wirklich prüde. Wie konnte diese unattraktive, langweilig aussehende Frau mit ihrer ordentlichen weißen Bluse und

ihren supersauberen Jeans und Turnschuhen meine Schwester sein? Sie trug um neun Uhr früh hellblauen Lidschatten und roch nach Pears-Seife. Und wenn sie wirklich meine Schwester war, wie kam es da, dass sie fantastische blonde Haare hatte anstatt Strähnen schlaffer Spaghetti wie ich?

»Und, wann kommt Dad?«, fragte Mary.

»Ich weiß es nicht. Ich hab ihn noch nicht erreicht.«

»Warum nicht?«

»Ich hab's einfach nicht, basta. Er arbeitet momentan sehr hart.«

»Nein, tut er nicht, Mum. Die Messe steht vor dem Abbau.«

»Nun, wie dem auch sei, ich hab nicht mit ihm gesprochen.«

Wie dem auch sei. Oh, wie sie das sagte. Da war etwas im Busch. Ich spürte Spannung auf fünfhundert Schritt.

»Warum machst du nicht einen kleinen Spaziergang am Strand?«, fragte Favour Mary.

»Ich war gestern da.« Mary sah mich an und grinste. O Gott, Archie. Was in aller Welt sollte ich mit ihm machen?

»War das nicht am Louse Point? Da ist ein anderer Strand gleich die Straße runter. Ich war dort. Ich bin seit fünf Uhr wach.«

»Sei doch nicht so pedantisch, Mum. Meer ist Meer, und ich hab's gestern gesehen.«

Ich begriff, worauf Favour hinauswollte. Sie wollte mit mir reden, aber nicht in Anwesenheit von Mary. Und

Mary wusste das genau. Warum konnte Favour das nicht einfach sagen? Sah sie denn nicht, dass man Mary befehlen musste und nicht fragen. Sie brauchte Macht und Disziplin als Zeichen, dass jemand sie wirklich mochte. Favours passive, nervöse Art war total falsch.

»Mary, warum nimmst du nicht einfach den Wink mit dem Zaunpfahl an und lässt uns eine Stunde oder so allein? Geh mit deinem Walkman an den Strand, wir kommen später nach. Los jetzt.«

»Ich zieh meinen Bikini an und hau ab.«

Favour blieb der Mund offen stehen. »Das ist nicht zu fassen. Sie hat wie ein Lamm gefolgt. Was für eine Wunderkur hast du mit ihr gemacht?«

»Gar keine. Ich bin einfach direkt mit ihr und streng. Mehr nicht. So weiß sie genau, woran sie ist.«

»Du bist wie Biddy, stimmt's? Sie war direkt, nicht wahr?«

»Ist es immer noch, soviel ich weiß. Ich denke, dass du mich so gefunden hast. Biddy hat mir erzählt, dass ihr euch begegnet seid.«

»Du hast sie gesehen? Du warst in Wales? Du warst da, um dich zu verabschieden von deinem ... von ...«

»Von David. Meinem Vater. Ich hab richtig Glück, nicht wahr? Ich habe gleich zwei Väter, deinen und meinen. Nein, ich hab ihn verpasst, er hatte schon den Löffel abgegeben, als ich ankam. Ehrlich gesagt, ich war froh. Aber ich hab mich gefreut, Biddy wieder zu sehen, besonders da ich so eine Ahnung habe, dass es das letzte Mal war. Sie muss das gewusst haben. Des-

halb hat sie wohl auch den verfluchten Nerv gehabt, dir meine Adresse zu geben.«
Ich sah, dass Favour etwas schockiert war. Hatte sie wirklich erwartet, dass wir uns in die Arme sinken würden wie zwei Schwestern, die sich in Auschwitz verloren hatten?
»Du musst gewusst haben, dass wir uns eines Tages begegnen würden.«
»Ehrlich gesagt, nachdem wir es so lange geschafft haben, uns nicht zu treffen, hatte ich irgendwie angenommen, es würde nicht passieren.«
»Aber wolltest du denn Dad nicht sehen, wenn du schon keinen Wert darauf gelegt hast, dass wir uns begegnen?«
»Dad, wie du ihn nennst, war, ehrlich gesagt, der Mensch, den ich am allerwenigsten sehen wollte«, log ich. »Warum sollte man jemanden sehen wollen, der einen weggeworfen hat?«
»Er hat dich nicht weggeworfen. Du bist weggelaufen.«
»Hat er dir das erzählt? Und wenn ich tatsächlich weggelaufen bin, hast du dich nie gefragt, warum?«
»Ich habe nie verstanden, warum.«
»Soll ich es dir erzählen?«
»Nur wenn du willst.«
»Ich will nicht. Ich will dir gar nichts erzählen. Mir ist scheißegal, was in der Vergangenheit passiert ist, aber du hast dich den ganzen Weg hierher gequält, um mich zu finden, und so wirst du es mir wahrscheinlich abzwingen, ob's mir passt oder nicht.« Allmählich

wurde ich ernsthaft wütend. »Also, hier ist das Erste, was du wissen solltest. Ich bin wegen dir fortgegangen, weil meine Mutter nur noch über dich geredet hat und was passieren würde, wenn du geboren bist.«

»Daran kannst du dich unmöglich erinnern.«

»Nein, das kann ich wohl nicht. Ich hab die ganze Scheißepisode in meinem Kopf total aufgeblasen, aber eins weiß ich: Unser Vater war ein mieser Bastard. Ich war ohne ihn besser dran.«

»Das ist nicht wahr«, protestierte sie und wurde ganz rot im Gesicht, »er war ein wunderbarer Mann. Er war gütig und genial. Und großzügig. Und man konnte 'ne Menge Spaß mit ihm haben.«

»Und reich war er auch«, fügte ich hinzu. »Wie kannst du sagen, er war großzügig? Er hat sein ganzes Geld mir hinterlassen. Warst du da nicht verbittert?«

»Nicht im Geringsten. Es war sein Geld. Er konnte es vererben, an wen er wollte. Gus und ich haben nicht viel, aber uns geht's gut. Wir sind nicht auf Sozialhilfe angewiesen.«

Zu meinem Ärger sah ich, dass sie das wirklich meinte. Sie war mir um keinen Cent neidisch.

»Was ist mit Gus? Der war doch sicher enttäuscht.«

»Warum? Er hat mich nicht wegen meines Geldes geheiratet.« Sie sagte das ohne eine Spur von Ironie.

»Aber ein bisschen Hilfe bei seinem Geschäft hätte er wohl schon gebrauchen können.«

Aha!

»Sein Geschäft?«

»Er hat eine Firma für Sicherheitstechniken.«

»Und das bringt ihn nach New York?«
»Ja, zu einer Jahreskonferenz, ja.«
»Und er kommt auch hierher?«
»Ich glaube nicht.«
»Warum nicht? Er sollte doch wohl kommen und mit Mary reden.«
»Ich glaube, das geht nur ihn und mich etwas an.«
»Oder ihn und Mary?« Irgendetwas hatte sie aus dem Gleichgewicht gebracht. Ich witterte, dass zwischen ihr und ihrem Mann nicht alles eitel Sonnenschein war.
»Wie hat er reagiert, als du ihm von der Schwangerschaft erzählt hast?«
»Ich glaube, das ...«
»... geht nur dich und ihn an. Etwas lässt mich vermuten, dass du es ihm noch nicht erzählt hast. Du hast Mary gesagt, du hättest ihn nicht erreicht. Lass mich raten. Du weißt nicht, wo er ist.«
Ihre offensichtliche Betroffenheit verriet, dass ich ins Schwarze getroffen hatte. O Gott, sag nicht, dass sie im Begriff war, das durchzumachen, was unsere Mutter durchgemacht hatte.
»Er ist zurück nach London, ohne mir Bescheid zu sagen«, gestand sie leise.
»Wie du weißt, hab ich nie geheiratet, und wenn ich so was höre, wird mir klar, wie viel Glück ich hatte.«
»Wie kannst du so selbstzufrieden sein«, fuhr sie mich an. »Du hast keine Ahnung, wie meine Ehe ist. Ich habe eine wunderbare Ehe. Ich hab großes Glück mit Gus. Er ist gütig und rücksichtsvoll.«
»Wie unser Vater.«

»Genau.«
»Oh, zieh die nächste Karte. Unser Vater war ein furchtbarer Ehemann.«
»War er nicht. Zuletzt, als Mutter starb, war er vollkommen. Ich glaube, er hat das nie überwunden.«
»Das hat er dir gesagt, was? Hat dir den armen trauernden Witwer vorgespielt?«
Sie versuchte ein beschwichtigendes Lächeln. »Du vermagst dir nicht vorzustellen, was für Schuldgefühle ich hatte, weil ich ihn all die Jahre für mich allein hatte. Ich kann verstehen, warum du ihm gegenüber eine so negative Einstellung hast, aber du hast ihn nie gekannt, nicht wahr? Er war ein guter Mann. Ich hab niemals mit ihm gestritten.«
»Hast du mit ihm über alles geredet? Habt ihr euch unterhalten?«
»Na ja, nein, eigentlich nicht. Er war immer ziemlich beschäftigt und ...«
Mir fiel ein, dass Biddy gesagt hatte, sie sei etwas dumm. Biddy war grausam und scharfsinnig, und diese wohlmeinende Frau muss für sie ein Brechmittel gewesen sein. Favour tat mir ein bisschen Leid. Offensichtlich hatte unser genialer Vater es nicht für nötig gehalten, mit ihr zu reden, war an ihrer Meinung nicht interessiert gewesen. Wahrscheinlich hatte sie ihn nicht genügend stimuliert, um ihn je wütend zu machen.
»Er war ein grausamer Mann.«
»War er nicht. Du glaubst, du wärst ihm gleichgültig gewesen, weil er zugelassen hat, dass David und Biddy

dich aufgezogen haben, aber ich bin mir sicher, dass dem nicht so war.«
»Unser Vater war ein Scheißkerl. Lass es uns doch zugeben.«
»Dein Vater mag ein Scheißkerl gewesen sein. In deiner Vorstellung. Mein Vater war wunderbar.«
Mein Zorn wuchs wie immer rasch. Sie war nicht ganz so dumm, wie Biddy gedacht hatte. Sie begriff, dass Lucas für jeden von uns verschiedene Dinge repräsentiert hatte, und trotzdem irritierte mich, dass sie so großmütig war, so verflucht verständnisvoll. In diesem Augenblick hasste ich sie so sehr, dass all meine Wut auf meinen Vater sich in dem Wunsch konzentrierte, nicht ihm wehzutun, sondern ihr, meiner Schwester. Ich konnte mich nicht dagegen wehren.
»Wenn er so wunderbar war, warum hat sich unsere Mutter dann umgebracht?«
»Sie hat sich nicht umgebracht. Sie ist bei meiner Geburt gestorben.« Sie sah mich an. Ich schüttelte den Kopf. »Sie hat sich umgebracht?«
Ich erzählte ihr alles, was Biddy mir erzählt hatte, bis hin zu ihrer drastischen Beschreibung, wie mein Vater versucht hatte, sie zu verführen, in der Küche – der Küche, die Favour so gut gekannt haben musste. Und während ich beobachtete, wie sich ihr Vertrauen in ihren Vater – nicht meinen – in einem entsetzten Blick nach dem anderen in nichts auflöste, versuchte ich Triumph zu empfinden.
Aber ich vermochte es nicht. Ich zerstörte ihre Kindheit und konnte sie nicht mehr flicken.

Sie sagte mehrere Minuten lang kein Wort. Dann fragte sie: »Könnte ich einen Drink haben? Einen echten Drink.«

»Es ist erst halb elf.«

»Ich brauche einen Drink.«

»Wodka? Gin? Wein?«

»Brandy, wenn du einen hast.«

Ich holte eine Flasche.

Und so kam es, dass Mary, als sie eine Stunde später vom Strand zurückkehrte, ihre Mutter und mich beschwipst am Frühstückstisch vorfand.

Wir hatten irgendeine Kluft überschritten, aber wir waren noch keine Schwestern. Nicht wirklich. Ich hatte Schwierigkeiten, zu glauben, dass ich diese Frau je als mein eigen Fleisch und Blut akzeptieren würde. Ich hatte noch nie jemanden als mein eigen Fleisch und Blut anerkannt.

Bis vielleicht auf diesen komplizierten Teenager, der mich bereits so sehr an mich selbst erinnerte.

»Warum seid ihr besoffen?«, fragte sie uns so direkt, wie ich an ihrer Stelle gewesen wäre.

Aber bevor eine von uns versuchen konnte, die ganze traurige Geschichte rauszulassen, hörten wir ein Auto die Einfahrt herauffahren und stolperten hinaus, um zu sehen, wer es war.

Wenn mich Schuldgefühle wegen all dem, was ich Favour angetan hatte, plagten, dann kann ich nur sagen, die Strafe für meine Sünden erwartete mich bereits.

Das Auto war ein Taxi voller Leute. Die Beifahrertür ging auf, und Margot stieg aus.

»Hallo! Diese tollen Leute hier waren mit mir im Bus und haben gesagt, ich könnte ihr Taxi mit ihnen teilen.«

»Diese tollen Leute« machten sich nicht die Mühe, auszusteigen und dem Fahrer zu helfen, als er Margots Gepäck zum Haus schleppte. Dann wendete er das Taxi, und als es die Einfahrt hinunterfuhr, drehte sich einer der Fahrgäste um und sah aus dem Rückfenster. Es war Harry Fox.

FAVOUR

Ich konnte verstehen, wie es Linda mit Grace ging. Meine Schwester hielt mich offensichtlich für einen ziemlichen Schwachkopf. Sie hatte eine bösartige Ader, wie ich sie oft bei unerfüllten Menschen beobachtet habe. Aber sosehr sie mich auch wegstieß, gleichzeitig holte sie mich wieder an der Leine ein. Es war nicht nötig, dass sie Mary bei sich wohnen ließ. Sie musste uns überhaupt nicht ins Haus lassen. Sie musste aber auch nicht mein Andenken an meinen Vater auf so vernichtende Art zerstören. Doch es war fast, als wollte sie, dass wir denselben Vater hatten, das Monster, das unsere Mutter auf dem Gewissen hatte. Indem sie ihn mir gegenüber entlarvte, hatte sie ihn uns näher gebracht als ich mit meinem idealisierten Bild des Mannes, für den ich meinen Vater gehalten hatte. Aber war er wirklich so, wie sie berichtete? Schließlich basierte es auf Hörensagen. Sie hatte ihn nie so erlebt wie ich. Und dennoch hatten sie etwas gemeinsam, sie und Dad. Beide schafften es, dass ich mir ein bisschen dumm vorkam. Ich hatte nie zuvor darüber nachgedacht. Dad war nie böse mit mir gewesen, hatte mich nie im Stich gelassen, aber ich hatte auch nie Forderungen an ihn gestellt, außer einem Dach über dem Kopf und Essen und Kleidung. Als ich in meiner

Pubertät ab und zu in Turbulenzen geriet, war mir niemals in den Sinn gekommen, mit Dad zu reden. Er war nicht nah, immer beschäftigt, immer unten im Verlag. Ich akzeptierte ihn, ohne zu hinterfragen. Aber jetzt, da ich darüber nachdachte, wurde mir klar, dass wir eigentlich nie wirklich geredet hatten.

Ich hatte Glück gehabt. Ich hatte Gus genau im richtigen Moment kennen gelernt. Bei ihm hatte ich mich nie dumm gefühlt.

Bis jetzt.

Jetzt wurde mir klar, was für ein mit Scheuklappen versehener Dummkopf ich gewesen war. Ich hatte mich in meinem kleinen Familiennest verpuppt, ohne Rücksicht auf Gus' Altersängste. Und nun, da ich ihn brauchte, um mit Mary fertig zu werden, hatte ich ihn verloren.

Ich wusste, ich sollte eigentlich zum Telefon greifen und den nächsten Flug zurück nach London buchen, zurück zu Gus. Aber beim Frühstücksbrandy hatte ich eine vorsichtige Bindung mit meiner Schwester erreicht, eine unausgesprochene Anerkennung. Wir waren eben, wer wir waren, selbst wenn wir mit der Beziehung nicht glücklich waren. Und davon würde ich mich nicht einfach entfernen, bis ich nicht wesentlich mehr Fortschritte gemacht hatte.

Grace und Dad hatten mir zwar das Gefühl gegeben, nicht gerade clever zu sein, aber sie waren Anfänger im Vergleich zu der Frau, die gerade gekommen war. Margot, wer immer sie war, gab mir das Gefühl, total beschränkt zu sein.

»Das ist Margot Harris, meine älteste Freundin«, sagte

Grace, und dann stellte sie mich einfach als ihre Cousine vor. Ich sah Marys erstaunten Blick und ergriff ihre Hand. Diese so genannte älteste Freundin hatte keine Ahnung, dass Grace eine Schwester hatte. Erklärungen in diesem Stadium des Spiels wären hinderlich. Cousine war der perfekte Kompromiss. Verwandt, aber entfernt.

»Und das ist ihre Tochter Mary«, fuhr Grace fort.

Margot grüßte uns kaum. Ich hasste sie auf den ersten Blick. Sie war entschieden äffisch, klein und gelenkig mit olivfarbener Haut und schwarzen Haaren. Über ihren schmalen Lippen hatte sie den Ansatz von einem Schnurrbart, was mich an einen unzufriedenen nervösen Affen erinnerte.

»Ich hab ein Geschenk für dich, Kit Kelleys neues Buch *The Royals*. Ein Vorabdruck. Einer meiner Kontakte im Verlagswesen hat es mir beschafft.« Betonung auf Kontakte.

»Das ist nun schon das Dritte.« Grace deutete auf ihr Bücherregal. »Jeder, den ich bei Time Warner kenne, hat mir eins geschickt, aber trotzdem danke. Du hättest warten sollen. Ich wollte dich abholen.«

»Riech ich da Brandy, Grace? Trinkst du am Morgen? Armer Schatz, ist es so schlimm?«

Ich sah Grace zusammenzucken, als Margot sie umarmte.

»Wer hat dich mitgenommen? Du hättest sie reinbitten sollen.«

»Du weißt doch, wer es war, stimmt's? Hast du's nicht gesehen?«

»Und, warum ist er nicht reingekommen?«
Ich war überrascht, wie plötzlich sich Grace verändert hatte. Sie bettelte fast.
»Die Wahrheit ist, ich hab ihm nicht gesagt, dass du es bist, die ich besuche. Ich war mir nicht sicher, ob du ihn hier haben willst. Ich wollte nur das Beste für dich.«
So etwas sagten Leute, wenn sie genau das Gegenteil meinten. Diese Frau hatte nur das Beste für sich im Sinn.
»Wer war es?«, fragte Mary.
»Ein alter Freund von Grace. Harry Fox.«
»Harry Fox!«, quiekte Mary. »Und Sie haben ihn entwischen lassen.«
»Bisschen alt für dich, nicht wahr?«
Mary warf Margot einen vernichtenden Blick zu.
»Er arbeitet hier draußen mit jemandem.«
»Ja, ich weiß«, sagte Grace.
»Ach ja?« Das bremste Margot für eine Sekunde. »Dann weißt du sicher auch, dass er eine Weile hier sein wird. Ich saß neben ihm im Bus. Wir haben uns fantastisch verstanden. Er hat mich zu einer Labour-Day-Wochenendparty eingeladen. Ich glaube, Steven Spielberg wird da sein. Donna Karan vielleicht. O Gott, ich hab nichts anzuziehen, hab seit meiner Ankunft in New York fürchterlich zugenommen. Muss Zigarette haben und großes kalorienreiches alkoholisches Getränk, um Ego aufzuheitern, und unnötiges Vermögen in nächster Boutique ausgeben. Grace dazu bringen, dafür aufzukommen.«
»Warum redest du wie ein Memo?«, fragte Grace.

»Sie denkt, sie ist Bridget Jones«, sagte Mary etwas angewidert. »Aber sie ist mindestens zehn Jahre zu alt.«
»Mary!« Insgeheim freute ich mich.
»Bridget Jones? Wer ist das?«, fragte Grace.
»O Grace, du warst immer schon hoffnungslos. Das ist der englische Bestseller des Sommers. Jung. Komisch. Sehr hip. Verweist all diese Romanzenschreiber auf die Plätze.«
Was war nur los mit Grace? Vorhin hatte sie mich mit unangenehmen Enthüllungen traktiert, und nun ließ sie sich von dieser widerlichen Frau in den Boden stampfen.
»Na gut. Aber jetzt komm, ich zeig dir dein Zimmer. Mary wohnt übrigens auch hier, im Zimmer neben dir. Ihr teilt euch das Bad.«
»Nein, werden wir nicht«, sagte Mary plötzlich. »Ich geh mit Mum zu ... wie heißt sie noch, deine Freundin nebenan?«
»Ist vielleicht auch besser so. Ich bin ein hoffnungsloser Fall, wenn's ums Badezimmerteilen geht.«
Marys Ankündigung überraschte und erfreute mich zugleich. Aber ich sah, dass Grace sehr betroffen war.
»Du brauchst nicht zu gehen, Mary. Du kannst meins mit mir teilen.«
»Nein, ihr zwei Freundinnen solltet ein bisschen Zeit zusammen haben«, sagte Mary zuckersüß. »Ich wäre nur im Weg.«
Mir kam der Gedanke, dass Margots Anwesenheit wahrscheinlich hinderlich war, wenn ich meine Schwester weiter kennen lernen wollte.

»Bleiben Sie lange hier?«, fragte Margot, als hätte sie meine Gedanken gelesen.
»So lange wie nötig«, antwortete ich.
»So lange wie nötig? Warum wohnen Sie nicht bei Grace, wenn Sie ihre Cousine sind?«
»Weil Sie da sind«, erwiderte Mary.
»Komm, Mary«, sagte ich streng. »Wir laden Linda zum Essen ein, um ihr für ihre Gastfreundschaft zu danken.«
»Wer ist Linda?«, fragte Margot.
»Graces beste Freundin«, antwortete Mary rasch und mit einer gewissen kindlichen Befriedigung.
»Du warst ziemlich unhöflich zu Margot«, sagte ich zu Mary, als wir durch die Begrenzungsbüsche zwischen Lindas und Graces Besitz stapften.
»Ist mir egal.« Sie war trotzig, und ich war froh. Die alte Mary war definitiv wieder da, und jetzt würde sie die Kraft haben, die sie für die Entscheidung über das Baby brauchte. »Sie bedeutet Ärger.«
»Ich glaube, ich muss dir zustimmen, aber sie ist Graces Freundin.«
»Doch du bist ihre Schwester. Warum hat sie dich als Cousine vorgestellt?«
»Grace muss ihre Gründe gehabt haben. Wir waren uns nicht sehr nahe, Grace und ich, und das Leuten wie Margot zu erklären, ist ein bisschen schwierig.«
»O ja, ich verstehe, was du meinst. Sie würde es gegen Grace benutzen. Und so weiß sie nicht, wie sie euch einschätzen soll.«
Ich war erstaunt, wie genau sie die Situation erfasst

hatte, wenn auch ein bisschen blauäugig. Für Margot war ich erst mal keine Bedrohung.
Wir näherten uns Lindas Haus über die Veranda. Die Küchentür stand offen, und wir hörten Lindas Stimme und die eines Mannes. Ich ging vor Mary, und was ich vernahm, ließ mich die Hand nach hinten ausstrecken und sie aufhalten.
»Kann ich dich etwas fragen, etwas Wichtiges?«
Mary und ich standen hinter dem Rhododendron, einander umklammernd, damit wir uns nicht bewegten. Mary hielt sich den Mund zu und versuchte, nicht zu lachen.
»Natürlich, Schatz.«
»Das ist irgendwie schwer.«
»Lass dir Zeit. Geht's um gestern Nacht? Du hast mich wirklich in Fahrt gebracht. Ich mag's, wenn du so auf mich steigst.«
Natürlich wusste ich, wer es war. Stanley. Mary und ich saßen fest. Ich durfte sie nicht ansehen, sonst hätten wir beide losgeprustet. Und wir durften uns nicht bewegen, um uns nicht zu verraten. Das war ganz klar ein sehr intimer Augenblick zwischen Linda und Stanley, aber wer konnte wissen, wie lange er dauern würde.
»Es geht nicht um Sex«, hörte ich Linda sagen.
»Oh, okay. Tiefer als das vielleicht? Um Liebe? Möchtest du darüber reden? Gib mir den Zucker, Schatz. Weil ich dich nämlich liebe, das weißt du doch, nicht wahr, Linda?«
»Wirklich?«

»Aber sicher.«
»Du hast es noch nie gesagt.«
»Was gibt's da zu sagen? Ich sag es jetzt. Ich dachte, ich hätte es dir gezeigt, so wie gestern Nacht.«
»Ich liebe dich, Stanley.«
»Ich liebe dich auch, Linda.«
Schweigen. Ich konnte mir nur vorstellen, was da in der Küche ablief.
»Dann haben wir also eine Beziehung?« Lindas Stimme war schüchtern, mädchenhaft.
»Wir haben mehr als das. Ich bin dreiundfünfzig und ich bin einsam. Ich bitte dich ... ich bitte dich, mit mir zusammen zu sein.«
»Mich heiraten?«
»Zusammen zu leben. Ich möchte mit dir zusammenziehen.«
»Heute?«
»Heute. Morgen. Wann du willst.«
»Ich hab nur diese Leute aus England hier. Die Schwester meiner Nachbarin.«
»Und wenn die nach England abreisen, zieh ich bei dir ein. Wie lange bleiben sie?«
»Ich hab nicht gefragt.«
»Linda«, sagte Stanley streng, »frag.«
Mary war kurz vor dem Zusammenbruch. Ich packte sie an der Hand, zerrte sie rasch den Weg zurück, den wir gekommen waren, und begann sehr laut zu reden.
»Meinst du, Linda mag mit uns essen gehen, Mary?«, schrie ich.

»Ich weiß es nicht. Komm, wir fragen sie«, brüllte sie zurück.
Bis wir an der Tür angelangt waren, hatten Linda und Stanley sich Meilen voneinander entfernt.
»Ich freu mich ja so, dass ihr hier seid«, sagte Linda. »Jetzt könnt ihr Stanley kennen lernen.« Sie schob ihn in unsere Richtung.
Ich wusste sofort, dass Stanley nichts davon erzählt hatte, dass er mich nackt erwischt hatte. Er hatte die Hand ausgestreckt, aber jetzt nahm er sie zurück und stand da, linkisch, hilflos und eigentlich recht süß.
»Was ist denn los, Stanley? Das ist Gracies Schwester. Ich hab dir von ihr erzählt. Kennt ihr euch etwa?«
»Nein. Schön, Sie kennen zu lernen, Stanley.« Ich reichte ihm meine Hand und lächelte ihn an.
»Ja.« Er sah erleichtert aus. Ich würde ihn nicht verraten. »Hören Sie, es tut mir Leid ...«
»Was gibt's denn da Leid zu tun? Stanley, das ist Gracies Schwester. Das braucht dir nicht Leid zu tun.«
»Wir werden bald nach London zurückfahren«, sagte Mary und musste furchtbar kichern.
»Ich hoffe, ich seh Sie noch vor Ihrer Abreise«, stotterte Stanley. Er sah aus wie ein ältlicher Tölpel, aber vorhin, mit Linda, da war echte Leidenschaft in seiner Stimme gewesen. »Schatz, ich muss jetzt zurück. Ich ruf dich später an.«
Er zog Linda an sich, fast als wollte er mir zeigen, wozu er fähig war. Für wie ungeschickt ich ihn auch gehalten haben mochte, jetzt sah ich, dass diese beiden nichts zu verbergen hatten. Sie ließ sich ohne die geringste

Scham umarmen und vergrub ihr Gesicht in seinem Bart. Stanley tätschelte ihr den Rücken und küsste sie auf den Kopf.
»Ich ruf dich später an«, wiederholte er mindestens dreimal. »Es war nett, Sie kennen zu lernen«, sagte er dann, als er sich endlich von ihr löste und sich anschickte zu gehen.
Linda blieb einige Minuten in der Küchentür stehen.
»Er liebt mich. Ich liebe ihn. Es wird funktionieren«, sagte sie. »Ich hab nach all dieser Zeit eine Beziehung. Aber wieso seid ihr schon zurück? Ich dachte, ihr verbringt den Tag mit Gracie?«
»Ihre beste Freundin aus England ist gekommen«, erklärte Mary.
»Oh, richtig. Die beste Freundin«, wiederholte Linda, offensichtlich etwas beleidigt. »Wie ist sie so?«
»Hochnäsig«, antwortete Mary, »furchtbar. Gar nicht wie Sie.«
Linda und ich lächelten uns an.
»Lass uns Dad in New York anrufen«, schlug Mary vor. »Warum ist er noch nicht hier? Ach richtig, du hast ihn ja nicht erreicht. Versuchen wir's doch jetzt.«
Linda sah, wie ich zögerte, und als Mary mir den Rücken zudrehte, gab ich ihr zu verstehen, dass ich allein sein wollte.
»Linda, wäre es okay, wenn Mary heute Nacht hier bleibt? Haben Sie genug Platz?«
»Ja klar«, sagte Linda, ohne zu zögern. »Komm, Mary, ich werde dir Zimmer und Bad zeigen, und vielleicht hast du dann Lust, mit mir die Einfahrt runterzugehen

und nachzusehen, ob der Postbote schon da war. Ich hab einen Briefkasten in Form eines rosa Pudels, den ich dir ebenfalls gern zeigen würde.«

»Den hab ich schon ...« begann Mary.

»Mary, es ist sehr lieb von Linda, uns hier wohnen zu lassen.«

Sie kapierte und folgte Linda nach draußen.

»In Ihrem Zimmer ist ein Telefon«, zischte mir Linda im Vorbeigehen zu.

Unser Telefon in Shepherd's Bush klingelte und klingelte. Was, wenn Gus nicht da war? Sollte ich eine Nachricht hinterlassen?

Gerade als ich auflegen wollte, nahm er ab, völlig außer Atem.

»Hallo?«

»Gus?«

»Ja.«

»Ich bin's.«

»Ja.«

»Wie geht's dir?«

»Gut.«

»Du bist nach Hause zurückgekehrt.«

»Ja.«

»Ohne mir was zu sagen.«

»Wie sollte ich denn? Ich hatte ja keine Ahnung, wo du bist.«

»Ich hab dir die Nummer des Goose Neck Inn aufgeschrieben.«

»Ich hab angerufen. Sie haben gesagt, du seist nicht da.«

»Warum hast du dann keine Nachricht hinterlassen?«
»Warum hast du mich nicht angerufen? Warum muss ich hinter dir herjagen? Du bist losgezogen, um deine Schwester zu finden. Na gut. Aber erwarte nicht, dass ich hinter dir herlaufe.«
Ich hörte, wie verletzt er war.
»Gus, sei nicht wütend.«
»Wer ist hier wütend? Und, hast du sie gefunden? Rufst du deshalb endlich an? Um mir zu verkünden, wie wunderbar sie ist?«
»Nein. Es geht um etwas ziemlich Wichtiges. Nicht um Grace. Um Mary.«
»Was ist passiert? Ist sie ausgeflippt, weil du ihr endlich gesagt hast, dass sie eine Tante hat? Damit musst du allein fertig werden.«
Der Ton war neu an Gus. Nachdem ich lange krampfhaft überlegte, ohne etwas zu sagen, begann er wieder zu sprechen, aber diesmal klang er etwas besorgt.
»Was ist denn los? Ist Mary okay?«
»Sie ist schwanger.« Ich platzte damit heraus und gleichzeitig kam mir der lächerliche Gedanke, dass ich nicht vergessen durfte, Linda diesen Anruf zu bezahlen.
Gus nächste Worte erschütterten mich bis ins Mark.
»Das war wohl im Bereich des Möglichen.«
»Du hast gewusst, dass sie schwanger ist? Hat Sie's dir in New York erzählt?«
»Nein. Ich hab mit Ned geredet. Du weißt, dein anderes Kind. Sophie ist irgendwohin verreist. Du bist in Amerika. Im Haus ist es ein bisschen einsam. Also

haben wir uns von Mann zu Mann unterhalten, und er hat mir erzählt, dass du Mary erwischt hast, als sie fast Sex auf dem Wohnzimmerboden gehabt hätte. Ich muss das von meinem Sohn erfahren. Du bist nicht auf den Gedanken gekommen, das mit mir zu besprechen? O nein, du bist viel zu beschäftigt damit, deine Schwester zu suchen, um ...«

»Jetzt sei mal einen Moment ruhig, Gus.«

»Nein, bin ich nicht. Ich hab den ganzen Sommer über den Mund gehalten, und schau, wo das hingeführt hat. Du hast zugelassen, dass Mary schwanger wird. Wie konntest du nur so dumm sein?«

Ich spürte, wie ich anfing zu weinen. Jeder hielt mich für dumm. Grace. Dad. Margot. Und jetzt auch noch Gus.

»Ich hab es nicht zugelassen. Es ist bereits in England passiert.«

»Genau das meine ich ja. Es ist vor deiner Nase passiert, und du hast es nicht einmal mitgekriegt.«

»Vor deiner Nase aber auch«, protestierte ich. »Warum muss ich immer die verdammte Schuld auf mich nehmen?«

»Mich anschreien hilft uns auch nicht weiter.« Ausgerechnet jetzt wurde er wieder zum vernünftigen alten Gus. »Was willst du machen? Im wievielten Monat ist sie?«

»Ich weiß es nicht.«

»Worüber habt ihr denn geredet? Ob's morgen regnet? Auf jeden Fall gibt's nur eins. Sie muss es so schnell wie möglich wegmachen lassen. Welchen Flug habt ihr gebucht?«

»Ich hab noch nicht ...«
»Willst du damit sagen, du hast noch keinen Flug gebucht? Du kommst nicht nach Hause?«
»Doch, natürlich kommen wir irgendwann. Wir haben Grace gerade erst kennen gelernt und Mary mag sie wirklich ...«
»Und wo wird sie die Abtreibung machen? Wie lange willst du noch warten?«
»Wir können das nicht überstürzen, Gus. Wir müssen mit ihr darüber reden. Ich dachte, du kommst hierher. Mary braucht dich wirklich. Sie fragt dauernd nach dir.«
»Wo bitte soll ich das Geld hernehmen, um ständig über den Atlantik hin und her zu jagen? Und was ist mit dem Geschäft? Und fängt Marys Schule nicht in etwa einer halben Stunde an? Was in aller Welt ist nur los mit dir?«
Ich hörte ein Geräusch hinter mir. Mary und Linda standen auf Lindas violettem Flokati.
»Ist das Dad?«, fragte Mary. Sie nahm mir den Hörer aus der Hand.
»Dad.«
Sie hielt ihn sofort wieder weg vom Ohr.
»Mum, was ist denn los mit ihm? Er klingt so weit entfernt, und er schreit mich an. Das hat er noch nie getan.«
Ich schnappte mir den Hörer. Gus war in voller Fahrt.
»... außerdem, wenn du es los bist, wirst du jeden Abend zu Hause bleiben ...«
»Gus!«, brüllte ich in den Hörer. »Ich bin's. Beruhig dich.«

»Kommt ihr nach Hause?«

»Ja«, sagte ich erschöpft, »ich denke schon. Ruf Dr. Green an, und lass dir einen Termin für mich und Mary nächste Woche geben. Ich meld mich bei dir, sobald ich die Ankunftszeit habe. Kommst du zum Flughafen?«

»Ich weiß es nicht. Ich werde sehen.«

Ich werde sehen, ob ich dann noch mit euch rede, meinte er wohl.

»Er will, dass ich abtreibe«, schluchzte Mary und brach auf dem Bett zusammen. Linda und ich setzten uns neben sie und nahmen sie in den Arm. »Dad hat immer Recht und das hat er gesagt. Wird es wehtun, Mum? Wird das okay sein?«

»Du wirst keine Probleme habe«, meinte Linda. »So was wird dauernd gemacht.« Bei ihr klang es wie eine Grippeimpfung. »Nach einem Tag ist alles vorbei. Du wirst sehen.«

»Wird wohl so sein.« Mary wischte sich die Augen. »Und dann geh ich wieder in die Schule. Es wird einfach so sein, als wär ich ein bisschen krank gewesen, und dann wird's mir besser gehen.«

»Genau.« Linda tätschelte ihren Rücken.

»Aber Grace findet, ich soll's bekommen.«

»Grace findet was?« Mich fragte mal wieder keiner um meine Meinung.

»Wir haben gestern Nacht geredet, und sie hat mir einen Gutenachtkuss gegeben und mir zugeflüstert: ›Ich glaube, du solltest das Baby bekommen‹, und dann ist sie ins Bett gegangen.«

»O toll, und hat sie auch eine Idee, was du damit machen sollst, wenn du's gekriegt hast?«
»Darüber haben wir nicht gesprochen. O Mum, bitte sei nicht böse. Vielleicht denkt sie, dass du dich darum kümmern könntest. Es wär, als hättest du einfach noch ein Baby gekriegt.«
»In meinem Alter? Herzlichen Dank.«
Das löste bei Mary einen neuerlichen Tränenstrom aus.
»Mary, Schatz«, sagte ich so sanft wie ich konnte, »was möchtest du denn tun?«
Die Antwort hätte ich nicht im Traum erwartet.
»Ich will mit Kotzbrocken reden«, sagte sie und putzte sich die Nase.
Jetzt wollte sie wissen, ob ihr Bruder eine Meinung dazu hatte.
»Schätzchen, es ist schon ziemlich spät da drüben.« In Wahrheit wollte ich heute Abend nicht mehr mit Gus sprechen.
»Ich möchte mit Kotzbrocken reden«, beharrte Mary, »und ich weiß, dass es nicht spät ist. Übrigens, warum hast du mir nicht erzählt, dass er nach Hause geflogen ist?«
»Linda, könnten Sie wählen, da Sie gerade am Telefon stehen, und nach Ned, Marys Bruder, fragen?«
Ned nahm ab. Linda gab Mary den Hörer, und dann gingen wir beide auf Zehenspitzen aus dem Raum.
»Ich werde diese Ferngespräche natürlich zahlen. Jeden Cent.«
»Ach, red keinen Quatsch. Können wir uns duzen?

Das wirst du nicht. Stanley liebt mich. Ich fühle mich so reich und glücklich, ich würde euch hier draußen ein Haus kaufen, wenn ihr mich darum bitten würdet.«

»Führ mich nicht in Versuchung, ich könnte dein Angebot annehmen.«

»Dein Mann ist ein bisschen sauer, nehm ich an?«

»Das kann man wohl sagen.«

»Du solltest ihm mehr Kontra geben. Du warst wie ein Lamm.«

»Ich hab ihn angeschrien.«

»Nein, hast du nicht. Du hast so getan, als würdest du schreien.«

»So wie heute hat er noch nie zuvor mit mir geredet.«

»Vielleicht musste er es noch nie.«

»O Gott, was für ein Schlamassel.«

»Und es wird noch schlimmer. Solche Geschichten werden immer noch schlimmer«, sagte Linda.

Wie Recht sie hatte.

Mary kam nach zehn Minuten zu uns – ein anderer Mensch.

»Ich habe meine Entscheidung getroffen. Ich werde mein Baby kriegen.«

»Ned findet, du sollst es bekommen?«

»Ned weiß nicht einmal, dass ich schwanger bin, wenn mich nicht alles täuscht. Ich habe meine Entscheidung wegen Frisky getroffen.«

»Frisky ist auch ein Kind von dir?«, fragte Linda. »Kotzbrocken, Frisky und Mary, nette Namen.«

»Frisky ist die Katze«, erklärte ich.

»O natürlich, bei ungewollten Schwangerschaften holt man immer die Meinung der Katze ein.«

»Es ist keine ungewollte Schwangerschaft«, sagte Mary. »Ich will dieses Baby wirklich, und das, was mit Frisky passiert ist, hat mir geholfen, mich zu entscheiden. Ned war nämlich mit ihr beim Tierarzt, um sie sterilisieren zu lassen. Und der Tierarzt hat ihn während der Operation angerufen, weil sie schon wieder trächtig war.«

»*Nein!*«

»Und er sagte, er müsste Ned fragen, ob er sie ...« sie war erneut den Tränen nahe »... ob er den Nachwuchs töten könne, weil sie erst vor so kurzer Zeit Kätzchen gehabt habe und erschöpft sei ...«

An diesem Punkt fing sie an zu weinen, und zwischen Schluchzern hörten wir mit einiger Mühe: »Also musste Ned natürlich ja sagen, sonst wäre Frisky nicht mehr da. Aber das hat mir zu denken gegeben. Wir haben die arme Frisky gezwungen, ihre Babys töten zu lassen. Keiner wird mich dazu bringen, meins zu töten. Keiner!«

Das war's dann wohl. Als Erstes würde ich rübergehen und Grace fragen, woher sie das Recht nahm, Mary zu raten, das Baby zu behalten. Insgeheim war ich nur todtraurig, weil jede Entscheidung zu dem Baby ohne mich getroffen wurde, egal, wie sie ausfiel.

Wieder stolperte ich in eine Stanley-Linda-Situation. Nur diesmal belauschte ich Margot, als ich über die Veranda Graces Haus betrat. Sie telefonierte in der Küche und hörte mich nicht.

»Ich hab hier wirklich mit Grace was Gutes aufgerissen«, hörte ich sie sagen. »Nettes Haus. Ich glaub, hier bleib ich eine Weile. Und ich bin während der Busfahrt hierher in eine richtig nette Clique geraten. Ich werd sie alle dieses Wochenende wiedersehen. Grace wird sicher an ihrem dummen Buch arbeiten, also kommt sie mir nicht ins Gehege. Sie ist beim Einkaufen. Wie ist das Wetter in England? Hier ist es fantastisch.«
Ferngespräche auf Graces Kosten. Hinter ihrem Rücken Treffen mit Leuten planen. Ich war rechtschaffen erbost für meine Schwester. Mary und ich hatten Recht gehabt.
Margot bedeutete Ärger.

GRACE

Ich sagte Margot, ich ginge einkaufen – eine schlichte Lüge. Ich musste Archie sehen. Anrufen konnte ihn nicht, wenn Margot dabei war. Sie hatte bereits mehrmals gefragt, wann sie den großen Unbekannten kennen lernen würde.

Ich fuhr rückwärts die Einfahrt hinunter und hätte fast Lew erwischt, der gerade kam.

Er stützte sich auf mein Autodach und sagte durchs Fenster: »Haben Sie sie wegen mir gefragt?«

O Scheiße. Ich musste ihm wehtun, was ich bedauerte. Aber ich musste es ihm sagen.

»Ich hab nichts von Ihnen erwähnt, Lew, weil sie jemanden kennen gelernt hat. Sie ist mit jemandem zusammen. Ich hab's nicht gewusst, weil ich weg war. Sie müssen ihn aber schon gesehen haben.«

»Der Einzige, den ich bei ihr gesehen habe, ist dieser Kerl vom Wetter. So einer mit Bart. Hab gedacht, er ist ein Verwandter von ihr oder so was.«

»Das ist ihr neuer Freund.«

»Nein!«

»Ja.«

»Das kann nicht sein. Was will sie denn mit so einem alten Kerl? Das ist nicht anständig.«

Zum ersten Mal fragte ich mich, wie alt Lew wohl war.

In den Vierzigern vielleicht. Mir war nie der Gedanke gekommen, dass Linda auf ältere Männer stehen könnte, aber es machte Sinn. Rüschen zogen Beschützer an. Lew war nur eine jüngere Version.

»Tut mir Leid, Lew.«

»Mir auch«, sagte er und stapfte wütend davon.

Ich fuhr hinüber zu meinem Haus in den Dünen und parkte ein Stück die Straße hinunter. Von hier aus konnte ich meine Millionenhütte gut überblicken und sehen, ob Archie entweder durch die Vorder- oder die Hintertür aus dem Haus kam.

Nach fünfundvierzig Minuten begann ich zu überlegen. Was, wenn er den ganzen Tag drin blieb? Was, wenn er nicht mal da war, sondern in Manhattan? Angenommen, er kam mit Harry Fox raus? Wie lange war ich bereit zu warten?

Es vergingen fast zwei Stunden, bis er erschien. Ich, eine Frau in den Vierzigern, angeblich eine erfolgreiche Romanschriftstellerin, ließ mich dazu herab, mich wie ein zweitklassiger Detektiv in einem schlechten Fernsehfilm zu verhalten, und hörte dabei im Radio jede halbe Stunde Lindas Stanley mit dem Wetterbericht.

Archie war nicht allein. Zwei Jungs im Teenageralter waren bei ihm, und alle drei stiegen in den Mercedes.

Ich folgte. Er fuhr zu einem anderen luxuriösen Haus, wo er die Jungs raus ließ, die von einer Meute anderer begrüßt wurden. Archie fuhr weiter und ich hinter ihm her nach East Hampton, wo ich ihn beim Einkaufen beobachtete.

Dann ging er in den Schnellimbiss.
Er bestellte gerade einen Burger und Fritten, als ich mich neben ihn setzte und meine Hand unter dem Tisch zwischen seine Beine schob.
»Hör um Himmels willen damit auf.« Er klang wirklich sehr wütend.
»Ich musste dich sehen. Ich muss dir das erklären.«
»Was erklären?«
»Das mit dem Treffen mit Sonia in East Hampton.«
»Ich will nicht über Sonia reden. Ich würde nie mit dir über sie sprechen und nie mit ihr über dich.«
»Das verlange ich auch nicht von dir.«
»Warum hast du mir nicht gesagt, dass du sie getroffen hast?«
»Es gab keine Gelegenheit. Was erwartest du? Dass ich dich mitten unterm Bumsen wegschiebe und sage: He, übrigens, ich hab grade deine Frau kennen gelernt, wie findest du das? Und, überhaupt, als ich dich gefragt habe, ob sie angekommen ist, hast du das verneint.«
»Das war ziemlich hinterlistig von dir, wenn man bedenkt, dass du bereits wusstest, dass sie da ist.«
»Hat sie erwähnt, dass wir uns getroffen haben?«
»Das hat sie. Sie möchte dich einladen.«
»Na wunderbar. Dann komm ich einmal zum Dinner. Wann würde es denn passen?«
»Sehr komisch. Und da ist noch was, was du mir verheimlicht hast.«
»Ach ja? Und das wäre?« Ich hatte sein Hemd aus den Jeans gezogen und ließ meine Hand über seinen Rücken gleiten. »Gib mir ein paar von deinen Fritten.«

»Du hast mir nicht gesagt, dass du Harry Fox kennst.«
»Wie kommst du darauf?«
»Er ist hier. Er hat mich gestern besucht und erzählt, er habe im Bus neben einer Engländerin gesessen, die vor deinem Haus ausgestiegen sei. Und du hast mir auch nicht erzählt, dass du die Frau warst, die den Stoff für *Rapture* lieferte. Er fühlt sich deswegen übrigens beschissen.«
»Ja klar«, sagte ich. »Und habt ihr eure Notizen verglichen?«
»Sei nicht lächerlich. Ich hab ihm nicht mal erzählt, dass ich dich kennen gelernt habe.«
»Und wer ist jetzt hinterlistig? Woher weiß er dann, dass ich hier bin?«
»Durch Margot, diese Engländerin. Sie haben den ganzen Weg von New York hierher über dich geredet. Sie hat ihn erkannt und ihm erzählt, dass sie dich besucht.«
Plötzlich wurde mir übel. Was hatte Margot vor? Sie hatte gesagt, sie habe nicht erwähnt, wen sie besuchen würde.
»Wer ist diese Margot?«, fragte Archie, der spürte, wie ich zurückwich.
»Nur eine alte Freundin. Warum kommst du nicht mit und lernst sie kennen? So kannst du mich besuchen, ohne dass es komisch aussieht. Ich meine, wenn sie mich sowieso schon erwähnt hat. Und Harry hat mich wahrscheinlich inzwischen Sonia gegenüber erwähnt …«
»Und Sonia hat dich getroffen. Nein. Das ist mir zu

inzestuös. Damit könnte ich nicht umgehen. Aber willst du denn Harry nicht sehen?«

»Ich habe dich.«

»Grace, ich bin kein sehr netter Mensch. Ich habe meine Frau betrogen und dich hinsichtlich ihrer Ankunft hier belogen.«

»Das ist mir egal. Ich will dich, ob sie nun hier ist oder nicht. Ich bin was Besonderes. Das hast du zu mir gesagt.«

Er erwiderte nichts.

»Archie?«

»Okay, in Ordnung.« Er drehte sich zu mir und packte meine Hand. »Aber denk immer dran, du hast das entschieden. Du bist mir hinterhergelaufen. Okay?«

Seine Heftigkeit erschreckte mich. Es war doch nebensächlich, wer wem hinterhergelaufen war. Archie war der Mann, der mir in einer besonders schlimmen Zeit meines Lebens geholfen hatte, der Mann, der ermöglicht hatte, dass ich wieder jemandem vertrauen konnte.

»Also, waren das wirklich deine Schwester und deine Nichte, und ist sie wirklich schwanger?«

Ich erzählte ihm die ganze Geschichte und liebte es, wie er interessiert zuhörte.

»Es ist verrückt. Sie kommt einfach hereingeschneit und erwartet, dass ich von einer Sekunde auf die andere glückliche Familie spiele.«

»Wie ist sie denn?«

»Ganz normal. Nichts Besonderes, aber okay. Die Interessante von den beiden ist ihre schwangere Teenager-Tochter. Die Kleine ist wirklich toll.«

»Ja?«
»Ja, aber total versaut. Die braucht eine strenge Hand, jemanden, der sie in den Hintern tritt, um ihr zu zeigen, dass sie ihm nicht gleichgültig ist.«
»Und dir juckt es in den Fingern.«
Ich sah ihn total überrascht an. Er hatte Recht.
»Wie geht's Theo und Leo?«
»Oh, die brauchen auch eine strenge Hand, jemanden, der sie in den Hintern tritt, um ihnen zu zeigen, dass sie gemocht werden. Willst du's versuchen? Sie sind hinten im Auto.«
Wir fuhren zur Lantern Lane, von der aus man den ganzen Accabonac Harbor überblicken konnte. Archie ließ Leo laufen, und wir kletterten wie Teenager auf den Rücksitz des Mercedes. Theo rollte sich zitternd zusammen und beobachtete mit spitzer Nase unsere Aktivitäten.
Erst später, als ich hinter Archie zu meinem Haus fuhr, wurde mir klar, dass Archie die ganze Zeit kein einziges Mal gelächelt hatte. Und beim Sex hatte er nicht darauf geachtet, ob ich feucht war, und mir wehgetan.
»Hallo!«, rief Margot, die auf die Veranda herausgekommen war, als wir vorfuhren. »Lass mich dir mit den Einkäufen helfen.«
Zu spät fiel mir ein, dass ich angeblich einkaufen gewesen war.
»Oh, ich hab Archie getroffen, und wir sind stattdessen mit den Hunden am Strand spazieren gegangen. Ich dachte mir, ich stell ihn dir erst mal vor und kaufe

später ein. Archie, das ist Margot Harris, eine sehr alte Freundin. Margot, Archie Berkeley. Er arbeitet mit Harry Fox, macht die Musik für den Film.«

»Harry hat mir alles über Sie erzählt. Ich bin ein großer Fan.« Und dann ratterte Margot Archies Lebenswerk herunter. Sie war ein wandelndes *Who's Who*, und das macht immer Eindruck. Ich sah, wie Archie es gierig aufsog.

»Da fällt mir ein, ich muss ja auch nach East Hampton, um mir für diese Party am Sonntag was zum Anziehen zu besorgen.«

»Welche Party am Sonntag?«, fragte ich.

»Oh, du weißt schon, die, zu der Harry Fox mich eingeladen hat. Du kannst sicher mitkommen.«

Ich spürte, wie Archie nervös wurde. Der Grund war offensichtlich. Er ging wahrscheinlich ebenfalls zu dieser Party und musste Sonia mitnehmen, wollte aber nicht, dass wir beide uns wieder in die Arme liefen.

»Verschont mich mit diesen Hampton-Partys«, sagte ich und versuchte ganz cool zu klingen.

»Das ist vielleicht ein bisschen frech, Archie«, meinte Margot, »nachdem wir uns gerade erst kennen gelernt haben, aber wenn Sie mich mitnehmen würden, könnte ich auch gleich für Grace einkaufen. Grace, hast du eine Einkaufsliste?«

»Ich wollte nur in den Amagansett Farmer's Market gleich unten an der Straße«, log ich. »Aber Archie, wenn du Margot mit nach East Hampton nehmen könntest, wäre das toll. Wann musst du die Jungs abholen?«

»So etwa in einer Stunde. Gut. Kommen Sie, Margot.« Er warf mir hinter ihrem Rücken einen Kuss zu. Ich wollte ihn fragen wann wir uns wieder sehen könnten, musste mich aber mit: »Wir sehen uns bald« zufrieden geben.
Margot kam zwei Stunden später in einem Taxi zurück. Sie hatte sich einen eleganten Fummel aus Seidenjersey gekauft und führte ihn mir vor. Sie sah gut aus, aber ein Teil von mir fühlte sich verletzt und wütend, wie das nur ein paar Stunden in Margots Gegenwart fertig brachten. Warum konnte ich nicht zu dieser Wochenendparty gehen? Wie konnte es Margot wagen, aufzutauchen und mein Haus als Hotel zu benutzen, während sie davonsegelte und sich ins Gesellschaftsgetümmel stürzte, von dem ich angeblich nichts wissen wollte?
Sie verbrachte das ganze Wochenende damit, mich wahnsinnig zu machen. Ständig fragte sie mich, warum ich das nicht tat und warum dies nicht. Sie wusste immer alles besser. Wie hatte ich das vergessen können.
»Warum kaufst du dir nicht ein paar hübsche Pflanzen für die Veranda?« – »Warum hast du keine Klimaanlage?« – »Warum besorgst du dir keine neue Außenlampe für die Einfahrt?«
Warum? Warum? Warum hältst du nicht die Klappe, Margot, hätte ich am liebsten geschrien. Ich glaube, »Meine Therapeutin sagt ...« war mir lieber gewesen. Und sie fand nie ein nettes Wort für das Haus.
Sonntagabend hatte ich die Nase voll. »Verzieh dich auf deine Party, Margot«, schnauzte ich sie an.

»Ich bin gleich fertig!«, rief sie mit irritierend freundlicher Stimme aus dem Bad. »Aber ich hab mich gefragt, wie ich dort hinkomme. Es ist nicht weit ...«

»Ich bring dich.« Ich verstand Winke mit dem Zaunpfahl.

»Denk an all die Stunden, in denen du arbeiten kannst, wenn ich aus dem Haus bin«, meinte sie. »Ich hab ein ganz schlechtes Gewissen, weil ich so viel deiner Zeit in Anspruch nehme.«

Ich sagte ihr nicht, dass ich im Moment an nichts arbeite. Sollte sie doch ein schlechtes Gewissen haben. Margot trieb mich zum Wahnsinn, aber ich hatte Schuldgefühle, weil ich meine Schwester und Mary nicht mehr gesehen hatte. Sie hatten angerufen, doch ich hatte sie abgewimmelt, hatte Margot vorgeschoben. Im Laufe des Wochenendes wurde mir dann klar, dass es das kleinere von zwei Übeln war, meine Schwester um mich zu haben, und dass Mary mir wirklich fehlte. Ich wollte sie sehen und hatte Angst, sie verjagt zu haben, dass sie bereits abgereist sein könnten.

Aber nein. Sie waren noch da, wie Lindas fröhliche Stimme bestätigte.

»Wir haben heute Mittag ein Picknick am Strand gemacht. Stanley will gerade los in die Arbeit.«

»Komm rüber«, hörte ich mich sagen, »und bring meine Schwester und Mary mit. Ich mach was zum Abendessen.«

Beim Tischdecken ertappte ich mich dabei, wie ich leise vor mich hin summte. Glücklich. Erwartungsvoll. Ein seltsames Gefühl, das ich schon lange nicht mehr gehabt hatte, trotz Archie und der Neuigkeiten über mein Buch. Ich freute mich auf etwas wie ein kleines Kind, ohne Hintergedanken über Sex oder Ähnliches. Also kochte ich wie eine Irre lächelnd und vor mich hin summend Pasta – was sonst?, dank Villa – und machte einen Obstsalat.

Ich geriet etwas aus der Fassung, als Linda mit einem Mann am Arm auftauchte.

Ich hatte sie noch nie zuvor mit einem Mann gesehen. Nicht so. Natürlich mit Lew, aber der zählte nicht, der Arme.

Gott sei Dank war er nicht da und sah nicht, wie offensichtlich Linda in diesen Mann verknallt war. Und er in sie. Ich hatte Geschichten von diesem seltenen Ereignis gehört, war aber noch nie Zeuge gewesen. Leute, die sich begegnen und sich praktisch sofort ineinander verlieben. Ich sah Stanley an – das musste er sein – und Linda und wusste sofort, dass beide ihren Seelenpartner gefunden hatten. Aber ihre Liebe war eine, die andere Leute nicht ausschloss und ihnen das Gefühl gab, einsam zu sein. Man sah Linda und Stanley an und freute sich für sie. Man wollte, dass es funktionierte. Sie gaben einem Hoffnung. Wenn sie so glücklich zusammen waren, dann konnte es einem selbst auch passieren.

»Gracie, das ist Stanley«, sagte Linda schlicht.

»Ich freue mich, Sie kennen zu lernen«, begrüßte er mich. Er stand in Jeans und einem sauberen weißen Hemd da und klang so, als meinte er es. »Arbeiten Sie an etwas Gutem? Linda hat mir erzählt, dass Sie Schriftstellerin sind.«

»Ehrlich gesagt, ich bin gerade fertig geworden und denke, es könnte etwas Gutes sein.«

»Oh, ich gratuliere.« Wieder klang er, als würde er es ernst meinen. »Lassen Sie's mich wissen, wenn es hier erscheint, dann werde ich den Sender alarmieren und schauen, was die machen können. Hiesiger Autor, so was mögen sie.«

»Danke«, sagte ich, »herzlichen Dank. Möchten Sie nicht reinkommen? Ich mach uns einen Drink!«

»Ein andermal. Das wäre toll. Jetzt muss ich zur Arbeit. Nehmen Sie Linda in Ihre Obhut. Passen Sie für mich auf sie auf, damit sie keinen Unsinn macht. Komm, bring mich runter an die Straße, Schatz.«

»Gerne.«

Es war offensichtlich, dass sie ihm auch zum Rand eines ausbrechenden Vulkans gefolgt wäre. Sie hatte während der ganzen Zeit, in der sie mit mir geredet hatten, seine Hand nicht losgelassen.

»Dauert nicht mehr lange«, sagte ich zu Linda. »Das Wasser für die Pasta hab ich schon aufgesetzt. War schön, Sie kennen zu lernen, Stanley. Auf Wiedersehn.«

»Bis bald«, entgegnete er.

»Werden sie heiraten?«, fragte Mary, als sie außer Hörweite waren.

»Ganz sicher«, antwortete ich. »Was könnte sie noch daran hindern?«

»Was ist denn das?« Zwei Stunden später pickte Mary

angewidert die Heidelbeeren aus ihrem Obstsalat, während Linda dasaß und verträumt vor sich hin starrte. Mary und ihre Mutter waren in der Sonne gewesen. Sie sahen gesund und entspannt aus. Ich musste mich immer wieder daran erinnern, dass sie zwar Lindas Hausgäste geworden, aber in Wirklichkeit meine Familie waren.

»Hast du dieser grässlichen Frau von meinem Baby erzählt?«, fragte Mary.

»Welcher grässlichen Frau?«, sagte ich mit Unschuldsmiene zurück.

»Der Frau, die jetzt bei dir wohnt. Der Frau, die auf diese feine Party gegangen ist und dich einfach hier gelassen hat.«

»Du solltest sie nicht grässlich nennen. Sie ist eine alte Freundin von mir, und das solltest du respektieren, egal, was du von ihr hältst. Und um deine Frage zu beantworten, nein, ich hab's ihr nicht gesagt. Geht sie nichts an.«

»Gut«, meinte Mary.

»Außerdem bezweifle ich, dass es sie interessieren würde.«

»Und, wird Harry Fox bei dieser Party sein?« Ich nickte. »Aber warum bist du dann nicht dort?«

»Ich wurde nicht eingeladen.«

»Warum nicht?«

»Weil ich nicht zur Filmstarclique gehöre. Es interessiert mich nicht.«

»Aber deine Freundin Margot interessiert es. Warum sollte sie dann nicht an meinem Baby interessiert sein?«

»Weil du nicht berühmt bist, wenn du's wirklich wissen willst. Aber mich interessiert dein Baby. Was hast du beschlossen?«

»Einen Moment mal«, unterbrach uns meine Schwester. »Mary hat mir erzählt, du hättest zu ihr gesagt, sie solle das Baby behalten.«

»Ich hab nichts dergleichen gesagt. Vielleicht habe ich angedeutet, sie könnte es unter Umständen bereuen, wenn sie es nicht kriegt. Das, so waren meine Worte, müsse sie mit ihren Eltern besprechen.«

»Nein, du hast gesagt, ich soll es kriegen, nachdem du mir einen Gutenachtkuss gegeben hast.«

Sie könnte recht haben. Die Wahrheit war, dass ich wollte, dass sie es kriegt. Ich wollte nicht, dass dieses Kind eine Abtreibung durchmachte.

»Aber entschuldigt mal, wie wird es aussehen, wenn sie daheim in London in ihrem Alter mit einem Riesenbauch herumspaziert?«, warf meine Schwester ein.

»Es wird aussehen, als wäre sie schwanger. Und das ist sie. Und überhaupt, was für eine Rolle spielt es, wie es aussieht? Du hast beschlossen, das Baby zu kriegen, nicht wahr, Mary? Ist das nicht das Wichtigste?«

»Ja, ich will es«, bestätigte Mary.

»Und es wird in London tatsächlich schlecht aussehen. Tut mir Leid, Grace, aber das wird es. Dort zählen Äußerlichkeiten. Vielleicht kannst du das nicht so verstehen, nachdem du hier draußen lebst.« Meine Schwester geriet allmählich in Rage, und meine böse Seite war fasziniert. Sie hatte doch ein bisschen Feuer

im Bauch. Ich konnte es nicht lassen, ich musste sie noch mehr provozieren.
»Das ist es ja gerade«, sagte ich. »Äußerlichkeiten spielen keine Rolle. Sie sind oberflächlich und nur für oberflächliche Menschen wichtig. Und das ist Mary nicht. Schau sie an. Sie sagt, was sie denkt. Sie fühlt. Sie empfindet Schmerz. Sie kehrt Dinge nicht unter den Teppich. Also wenn in London Äußerlichkeiten so wichtig sind, dann lass sie das Baby woanders bekommen.«
Mary sah mich ziemlich nachdenklich an.
»Du hast ja leicht reden«, sagte ihre Mutter. »Du musst dich nicht mit den Konsequenzen der Geburt und der Adoption herumschlagen.«
»Adoption? Welche Adoption? Ich geb doch mein Baby keinem anderen. Es gehört mir.«
»Süße«, sagte Linda, die sich bis jetzt im Hintergrund gehalten hatte, »wenn du meine Meinung hören willst, mach die Abtreibung. Aber wenn du darauf bestehst, es zu kriegen, dann musst du es zur Adoption freigeben. Ein Kind in deinem Alter kann sich nicht an ein Baby binden. Du denkst jetzt, du machst das Richtige, noch bevor dein kleiner Bauch anschwillt. Aber glaub mir, in einem Jahr wirst du's bereuen. Adoption ist die einzige Möglichkeit.«
Doch Mary sah immer noch mich an.
»Was meinst du, Grace?«
»Warum fragst du immer Grace?«
Ich sah, dass meine Schwester jetzt richtig wütend wurde. Sie hatte einige Gläser des hiesigen Sagapond

Rosé intus – Gott sei Dank, dass ich ihn an jemanden loswerden konnte –, und ich vermutete, dass sie nicht oft so viel trank. Es hatte ihre Zunge gelockert. Sie ein bisschen aufgeheizt. Auf jeden Fall interessanter gemacht.

»Sie fragt mich, weil ich wie sie bin, und das weiß sie.« Ich beschloss den sprichwörtlichen Stier bei den Hörnern zu packen. »Sie ist Realistin. Sie will die Wahrheit und ist bereit, sich ihr zu stellen, aber sie ist noch so jung. Deswegen macht sie dir das Leben schwer. Sie will dich provozieren, damit du sie an die Kandare nimmst und ihr sagst, was du wirklich denkst. Du hast ein bisschen Angst vor deiner Tochter, gib's zu, Favour.«

»Nenn mich nicht Favour. Und natürlich habe ich keine Angst vor Mary. Das ist ja lächerlich.«

»Aber Äußerlichkeiten sind dir wichtig, und das heißt, du hast Angst.«

»Unser Vater war auch so«, entgegnete sie. »Achtete, wenn Besuch erwartet wurde, stets darauf, dass wir und die Wohnung den Vorstellungen der Leute entsprachen, und nörgelte immer an mir herum, warum ich mich nicht hübscher anzog. Es war eine solche Erleichterung, als ich Gus kennen lernte und ihm das alles egal war.«

»Da hast du's«, sagte ich triumphierend. »Ich hab gewusst, dass Lucas Cammell schwach und unsicher war, von Äußerlichkeiten besessen. Unsere Mutter hat er deshalb zu einem armseligen, aber ach so respektablen Leben auf dem Land gezwungen, damit er, dieser verlogene Heuchler, in London tun und lassen konnte, was er wollte.«

»Wovon in aller Welt redet ihr überhaupt?«, fragte Linda.

Ich erklärte ihr rasch, worum es ging, ließ aber weg, dass ich bei keinem meiner Eltern gelebt hatte.

»Ach, daher hast du das also«, sagte Linda.

»Was hab ich woher?«

»Dieses Dich-hier-draußen-Vergraben. Ich hab deiner Schwester schon gesagt, dass du nie einen Mann kennen lernen wirst, wenn du so weitermachst. Du musst öfter raus. Schau mich an, wie ich Stanley kennen gelernt habe. Dein Leben ist zu einsam.«

»Es ist nicht einsam«, widersprach ich. Warum konnten die Leute nie verstehen, dass es möglich war, die eigene Gesellschaft zu genießen. »Aber selbst wenn das gelegentlich zutrifft, kann ich mit Menschen, mit denen ich nichts gemeinsam habe, genauso einsam sein.«

»Unglaublich, wie verschieden wir sind. Ich könnte es nicht ertragen, allein zu leben«, sagte meine Schwester. »Ich brauche immer Leute um mich, besonders meine Familie.«

»Genau da unterscheiden wir uns«, entgegnete ich, wohl wissend, dass ich sehr hart war. »Wo steht denn geschrieben, dass wir, nur weil wir biologische Schwestern sind, gleich sein müssen?«

»Aber irgendwie müssen wir uns doch ähneln«, protestierte Favour. »Wir haben dieselben Eltern, dieselben Gene.«

»Die nicht notwendigerweise zu gleichen Teilen an

uns weitergegeben wurden. Und überhaupt, Persönlichkeiten entwickeln sich durch das Umfeld und den speziellen Einfluss der Leute um sie herum. Wenn wir zornige Eltern haben, lernen wir, zornig zu sein. Wir können später dagegen ankämpfen, aber das wird hart. Wir kommen mit gewissen Anlagen aus dem Mutterleib, da haben wir, du und ich, wahrscheinlich genetische Übereinstimmungen, aber wie du behaupten kannst, wir müssten uns ähneln, weil wir Schwestern sind, begreif ich nicht.«

»Ich möchte wohl nur, dass dem so ist«, sagte Favour, »weil wir eine Familie sind. Ich möchte, dass es zwischen uns irgendein Band gibt.«

»Und ich halte es für sinnvoller, realistisch zu sein. Wir sind Schwestern, das will ich nicht abstreiten, aber ich wette, dass du mir, wenn wir uns begegnet wären und nicht gewusst hätten, dass wir Schwestern sind, nicht halb so viel Aufmerksamkeit geschenkt hättest. Ich bin nicht dein Typ, gib's zu. Aber weil du weißt, dass ich deine Schwester bin, bist du davon besessen, dass wir uns nahe kommen. Wir können höflich zueinander sein, wie wir es wären, wenn wir uns ein Leben lang gekannt hätten. Und wir hätten unsere Differenzen gehabt, wenn wir uns gekannt hätten, da gibt es keinen Zweifel. Aber zu glauben, dass da ein besonderes Band ist, weil wir Blutsverwandte sind, ist idiotisch.«

Sie schaute nicht sonderlich überzeugt aus, was für mich bewies, dass sie unsere Beziehung durch eine rosarote Brille sah.

»Du bist mit unserem Vater ausgekommen«, sagte ich, »aber ich bezweifle, dass ich das gekonnt hätte.«

»Woher willst du das wissen? Du bist offenbar entschlossen, ihn runterzumachen. Du hättest vielleicht gesehen, wie wunderbar er war, wenn du ihn kennen gelernt hättest.«

»Und wenn du ich wärst, hättest du vielleicht gesehen, wie furchtbar er war.«

»Also, ich komm mit euch beiden aus, was beweist denn das?«, fragte Linda fröhlich. »Vielleicht bin ich eure verschollene Cousine.«

Ich sah Favour an, überzeugt, dass sie das sofort als echte Möglichkeit in Betracht zog, so erpicht wie sie darauf war, Familie um sich zu scharen, aber sie hatte nicht zugehört.

»Die große Frage ist«, sagte sie nachdenklich, »welche Beziehung hätten wir zu unserer Mutter gehabt, wenn sie am Leben geblieben wäre? Du hattest deine Pflegemutter. Ich hatte niemanden. Ich kann mir nicht vorstellen, wie es ist, eine Mutter zu haben. Du hattest einen Pflegevater statt Dad. Wenn du wirklich glaubst, dass sich die eigene Persönlichkeit durch den Einfluss der Leute aus dem Umfeld entwickelt, dann musst du wie dein Pflegevater sein, nicht wie Lucas. Ist dem so?«

Natürlich war mir klar, dass ich David McIntyre überhaupt nicht ähnlich war. Nach dem, was Biddy erzählt hatte, könnte ich schon eher wie Lucas sein. Doch wenn ich wirklich ehrlich war, dann war ich wahrscheinlich wie Biddy.

Aber darüber wollte ich nicht nachdenken.

Mein Telefon klingelte.
»Vermutlich ist das Margot, die abgeholt werden will.«
Ich stand auf und nahm ab. Aber es war nicht Margot. Es war Stanley, der vom Sender aus Linda anrief.
»Eine echte Premiere«, sagte Linda erfreut, »dass er mich abends während der Arbeit anruft.«
Ein paar Sekunden später legte Linda schluchzend auf.
»Stanley sagt … sie haben es gerade im Sender gehört … Prinzessin Diana ist tot. Ein Autounfall in Paris.«

FAVOUR

Sosehr Grace Mary auch ermahnte, Margot als ihre Freundin zu respektieren, durch ihr Benehmen in der Nacht, in der Diana starb, hatte sie sich in Marys Augen ein für alle Mal disqualifiziert.

Nachdem sich Linda nach Stanleys Anruf beruhigt hatte, saßen wir vier mehr oder minder stumm vor Schreck da, bis wir die Scheinwerfer eines Wagens in der Einfahrt sahen. Eine ganze Weile stieg niemand aus, dann ging eine Tür auf und eine etwas zerzauste Margot erschien und stolperte die Treppe zur Veranda herauf. Wir waren so mit Diana beschäftigt, dass keiner daran dachte, sie zu fragen, wer sie nach Hause gebracht habe. Wir erzählten ihr, was passiert war, kaum dass sie das Haus betreten hatte.

»Da wird sie wohl stinksauer sein, dass sie die Jahrtausendwende verpasst.«

Ich spürte, wie Mary neben mir erstarrte. Das war das Komische an Mary. Sie hielt sich für jemanden, der gegen das Establishment rebellierte, aber jetzt weinte sie sich die Augen aus dem Kopf und gestand, dass sie ein großer Fan der Prinzessin von Wales gewesen war.

»Ist auch besser so«, sagte Margot, die anscheinend nicht registrierte, dass wir von der Nachricht erschüttert waren, »das arme Ding, lang hätte sie es sowieso nicht gemacht.«

»Was meinen Sie damit?«

»Na, sie hätten sich das mit Dodi Fayed nicht lange bieten lassen, wo er doch Moslem und Ägypter war. Oh, ich weiß, alle haben feuchte Augen gehabt, weil es doch die große Liebe war und so, aber in einem Monat wär das sowieso vorbei gewesen. Sie hatten ihn als verdammten Ausländer verteufelt. Es wird nur so wimmeln von Verschwörungstheorien.«

»Mein Gott, sind Sie denn gar nicht ein bisschen traurig?« Linda sah sie entsetzt an.

»Warum sollte ich? Ich hab das Mädchen nicht gekannt.«

»Sie war kein Mädchen«, fuhr Mary sie an. »Sie war eine Frau. Eine wunderbare Mutter.«

»Ja, ja, ich weiß. Sie war eine verdammte Heilige für viele Leute. Es ist kalt hier drin, Grace. Was dagegen, wenn ich den Kamin anmache?«

Sie nahm ein Streichholz aus der Schachtel neben dem Kamin, zündete es an und warf es, bevor sie jemand daran hindern konnte, hinein. Innerhalb von Sekunden war der Raum voller Rauch und eine grässlich laute Alarmglocke schrillte durchs Haus.

Grace lief zum Kamin. Kurz darauf tauchte sie etwas rußig wieder auf, und der Rauch begann in dem sechs Meter hohen Kamin zu verschwinden.

»Du hast vergessen nachzusehn, ob die Klappe offen ist«, sagte sie zu Margot.

»Ich hab nicht gewusst, dass ich das muss«, entgegnete Margot. »Ich hab keine Ahnung von Klappen.«

»Das ist ja eine Premiere«, sagte Grace ziemlich aggressiv, »wenigstens gibt es etwas, von dem du eingestehst, dass du es nicht weißt.«
Unter der Oberfläche war da zwischen den beiden eine gewisse Reibung. Grace behauptete zwar, dass Margot ihre älteste Freundin sei, aber ich hatte das komische Gefühl, dass sie sie nicht besonders mochte.
»Na ja, zumindest hat Diana all die Jahre Gesprächsstoff geliefert«, sagte Grace. »Diese Story wird größer als die von O. J. Simpson.«
»Eher wie Kennedy«, meinte Margot. »Oder Marilyn. Wir können uns alle erinnern, wo wir waren, als Kennedy erschossen wurde.«
»Ich nicht«, sagte ich. Ich war erst drei gewesen und Grace höchstens acht.
»Ich glaube, ich kann mich ein bisschen erinnern«, erklärte Grace, »aber nicht an viel.«
»Ach komm. Ich weiß es noch ganz genau. Ich war mit einem Jungen aus«, berichtete Margot. »Wir haben hinter dem Fahrradschuppen in der Schule geknutscht, und dann hat er mich nach Hause gebracht, und wir sind in die Küche gekommen und haben es im Radio gehört.«
»Wenn du geknutscht hast, musst du ja schon vierzehn, fünfzehn gewesen sein?«
»So ungefähr ...« bestätigte Margot und hielt abrupt inne. Zu spät merkte sie, dass sie verraten hatte, dass sie fast fünfzig war, eindeutig mehr, als sie Grace gegenüber zugegeben hatte, die sie bass erstaunt ansah.

»Haben Sie sich liften lassen?«, fragte Mary.
»Nein, Süße, das könnte ich mir nicht leisten. Nur die Augen ein bisschen. Du hast dir doch auch nie die Mühe gemacht, was Grace?«, fragte Margot spitz.
»Grace braucht das nicht. Sie ist immer noch schön«, erklärte Mary.
»Ja«, sagte Margot zweifelnd. »Nun, jetzt werden wir nie erfahren, wie Diana gealtert wäre. Auf jeden Fall, Leute, war es übrigens eine fantastische Party, bis Diana den Löffel abgegeben hat. Dann wurde alles ein bisschen deprimierend. Aber Harry war ganz aus dem Häuschen wegen eines Projekts.«
»Harry?«, fragte Grace hellhörig.
»Ja. Ich hab dir doch gesagt, dass er mich eingeladen hat. Er hat mir von diesem Buch erzählt, dass er schon halb gelesen hat. Die Filmrechte werden versteigert, und Harry konnte es kaum erwarten, nach Hause zu kommen und es fertig zu lesen. Er sagt, dass muss der Film werden, den er nach *Rapture* macht.«
Ich sah, dass Grace nicht gerade erfreut war von diesem ganzen Gerede über Harry.
»Worum geht's?«, fragte ich. »Hat er das gesagt?«
»Er meint, es sei eine düstere Geschichte über den Kampf zwischen Gut und Böse.«
»Hört sich an wie ein Haufen Scheiße«, sagte Grace hastig.
»Ganz im Gegenteil, Süße«, widersprach Margot. »Tolle Story. Eine Art zeitgenössischer Fantasyroman über einen Mann, der ein Manipulierer ist, ein echter Macher. Er ruiniert einfach zum Spaß das Leben von

Leuten. Er ist so auf Macht aus, dass er gar nicht merkt, dass einer der Leute seine Tochter ist.«

»Wie heißt es?«, fragte ich.

»*Luther*«, antwortete Grace.

»Das ist richtig«, sagte Margot erstaunt. »Woher weißt du das?«

»Oh, ich hab irgendwo davon gehört.«

»Du und alle anderen. Das Projekt ist so heiß, dass es raucht. Auf jeden Fall bin ich erschöpft. Ich geh ins Bett. Gute Nacht allerseits.«

Keiner wünschte ihr eine gute Nacht.

Als wir im Mondschein zurück zu Lindas Haus gingen, sagte Mary mit zitternder Stimme: »Mum, ich werde mein Baby definitiv kriegen. Für Diana. Diana hätte gewollt, dass ich es kriege.«

Und mir wurde klar, dass sie wahrscheinlich bis zu diesem Augenblick noch hin und her gerissen war. Jetzt gab es kein Zurück mehr. Ich stellte fest, dass ich das dringende Bedürfnis hatte, mit Gus über Mary, über Diana und über uns zu reden. Aber ich wagte es nicht, den Hörer in die Hand zu nehmen.

Wir verbrachten den nächsten Tag bei Grace, klebten vor dem Fernseher und wehrten endlose Fragen von Linda ab, die glaubte, wir würden alle intimen Details über die königliche Familie wissen, weil wir Engländer waren.

Lew kam irgendwann, und er benahm sich recht seltsam. Ich hörte, wie er unten in der Küche mit Grace redete.

»Sie schauen sich das alles im Fernsehen an, stimmt's?

Furchtbare Geschichte. Sie war so hübsch. Ich hab mir gedacht, dass Sie das schwer trifft und dass ich es mir mit Ihnen anschaue und Sie tröste.«
Plötzlich schoss mir der Gedanke durch den Kopf, dass er ein einsamer Mensch war. Ich hörte es in seiner Stimme, diese zögernde, hoffnungsvolle Bitte um Gesellschaft.
»Klar, Lew, kommen Sie rauf«, sagte Grace, und ich war froh.
Aber auf halbem Weg die Treppe herauf schaute er hoch und sah, wie Linda ihm vom Absatz zuwinkte. Er blieb stehen, drehte sich um und verschwand.
»War das Lew? Was war denn los? Ich brauch ihn, Gracie. Er war schon eine Woche nicht mehr bei mir. He, Lew!«, rief Linda.
»Lass ihn, Linda«, sagte Grace, und das so aggressiv, dass Linda mich erstaunt ansah, aber nicht mehr weiter fragte.
Während wir die Geschichten über die ungeheure Trauer in ganz England anschauten und die gigantischen Haufen von Blumen, die in die Hauptstadt gebracht wurden, beschloss ich, dass dies nicht der richtige Zeitpunkt war, nach London zurückzukehren. Jetzt mussten wir ja keine Abtreibung mehr arrangieren.
Mir wurde auch klar, dass ich mich wahrscheinlich an die Diana-Woche immer als die Zeit erinnern würde, in der ich mich mit der Tatsache abfinden musste, dass mein kleines Mädchen kein Kind mehr war. Ich hatte es bei meinen Freunden beobachtet, deren Töchter ein

bisschen älter waren als Mary, tränenreiche Trennung von einem geliebten Menschen.
Während ich die Entwicklung der Diana-Saga verfolgte, merkte ich, dass eine Person durch ihre Abwesenheit glänzte – Frances Shand-Kydd, Dianas Mutter. Und dann erinnerte ich mich, dass es da einen Bruch gegeben hatte. Sie hatte sich, wenn ich mich richtig entsann, mit einem Liebhaber davongemacht und Diana allein aufwachsen lassen. Aber ich war für Mary immer da gewesen. Wie hatte ich so lange damit warten können, bis ich mich der Tatsache stellte, dass sie kein kleines Mädchen mehr war?
Ich hatte mich dem einfach nicht stellen wollen, das war der Grund. Ich hatte sie mit Vogel-Strauß-Technik bemuttert, passiv, desinteressiert, allem seinen Lauf gelassen, nur um jegliche Konfrontation zu vermeiden. Ich war all dessen, wessen mich Grace beschuldigt hatte, tatsächlich schuldig. Und jetzt stand uns eines der wichtigsten Ereignisse in Marys Leben bevor. Fügte ich mich ihrer Entscheidung, das Baby zu kriegen, zu leicht? War es wirklich das Richtige für sie? Sollte ich auf einer Abtreibung bestehen, selbst wenn das Zwietracht zwischen meiner Tochter und mir gäbe?
Ich machte mir gerade eine Tasse Kaffee in Graces Küche und dachte über all das nach. Als ich mich umdrehte, fiel ich fast über die Telefonschnur und verhedderte mich darin. Margot hatte den Apparat mit ins Bad genommen, und als ich noch dabei war, mich zu befreien, hörte ich ihre gedämpfte Stimme.

»Ich werd versuchen, heute Abend wegzukommen. Sie sind alle von Diana im Fernsehen besessen. Ich könnte nach dem Abendessen abhauen, sagen, dass ich am Strand spazieren gehe. Da könnten wir uns treffen.«
Wer immer es war, war offensichtlich mit dem Plan einverstanden, denn Margot schloss: »Gut. Bin gegen neun da. Warte nicht länger als eine halbe Stunde. Aber he, hör mal, du weißt, wie Grace darunter leiden würde, wenn sie es erführe? Das würde sie umbringen. Du willst mich trotzdem sehen? Ja? Toll! Das will ich auch. Bis heute Abend.«
Gott sei Dank pinkelte sie dann geräuschvoll und wusch sich die Hände, sodass ich tun konnte, als wäre ich gerade in die Küche gekommen.
Später an diesem Tag redete ich mit Grace. Ich konnte nicht zulassen, dass man sie so behandelte.
»Ich hab mitgekriegt, Grace, wie sie sich am Telefon mit Harry Fox verabredet hat.«
Aber Grace wollte nichts davon hören. Dass Margot und Harry Fox etwas miteinander hatten, war für sie unvorstellbar. Und was die Sache noch schlimmer machte, sie bezichtigte mich, paranoid zu sein.
Trotzdem bemerkte ich, dass sie ein bisschen nervös war, als sie nach dem Abendessen Kaffee anbot und Margot sagte: »Nein danke, ich glaub, ich mach lieber einen Verdauungsspaziergang am Strand.«
Sie war immer noch nicht zurück, als Linda, Mary und ich gingen.
Lindas Telefon klingelte, als wir das Haus betraten. Es war Ned.

»Ned? Wie geht's dir? Ja, ja, natürlich haben wir's gehört. Wir schaun es uns jeden Tag im Fernsehen an. Ist es ein Albtraum in London? Warum bist du so spät noch auf? Es muss doch fast ein Uhr früh sein. Wie geht's Sophie? Wie geht's Dad?«

»Mum ...« Als ich seine Stimme hörte, nicht ganz die eines Mannes, sondern tief und knabenhaft zugleich, bekam ich plötzlich furchtbare Sehnsucht nach ihm. Ich war so auf Mary konzentriert gewesen, dass ich meinen großen Ned vergessen hatte. Es war interessant, dass ich ihn so viel leichter an Sophie hatte abtreten können als Mary an ihr Frausein.

»Mum«, wiederholte er, »ich ruf wegen Dad an. Wann kommst du nach Hause?«

»Ich bin mir nicht sicher. Mary braucht mich. Du weißt Bescheid?«

»Ja. Dad hat's mir erzählt. Und ich hab's geahnt, wie sie am Telefon so wegen Frisky geschluchzt hat. Aber ich ruf nicht wegen Mary an. Ich weiß, dass Dad und du das mit ihr hinkriegen werdet. Mum, Dad hat etwas wirklich Seltsames gemacht. Hat er mit dir über Sheila geredet?«

»Sheila? Wer ist Sheila?«

»Das ist die Frau, die er eingestellt hat. Er spricht dauernd davon, dass keiner außer ihm sich fürs Geschäft interessiert und dass er Hilfe braucht. Und jetzt hat er Sheila, und sie ist ganz wild darauf und hängt an seinen Lippen, dass es schon widerlich ist.«

»Seit wann geht das so?«

»Seit er aus New York zurück ist. Hast du nichts

davon gewusst? Ich dachte, du hättest sie kennen gelernt.«
»Wie hätte das geschehen sollen? Ich war hier.«
»Ja, und sie auch. Dad hat sie bei dieser Konferenz kennen gelernt. Sie hat für einen der Großen wie Yale oder Chubb an einem ihrer Stände gearbeitet. Er hat sie abgeworben. Er ist so stolz auf sich, dass mir übel wird.«
»Ned, versuchst du mir zu sagen, dass da etwas zwischen deinem Vater und Sheila läuft?«
»Na ja, ich hab sie nicht direkt dabei erwischt, aber ...«
»Genau wie du ihn nicht direkt mit Amanda Bamber im Bett erwischt hast. Um Himmels willen, Ned ...«
Grace hatte mich erst heute Nachmittag bezichtigt, paranoid zu sein. Ich würde nicht nach Neds Köder schnappen.
»Wie alt ist sie überhaupt, diese Sheila? Weiß sie, was sie tut?«
»Das ist es ja gerade, Mum. Sie ist erst sechsundzwanzig und umwerfend!«

GRACE

Ich erfuhr ganz zufällig, dass Lew unter Schlaflosigkeit litt, als ich ihn im Supermarkt traf.

»Wie ich sehe, kümmern Sie sich immer noch um die beiden Hunde. Warum holen Sie sich nicht einen eigenen?«

»Welche beiden Hunde?« Als ob ich das nicht wüsste.

»Die, die mit dem Typen in dem Mercedes kommen. Ich leide unter Schlaflosigkeit, wissen Sie? Also steh ich nachts auf und geh spazieren. Ich hab den Typen mit diesen Hunden von Ihrer Einfahrt wegfahren sehen, und da hab ich mir gedacht: Er wird sie ihr wieder bringen.«

Archie war also vor meinem Haus gewesen und hatte wohl nach mir Ausschau gehalten. Mein Herz begann schneller zu schlagen. Aber wie sollte er zu mir kommen, wenn doch Margot, meine Schwester und Mary ständig um mich waren? Wahrscheinlich hatte er nicht anrufen wollen. Ich musste eine Möglichkeit finden, ihn zu sehen. Ich schaute auf die traurige kleine Ansammlung in Lews Einkaufswagen – eine einzelne Fleischtomate, zwei Äpfel, ein halber Liter Milch, ein kleines Glas Pulverkaffee und drei Six-packs Bier.

»Schon wieder Regen«, meinte er grimmig, »dieser alte Kerl von Linda sagt immer was Falsches voraus.«

Eigentlich fand ich Stanleys Vorhersagen ziemlich genau. Ich hörte ihm gern zu.

»Lew, das mit Linda tut mir Leid. Aber er ist ein netter Kerl, wirklich. Haben Sie ihn kennen gelernt?«

»Nee. Will ich auch nicht«, antwortete Lew. »Also, ich muss los. Bis dann.«

»Bis dann, Lew.«

Lew und Linda. Es hätte funktionieren können. Warum war ich nicht früher draufgekommen? Ich warf noch einmal einen Blick in den Einkaufswagen und fühlte mich beschissen. Was Lew mehr als alles andere brauchte, war eine Mrs. Lew.

Meine Schwester und Mary klebten wieder vor dem Fernseher und schauten sich die Berichterstattung über Diana im NBC an, die rund um die Uhr ging. Sie teilten sich die Zeit zwischen meinem und Lindas Haus ein, und ich war seltsam erfreut, sie bei mir zu haben. Es war, als könnten wir uns weiterhin schwesterliche Wiedervereinigung vorgaukeln, ohne wirklich miteinander reden zu müssen. Ich war Diana richtig dankbar. Alles war bis zur Bestattung irgendwie in der Schwebe. Wir freuten uns schon alle auf die Übertragung ihrer Beerdigung am nächsten Samstag um fünf Uhr früh, so morbid das auch war.

Margot war dabei nicht in unsere Pläne einbezogen. Sie war schlicht und einfach nie da. Ich war wütend, weil sie mich so ausnützte, aber aus irgendeiner missverstandenen Loyalität für unsere alte Freundschaft weigerte ich mich, auch nur ein Wort gegen sie zu dulden.

Außerdem fragte ich mich allmählich, was mit ihr und Harry Fox war. Es wäre wirklich der Gipfel des Verrats, wenn sie mit ihm was hätte. Ich konnte nicht glauben, dass sie mir das antun würde. Doch warum tangierte mich das eigentlich noch? Eins war mir in den letzten Wochen klar geworden, nämlich dass ich über Harry Fox hinweg war. Es war mir egal, ob ich ihn je wieder sah. Jetzt hatte ich Archie in meinem Leben.
Und doch brachte mich der Gedanke, dass Margot und Harry zusammen waren, fast um.
Schließlich löste ich das Problem, wie ich Archie sehen könnte, indem ich zum Haus in den Dünen fuhr und einen Brief hinterließ, in dem ich ihn bat, mich im Lunch Place zu treffen. Es war riskant. Sonia könnte seine Post öffnen. Ich schrieb, dass ich jeden Tag mittags da sein werde.
Er tauchte gleich am nächsten Tag auf.
»Tut mir Leid, dass ich das tun musste, aber ich hab gewusst, dass du versucht hast, mich zu sehen«, erklärte ich.
»Das hast du?« Er schien überrascht.
Ich erzählte ihm, wie Lew die Hunde gesehen hatte, und er lächelte.
»Ah, ich wurde entdeckt.«
»Ich glaube, Margot ahnt auch was.«
»Ja?« Jetzt sah er besorgt aus.
»Keine Angst, sie ist meine Freundin. Sie wird kein Wort sagen. Außer vielleicht zu Harry Fox. Sie hat sich anscheinend mit ihm angefreundet. Hast du das gewusst?«

Wenn Harry und Archie zusammenarbeiteten und Margot sich tatsächlich mit Harry traf, dann könnte Archie eingeweiht sein. Er hatte aber nichts gesagt, weil er wusste, dass ich verletzt sein würde.

»Also, ich hab sie noch nie zusammen gesehen«, antwortete er, und ich musste ihn nur ansehen, um ihm zu glauben.

Ich konnte nicht anders. Wieder bei ihm zu sein, brachte ein solches Gefühl der Erleichterung, dass ich meinen ganzen Frust über Margot loswerden musste.

»Ich hab dieses verrückte Problem mit ihr. Ich liebe sie, sie ist meine älteste Freundin, aber ich fühl mich immer schlecht, wenn sie da ist. Ich hab das Empfinden, dass sie mich mit allem, was sie sagt, nur runtermachen will. Aber wahrscheinlich ist das nur Einbildung.«

»Wie meinst du das?«

»Na ja, sie sagt so was wie: ›Warum richtest du deine Gästezimmer nicht hübscher ein, streichst sie heller?‹ Ich denke sofort, sie kritisiert meinen Geschmack, dabei will sie vermutlich nur nützliche Vorschläge machen.«

»Leute, die einen so kritisieren, sind meistens eifersüchtig. Sie beneidet dich wahrscheinlich um deinen Erfolg, deinen Stil.«

Ich schnurrte fast vor Entzücken. Archie war so eine Stütze, dass ich fast ein schlechtes Gewissen hatte, weil ich mich über Margot beschwerte. Aber ein bisschen würde ich noch weitermachen, nur um sicherzugehen, dass ich meinen ganzen Groll loswurde.

»Und die Tatsache, dass sie nie da ist, ständig ausgeht, macht mich wütend, und trotzdem hab ich sie gebeten zu kommen. Aber als sie da war, wollte ich, dass sie wieder verschwand. Und das war immer schon so. Ich weiß einfach nicht, woran ich bin.«

»Und jetzt glaubst du, dass sie sich mit Harry zusammengetan hat?«

»Ich bilde es mir wahrscheinlich ein.«

»Ja, aber wenn nicht, dann ist das doch genauso, wie ich gerade sagte. Sie ist eifersüchtig auf deinen Stil, also wäre sie auch eifersüchtig auf deine Beziehung mit jemandem wie Harry. Sie ist unsicher, und wenn er sie im Bus bemerkt hat, hat sie sich natürlich auf ihn gestürzt, obwohl er vermutlich nur etwas über dich rausfinden wollte.«

»Du könntest recht haben. Mit ein bisschen Glück wird sie bald weg sein. Was ist mit Sonia? Wann fährt sie zurück?«

»Warum willst du das wissen?« Er war sofort auf der Hut.

»Weil ich mit dir zusammen sein möchte.«

»Hör mal, Grace, ich will nicht, dass du verletzt wirst. Das ist wirklich nicht mein Stil. Es ist erniedrigend für dich, ich hintergehe Sonia ...«

»Du willst mich nicht mehr. Du versuchst Schluss zu machen.«

»Sei nicht so stachlig, Porcy.« Es war so lange her, dass er mich so genannt hat. »Das hab ich nicht gesagt, oder? Ich wollte nur, dass du dir dessen, was du tust, bewusst bist. Sei dir sicher, dass du das wirklich willst.

Ich muss zugeben, diese Heimlichtuerei liegt mir nicht. Wenn ich nicht so verrückt nach dir wäre, würde ich nicht mal im Traum an so was denken.«

»Wenn du glaubst, ich lass dich so einfach gehen, hast du dich geirrt«, sagte ich.

»Dem Himmel sei Dank«, erwiderte er. »Ich musste das doch checken, weißt du?«

»Natürlich weiß ich es, aber ich bete dich an.« Und ich küsste ihn mitten im Lunch Place. Es war mir egal, wer zusah.

Ich war echt high, als ich nach Hause kam. Alle anderen auch in Vorfreude auf die Beerdigung im Fernsehen am nächsten Morgen. Selbst Margot war aufgeregt. Wir waren wie Schulmädchen. Linda, Favour und Mary würden um fünf rüberkommen. Die Wecker stellten wir auf halb fünf.

Abends verkündete Margot, sie würde noch auf einen Drink mit ihren »Filmfreunden«, wie sie es hartnäckig nannte, weggehen.

»Warum bringst du denn Harry Fox nie mit?«, fragte Mary.

»Ja, warum mach ich das eigentlich nicht?«, scherzte Margot, und bevor ich sie fragen konnte, ob sie sich tatsächlich mit ihm traf, sagte sie: »Oh, da ist mein Taxi. Wiedersehn, Ladys.«

»Ich stell den Wecker für uns«, rief ich ihr von der Veranda aus nach, aber ich glaube, sie hörte mich nicht.

Um halb fünf stolperte ich benebelt aus dem Bett und kroch nach unten, um einen riesigen Topf Kaffee zu

kochen. Ich stellte den Videorecorder auf Aufnahme, nur für den Fall, dass die anderen nicht rechtzeitig da waren. Dann ging ich Margot wecken.
Ihr Bett war unberührt. Sie war die ganze Nacht nicht zu Hause gewesen.
Ich holte mir eine Tasse Kaffee, und dann rastete ich aus. Ich brach vor dem Fernseher zusammen, hemmungslos schluchzend. Margot und Harry. Diana und Dodi. Diana war tot. Die kleinen Prinzen hatten keine Mutter mehr. Margot und Harry. Alles verschwamm zu einem Nebel von Kummer in meinem Kopf, sodass die anderen, als sie eintrafen, mich erst einmal zehn Minuten lang beruhigen mussten, bevor sie auf den Bildschirm gucken konnten. Natürlich dachten sie, ich wäre wegen Diana so aufgelöst.
Und plötzlich merkte ich, dass Margot da war. Sie sah zerknautscht aus und gleichzeitig strahlend.
»Tut mir Leid, dass ich so zerzaust bin, aber ich bin einfach aus dem Bett gesprungen und hab was übergeworfen.«
Sie hatte keine Ahnung, dass ich ihr unberührtes Bett unten gesehen hatte und wusste, dass sie aus einem anderen Bett gesprungen war.

FAVOUR

Was war mit Grace los? Als wir rüberkamen, um uns die Beerdigung anzusehen, war sie total aufgelöst, obwohl es überhaupt noch nicht angefangen hatte.

Ich denke, dass ich dummerweise in meinem Eifer, meine Schwester aufzuspüren und mich mit ihr zu verbünden, einige grundlegende Dinge übersehen hatte. Zum Beispiel ihren offensichtlichen Widerwillen, etwas mit mir zu tun zu haben (trotz Biddy McIntyres versteckter Warnung), und die Tatsache, dass wir möglicherweise gar nichts gemeinsam hatten. Und ich war auch nicht auf ihre sprunghafte Art vorbereitet. Ich hatte sie beim Büchersignieren bei Harrods selbstsicher und gewandt erlebt, und doch hatte ich auch da schon eine Traurigkeit in ihren Augen bemerkt. Tatsächlich lauerte hinter der kühlen Fassade eine wesentlich kompliziertere Frau, ein emotionales Chaos, das kurz vor dem Zusammenbruch stand. Sie widersprach sich von einem Tag auf den anderen. Sie war ein Snob im Bezug auf Linda, aber tief in ihrem Innern wusste sie Lindas Gutmütigkeit und Güte zu schätzen. Trotzdem konnte sie einem Miststück wie Margot nahe stehen, obwohl ich mich allmählich fragte, was zwischen den beiden vorging.

Während der gesamten Beerdigung, untermalt von Lindas hysterischen Weinkrämpfen – die einzige Nichtbritin unter uns, gelegentlich unterstützt von Mary –, merkte ich, dass Grace immer wieder giftige Blicke in Margots Richtung schickte. Die Atmosphäre, angeheizt von der schwülstigen Prosa des Fernsehkommentators, war gespannt.
Am Abend zuvor waren wir alle so gesprächig und fröhlich gewesen, alle gut Freund miteinander, sogar Margot. Wenn man bedachte, dass Margot und ich einander nicht mochten, Linda und Margot sich nicht mochten, Mary Margot verabscheute und, ehrlich gesagt, ich mir nicht sicher war, ob Grace für irgendeinen von uns etwas empfand, da grenzte es doch an ein Wunder, dass es uns gelungen war, einen so unterhaltsamen Abend zu haben. Ich hatte sogar immer wieder für zehn Minuten Gus vergessen.
Aber jetzt, am nächsten Tag, nachdem die Beerdigung vorbei war, wusste ich nicht, welches Problem ich zuerst angehen sollte: Marys Schwangerschaft, was tun, wenn mein Mann tatsächlich mit einer Sechsundzwanzigjährigen herumtobte, oder was mit der Tatsache anfangen, dass es nicht so aussah, als würden meine Schwester und ich eine bessere Beziehung aufbauen als zwei Frauen, die sich zufällig kennen gelernt und nicht viel gemeinsam hatten.
Bis elf Uhr war es mir gelungen, mich zusammenzureißen und British Airways anzurufen.
»Ich möchte zwei Plätze nach London-Heathrow heute nach sechzehn Uhr. Economy.« Ich hatte mir ausge-

rechnet, dass ich in einer halben Stunde packen könnte und es eine Fahrt von etwa zwei Stunden bis zum Flughafen war.

»Was machst du da?«, brüllte Mary, die noch vor dem Fernseher saß.

»Wir fliegen heim«, zischte ich, »um Dad und Ned und Frisky zu sehen und dich wieder hinzukriegen.«

»Wie meinst du das, mich hinkriegen? Wir haben uns doch geeinigt, dass ich nicht abtreiben werde.«

»Psst. Ja, okay. Zwei Plätze. Neunzehn Uhr dreißig. Zwei Stunden vorher einchecken. Danke. Bitte nicht am Gang, wenn möglich. Ja, ich habe ein Ticket mit festem Datum. Ja, ich weiß, umbuchen kostet hundert Pfund. Kann ich am Flughafen zahlen? Danke. Ja, ich war gebucht auf ...«

Während ich die Buchung beendete, zerrte Mary an meinem Ärmel. Ich wehrte mich und legte schließlich auf.

»Du kannst mich nicht nach Hause schleppen. Ich geh nicht. Ich will bei Grace bleiben.«

»Und wie stellst du dir das mit der Schule vor?«

»Ich kriege ein Baby, Mum!«

»Das Baby kriegst du erst in sieben oder acht Monaten. Du warst noch nicht einmal beim Arzt.«

»Lass sie noch bei mir«, sagte Grace, die mitgehört hatte. »Ihr seid ja gerade erst gekommen. Ich setz sie nächste Woche in ein Flugzeug.«

Ich hätte begeistert sein müssen, war aber wütend. »Tut mir Leid, Grace, doch ich glaube, ich weiß, was für Mary das Beste ist. Sie muss nach Hause.«

»Natürlich muss sie das. Aber doch nicht gleich. Warum plötzlich die Eile? Bleibt noch ein paar Tage, alle beide. Das ist doch okay, oder, Linda?«
»Klar«, antwortete Linda.
»He, du kannst nicht einfach so über mein Leben bestimmen«, protestierte ich. Inzwischen war mir klar geworden, dass meine größte Sorge meine Ehe mit Gus war. Ich wollte zurück und das klären. Natürlich hatte Grace keine Ahnung von meinen Problemen mit Gus, also war es ein bisschen unfair ihr gegenüber. »Du bist meine große Schwester, das weiß ich, aber wir sind erwachsen.«
»Ach hör doch mit diesem Schwesternscheiß auf. Wir sind ja nicht zusammen aufgewachsen. Aber ehrlich gesagt gefällt mir die Rolle der großen Schwester recht gut.«
Zu meinem Ärger bemerkte ich, dass Margot den letzten Satz gehört hatte und grinste. Damit war die Katze aus dem Sack.
»Wie Sie wahrscheinlich mitgekriegt haben, sind wir Schwestern und nicht Cousinen«, erklärte ich ihr. »Es ist eine lange Geschichte. Grace wird sie Ihnen zweifellos eines Tages erzählen.«
»Oh, keine Sorge, ich weiß alles darüber«, sagte Margot geheimnisvoll.
»Wieso weißt du alles? Du weißt nichts. Was hat Harry dir erzählt? Er hat ebenfalls keine Ahnung.« Grace war plötzlich sehr nervös.
»Er könnte etwas gesagt haben. Ich weiß es nicht mehr.« Margot war bewusst provozierend.

»Wir sind alle sehr müde. Wir sind seit halb fünf wach. Legt euch doch ein bisschen hin, während ich packe ...«

»Hör um Himmels willen auf, uns zu sagen, was wir tun sollen. Du bist wie eine verdammte Kinderfrau«, explodierte Grace.

»Und du bist bemitleidenswert, sitzt hier ganz allein in diesem Haus und trauerst um Harry Soundso. Du brauchst so eine verdammte Kinderfrau, die sich um dich kümmert. Du bist einsam, du brauchst irgendeine Form von Beziehung, um deinem Leben einen Sinn zu geben, selbst wenn es nur eine Krankenschwester oder ein Wellensittich ist. So wie du lebst, ist wirklich ungesund.«

»Mary, komm mit«, sagte Linda, als mein Ausbruch abrupt endete, und Mary, dieses eine Mal erstaunlich folgsam, trabte hinter ihr zur Tür hinaus.

»Ich geh am Strand spazieren«, verkündete Margot.

»Welche Überraschung«, sagte Grace. »Es soll regnen. Vergiss nicht, Harry anzurufen und dich dort mit ihm zu verabreden.«

Margot sah sie verwirrt an, bevor auch sie durch die Tür verschwand.

»Was sollte denn das?«, fragte ich. »Hat sie was mit Harry Fox? Hatte ich Recht?«

»Kümmer dich um deinen eigenen Scheiß. Nein, natürlich hat sie nichts mit ihm. Warum bist du immer noch hier? Ich dachte, du musst ein Flugzeug kriegen.«

»Das werde ich auch, aber da ich schon mal angefangen

habe, möchte ich dir ein bisschen Vernunft einbläuen. Ich gebe zu, dass ich eine Schwester finden wollte, die wie ich ist, und das seltsame ist, ich habe sie gefunden. Nur, das bist nicht du. Du magst vielleicht meine biologische Schwester sein, aber Linda und ich sind Schwestern im Herzen. Wir sind uns in vieler Hinsicht sehr ähnlich. Ich mag ihren Stanley. Er würde gut mit meinem Gus auskommen.«

»Schwestern im Herzen. Du bist nichts als ein endloser Strom von Klischees. Du musst aufwachen und sehen, wie die meisten Leute leben. Komm raus aus deinem gemütlichen kleinen Kokon. Gib der armen Mary eine Chance. Das ist das Verrückte an Müttern und Töchtern. Wie oft sind sie die gleiche Art Frau, wenn sie erwachsen sind? Wenn du und Mary euch als Erwachsene kennengelernt hättet, wäret ihr voreinander davongelaufen. Du bist nett und vorstadtorientiert und legst Wert auf Äußerlichkeiten und Familienleben. Mary aber sieht weiter als das. Sie will über diese Grenzen hinaus, egal, wie gefährlich das ist, und sie hat den Anfang gemacht, indem sie darauf besteht, das Baby zu kriegen. Abtreibung wäre die sichere Lösung, alles unter den Teppich zu kehren anstatt sich der Realität zu stellen. Mary ist tapfer.«

»Wie du, nehm ich an.«

»Ja, sie ist wie ich. Ich will nicht unbedingt sagen, dass es tapfer ist, die Konventionen zu ignorieren, wahrscheinlich ist es einfach dumm. Aber ich finde, dass Mary tapfer ist.«

Ich wusste, dass Grace Recht hatte. Mary war immer für das eingetreten, woran sie glaubte, wohingegen ich oft Kompromisse machte, um ein ruhiges Leben zu haben, Konfrontationen zu vermeiden.

»Du magst ja mein Leben als langweilig verurteilen – oh, sag nichts, ich weiß, was du denkst, und auch Linda weiß, dass du ihren Geschmack furchtbar findest –, aber du machst dir nicht die Mühe, deine hochnäsigen Ansichten zu kaschieren, und das ist verletzend und unhöflich. Das ist dir nie in den Sinn gekommen, nicht wahr? Ich weiß, dass du mich für langweilig hältst, aber zumindest bin ich konsequent und dem, was ich bin, genauso treu, wie du es dir bist. Der Unterschied ist, ich erkenne meine Mängel an – du nicht.«

»Woher weißt du das?«

»Ich spüre es. Du hast dich noch nie lange und eindringlich betrachtet. Du bist immer noch von diesem Harry Fox besessen und es ist Zeitverschwendung.«

»Moment mal, du irrst dich nämlich gewaltig. Du sitzt hier in meinem Haus und meinst, du weißt alles über mich, nachdem du mich kaum zwei Wochen kennst, und versuchst mit mir die Amateurpsychologin zu spielen und mit Mary auch, und das macht mich krank. Wenn du's wirklich wissen willst, ich bin über Harry Fox total weg, und ja, ich glaube, dass er mit Margot schläft und dass sie es tut, um mir eins auszuwischen, weil sie eifersüchtig auf mein Talent und meinen Stil ist und es immer war. Und weißt du, woher ich das alles habe? Von einem Mann – Archie Berkeley hat mir das gesagt. Er ist die neue Liebe in meinem Leben. Siehst du, ich habe jemanden. Er ist der Typ, mit dem ich damals am Strand war, als wir mit Mary zurückkamen und du hier warst. Ich hab ihn gestern gesehen. Wir lieben uns.«

Es war, als wären wir kleine Kinder, die sich um eine Puppe streiten.

»Begreifst du jetzt, warum es mich nervt, wenn du hier in meinem Haus sitzt und mir predigst, ich würde eine Beziehung in meinem Leben brauchen, weil du so selbstzufrieden mit deiner perfekten Ehe bist?«

»Perfekte Ehe«, wiederholte ich, »welche perfekte Ehe? So was gibt es nicht. Du sagst, dass ich nichts über dein Liebesleben wüsste, bildest dir aber ein, du wüsstest alles über meine Ehe.«

»Hast du denn keine gute Ehe?«

»Ich dachte, ich hätte sie – bis vor kurzem. Jetzt hat mein Mann New York verlassen, ohne es mir zu sagen. Als ich mit ihm in London telefoniert habe, bestand er darauf, dass Mary abtreibt, und zu guter Letzt erzählt mir mein Sohn Ned, dass er eine sechsundzwanzigjährige Sexbombe angestellt hat, mit der er sehr eng zusammenarbeitet. Du bist doch so tapfer. Was würdest du an meiner Stelle tun?«

»Ich würde sofort zurückfliegen und das mit Gus regeln«, antwortete Grace.

»Aber du wolltest mich doch gerade noch überreden, hier zu bleiben.«

»Nein, du musst fliegen, jetzt seh ich das ein. Aber kannst du Mary nicht noch ein bisschen bei mir lassen? Also gut, ich geb's zu, ich habe das Gefühl, dass ich zu Mary eine Bindung habe und sie mir wichtig ist. Du magst meine Schwester sein, aber wir sind uns nicht ähnlich. Wir haben nicht viel gemeinsam, weniger, wie du schon bemerktest, als du und Linda. Und ich kann ehrlich sagen, dass ich mich sehr freue, dass ihr euch so gut versteht. Aber irgendwie empfinde ich Mary als Familie, und das ist seltsam beruhigend. Bitte lass sie hier bei mir.«

Das war es, was Linda meinte, wenn sie sagte, Grace sei *echt*. Ihre Abwehr war zusammengebrochen, und sie zeigte ihre Verletzlichkeit auf ansprechende Weise. Ich spürte, dass sie Mary wirklich ins Herz geschlossen hatte.

»Womit ich mich nur schwer abfinden kann«, sagte ich langsam und beobachtete dabei ihr Gesicht, »ist, dass Mary sich offensichtlich besser mit dir versteht als mit mir. Und ich frage mich immer wieder: Wenn wir so verschieden sind und Mary und du euch so ähnlich seid, wer von uns ist dann wie unsere Mutter? War sie ein ängstlicher, aber vernünftiger, passiver, wenn du willst, langweiliger Familienmensch wie ich oder ein unabhängiger ungeduldiger Kämpfer wie du und Mary?«

»Mit Sicherheit werden wir das nie wissen«, antwortete Grace, »damit musst du dich abfinden. Wir werden es nie erfahren, aber sie muss eine gewisse Kraft gehabt haben, um einen so gewalttätigen Akt wie Selbstmord durchzuziehen.«

»Ich werde Marys Flug stornieren«, sagte ich, stand

auf und wollte zum Telefon gehen. Aber bevor ich abheben konnte, klingelte es.
»Könnte ich mit Linda sprechen?«, fragte jemand.
Ich reichte Grace den Hörer. »Jemand für Linda.«
»Sie ist nicht hier. Haben Sie es schon bei ihr zu Hause versucht? Ja, sie war vorher hier. Nun, dann muss sie weggegangen sein. Ja, ich bin eine gute Freundin. Natürlich kann ich ihr eine Nachricht geben.«
Ich hörte zu und dachte über das Gespräch nach, das ich gerade mit Grace hatte. Auf einmal sah ich, wie Graces Gesicht erstarrte. Sie umklammerte den Hörer, und ich merkte, dass ihr die Beine den Dienst versagten. Ich schob ihr gerade noch rechtzeitig einen Stuhl unter.
»O nein, nein, nein«, sagte sie mehrmals.
»Was ist denn?«, fragte ich, als sie aufgelegt hatte.
»Es ist Stanley. Er war draußen über dem Wasser. Wetterberichterstattung. Er war nicht richtig angeschnallt und ist aus seinem Hubschrauber gefallen. Er hatte keine Schwimmweste an.«
»Er hatte keine Schwimmweste an«, wiederholte ich benommen.
»Es war weit draußen über dem Meer hinter Rhode Island oder so. Ich erinnere mich, dass Linda erzählt hat, er wolle was erkunden. Deshalb hatte sie auch so viel Zeit, die sie bei uns verbringen konnte. Und wir haben Scherze gemacht, weil er mit solcher Autorität über das Meer und die Brandungen und Wellen spricht, weil ...«

»Weil ...?«, sagte ich voller Angst vor dem, was ich hören würde.
»Weil er nicht mal schwimmen kann. Er ist aus dem Hubschrauber gefallen und konnte nicht schwimmen.«

GRACE

Am Ende musste ich Favour selbst zum Flughafen bringen, weil sie sonst nie geflogen wäre. Sie wollte bei ihrer neuen Freundin Linda bleiben, während sie auf Nachricht von Stanley wartete. Aber nachdem ich von der Sechsundzwanzigjährigen und ihrem Mann gehört hatte, fand ich nichts dringlicher, als dass sie zurückflog und die Sache klärte.

Jetzt klammerte ich mich an Mary. Natürlich konnte sie nicht bei Linda bleiben. Sie war zu verzweifelt, um mit ihr fertig zu werden. Und eigentlich hätte sie mit ihrer Mutter gehen und ihrem Vater, die Gründe, warum sie das Baby behalten wollte, darlegen müssen. Aber als es dann hart auf hart ging, stellte ich fest, dass ich es nicht fertig brachte, sie wegzulassen.

Wir setzten Favour im BA-Terminal am JFK ab und fuhren dann direkt zurück.

»Ist Stanley tot?«, fragte Mary ohne Umschweife, als wir auf dem Highway waren.

»Ich denke schon.« Ich fand, ich musste ehrlich sein. »Er kann nicht schwimmen, und es sind Stunden vergangen, seit er als vermisst gemeldet wurde.«

»Arme Linda. Sie ist ganz allein.«

»Nein, ist sie nicht. Ich hab Lew angerufen, bevor wir gefahren sind, und er leistet ihr Gesellschaft.« Einen flüchtigen Moment lang stellte ich mir vor, wie Lew und Linda dasaßen und sich Bob Dylans neues Album wie zwei alte Hippies anhörten. Linda spielte es ununterbrochen, weil Stanley es ihr geschenkt hatte.

»Oh«, sagte sie. Und nach einer Weile: »Deine Mutter ist tot, stimmt's? Und Mums.«

»Ja.«

»Wie ist sie gestorben?«

»Ich bin mir nicht sicher.«

»Mum sagt, sie sei bei ihrer Geburt gestorben. Ist sowas erblich?«

O Gott, dachte ich und wär vor Schreck fast von der Fahrbahn abgekommen, als mir klar wurde, worauf sie hinauswollte.

»Nein, natürlich ist das nicht erblich. Und deine Mutter irrt sich. Deine Großmutter ist nicht bei der Geburt gestorben, also brauchst du dir deshalb keine Sorgen zu machen. Schau dir deine Mutter an – zwei gesunde Kinder. Und das Gleiche bei deiner Großmutter. Deine Mutter und ich kamen, soviel ich weiß, ohne Probleme auf die Welt.«

»Wie ist sie dann gestorben?«

»Sie hat Selbstmord begangen.«

Marys Entgegnung überraschte mich.

»Ich hab mich schon gefragt, ob es vielleicht so was war.«

»Wieso das?«

»Na ja, es wurde nie über sie geredet. Irgendein Geheimnis schwebte über ihrem Tod. Okay, Mum hat sie zwar nicht gekannt, aber man hört doch, wenn man aufwächst, immer was über seine Großeltern, und Ned und ich haben das nie. Mum hat über ihren Vater geredet, aber nicht über ihre Mutter. Ich hab das nie kapiert. Aber warum hat Mum uns nicht wenigstens erzählt, dass Großmutter sich umgebracht hat? Warum hat sie gelogen?«

»Sie hat nicht gelogen. Sie weiß es selbst erst seit letzter Woche, nachdem ich es ihr erzählt habe.«

»Und wer hat ihr dann gesagt, dass meine Mutter bei ihrer Geburt gestorben sei?«

»Ich denke, das muss ihr Vater gewesen sein.«

»Aber warum?«

Fast hätte ich ihr die ganze Geschichte von ihrem Großvater erzählte und was für ein Monster er war. Aber ich tat es nicht. Ich erinnerte mich, dass Favours Vater in ihren Augen kein Monster war. Nur meiner. Und Mary hatte als Favours Tochter ein Recht, ihren Großvater für den Mann zu halten, den Favour gekannt hatte. Arme unschuldige Favour.

Aber wie üblich überraschte mich Mary.

»Also gut, du brauchst es mir jetzt nicht zu erzählen. Ich weiß, dass da eine Geschichte dahinter steckt. Die Wahrheit kenn ich nicht, oder? Weißt du, warum deine Mutter sich umgebracht hat?«

»Ich glaube schon.«

»Und du hast es Mum gesagt?«

»Ja.«

»Okay, dann werde ich sie bitten, es mir zu erzählen. Ich will es von ihr hören. Ich will sie dazu bringen, mit mir darüber zu reden. Mum versteckt alles, vergräbt es. Ich will sie dazu bringen, mehr mit mir zu reden.«

Ich beneidete Favour um ihre Tochter.

»Wir hatten eine Lehrerin in der Schule«, berichtete Mary, »die immer über Leben und Tod und so geredet hat, und sie hat gesagt, dass es jedes Mal, wenn jemand stirbt, zum Ausgleich eine Geburt gebe. Wenn also Stanley stirbt, dann ist mein Baby zum Ausgleich da.«

»Das ist allerdings sehr vereinfacht.«

»Kann sein«, sagte sie. »Aber du freust dich über mein Baby, nicht wahr, Grace?«

»Das weißt du doch.« Ich fragte mich, worauf sie hinauswollte. Allmählich wurde mir klar, dass man bei Mary nie wissen konnte, was als Nächstes kommen würde.

»Frisky wusste genau, was sie mit ihren Kätzchen machen musste, sobald sie auf der Welt waren. Ob das bei mir wohl auch so sein wird?«

»Mary«, sagte ich so sanft wie möglich, »du wirst dein Baby wahrscheinlich gar nicht sehen.«

»Wie meinst du das?«

»Wenn du es kriegst ...«

»Ich werde es kriegen. Das weißt du doch.«

»Also schön, wenn du es kriegst, wirst du es zur Adoption freigeben müssen. Das musst du verstehen, Mary. Du bist erst sechzehn. Du kannst nicht alles aufgeben, Schule, Uni, Jugend, Spaß, um ein Kind aufzuziehen. Du wirst später genug Gelegenheit haben, Babys zu haben. Es gibt 'ne Menge Leute, die keine Kinder haben können und auf Mädchen in deiner Lage angewiesen sind.«

Ich war ziemlich stolz auf meine Rede, sodass Marys

ruhige Erwiderung mich wie ein Vorschlaghammer traf.

»Was ist mit Waisen? Flüchtlingen? Aus Rumänien oder China. Sie brauchen ein Zuhause.«

»Aber es gibt so viele Leute, die keine Kinder haben können.«

»Leute wie du, meinst du?«

»Es spricht nichts dagegen, dass ich Kinder haben kann. Ich hab dir von meiner Abtreibung erzählt.«

»Ja, aber jetzt bist du ein bisschen alt, nicht wahr? Und außerdem hast du keinen Mann.«

Ich warf ihr einen Blick zu.

»Oh, tut mir Leid, ich meinte, keinen Ehemann.«

»Ich will keinen Ehemann.«

»Hm.« Ich sah, dass sie mir nicht glaubte. »Das vielleicht ja nicht, aber möchtest du nicht ein Baby, worum du dich kümmern und das du dein Eigen nennen kannst? Hast du nicht zumindest ein bisschen darüber nachgedacht?«

»Ich hab viel darüber nachgedacht.«

Das stimmte. Mir ist oft durch den Kopf gegangen, dass ich eine recht gute Mutter wäre, und wie Mary nach der Zuneigung schrie, die sie offensichtlich von Favour nie erhalten hatte, bestätigte das. Wahrscheinlich wünschte sich jedes Kind andere Eltern, und es war zu leicht zu glauben, man könnte eine gute Mutter für das Kind einer anderen sein.

»Angenommen, Mum stirbt morgen und man würde mich dir geben, würdest du mich wollen?«

»Mary!« Wie konnte sie so reden, während ihre Mutter gerade in zehntausend Meter Höhe über dem Atlantik war?

»Ich hätte sie lieber am Leben und dich hier zu Besuch. Und wenn schon Kind, dann möchte ich ein Baby. Aber wie du so charmant sagtest, bin ich ja wohl zu alt.«

»Aber du hast von Adoption gesprochen.«

»Ja, doch ich glaube, sie geben nicht so einfach Babys an ältere Frauen ab. Das wäre sehr schwierig.«

»Was, wenn du zu keiner Adoptionsstelle gehen müsstest?«

Jetzt fiel der Groschen in meinem dumpfen Gehirn. O Scheiße. O Scheiße, Scheiße, Scheiße. Da war ich wirklich fein hineingetappt.

»Es macht doch Sinn. Siehst du's nicht? Ich würde das Baby kriegen, es dir geben, und es wäre trotzdem in der Familie, und ich könnte immer zu ihm.«

»Du hast dir das schon alles zurechtgelegt, nicht wahr?«

»Ich bin darauf gekommen, als du mit Mum über Äußerlichkeiten geredet hast und dass ich das Baby vielleicht nicht in London kriegen sollte. Da hab ich mir gedacht: Sie will, dass ich das Baby hier bei ihr kriege.«

»Du weißt, dass ich es nicht so gemeint habe.«

»Ja, aber die Idee ist doch toll, und du solltest darüber nachdenken.«

Ich dachte darüber nach. Die nächsten siebzig Meilen dachte ich an nichts anderes. Es war absolut vernünftig. Man bot mir ein Baby an, und es war ganz klar meine letzte Chance, eins zu kriegen, und das zu einer Zeit, da ich dringend jemanden zum Lieben brauchte und mir obendrein ganz unerwartet klar geworden war, dass es mir fehlte, nie Mutter gewesen zu sein.

Zu Hause angekommen, rief ich als Erstes Linda an. Ich hatte mich alle zwei Stunden bei ihr gemeldet, um zu erfahren, ob sie etwas gehört hatte. Meine Schwester war ganz außer sich gewesen bei dem Gedanken, Linda in einer so schrecklichen Zeit allein zu lassen. Die beiden waren Freundinnen geworden, und es überraschte mich, wie sehr mich das freute. Linda musste seltene Qualitäten haben, wenn sie Beziehungen zu zwei so verschiedenen Schwestern entwickeln konnte.

Ich wusste, dass Favour zum Teil so aufgeregt war, weil man nicht helfen konnte. Linda hörte eigentlich nichts, was irgendjemand sagte. Sie saß einfach neben ihrem kleinen rosa Nachttischtelefon und wartete. Sie wollte nichts essen, nichts trinken. Sie nickte nur ab und zu, so tuend, als würde sie die tröstlichen Worte, die man sagte, registrieren. Mir war nicht wohl dabei, sie so oft anzurufen. Ich konnte mir vorstellen, wie sie jedes Mal, wenn das Telefon klingelte, zusammenzuckte. Aber ich musste erfahren, was passiert war, und nachdem ich Mary bei mir hatte, konnte ich nicht zu ihr gehen und ihr die Hand halten.

Aber jetzt ging ich rüber.

Sie hatten Stanleys Leiche gefunden.

Eine Frau, die ein Stück weiter oben in der Straße

wohnte, war am Telefon und flehte mich an, rüberzukommen. Linda hatte einen hysterischen Anfall, weil man Stanleys Cousin gebeten hatte, ihn im Leichenschauhaus zu identifizieren. Keiner hatte sie gebeten. Sie war drauf und dran, dorthin zu fahren, und die Frau konnte sie nur noch mit Mühe zurückhalten.

»Sind sie sicher, dass es er ist?«

»Ja, er ist es. Der Cousin ist nur eine Formalität. Er war einige Zeit im Wasser. Schaut nicht gut aus. Linda sollte ihn nicht sehen. Sie sollte sich an ihn erinnern, Sie wissen schon ... wie er war.«

Sich an ihn erinnern.

Sie hatte ihn gerade erst kennen gelernt, und jetzt verlangte man, dass sie sich an ihn erinnerte.

Ich drückte sie so fest ich konnte an mich. Der Schmerz war so groß, dass sie die Augen zugekniffen hatte und völlig verkrampft war. Und sie stieß immer wieder einen Schmerzensschrei aus und erschauderte in meinen Armen. Ich hatte nie gemerkt, wie zerbrechlich sie war. Sie hatte Knochen wie ein Vogel.

Ich ließ ein Bad ein, das sie beruhigen sollte, und hob sie mit Hilfe der anderen Frau hinein. Anschließend konnte ich sie überreden, ins Bett zu gehen. Ich hatte den Arzt angerufen, und er kam und gab ihr ein Beruhigungsmittel, sagte aber, es müsste jemand bei ihr sein, wenn sie aufwachte.

Ich arbeitete mit der anderen Frau, die ich kaum kannte, einen Zeitplan aus.

Auf dem Weg zurück zum Haus dachte ich, welch

ungeheures Glück ich hatte, Archie zu haben. Es war nicht das, was Linda mit Stanley gehabt hatte, aber ich war auch nicht Linda.

Und ich dachte an die andere wachsende Beziehung in meinem Leben und fragte mich, wohin sie mich führen würde.

Ich brachte das Thema Baby wieder zur Sprache, als wir an diesem Abend mit dem Essen fertig waren.

»Okay, Mary, ich mach dir, was das Baby betrifft, einen Vorschlag.«

Sie sagte nichts, sah mich nur an. Sie war schlau genug zu wissen, wann es besser war, den Mund zu halten und zuzuhören.

»Du bist noch ein Kind. Allein die Tatsache, dass du mit diesem schlichten kleinen Plan daherkommst und glaubst, dass er einfach so funktionieren wird, beweist es. Es gehört verdammt viel mehr dazu, ein Kind zu haben, als es auf die Welt zu bringen, und ich glaube nicht, dass du das bedacht hast. Wie es mein Leben ändern würde, zum Beispiel. Aber wie alle schlichten Ideen hat es etwas, das reizt, also will ich dir sagen, wozu ich bereit bin.«

Inzwischen sah Mary etwas beunruhigt aus.

»Erst einmal wirst du nach Hause fliegen und wieder in die Schule gehen. Wir haben noch sieben oder acht Monate, bevor das Baby geboren wird. Falls wir beide nächstes Frühjahr, wenn das Baby zur Welt kommt, genauso empfinden wie jetzt, dann ziehen wir das durch. Du kriegst das Baby in Amerika, damit es einen amerikanischen Pass erhält und hier bei mir aufwachsen kann. Und das ist das Wichtigste: Dein Vater und deine Mutter müssen ihre Zustimmung dazu geben.«

»Können wir sie jetzt anrufen?« Sie war wie der Blitz vom Tisch aufgesprungen.

»Nein, können wir nicht. Erstens wird deine Mutter noch gar nicht da sein, und außerdem sollten wir ihnen ein bisschen Zeit zusammen geben, bevor wir sie damit konfrontieren.«

»Wieso?«, fragte Mary scheinheilig. »Ist etwas nicht in Ordnung?«

»Warum sollte es? Sie sind ein Ehepaar, das sehr lange getrennt war. Du bist doch so gescheit, überleg mal, warum sie diese Zeit zusammen brauchen.«

»O mein Gott, sie sind Mum und Dad. Aber dabei fällt mir was ein. Wenn mein Baby bei dir bleibt, wer wird dann seine Vaterfigur?«

»Ich mag es, wenn du fragst, als würdest du mich für die Rolle vorsprechen lassen. Ich könnte dir ohne weiteres dieselbe Frage stellen, wenn du dich um das Baby kümmern würdest. Wie es der Zufall will, wird es, wenn es bei mir lebt, keine konventionelle Vaterfigur haben, außer es passiert etwas ganz Seltsames und ich heirate bis dahin jemanden. Doch es gibt einen Mann in meinem Leben, den ich liebe.« Ich hielt inne. »Du kennst ihn, Mary. Weißt du noch, als wir uns das erste Mal begegnet sind, als du am Strand ohnmächtig geworden bist und wir dich zurückgebracht haben. Das ist er.«

»Wie, glaubst du, denkt er über das Baby?«

»Das weiß ich nicht. Ich müsste ihn fragen.«

»Aber der Mann ist verheiratet.«

»Das stimmt.« Ich konnte es nicht abstreiten. Sie hatte gehört, wie Linda Archie erzählt hatte, dass sie seine Frau in East Hampton getroffen habe.

»Und er ist ein Bastard.«

»Ist er nicht. Wie kommst du denn da drauf?«

»Er betrügt seine Frau mit dir, und dich bescheißt er mit einer anderen Frau. So jemandem kann man nicht trauen.«

»Ja, er betrügt seine Frau, aber er hat so was nie zuvor gemacht. Und er betrügt sie nur, weil er mich so sehr liebt. Er hat es mir gesagt.«

»Ach ja? Und wenn er dich so liebt, wie kommt er dann dazu, Margot am Morgen von Prinzessin Dianas Beerdigung im Auto zu küssen?«

»Wovon in aller Welt redest du?«

»Ich hab sie gesehen. Mum und Linda sind durch den Wald zu dir gegangen, aber ich hab den Weg auf der Straße genommen, und da hab ich sie gesehen. Sein Auto parkte unten an deiner Einfahrt. Die beiden Hunde saßen auf dem Rücksitz und haben angefangen zu bellen, als ich vorbeikam, und da hab ich Margot gesehen. Sie hat ihn fast aufgefressen. Es war widerlich.«

Ich hörte ihre Worte, aber ich weigerte mich, sie zu begreifen.

»Es war der Mann vom Strand. Ich weiß nicht, ob Margot mich gesehen hat. Ich hab mich vorbeigeschlichen und bin dann rasch die Einfahrt hinaufgelaufen.

Als ich am Haus war, hörte ich, wie sie die Einfahrt hinter mir hochrannte.«
Und ihr Bett bei mir im Haus war unberührt gewesen. Was für ein totaler Narr ich doch war. Margot hatte mich nicht mit Harry Fox betrogen, sondern mit Archie.

FAVOUR

Der Erste, den ich bei meiner Rückkehr nach London sah, war Ned. Er kam aus der Haustür, als mein Taxi vorfuhr, stand oben an der Treppe und schaute aus, als hätte ihn der Schlag getroffen. Erst auf dem Weg vom Flughafen war mir eingefallen, dass ich keinen von meiner Rückkehr unterrichtet hatte.

»Steh nicht so rum, Ned, hilf dem Fahrer mit meinem Gepäck.«

Da erst erwachte er zum Leben, galoppierte die Treppe hinunter, nahm mich in den Arm, und ich presste mein Gesicht an seine Brust, damit er nicht sah, wie nahe ich den Tränen war. Er hatte mir so gefehlt.

Er trug meine Tasche in die Küche, ließ sie fallen und setzte den Teekessel auf.

»Hast du gefrühstückt?«, fragte er.

»Nein, aber ich brauch jetzt erst mal nur eine Tasse Kaffee.«

»Wo ist Mary?«

»Sie bleibt noch ein paar Tage.«

»Warum?«

»O Ned, lass mir ein bisschen Zeit. Ich erzähl euch alles. Sie ist okay und auch bald wieder daheim. Aber jetzt muss ich erst mal deinen Dad sehen. Und wehe, du irrst dich diesmal wieder. Ich bin den ganzen Weg zurückgekommen ...«

»Du möchtest, dass ich Recht habe?«

»Nein, natürlich nicht. Ich hoffe, du irrst dich total. Wo ist er?«

»Keine Ahnung. Ich bin gerade erst aufgestanden. Hier ist er jedenfalls nicht. Und wie war es in den US of A?«

»Es war toll. O nein, anfangs war es furchtbar, als Mary in New York so unglücklich war und wir nicht wussten, warum. Aber als wir dann auf Long Island waren, hat es wirklich Spaß gemacht, Diana hin oder her.«

»Keine Diana mehr, Mum, obwohl ich nicht ganz verstehe, was sie damit zu tun hat. Also, Dad hat mir erzählt, ich hätte eine Tante.«

»Du hast eine Tante, und Mary ist im Augenblick bei ihr. Sie lieben einander.«

»Ich nehme an, es hat keinen Sinn zu fragen, warum wir nie zuvor von dieser Tante erfahren haben?«

»Jetzt nicht. Aber wenn ich erst mal diesen Jetlag überwunden und das mit deinem Vater geregelt habe, werde ich mich hinsetzen und dir die ganze Geschichte erzählen. Und du wirst sie irgendwann kennen lernen. Du wirst sehr überrascht sein. Sie ist mir überhaupt nicht ähnlich, und wir haben nichts gemeinsam, und ich glaube, wir werden nie Busenfreundinnen werden, aber ich kann dir gar nicht sagen, wie sehr es mich freut, sie gefunden zu haben. Stell dir vor, wie du dich fühlen würdest, wenn du Mary nie begegnet wärst.«

»Ganz einfach. Ich wäre nicht Kotzbrocken. Mum, geht's ihr gut?«

»Sie will es kriegen.«

»Also bekomm ich eine Tante und werde gleichzeitig Onkel.«

»So in der Art. Aber sie wird es natürlich zur Adoption freigeben – und ich bin mir nicht sicher, ob sie das schon kapiert hat –, also wirst du deinen Neffen oder deine Nichte wahrscheinlich gar nicht kennen lernen.«

»Du nimmst das alles mit unglaublicher Ruhe, Mum. Ich habe gedacht, du würdest die Wände hochgehn.«

»Nun, ich glaube, du wirst feststellen, dass ich mich ein bisschen verändert habe. Ich hatte einen Schnellkurs in Selbstfindung. Nicht ganz einfach, wenn du in meinem Alter bist, aber ich denke, es hat geholfen. Und, wie geht es dir, und wo ist Sophie? Noch im Bett?«

»Hier?«

»Hör mal, ich bin doch nicht blöd. Ich war mir sicher, dass du sie ins Haus bringst, sobald ich weg war.«

»Nee.«

»Aber es ist alles in Ordnung?«

»Na ja, ich weiß es nicht so recht. Ich hab sie seit einer Woche nicht gesehen.«

»Warum nicht? Ist sie verreist?«

»Keine Ahnung. Es wurde mir alles ein bisschen zu intensiv. Ich konnte nicht damit umgehen. Der Sex war gut, aber ich dachte, ich brauche etwas Freiraum, weißt du, ein wenig herumspielen.«

»Nein, ich weiß nicht. Womit genau konntest du nicht umgehen? Ich dachte, du würdest Sophie lieben?«

Es war doch nicht zu fassen. Selbst mein geliebter unschuldiger Ned, der noch vor ein paar Monaten Jungfrau gewesen war, benahm sich jetzt wie ein übersättigter Schwerenöter. Was trieb nur Männer dazu, untreu zu sein? Kaum hatte Ned die sexuelle Arena betreten, verwandelte er sich auch schon über Nacht in einen Bastard wie die Übrigen.

»Arme Sophie«, sagte ich voller Mitleid.

»Oh, der geht's gut.«

»Woher willst du das wissen? Sicher?«

Er hatte wenigstens den Anstand, betreten auszusehen. Ich kochte. Ich wollte mir Gus so schnell wie möglich vornehmen. Wie der Vater so der Sohn.

»Und wo ist dein Dad? Du weißt es nicht, nehme ich an?«

»Er ist wahrscheinlich zur Arbeit gegangen.«

»In Ordnung. Dann schau ich jetzt bei ihm rein.«

Und da saß sie im Laden und telefonierte gerade mit einem Kunden.

»Die Zentrale verständigt sofort die nächste Polizeidienststelle«, erklärte sie. »Ich bin gleich bei Ihnen«, murmelte sie mir zu. »O ja, das kann Angus Hardy Security alles erledigen. Ich schicke Ihnen einen Kostenvoranschlag, und dann können Sie sich wieder melden. Wir setzen einen Kunden nie unter Druck.«

Wir setzen einen Kunden nie unter Druck. Was sollte denn der Mist? Trotzdem musste ich zugeben, dass sie anscheinend wusste, wovon sie redete. Und sie war hübsch. Sehr hübsch. Gus' Typ. Ähnlich wie ich in ihrem Alter ausgesehen hatte, nur hübscher. Glattes blondes Haar, rosa und weiße Haut, Stupsnase, hübsche Hände.

»Wie kann ich Ihnen helfen?« Sie lächelte mich an. Sehr freundlich. Gab sich Mühe. Jung. Ehrgeizig, mit einem Job, der für sie wichtig war. Sie sah die Arbeit für Gus wahrscheinlich als vielversprechende Berufslaufbahn. Ich musste daran denken, was Mary wohl von ihr halten würde. Mary, die so wild auf Karriere gewesen war und die jetzt möglicherweise ihre Chance verspielt hatte, aber nicht, wenn ich etwas dagegen tun könnte. Plötzlich wusste ich, wie Grace sich fühlte, wenn sie hochnäsig war und sich schlecht benahm. Sie fühlte sich dann bestimmt genauso unwohl und unsicher wie ich jetzt, in Rage gebracht von dieser nichts sagenden hübschen Kreatur, die mich ohne es zu wollen in den Wahnsinn trieb.

»Ich glaube, es geht nicht darum, wie Sie mir helfen können«, sagte ich ganz wie Grace. Attackieren, die andere Partei runtermachen, bevor sie einen überrumpeln kann.

»Tut mir Leid, ich kann Ihnen nicht ganz folgen.«

»Sheila, nicht wahr?«

»Ja, das ist richtig.« Sie lächelte wieder selbstzufrieden.

»Mein Sohn hat mir von Ihnen erzählt. Sie arbeiten für meinen Mann. Sie lernten sich auf der Messe in New York kennen.«

Jetzt dämmerte es ihr. »Oh, Sie sind ...«

»Mrs. Hardy.«

»Richtig. Willkommen zu Hause.«
»Wo ist mein Mann?«
»Gus ist unterwegs. Er musste nach ... wo war das noch? Wales?«
»Wirklich?«
»Ja. Er ist morgen wieder zurück. Es war dringend. Ein Kunde dort hatte, glaube ich, einen Einbruch oder so was. Gus wollte sie persönlich beschwichtigen. Das macht er gut. Die persönliche Note. Ich muss Ned anrufen und ihm Bescheid geben, dass sein Dad heute Abend nicht zu Hause sein wird. Ich glaube, ehrlich gesagt, Gus hat sie nicht zurückerwartet.«
»Sparen Sie sich die Mühe. Ich werde Ned anrufen oder es ihm vielmehr heute Abend sagen.«
»Möchten Sie einen Kaffee?«
»Wenn ich einen Kaffee möchte, mache ich ihn mir selbst. Ich weiß, wo alles ist.«
Sie sah mich mit offenem Mund an. »Warum sind Sie so feindselig?«
»Weil ... weil ich gerade aus dem Flugzeug von New York gestiegen bin. Ich bin erschöpft, und ich habe nichts davon gewusst, dass Gus Sie eingestellt hat. Und es gibt nur eine Erklärung für mich, dass er nicht mit mir darüber gesprochen hat, nämlich dass er etwas zu verbergen hat.«
»Ich werde jetzt trotzdem Kaffee machen«, sagte sie ganz ruhig.
»In Ordnung, Sheila.« Ich hatte erkannt, dass es kein Entrinnen gab. »Machen Sie Kaffee, und dann sprechen wir uns aus.«

Ich fühlte ein Flattern in meinem Magen. Kam es jetzt zur Konfrontation? Lippenstifte im Morgengrauen?

»Es gibt nichts zu besprechen. Er ist niedlich, Ihr Mann, und er ist momentan ziemlich verletzlich, aber keine Frau könnte ihn berühren.«

»Und warum nicht?« Ich war wütend. War ich denn mit einem derart unattraktiven Mann verheiratet?

»Weil er immer nur von Ihnen redet«, antwortete Sheila zu meinem totalen Erstaunen. »Ich weiß nicht, was für ein Problem Sie beide haben, und ich will es auch nicht wissen, aber von der Sekunde an, in der wir uns in New York kennen gelernt haben – und ich gebe zu, ich wäre für einen kleinen Flirt durchaus zu haben gewesen –, hat er eigentlich immer nur von Ihnen geredet. Ich hab mich fast zu Tode gelangweilt. Ich weiß nicht, warum ich Ihnen das sage, aber ich finde es ziemlich mies, wie Sie hier aus Amerika angetrabt kommen und erwarten, dass er für Sie da ist, nachdem Sie ihn so schlecht behandelt haben. Und dann lassen Sie alles an mir aus, ohne sich die Mühe zu machen, die Fakten rauszufinden. Wenn ich ehrlich sein soll, Gus könnte hier wirklich etwas Hilfe gebrauchen.

Aber wo waren Sie? Auf der Suche nach einer verschollenen Schwester, die Sie noch nie gesehen haben. O ja, ich weiß alles darüber. Glauben Sie mir, Mrs. Hardy, ich weiß praktisch alles über Sie, was Gus weiß, auch dass er Sie liebt und anbetet und nicht verstehen kann, warum Sie an Ihrer Schwester mehr interessiert sind als an ihm.«

»Er kann es nicht verstehen, weil er ein Mann ist. Das müssen Sie doch sehen.«
»Offen gesagt, ich kann es nicht.«
»Sie sind eben eine Frau für Männer«, fauchte ich sie an.
»Was gibt es denn sonst für welche?«
»Ich fürchte, wenn Sie das nicht wissen, werden Sie als sehr einsame alte Frau enden«, sagte ich wesentlich überzeugter, als ich es eigentlich war, und verließ den Laden.
Gus liebte mich. Er hatte diesem jungen Ding erzählt, dass er mich liebte. Ich war naiv, wie ich viel zu spät erkannte. Ich wusste aber auch, dass die meisten Männer, wenn man ihnen eine hübsche Sechsundzwanzigjährige vorsetzte, zugreifen würden. Gus hatte offensichtlich widerstanden. Noch besser, er war anscheinend nicht mal auf die Idee gekommen. Ich hatte Sheila viel zu verdanken. Sie hatte im Alleingang, wenn auch unabsichtlich, meine Ehe gerettet. Wenn ich von ihr nicht in dieser kurzen halben Stunde erfahren hätte, wie viel ich Gus bedeutete, hätte ich ihn wahrscheinlich genauso unabsichtlich noch weiter weggedrängt.
Es stimmt wohl, überlegte ich, dass die meisten Ehepaare, besonders die Ehemänner, sich drastisch verändern und eine Ehe nur funktioniert, wenn sich beide Partner den Veränderungen des anderen anpassen. Aber Gus und ich waren verschieden, und ich war Gefahr gelaufen, nicht zu begreifen, dass Gus wirklich wollte, dass wir als Familieneinheit fortbestehen wie

am Anfang. Die einzige Veränderung sollte die Erweiterung des Geschäfts sein, und das verlangte mehr Einsatz von mir, seiner Frau, und nicht weniger.
Der Fehler war der Versuch gewesen, Grace zu einem Teil der Familie zu machen. Sie war es nicht. Sie würde es nie sein. Dennoch könnte sie ein Teil von Marys Familie werden. Das war etwas anderes. Genau wie Lucas Cammell für mich eine Art von Vater gewesen war und eine andere für Grace. Aber Grace würde nie ein Teil meiner Familie hier in Shepherd's Bush werden. Vielleicht würde sie Gus eines Tages kennen lernen, vielleicht würden sie ein paar Drinks zusammen nehmen, aber letztendlich wäre Grace dennoch nicht meine beste Freundin. Und je eher ich das begriff, umso besser.
All das ging mir durch den Kopf, während ich am nächsten Tag nach Wales fuhr. Gus war unterwegs, als ich auf der Farm ankam, total erschöpft von dreieinhalb Stunden Fahrt und dem Jetlag. Das Haus war ein Saustall. Alle Arbeitsflächen in der Küche waren mit Toastkrümeln übersät – Gus frühstückte immer im Stehen –, und das schmutzige Geschirr stapelte sich im Spülbecken. So weit ich es überblicken konnte, hatte er seine gesamte dreckige Wäsche aus London hierher geschleppt und sie mitten auf den Schlafzimmerboden geworfen. Ich war gerade dabei, sie in die Waschmaschine zu stopfen, als ich die Küchentür zuknallen hörte.
»Hallo!«, rief ich.
Gus kam mit Riesensätzen die Treppe herauf.

»Bevor du ein Wort sagst«, ich stieß die Waschmaschinentür hinter mir zu und schob ihn aus dem Badezimmer hinaus auf den Treppenabsatz, »ich möchte, dass du weißt, dass ich den ganzen Weg von Amerika hierher gekommen bin, um dir meine Dienste anzubieten. Professionell und unprofessionell.«
Wir erledigten zuerst das Unprofessionelle, und ich konnte kaum glauben, dass Gus nicht in meiner Abwesenheit geübt hatte, eine so glorreiche Wiedervereinigung war das.
Gus konnte nicht aufhören mich zu küssen, und trotzdem blieb da noch ein winziger Rest von Zweifel in meinem Kopf. War er wirklich so erfreut, mich zu sehen, oder reagierte er so, weil ich ihm gesagt hatte, dass ich wieder für ihn arbeiten würde? Noch während er immer aufgeregter wurde ob seiner Pläne für das Geschäft – so aufgeregt, wie er beim Sex gewesen war?, fragte ich mich und schalt mich im selben Moment –, schmiedete ich neben ihm meine Pläne.
Sheila würde, sobald wir in London waren, ihre Papiere überreicht bekommen, und wenn Gus glaubte, ich würde einfach dasitzen und auf den Laden aufpassen, dann hatte er sich geirrt. Ich wollte mehr als bei meiner Arbeit mit Roger. Unter keinen Umständen würde ich Kulisse für einen Mann sein. Wenn ich wieder ein Teil des Geschäfts sein sollte, dann wollte ich etwas für mich, einen Bereich, in dem ich die totale Kontrolle hatte. Wie viele andere Messen gab es in Amerika? Wie oft könnte ich einen Grund finden, dorthin zu fliegen und Grace zu sehen? Selbst wenn

wir nichts gemeinsam hatten, sie war doch meine Schwester …

»Also«, sagte mir Gus ins Ohr, »was werden wir wegen Mary unternehmen?«

»Was immer wir unternehmen, es kann bis morgen warten«, antwortete ich. »Ich muss ein bisschen schlafen, sonst gewöhne ich mich nie mehr an die Londoner Zeit.«

»Du hast keine Ahnung, wie sehr du mir gefehlt hast«, flüsterte er. »Ich meine nicht, während du in den Staaten warst. Ich meine, seit du … seit du, du weißt schon, worauf ich hinauswill.«

»Ich weiß, worauf du hinauswillst. Du brauchst kein Wort mehr zu sagen.«

»Versprochen?«

»Versprochen.«

Das Telefon neben dem Bett klingelte gerade, als wir endlich eingeschlafen waren. Marys Stimme klang klein und fern und furchtbar jung, so weit weg auf der anderen Seite des Atlantiks.

»Mum, ich weiß, dass es furchtbar spät ist, aber ich dachte, du würdest anrufen, wenn du ankommst. Tut mir Leid, wenn ich dich geweckt habe, aber Ned hat mir gesagt, wo du bist. Hör mal, Grace und ich haben etwas mit dir zu besprechen …«

Während ich mir Marys aufgeregtes Geplapper und Graces vernünftigere, aber ebenso optimistische Unterstützung ihres Plans anhörte, konnte ich nicht umhin zu denken, dass es in der Tat die vernünftigste Lösung war.

Aber was für eine Rolle spielte schon, was ich dachte? Ich wandte mich dem schlafenden Gus zu und weckte ihn behutsam mit den Worten: »Tut mir Leid, Darling, ich glaube, Mary kann doch nicht bis morgen früh warten.«

GRACE

Nachdem sie ihre Bombe hatte platzen lassen, saßen Mary und ich mehrere Minuten in absoluter Stille am Abendbrottisch. Dann begann ich mit außerordentlicher Klarheit, wenn man bedachte, welchen Schock ich gerade erlitten hatte, Mary einen Vortrag über Männer zu halten. Ich vermute, ich benahm mich ähnlich wie manche Leute, wenn jemand stirbt, der ihnen nahe steht. Sie werden furchtbar praktisch, fangen an alles zu organisieren, um etwas zu tun zu haben und ihre Emotionen im Zaum halten zu können.

»Wenn ich mich recht erinnere, habe ich dir gesagt, dass Männer grausam sind und dass sie nie aufhören, grausam zu sein. Einige Frauen, die milder sind als ich, erklären, dass ihnen nicht bewusst ist, wie grausam sie sind, aber ich persönlich kauf ihnen das nicht ab. Sie können unglaublich gut zu uns sein, aber es ist bei ihnen eine Sache der Laune. An diesem Tag fühlen sie sich gütig, und die Frau, die ihnen am nächsten steht, profitiert davon. Und dann werden sie wieder grausam. Es liegt an uns, uns gegen diese Grausamkeit zu wappnen, daran zu arbeiten, uns eine Art Rüstung zuzulegen, damit wir vor ihnen geschützt sind.«

»Aber wenn die Rüstung wirklich gut ist und wir richtig vor ihnen geschützt sind, damit man uns nicht

mehr wehtun kann, wie soll dann die Güte durchkommen?«, fragte Mary mit ernster Stimme. »Davor wären wir doch dann sicherlich auch geschützt?«
»Oh, scheiß drauf!«, brüllte ich. »Ich weiß es nicht. Der einzige Weg, damit fertig zu werden, ist, böse zu werden. Sich mit totaler Wut aufzupumpen ...«
Ich musste mich für Stanleys Beerdigung am nächsten Tag beruhigen. Viele hatten ihre Läden wegen Diana mit schwarzen Bändern und Kränzen dekoriert. Jetzt machten sie kleine Veränderungen daran, um zu zeigen, dass sie um Stanley trauerten. Er war offensichtlich eine sehr beliebte lokale Berühmtheit gewesen. Überall, wohin man ging, wurde über die Tragödie seines Todes geredet, und die Trauergemeinde bei der Beerdigung war beeindruckend.
Ich war gerührt, dass Linda sich mir zuwandte und zu erwarten schien, dass ich während der ganzen Feier neben ihr blieb. Stanleys Familie aus New York, die sie noch nicht kennen gelernt hatte, war nett zu ihr, aber verständlicherweise mit ihrem eigenen Kummer beschäftigt. Sie brauchte mich und ich war froh, ihr helfen zu können. Sie trug natürlich nicht Schwarz, sondern ein dramatisches violettes Cape und einen großen Hut. Ich fand, dass sie aussah, als hätte sie die Faschingskiste eines Kindes ausgeräumt, aber dieses eine Mal war es mir egal. Um meine Solidarität zu zeigen, rannte ich in letzter Minute nach Hause, schnappte mir einen großen violetten Schal und warf ihn mir um die Schultern.
»Schön!«, sagte Linda dankbar.

»Ich hab ihn letzten Herbst gefunden, als ich auf Antiquitätenjagd war«, log ich.

»Wirklich?«, fragte Linda. »Ich hätte schwören können, dass ich ihn dir zu Weihnachten geschenkt habe, und dann hast du ihn zu Hause auf Nimmerwiedersehen in die hinterste Schrankecke gestopft. Bis jetzt. Aber weißt du was? Das ist okay.«

Wir umarmten einander, und ich hielt während der ganzen Feier ihren Arm.

Als wir die Kirche verließen, sah ich eine Gestalt, die mir zunickte, die ich aber nicht erkannte. Und dann merkte ich, dass ich den Mann nicht erkannt hatte, weil ich ihn nie zuvor in einem Anzug gesehen hatte. Es war Lew, der seinen Respekt erweisen wollte.

An diesem Abend bereiteten Mary und ich Linda ein leichtes Abendessen, gingen später mit ihr nach Hause und brachten sie zu Bett. Mary war nicht zur Beerdigung gekommen. Sie hatte es nicht gewollt, und ich hatte sie nicht gezwungen. Jetzt auf dem Heimweg wandte sie sich mir plötzlich aufgeregt zu.

»Mir ist eingefallen, wie du dich rächen kannst.«

»Wie?« Ich war neugierig.

»Wir schaffen uns Margot vom Hals. Sie ist unterwegs, und wir wissen ja wohl, wo sie ist, aber wir sorgen dafür, dass sie nicht zurückkehrt.«

Zu Hause angekommen, stürzten wir in Margots Zimmer. Ich stellte fest, dass ich sogar grinste. Zusammen stopften wir ihre Sachen in ihre Koffer und trugen sie hinaus zu meinem Wagen. Wir brachten sie bis zum Beginn der Auffahrt und stellten sie in einer Reihe in die Mitte, mit einem großen Zettel, den Mary geschrieben hatte: SORRY, MARGOT, DEINE ZEIT IST ABGELAUFEN!

Dann schlossen wir alle Türen doppelt ab, mit einem Schlüssel, von dem ich wusste, dass Margot ihn nicht hatte, zogen die Telefone aus den Steckdosen und stiegen kichernd zusammen in mein Bett.

»Ich denke, du musst genauso auf Schutz vor deinen Freundinnen achten wie ich«, sagte Mary in der Dunkelheit. »Ich werde mit Shannon nie wieder ein Wort reden.«

Gegen halb drei wurden wir von Hämmern geweckt. Nachdem das Haus aus Zypressenholz gebaut war, dröhnte schon ein leichtes Klopfen durch das ganze Gebäude und Margot trommelte mit aller Kraft gegen die Tür.

Ich ging nach unten, ließ mir aber Zeit. Von der Küche aus drehte ich die große Glühbirne an, die die Seitenveranda mit Licht überflutete, und beleuchtete Margot und ein paar erschrockene Rehe hinter ihr im Wald.

»Ich kann mit meinem Schlüssel nicht aufsperren«, jammerte sie. »Lass mich rein, Süße. Tut mir Leid, dass ich dich aufgeweckt habe.«

»Hast du deine Koffer auf der Auffahrt nicht gesehen?«

»Das waren meine Koffer? Wir hätten sie fast umgefahren. Ich dachte, es wäre der Müll.« Ich wusste, dass sie log.

»Sie sind Müll, genau wie du. Jetzt verpiss dich, Margot, lauf schnell die Auffahrt runter. Wenn du dich beeilst, erwischt du Archie vielleicht noch.«

»Nein, das werd ich nicht. Wir haben uns gestritten und ...« Zu spät merkte sie, dass sie zugegeben hatte, mit Archie unterwegs gewesen zu sein.

»Und ...?«

»Okay, also ich hab mich mit ihm getroffen, und du hast es rausgefunden und bist wütend. Aber wir können froh sein, dass wir ihn los sind, Süße. Er hat den ganzen Abend damit verbracht, mit einer Frau zu reden, die gerade hier draußen eingetroffen ist. Seine Frau ist mit den Kindern zurück nach London, und plötzlich bin ich Geschichte.«

»Na ja, da ist ja immer noch Harry. Hast du ihn noch nicht ausprobiert?«

An ihrem Gesichtsausdruck sah ich, dass sie es tatsächlich noch nicht hatte, aber man gebe ihr ein bisschen Zeit.

»Also wirst du runterkommen und mir mit den Koffern helfen?«

»*Nein!*«

»Wirst du mich wenigstens reinlassen, damit ich ein wenig schlafen kann, und morgen früh sprechen wir über alles.«

»Nein!«

»Grace!«

»Ich möchte, dass du und Archie Berkeley und Harry Fox und alle, die so sind wie ihr, aus meinem Leben verschwindet, und zwar ab sofort«, brüllte ich und knallte das Fenster zu, das ich geöffnet hatte, um mit ihr zu reden. Zwei Sekunden später riss ich es wieder auf.

»Und wenn ich bei Linda Licht sehe, dann weiß ich, dass du zu ihr gegangen bist, und dann kriegst du wirklich Ärger. Ganz großen Ärger.«

Daraufhin schloss ich Margot wirklich ein für alle Mal aus meinem Leben aus.

»Was wird sie tun?«, fragte Mary. »Du warst toll.«

Wie sich herausstellte, saß Margot den größten Teil der Nacht auf der hinteren Veranda. Gegen sechs Uhr hatte ich Mitleid und rief ein Taxi für sie.

»Wohin will der Fahrgast?«

»Sie wird es Ihnen sagen«, antwortete ich und schickte Mary hinaus, damit sie Margot informierte.

»Sie sagt, sie will dich nie wieder sehen«, hörte ich Mary mit Pausenhofstimme schreien, aber mein Spruch aus dem Fenster gestern Abend war auch nicht viel besser gewesen.

Am nächsten Tag holte mich die Realität ein. Ich spürte, wie der Kummer in mir den ganzen Morgen stetig anwuchs, und sagte Mary, ich würde einen Spaziergang am Strand machen. Allein. Dort angekommen, ließ ich mich in den Sand fallen und weinte haltlos. Die Strandläufer huschten verängstigt weg, und dieses eine Mal brachte es mich nicht zum Lächeln, wie sie am Wasser entlangliefen. Die Möwen rannten, erbost über die Störung, hinunter zum Meer, flogen über die Brandung und landeten auf ruhigerer See, wo sie davonschwammen. Ihre dahingleitenden Körper verrieten nichts vom hektischen Gepaddel unter der Wasseroberfläche.

Mary wusste nicht einmal die Hälfte. Archie und ich waren nicht einfach nur Geliebte gewesen. Ich hatte ihm meine intimsten Geheimnisse über meine Familie und mich anvertraut. Wie konnte jemand, der gesagt hatte, er habe speziell für mich ein Liebeslied als Thema für seinen Film geschrieben, sich so verhalten? Wie konnte ein Mann, der sagte, er hasse es, seine Frau zu betrügen, Ehebruch sei nicht sein Stil, so gefühllos von einer Frau zur nächsten gehen? Warum blieb Sonia bei ihm? Sie wusste doch sicher, was er trieb, wenn sie nicht da war? All die Dinge über Harry Fox, die ich ihm erzählt hatte. Mir wurde fast schlecht bei dem Gedanken daran. Archie war ja noch viel schlimmer als Harry Fox. Archie wusste mehr über mich als meine eigene Schwester, und es bedeutete ihm offensichtlich gar nichts.

In flüchtigen rationalen Momenten konnte ich mir vorstellen, dass er, abgesehen von Sex, möglicherweise eine Zuneigung zu mir entwickelt hatte, so dass er an meiner Herkunft interessiert war, aber es war nicht mehr als eine vorübergehende Zuneigung gewesen, eine von vielen. Er war ein liebevoller Mann, was mich angezogen hatte, aber letztendlich hatte er sich genau wie alle anderen als grausam erwiesen. Er hatte sich nichts dabei gedacht, mich mit Margot zu betrügen. Er hatte gewusst, dass ich von Harry Fox gedemütigt worden war und dass er mir dasselbe antun würde. Der Gedanke, dass die beiden in meinem Haus auf den Dünen saßen und über mich lachten, löste einen neuerlichen Weinkrampf aus.

Und dann spürte ich eine Hand auf meiner Schulter und dachte: O nein, alles wird wieder gut. Nur Margot hat versucht, mich zu verletzen, Archie würde mir so etwas nie antun. Mary irrte sich, sie hat sie nicht zusammen gesehen, es war jemand anders. Natürlich liebt mich Archie. Er ist gekommen, um mir zu sagen, was für ein Narr ich sei, zu glauben, dass er so grausam sein könnte. Ich hob den Kopf und sah Lew.

»Aber, aber, aber.« Er tätschelte mir den Rücken.

»Tut mir Leid«, schluchzte ich, »tut mir Leid, Lew. Ich kann nicht anders. Tut mir Leid.«

»Los. Spucken Sie's aus. Was ist das Problem? Ist es ein Kerl?«

»Nein, natürlich nicht.«

»Sie meinen ja.«

»Ja.«

»Meistens ist es einer.«

»Woher wollen Sie das wissen?«

»Weil es bei mir meistens eine Frau ist. Ihr Frauen könnt ganz gemein sein, wenn ihr wollt.«

»Nein, sind wir nicht.«

»Seid ihr doch.«

»Wieso?« Ich sah ihn an.

»Na ja, Sie wissen doch, wie ich immer sage, ich fahr mit meiner Freundin nach Maine oder nach New York?«

»Ja.«

»Also, sie existiert gar nicht.«

»Wie meinen Sie das?«

»Ich hab keine Freundin. Ich erzähl das nur allen,

damit ich das Gefühl hab, ich hab eine. Ich leb bei meiner Mutter. Meine Frau ist vor zwölf Jahren abgehauen, und ich hab mich ein paarmal mit Frauen verabredet, aber sie haben mich immer im Stich gelassen. Zunächst waren sie ganz lieb, sind mit mir ins Bett, haben mich bekocht und so getan, als ob sie sich niederlassen wollten. Das wollten sie auch, bloß mit jemand anderem. Irgendwann hab ich's dann nicht mehr gepackt, noch mal enttäuscht zu werden, und so hab ich eine Freundin erfunden. Die ist wenigstens immer da gewesen, wo ich sie haben wollte, und sie hat zu mir gehalten.«

Als ich langsam mit Lew zum Haus zurückging, dachte ich bei mir, dass ich meinen Vortrag über Männer, wie ich ihn Mary gehalten hatte, revidieren und Softies wie Lew mit einschließen musste. Und bis Favour von der sechsundzwanzigjährigen Schlampe Wind bekommen hatte, hatte sich Gus angehört, als wäre er einer dieser raren Spezies von vertrauenswürdigen Männern. Sie existierten. Ich musste einfach weiter daran glauben.

»Ich war unterwegs zu Linda«, sagte Lew. »Was meinen Sie? Gute Idee?«

»Tolle Idee, Lew. Sie hat nach Ihnen gefragt, gesagt, dass sie es zu schätzen wisse, dass Sie zur Beerdigung gekommen sind.«

»Das hat sie gesagt?«

»Ja.« Sie hatte nichts dergleichen geäußert, aber diese Freundlichkeit, dieses Mitgefühl für mein Problem mit einem »Kerl« weckten in mir den Gedanken, dass er für Linda in ihrem augenblicklichen Zustand wun-

derbar sein könnte. Und wer weiß, wohin ihn das führte?
»Und wenn ich Linda besucht habe, komm ich vielleicht rüber und richte die Tür zur Dusche.«
Das war eine Premiere. Lew, der tatsächlich anbot, etwas selbst zu machen. Natürlich schaffte er es nicht bis zu mir, und eigentlich war ich froh. Das bedeutete, dass sein Besuch bei Linda vielleicht besser gelaufen war, als ich zu hoffen gewagt hatte.
»Irgendein Typ aus Kalifornien hat hier alle zwanzig Minuten angerufen«, erzählte mir Mary, als ich zurückkam. Ich sah mir den Namen auf dem Stück Papier neben dem Telefon an. Mein Filmagent.
Die Auktion für die Filmrechte von *Luther* war in gesundem Tempo vorangegangen und jetzt zu einem obszönen Geldbetrag eskaliert. Zwei große Studios waren noch im Rennen. Ich war nicht sehr konzentriert bei der Sache, während mein Agent immer aufgeregter wurde, doch dann sagte er plötzlich etwas, was mich entsetzt den Hörer umklammern ließ.
»Sie sind beide ganz versessen darauf, echte Stars an Bord zu kriegen. TriStar hat Harry Fox im Sack, und Warner sagt ...«
»Harry Fox? Für die Regie?«
»Ja. Er hat's gelesen und will es unbedingt machen. Sein Agent handelt gerade den Deal aus und ...«
»Hab ich einen Einfluss darauf, wer bei diesem Film Regie führt?«
»Nein. Nicht wirklich.«
»Und Harry Fox und TriStar ...«

»Der Deal ist praktisch schon durch.«
»Dann gehn Sie mit Warner.«
»Aber Harry Fox ist so heiß, dass er ...«
»Raucht.« Alle diese Filmleute kamen immer mit denselben alten Sprüche daher. »Das weiß ich. Doch ich will, wen auch immer Warner will. Mit anderen Worten, nicht Harry Fox.«
»Aber TriStar ...«
»Wenn Sie nicht mit Warner gehen, zieh ich das Buch aus der Auktion zurück. Das Recht dazu habe ich doch, nicht wahr? Es ist noch nicht verkauft.«
»Das wird Harry Fox gar nicht gefallen.«
»Ja, das ist hart.«
»Was werde ich Warner sagen?«
»Ihnen wird schon was einfallen. Viel Glück.«
»Autoren«, hörte ich ihn murmeln, bevor er auflegte. Erst Margot, jetzt Harry. Und ich war mir auch nicht zu schade für ein Klischee. Rache ist süß. Und etwas sagte mir, dass ich noch nicht damit fertig war.
An diesem Abend griff, noch ehe mir klar wurde, was sie vorhatte, Mary zum Telefon und rief ihre Mutter in Wales an. Sie beichtete, dass sie es bereits in London versucht hatte, während ich unterwegs war, und ihr Bruder ihr gesagt habe, Favour sei zu Gus nach Wales gefahren. Ich weiß nicht, was mir am meisten gegen den Strich ging – dass sie Ferngespräche führte, als wäre es Lindas Haus, dass sie um halb neun unserer Zeit anrief, was hieß, dass es drüben lange nach Mitternacht war, oder die Tatsache, dass sie Favour von unserem vorläufigen Plan bezüglich des Babys erzählen wollte.

Auf jeden Fall machte ich keine Anstalten, sie aufzuhalten. Sie schilderte ihrer Mutter den Plan mit kindlicher Einfachheit, sodass es sich anhörte wie ein Aufenthalt im Sommerlager.

»... und dann komm ich in den Osterferien hierher und krieg das Baby und geb es Grace und bin zu den Prüfungen im Sommer wieder da. Was? Na, dann muss ich sie einfach wiederholen. Du und Dad, ihr müsst das mit Mrs. Flowerdew besprechen.«

Miss Flowerdew, sagte sie mir später, sei ihre Klassenlehrerin. Ich hatte mein Bestes versucht, um meiner Schwester zu erklären, wie dieser Plan zu Stande gekommen war, und das musste man ihr lassen, sie klang nicht zu abweisend. Vielleicht wollte sie aber auch nur weiterschlafen.

Am nächsten Morgen klingelte das Telefon, und eine sehr attraktive männliche englische Stimme fragte: »Spreche ich mit Grace?«

Ich bejahte das.

»Hallo, hier ist Gus Hardy, Marys Vater, dein, äh ... Schwager.«

Er war so anders, als ich ihn mir vorgestellt hatte, dass ich etwas irritiert war. Ich hatte unfairerweise gedacht, Favour wäre mit einem Waschlappen verheiratet, und dieser Mann klang alles andere als das. Er hatte eine feste, warme, sexy Stimme, und wie ich aus unserem kurzen Gespräch erkannte, war er sehr charmant und diplomatisch. Er rufe an, sagte er, um sich zu versichern, dass ich tatsächlich mit dem ziemlich ungewöhnlichen Plan einverstanden sei, den Mary ihrer

Mutter geschildert habe. Ich sagte ihm, dass ich in der Tat im Prinzip einverstanden sei, dass wir aber doch abwarten sollten, wie er und meine Schwester und besonders Mary sich kurz vor der Geburt fühlten. An diesem Punkt dankte er mir sehr höflich für mein Verständnis in einer sicher schwierigen Zeit (sehr schwierig, wenn er es wüsste, aber das hatte nichts mit Mary zu tun), und er sagte, er würde sich freuen, mich irgendwann demnächst kennen zu lernen. Dann fragte er ebenso höflich, ob ich Mary so bald wie möglich in ein Flugzeug nach Hause setzen könnte. Ich versprach es, und auch, ihm die Einzelheiten des Flugs mitzuteilen.

Dann bat er mich, ihm Mary zu geben.

»Hi, Dad, ist das nicht cool mit dem Baby?«, hörte ich sie sagen. Ich fragte mich, wie weit die Zurückhaltung ihres Vaters noch gehen würde.

»Dad sagt, ich muss nach Hause kommen«, berichtete sie niedergeschlagen, nachdem sie aufgelegt hatte.

»Ich weiß, aber bevor du fliegst, lass uns noch ein bisschen Spaß haben. Wir haben uns an Margot gerächt. Wie wär's jetzt mit Archie?«

Wenn ich ein netter, verständnisvoller, reifer Mensch wäre, würde ich über diesem Betrug stehen und Archie verzeihen, mich an die guten Zeiten erinnern und dankbar sein, dass ich ihn überhaupt gefunden hatte. Aber ich war kein besonders netter Mensch. Ich war normal, Gott sei Dank, und ich wollte Rache.

Archies offizieller Mietvertrag war am Labor Day Anfang September abgelaufen, aber ich hatte einen

Anruf meines Anwalts bekommen, der vom Studio gehört hatte, dass er hinter dem Zeitplan herhinkte und den Mietvertrag um zwei Monate verlängern wollte, um die Filmmusik fertig zu machen. Ich hatte mir dämlicherweise eingebildet, dass Archie diese kleine Lüge erfunden hatte, um die Romanze mit mir fortsetzen zu können, nachdem Sonia nach London zurückgekehrt war. Jetzt wusste ich es besser.

Mein Anwalt hatte die Verträge für die Mietverlängerung aufgesetzt, und sie waren im Moment bei der Rechtsabteilung des Studios und warteten auf Archies Unterschrift. Das konnte Wochen dauern. Ich rief meinen Anwalt an und sagte ihm zu seinem Erstaunen, dass ich mein Haus auf den Dünen zum Verkauf anbieten wolle, und bat ihn, dem Studio mitzuteilen, dass die Mietverlängerung hiermit nichtig sei. Ich hätte es mir anders überlegt. Der Mieter müsse ausziehen.

Die Antwort kam prompt. Mein Mieter sei nur allzu gern bereit, möglichen Käufern das Haus zugänglich zu machen, während er noch darin wohne, und er ziehe, das garantiere er, bei einem Abschluss sofort aus. Bis dahin würde er gerne bleiben.

Okay, Plan A hatte nicht funktioniert. Zeit für Plan B. Das Haus war alles inklusive vermietet worden, was bedeutete, dass Archie für die exorbitante Summe, die das Studio bezahlte, freien Strom, Telefon und Kabelfernsehen hatte.

Ich fing mit LILCO (Long Island Lighting Company) an und verbrachte einen äußerst vergnüglichen Nachmittag mit der Kündigung der Stromversorgung meines Hauses auf den Dünen. Dann ging ich weiter zu Bell Atlantic und meldete mein Telefon ab, und bei Cablevision kündigte ich ebenfalls. Es war bald Oktober, und wir genossen zwar ausgesprochen mildes Wetter, aber die Hurrikanzeit nahte. Bestenfalls hatten wir ein paar Nordwest zu erwarten, schwere Regenstürme, die von der Ostküste von Florida kamen. Mein Haus auf den Dünen hatte elektrische Heizung, und ich hatte gerade den Strom abgeschaltet.

Für das *pièce de résistance* spannte ich Mary mit ein. Wir waren weiß Gott mitfühlend, also füllten wir Archies Briefkasten mit Kerzen, bevor wir ihm den letzten Stoß versetzten. Ich parkte den Wagen ein Stück weiter unten am Strand, und Mary und ich schlichen durch die Dünen. Es war kurz nach elf Uhr abends, und ich sah, wie Archie sich durchs Haus bewegte. Es war jemand bei ihm. Sein neuestes Opfer, nahm ich an.

Archie war ein Routinemensch. Wenn er seine Angewohnheiten nicht geändert hatte, dann würde er Theo und Leo um elf ein letztes Mal zum Pinkeln rauslassen. Tatsächlich, die Schiebetüren zur Veranda öffneten sich, und die Hunde liefen heraus, das heißt, Leo kam herausgesprungen und rannte hinunter zum Meer. Theo drehte sich um und versuchte sich sofort wieder im Haus zu verkriechen, wurde aber rausgestoßen.

»Theo« rief ich ihn leise, »hierher, Junge.«

Theo spitzte die Ohren, und seine spindeldürren Beine trugen ihn über die Düne zu unserem Versteck.

»Pack sein Halsband, Mary. Lass ihn nicht los. Ich hol Leo.«
Ich musste Leo einige Minuten den Strand entlang nachrennen. Er kam auf mich zugesprungen, leckte mich ab und raste wieder davon, bevor ich ihn an die mitgebrachte Leine nehmen konnte.
Schließlich brachten wir die Hunde dazu, in mein Auto zu steigen. Auf der Heimfahrt überlegte ich, wie lange es wohl dauern würde, bis Archie merkte, dass die beiden abgängig waren. Und noch besser, wie würde er der Eigentümerin erklären, dass er sie verloren hatte?
Am nächsten Tag wurde sein Strom abgeschaltet, und als mein Anwalt berichtete, dass das Studio ihn angerufen habe, wies ich ihn an, ihnen zu sagen, dass ich meinen Mieter aus dem Haus haben wolle, und er meine Identität preisgeben solle.
»Ich weiß, was ich gesagt habe«, erklärte ich, als er protestierte, »aber wenn ich das Haus verkaufe, was spielt das dann für eine Rolle? Ich bestehe sogar darauf, dass mein Mieter erfährt, wem das Haus gehört. Und noch eins ...«
»Ja?«, sagte mein verwirrter Rechtsbeistand.
»Bitte bringen Sie durch das Studio in Erfahrung, welche Kostümbildnerin diesen Film macht. Ich glaube, es ist eine Frau aus New York City. Ich möchte ihre Adresse und ihre Telefonnummer.«
Eines Tages würde ich Theo und Leo natürlich an ihre rechtmäßige Besitzerin zurückgeben müssen, aber in der Zwischenzeit wollte ich ihre Gesellschaft genießen.

Und natürlich war da noch jemand, der an seinen rechtmäßigen Besitzer zurückgegeben werden musste. Ich hockte im Wagen auf dem Parkplatz und ließ Theo und Leo die salzigen Tränen von meinem Gesicht lecken. Ich hatte ein tapferes Lächeln aufgesetzt, als ich Mary durch das Gate zum Flugzeug zurück nach London winkte, aber innerlich bröckelte ich bereits.
Wer konnte wissen, was im Laufe ihrer Schwangerschaft passieren würde? Ich war zwar jetzt hundertprozentig sicher, dass ich ihr Baby adoptieren wollte und ihm alle Liebe geben würde, aber wer konnte wissen, wie Mary sich fühlen würde, wenn der Zeitpunkt der Übergabe des Babys da war?

FAVOUR

Ich hatte wegen Marys Baby mit Gus aus einem ganz einfachen Grund kein Problem: Mary hatte einen Sohn.

Es war wie eine bizarre Version von Primogenitur. Am Anfang benahm sich Gus, so als würde Mary gar kein Baby erwarten. Er war liebevoll zu seiner Tochter, stritt sich wie üblich mit ihr, erkundigte sich nach ihren Fortschritten in der Schule, aber erwähnte das zu erwartende Kind kaum.

Mit einem Menschen redete er aber, wie ich merkte, regelmäßig, nämlich mit Grace. Sie wurden echte Telefonkumpel. Und er berichtete mir ziemlich gönnerhaft von ihren Gesprächen, so als ob er für alles, was mit Grace zu tun hatte, verantwortlich wäre.

»Sie hat ein Haus, das sie am Strand hatte, verkauft. Zweieinhalb Millionen Dollar. Das Geld wird sie für das Baby investieren. Mein Enkel wird einen guten Start ins Leben haben.«

Solche Brosamen warf er mir zu, immer kurz bevor ich einschlief. Aber kein Wort zu Mary.

Und es war stets sein Enkel. Nicht meiner. Oder Marys Baby. Und er hielt es für beschlossene Sache, dass Grace das Kind aufzog, obwohl ich ihm immer wieder gesagt hatte, dass wir uns darauf geeinigt hatten, abzuwarten und zu sehen, wie Mary in ein paar Monaten darüber denkt. Ich wollte nicht, dass Mary sich auf irgendeine Weise unter Druck gesetzt fühlte. Aber wenn sie sich dazu entscheiden würde, das Baby zu behalten, würden wir nicht wissen, was wir tun sollten.

Als Grace einmal während Marys Schwangerschaft nach London kam, beschlossen wir deshalb, Mary nichts zu sagen. Grace stimmte zu, obwohl es, wie ich merkte, für sie ein großes Opfer war. Aber sie war aus einem traurigen Anlass gekommen, der ohnehin fast ihre ganze Zeit in Anspruch nahm.

Biddy McIntyre hatte einen Schlaganfall gehabt. Die Anwälte setzten sich mit Grace in Verbindung, und sie rief mich an und fragte, ob sie bei uns bleiben könne, und da kamen wir zu dem Schluss, dass es besser sei, sie wohnte nicht bei uns, um Marys Alltag nicht durcheinander zu bringen.

»Es ist ja nicht so, als könnte sie sich ein Hotel nicht leisten«, sagte Gus.

Ich ließ ihn allein gehen, um sie zu treffen. Meine Intuition sagte mir, es wäre besser so, und das war es auch. Er kam von dem Drink bei ihr im Hotel zurück und erzählte mir, wie außergewöhnlich er sie finde, wie beeindruckend. Erst nachdem ich ihn den halben Abend gnadenlos ausgefragt hatte, kam ich dahinter, dass Grace sich anscheinend einfach zurückgelehnt hatte und Gus reden ließ, ihn aus sich herausgeholt und ihm zugehört und das Gefühl gegeben hatte, wichtig zu sein.

Von da an begannen praktisch alle seine Sätze mit: »Grace findet, ich sollte ...« Und ich verbrachte einen Großteil meiner Zeit damit, ihn zum Schweigen zu bringen, wenn Mary in Hörweite war.
Grace bat mich, hinunterzufahren, Biddy zu besuchen und ihr zu helfen, ein Pflegeheim zu finden. Da war es schon toll, dass Grace Geld hatte. Sie brauchte sich keine Sorgen zu machen, wer sich um Biddy kümmern würde. Sie konnte einfach ein Heim aussuchen und es bezahlen. Ich fand zwar, dass sie das Ganze etwas nüchtern anging, aber ich behielt meine Gedanken für mich. Doch als man ihr sagte, dass Biddy sich nie wieder erholen würde und dass sie Biddys Angelegenheiten ordnen solle, sah ich, wie schockiert sie war.
Und während wir Biddys Sachen durchgingen, fand ich den Brief. Er lag auf Biddys Schreibtisch, dem Schreibtisch, an dem sie den Schlaganfall erlitten hatte – mehrere Seiten in großer krakeliger Schrift. Daneben lag ein Umschlag, auf dem stand: IM FALLE MEINES TODES AN GRACE CAMMELL AUSZUHÄNDIGEN. Vielleicht wusste sie, dass ihr etwas passieren würde. Sie hatte offensichtlich gerade an diesem Brief geschrieben, als sie den Schlaganfall bekam.
Ich wollte ihn eigentlich in den Umschlag stecken, aber dann begann ich doch zu lesen. Ich konnte nicht anders.

> Meine liebe Grace
> es gibt etwas, das Du wissen solltest. Es verfolgt mich seit Deinem achtzehnten Geburtstag, als wir dieses Missverständnis wegen Lucas' Ge-

schenk – es war *Vanity Fair* – hatten und Du ihn kennen lernen wolltest. Du hast ihn angerufen und diese alberne Nachricht hinterlassen, und natürlich hat er mich zurückgerufen, um darüber zu reden. Was ich Dir sagen muss – und bitte verzeih mir, dass ich so ein Feigling war und es Dich erst nach meinem Tod wissen lasse –, ist, ich habe Dich belogen. Nicht nur in diesem Moment, sondern die ganze Zeit.
Ich hab Dir erzählt, dass er Dich nicht treffen wollte, als Du achtzehn warst. Das war gelogen. Er wollte Dich unbedingt treffen, aber ich verhinderte es, wie ich es die ganze Zeit getan hatte, während Du heranwuchst. Doch er hat Dich gesehen, Grace. Er ist zu Deinen Preisverleihungen in der Schule gekommen und zum Liedersingen. Er ist sogar zu Deinem Geburtstagspicknick im Wald gekommen und hat von weitem zugeschaut. Ich hab ihn oft selbst nicht bemerkt, so bedacht war er darauf, Abstand zu halten. Ich bin überrascht, dass er nicht als potenzieller Kinderschänder verhaftet wurde.
Du wirst Dich zweifellos fragen, warum er sich Dir nie zu erkennen gegeben hat, und das ist für mich am schwersten zu beichten. Ich hab ihm gesagt, Du würdest ihn nicht sehen wollen. Ich hab regelmäßig mit ihm wegen Dir telefoniert. Wir waren nie verheiratet gewesen, Lucas und ich, aber es war, als wären wir geschieden und würden über unser gemeinsames Kind reden.

David wusste nichts von unseren Gesprächen, weil er natürlich Lucas erzählt hätte, dass Du, als Du älter wurdest, angefangen hattest nach ihm zu fragen. Ich tat so, als wüsstest Du kaum von seiner Existenz. Ich sagte ihm, dass Du, als Du begriffen hättest, so wütend gewesen wärst, dass Du ihn nicht sehen wolltest. Wir einigten uns darauf zu warten, bis Du achtzehn warst, dann solltest Du selbst entscheiden. Deshalb schickte er Dir diese Erstausgabe von *Vanity Fair*, und da hättest Du ihn fast kennen gelernt.

Ich denke, am meisten schäme ich mich wohl für das, was dann passiert ist. Aus unserem Gespräch dieses Jahr in Stowe weißt Du ja, dass ich Deinen Vater anziehend fand. Als er mich anrief, erklärte ich mich bereit, ihn zu treffen, um darüber zu reden, wie man Dich ihm am besten vorstellen könnte. Ich wollte alles unter meiner Kontrolle haben. Aber – und ich weiß nicht, wie ich Dir das schonend beibringen soll – es endete damit, dass ich mit ihm ins Bett ging. Wir hatten die Affäre, die ich mein ganzes Leben lang hatte haben wollen. Und dann begann er meiner müde zu werden. Unanständig bald. Und ich wusste, wenn ich zuließ, dass er Dich sah, würde sich seine Aufmerksamkeit auf Dich verlagern, und ich würde draußen in der Kälte bleiben. Und ich wusste, dass er Dir das geben würde, was ich nie von ihm bekommen würde: Liebe. Reine, bedingungslose Liebe.

Er war fasziniert von Dir. Und so stolz auf Deine Leistungen. Wenn Du in der Schule gut warst, hat er über nichts anderes gesprochen. Er war so beeindruckt von Deinen Notizen zu den Büchern, die er Dir geschickt hatte. Er hatte große Pläne. Du solltest in seinem Verlag arbeiten, und er wollte Dir den Familienbetrieb übergeben. Das war, bevor er an Mason House verkauft hat. Er wäre gestorben, wenn er gesehen hätte, mit welchem Müll von Geschreibsel Du Dir Deinen Lebensunterhalt verdienst. Ist wohl besser, dass er nie etwas davon gelesen hat.

Also hab ich ihn angelogen, Dich, David – um mich zu schützen. Um sein Interesse an mir wach zu halten, Dich festzuhalten. Und es war alles umsonst. Er hat mich sitzen lassen. Und ich hab Dich verloren, als Du so jung das Haus verlassen hast.

Dein Vater hat Dich geliebt, Grace, und Du darfst nie Deine Enttäuschung mit Männern mit Deines Vaters

Die letzte Zeile des unvollendeten Briefes war der Grund, warum ich ihn Grace zeigte. Sie musste wissen, dass ihr Vater sie geliebt hatte. Worauf ich nicht vorbereitet war, war ihre Reaktion in Bezug auf Biddy. Ich hatte erwartet, dass sie Biddy als grausames und herzloses Miststück verdammte, aber sie sagte nur – und sie zitterte, als sie es sagte – »Arme Biddy«.

»Wie meinst du das, ›arme Biddy‹? Es ist ungeheuerlich, was sie getan hat. Sie hat dich die ganze Zeit von deinem Vater ferngehalten.«

»Und von dir.« Jetzt lächelte Grace tatsächlich. »Das ist doch der wahre Grund für deine Wut, nicht wahr? Sie hat dir deine Schwester vorenthalten.«

»Aber warum ›arme Biddy‹?«

»Weil er sich ihr gegenüber wie ein Monster verhalten hat, genau wie bei unserer Mutter. Das hat sie versucht, mir zu sagen. Die Liebe eines Mannes zu seinem Kind ist anders als seine Liebe zu einer Frau, und sie wusste, dass sie damit nicht konkurrieren konnte. Auch unsere Mutter konnte es nicht. Er war nach allem, was man hört, wahrscheinlich der schlimmste Frauenfeind der Welt.«

»Du behauptest immer noch, dass er ein Monster war, obwohl er dich offensichtlich sehr geliebt hat, so weit man ihn gelassen hat, und zu mir war er wunderbar. Und was meint sie mit ›deine Enttäuschung mit Männern‹?«

»Sie war klüger, als ich dachte. Sie wusste, dass ich mit Männern kein Glück haben würde. Wahrscheinlich ein Fall von ›man muss es selbst erlebt haben, um es zu erkennen‹.«

Und dann erzählte mir Grace alles über ihr Liebesleben. Ich hatte nie gefragt, hatte es nie gewagt. Und während ich zuhörte, packte mich das Entsetzen darüber, wie grässlich sie von Margot und Biddy betrogen worden war, ganz zu schweigen von Harry Fox und Archie Berkeley und all den Männern davor.

»Na ja, zumindest wurde *Rapture* von den Kritikern

verrissen«, sagte ich. »Hast du dich gefreut, dass der Film dir gewidmet war?«

»Das hab ich gar nicht gewusst. Ich hab ihn mir nicht angesehen«, antwortete Grace. »Aber eins ist sicher, nämlich, dass Harry *Luther* nie in die Finger kriegen wird. Irgendwie ist das die echte Tragödie, dass Lucas nie erfahren hat, dass ich fähig bin, etwas wie *Luther* zu schreiben. Was mich wirklich glücklich macht, ist, dass der Verkauf der Filmrechte zur Folge hat, dass meine Arbeit von den Verlegern in New York ernst genommen wird und ich jetzt mit einem wunderbaren Lektor arbeite, jemandem, der mich als Autor ernst nimmt. Und das habe ich Lucas zu verdanken. Er war natürlich die Inspiration für *Luther,* aus lauter falschen Gründen, wie sich herausstellte. Es geht dabei um einen Erzmanipulierer, den seine eigene Tochter zur Strecke bringt, und am Ende scheint es doch Lucas gewesen zu sein, der die ganze Zeit von Biddy manipuliert wurde.«

»Biddy war ziemlich kaputt, nicht wahr«, sagte ich vorsichtig, weil ich nicht wusste, wie Grace reagieren würde.

»Ich wurde von einer sehr unglücklichen Frau aufgezogen. Du erinnerst dich, als ich meine Theorie darlegte, dass wir Wut, Glücklichsein, Kummer oder was auch immer von den Menschen, die uns während unseres Heranwachsens umgeben, lernen. Du hast gesagt, dass ich mit David McIntyre als Vaterfigur fein heraus gewesen sein müsse. Nun, es war nicht David, der mich beeinflusst hat, sondern Biddy. Ich würde

Dann stritten wir wegen des Namens. Grace wollte ihn David, nach David McIntyre, nennen. Ich wollte, dass er wie unser Vater Lucas hieß. Am Ende machten wir einen Kompromiss und nannten ihn David Lucas, beschlossen aber, dass er Luke gerufen wurde.

Der nächste Streit ging um die Paten. Die einzigen beiden, auf die wir uns einigen konnten, waren Ned und Linda, aber als Linda rosa und violette Babykleidung zu stricken begann, kamen uns doch Zweifel. Und dann fiel uns Lew ein, der seit Stanleys tragischem Tod einen Platz in Lindas Leben hatte. Also wurden es Ned, Linda und Lew, und die Taufe sollte irgendwann im Sommer sein.

Aber wo?

Und schon stritten wir wieder. Mary bestand ihre Prüfung, und kaum hatte sie ihre Ergebnisse, wollte sie, dass wir alle feierten, indem wir nach Long Island fuhren und Lukes Taufe vornahmen.

»Aber wie in aller Welt soll ich euch unterbringen«, stöhnte Grace durchs Telefon. »Ich könnte Linda fragen.«

»Das hab ich schon getan«, sagte ich. »Es geht in Ordnung.«

»Du hättest zuerst mit mir reden sollen. Warum hast du mich nicht zuerst gefragt?« Grace war wütend. »Ich hab gerade mit einem neuen Buch angefangen, und endlich ist es mir gelungen, Luke an eine Art von Routine zu gewöhnen. Und jetzt werdet ihr kommen und alles wieder durcheinander bringen.«

»Und wie lange willst du mit der Taufe warten ... bleib dran, da ist jemand an der Tür.«

»Ich geh schon«, sagte Gus.

Ich hörte, wie er die Haustür öffnete. Als er zurückkam, schrie er der Person, die ihm folgte, etwas über die Schulter zu, etwas, das ich nie geglaubt hätte von ihm zu hören. »Es wird nicht lange dauern. Sie ist nur am Telefon und diskutiert mit ihrer Schwester. Sie wissen ja, wie das bei Schwestern ist.«

GRACE